李健吾译文集 X

上海译文出版社

- 托尔斯泰戏剧集
- 契诃夫独幕剧集

70年代夫妻在家中合影

平明出版社 1950 年初版托尔斯泰戏剧集《光在黑暗里头发亮》

平明出版社 1950 年初版托尔斯泰戏剧集《文明的果实》

平明出版社 1950 年初版托尔斯泰戏剧集《头一个造酒的》

文化生活出版社 1948 年初版《契诃夫独幕剧集》

目 录

托尔斯泰戏剧集 ·· *001*

契诃夫独幕剧集 ·· *283*

托尔斯泰戏剧集

[俄] 列夫·托尔斯泰　著

目 次

头一个造酒的 …………………………………………… 005
　附录　小鬼和面包 …………………………………… 032
祸根 ……………………………………………………… 037
文明的果实 ……………………………………………… 059
光在黑暗里头发亮 ……………………………………… 183

・头一个造酒的・

人物

一个庄稼人

他的女人

他的母亲

他的祖父

他的小女儿

一个邻居

村子四个老辈

女人们，老太太们，女孩子们和男孩子们

魔鬼的头目

他的秘书

一个花花公子小鬼

别的小鬼

卫兵和把门的

第 一 幕

庄稼人　　（犁地，抬头看）午上啦。该卸牲口啦。嚯喝，右拐！累啦？可怜的老牲口！拉一趟，再回来，地就犁完啦，好用饭啦。亏得我想到把那块面包带着。我用不着回家，坐在井沿，一边儿啃，一边儿歇上午，派根也一边儿好吃吃草。过会儿，再干活儿，上帝帮忙，地也就快快儿拉完啦。

　　〔进来小鬼，藏在一堆小树后头。

小　鬼　　看这家伙可真不赖歹！一直在喊上帝。等着瞧，朋友——你这就要喊魔鬼的！我拿走他这块面包。回头他一不见，就要四处找的。肚子一饿，他就要咒骂，喊魔鬼的。

　　〔拿起那块面包，坐在一堆小树后头，看庄稼人怎么办。

庄稼人　　（卸马）上帝赐福！（放开马，走向他搁衣服的地方）我饿极啦。女人切了一大块，看我不拿它吃个光的。（走到衣服跟前）没啦！我一定是放在衣服底下啦。（举起衣服）没，底下也没！出了什么岔子？

　　〔抖抖衣服。

小　鬼　　（在一堆小树后头）来呀，来呀，找啊！我拿得稳着哪！

〔坐在面包上头。

庄稼人　　（推他的犁，又抖抖他的衣服）真怪！怪透啦！明明没人，可就不见啦！要是鸟儿啄了的话，也有屑子留下来啊，可一点儿屑子也没！明明没人，可明明有人拿走啦！

小　鬼　　（站起，朝外看）他现在要喊魔鬼啦。

庄稼人　　好呗，像是找不着啦！没关系，我还不至于饿死。要是有人拿的话，反正是拿啦，他就吃好啦，只要对他好就成。

小　鬼　　（唾痰）噢，该死的庄稼人！他不好好儿咒人，光说了一句，"只要对他好就成。"谁能拿这家伙怎么着？

〔庄稼人躺下休息，做了一个十字架的记号，打呵欠，睡熟了。

小　鬼　　（从一堆小树后头走出）头儿也就是白夸嘴。头儿一直在说："你没给地狱带够庄稼人！看呀，见天儿来的全是买卖人，上流人，成群成队的各样儿人，就是庄稼人少！"可，谁办得了这小子？就没法子抓住他的把柄。难道我没偷掉他末一块面包？还有比我这干法儿再好的？可他就不咒人嘛。我真还没辙啦。好，我得报告去！

〔在地里消失了。

第 二 幕

地狱。魔鬼的头目坐在最高的地方。魔鬼的秘书坐在较低的地方；靠着一张摆文具的桌子。两边站着卫兵。右边是各色小鬼。左边有门，有把门的。一个花花公子小鬼站在头目前面。

花花公子小鬼 三年的战胜品一归总有二十二万零五个人。他们如今全在我手里头。

头　目 好罢。谢谢你。下去。

〔花花公子小鬼朝右走去。

头　目 （向秘书）我累啦！公事还多吗？我们听过那些报告，还有谁的要听？

秘　书 （数着手指，他一边数，一边指着右边的小鬼。他说到一个小鬼，小鬼就鞠躬）我们已经听过上流人魔鬼的报告。他共总俘了一千八百三十六名。买卖人魔鬼俘了九千六百四十三名，官吏魔鬼俘了三千四百二十三名。妇女魔鬼我们方才听过：一十八万六千三百一十五名出嫁的，一万七千四百三十八名姑娘。只有两个魔鬼没听，律师魔鬼和庄稼人魔鬼。单子上共总有二十二万零五名。

头　目 好罢，我们还是今天忙活完了算数。（向把门的）放他们进来！

〔律师魔鬼进来，朝上鞠躬。

头　　目　　怎么样，顺当吗？

律师魔鬼　　（笑，搓着手）

　　　　　　　　我的事由儿乖，

　　　　　　　　烟屑子一样白！

　　　　　　俘得才叫多，自打创造世界以来，我还不记得有这档子。

头　　目　　什么，你俘了许许多多？

律师魔鬼　　数起来不算多。一包总只有一千三百五十名，可是人才叫帅！看他们那个架势儿，魔鬼也臊得慌！说到搅扰人呀，他们比我们还能干。我帮他们来了一个新法儿。

头　　目　　是什么？

律师魔鬼　　可，律师从前伺候审判官，在上头欺负老百姓。如今，我安排他们离开审判官也好干活儿。谁给钱顶多，他们伺候谁。本来没事，他们也得呕尽心血造出是非来！他们跟那些当官儿的搅得老百姓天翻地覆，比我们魔鬼能干多了。

头　　目　　好。过后儿我倒要看看他们。你好下去啦。

〔律师魔鬼走向右边。

头　　目　　（向把门的）放末一个进来。

〔进来庄稼人魔鬼，拿着那块面包，一躬到地。

庄稼人小鬼　我这样子活不下去啦！给我换个差事做做罢！

头　　目　　别的什么差事？你唧咕些什么？站直了，把话说清楚。递报告进来！你这个星期俘了多少庄稼人？

庄稼人小鬼　（哭）一个也没！

头　　目　　什么？一个也没！你这话是什么意思？你这一向干的些什么？你都在哪儿荡悠来的？

庄稼人小鬼	（呜呜唧唧）我没荡悠；我一直都是挺紧张的，可我就什么也搞不出来！看呀，我走到他们当中，就到一个庄稼人眼面前拿去他末一块面包，他不但不咒我，倒希望对我好就成！
头　目	什么？——什么？——你嘀咕些什么？把鼻涕擤掉，话说清楚！你说了半天，就没人听得出说些什么。
庄稼人小鬼	可，有一个庄稼人在犁地；我知道他就光带了一块面包，此外就没别的东西好吃。我偷了他的面包。按说他应该咒人的；可是他怎么着？他说："谁拿了谁就吃了罢，只要对他好就成！"我把那块面包干脆带来啦。这儿是！
头　目	好，别的庄稼人又怎么着？
庄稼人小鬼	还不全一样。我就一个也捉不来。
头　目	你空着两只手，怎么敢见我？倒像这还不够，你得带点捞什子臭面包回来！你有意寻我开心？你打算待在地狱吃口闲饭？别人拼了命，使劲干活儿！是呀，他们（指着那些小鬼）个个儿不是捉了一万来，就是两万，简直还有二十万的。你哪，空着一双手回来，带了一块糟面包，跟老太婆一样穷聊。你卖嘴，可不干活儿；所以你才拿不住他们。可是，等等看，我的朋友，我要教你认认清楚！
庄稼人小鬼	您先听听我的下情，别就处罚我。那些魔鬼的对手是上流人，买卖人，娘儿们，那是好办。简直是马到成功！拿一顶王冠，要不一块好地给一位贵人看，他就算完啦，由你带着上路！买卖人也是这样子。拿点儿钱给他看，贪心一起，还不由你牵着鼻子走。跟娘儿们就别提多顺当啦。给她们点儿首饰呀，糖果呀，你要她们怎么着就怎么着。可是说到庄稼人呀——且有得蘑菇哪！他打早晨

	干到晚响——有时候到夜深了还不住手——随便干点子什么，一想就想到上帝，谁搞得了他？主子，您就把我打庄稼人这儿调开了罢！我腻味死了他们啦，还不提招您生气！
头　目	你呀，扯闲淡！你褒贬别人呀没用。他们捉了那些买卖人，贵人，女人来，因为他们知道怎么对付他们想新法子兜他们上钩！律师小鬼，可不——他就搞出了一个新花样。你也得想点儿吗的才行！你偷了一块面包来，还好意思吹牛！你算聪明大发啦！围着他们掘陷阱，迟早总有一个陷阱叫他们跌进去的。可是像你那样儿闲晃荡，东西南北全给他们留路走，你那些庄稼人呀当然逞雄。他们开头儿不拿他们末一块面包搁在心上。他们这样下去的话，再一教他们女人这样做，咱们就甭想摸得着人家！想想法子！别就一个劲儿发呆。
庄稼人小鬼	我就想不出该怎么搞。饶了我罢！我受不下去啦！
头　目	（发怒）受不下去！你想着什么，请问？难道要我替你做？
庄稼人小鬼	我受不了！
头　目	受不了？等等看！喂，来人！拿家伙来；打他一顿。
	〔卫兵们抓住小鬼，拿鞭子抽他。
庄稼人小鬼	噢！噢！噢！……
头　目	你想出点儿什么没有？
庄稼人小鬼	噢，噢，我想不出！
头　目	打下去。（他们抽打他）怎么样——想出来了没有？
庄稼人小鬼	是——是，我想出来啦！
头　目	好，说给我听。

庄稼人小鬼　　我想出一个鬼招儿，只要您答应我去给那个庄稼人当雇工，我就能够把他们全抓在手心。不过，我可不能够先就解说。

头　　目　　好罢。你可得记住，你要是三年里头扳不回这块面包的脸呀，我活剥了你的皮！

庄稼人小鬼　　他们在三年里头全成了我的。

头　　目　　好罢。三年一过，我亲自来看！

第 三 幕

　　一间谷仓。装运谷子的大车。小鬼变成了一个雇工。他把谷子从车上一锨一锨撩起来,庄稼人拿斗子往里运。

雇　工　　七!
庄稼人　　多少石?
雇　工　　(看着记在仓门上面的数目)二十六石。现在是二十七石的第七斗。①
庄稼人　　装不下去啦;仓差不多满啦。
雇　工　　把它打平弄匀了。
庄稼人　　我来。
　　　　　〔拿斗下。
雇　工　　(一个人,摘下他的便帽,露出他的犄角)他要回来还得一会儿。我先舒坦舒坦我的犄角。(犄角长了)我把靴子也脱掉;他在旁边我就不成。(脱掉他的靴子,露出他的蹄子。坐在门限上)现在是第三年。快到结账的时候了。谷粒儿多得屋子盛不下。就剩下一件事教他,一教会了

----

① "石"和"斗"都是中国容量名称,并不正确相当。英译本"石"做"阔特"quarter,"斗"做"布式"bushel,每"阔特"合八"布式",每"布式"合八"加仑"。"阔特"在俄文应做"切提外尔齐"。

呀，头目亲自来看好了。我有好东西给他！他就不会再为那块面包生我的气啦！

〔邻居走近。雇工藏了他的犄角和蹄子。

邻　居　你好。

雇　工　彼此。

邻　居　你东家哪儿去啦？

雇　工　他去把谷粒儿摊摊平；装不下啦。

邻　居　怎么说的，你的东家可交上好运道啦！多到屋子盛不下！这两年你的东家收成忒好啦。我们全纳闷儿。就像先有人告诉他要怎么着来的。去年赶上天旱，他在湿地下种籽；别人一颗米收不进，你们的打麦场堆着一捆一捆的粮食！今年我们赶上了一夏天的雨，他呀心眼儿尖，在山上头下种籽。人人烂了谷粒儿，就你们家收成好。多大的颗子！啊，多大的颗子！

〔拿起一些谷粒，掂掂分量，嚼嚼。

庄稼人　（拿着空斗出来）邻居，怎么个好法儿？

邻　居　好啊。我在对你伙计讲，你真懂得在什么地方下种籽。人人眼红你。你打了多少堆，多少堆的谷子！你十年也吃不尽。

庄稼人　这全得谢谢尼考拉伊。（指着雇工）是他的运气带来的。去年我叫他犁地，他左不犁右不犁，偏偏就犁湿地。我臭骂了他一顿，他还是劝我在那儿下种籽。于是我就种了，想不到呀真还好得很！今年他又猜对了，种在山上！

邻　居　倒像他懂得望气。可不，你打够粮食，有得吃啦！（静）我来呀是问你借一口袋裸麦。我们的钱用光啦。我下年还你。

庄稼人	好,你拿去好啦。
雇　工	(拿肘子顶庄稼人)别给!
庄稼人	没得话讲。拿着。
邻　居	谢谢你啦。我跑回去拿口袋来。

〔邻居下。

庄稼人	(坐在门限上)一个好人,有什么不该给的?
雇　工	给是一件事,拿回来又是一件事!你知道,借出去就像朝山底下滚东西,收债呀就像往山上拉东西。老年人都这么讲。
庄稼人	别揪心。我们有的是谷子。
雇　工	好,怎么着?
庄稼人	我们有的是,不光是到下年收成,就是再两年也没事。这么多,我们想个什么办法才是?
雇　工	想个什么办法才是?我可以拿谷子再做东西,叫你一辈子开心。
庄稼人	可,你拿它做什么?
雇　工	一种喝的东西。你一喝那个呀,没气力也有了气力,饿也就不饿啦,困不着也就困啦,难受也就不难受啦,胆子小也就胆子大啦。我要做的就是这种东西。
庄稼人	扯淡!
雇　工	扯淡!这跟我叫你在湿地下种,后来又在山上下种呀一样灵。你当时不相信我,可是现在你懂了罢!这种喝的东西呀,到时候看好了,你会懂得好处的。
庄稼人	可是你拿什么做?
雇　工	可,就拿这打下来的谷子呀。
庄稼人	那不造罪吗?

雇　工	听听他看！干么造罪？样样儿东西给人就为叫人喜欢。
庄稼人	尼克，你这些聪明招儿都打哪儿来的？看看你呀，也只是一个挺平常的人，也还勤谨。可不，你跟我待了两年啦，我就不记得你什么时候脱过靴子。可你呀像是什么都知道。你打哪儿学来的？
雇　工	我待的地方可多啦！
庄稼人	你说，喝了这个就有气力？
雇　工	回头你试试看，就知道多好啦。
庄稼人	我们怎么个造法儿？
雇　工	只要你知道法子，就不难造！我们只要一只铜锅两个铁盆子就成了。
庄稼人	味道好吗？
雇　工	蜂蜜一样甜。你吃过一回，就再也舍不得啦。
庄稼人	真的？好，我到隔墙去一趟，他一向有一只铜锅的。我们不妨试试看！

第 四 幕

一间谷仓。中间是一只盖着的铜锅,底下是火,另外有一个盆子,底下是一个管子。

雇　工　　（拿一个杯子接在管子底下,喝着酒）好,东家,好啦。
庄稼人　　（蹲在地上,看着）有这种怪事!东西加在一起,会有水出来。你干么先把这个水放出来?
雇　工　　这不是水。就是要喝的东西!
庄稼人　　怎么这么清?我以为要跟谷粒儿一样黄的。这简直跟水一样。
雇　工　　可你闻闻看!
庄稼人　　啊,真香!好,好,倒在嘴里头,看是什么味道。我尝尝看!
　　　　　〔打算从雇工手里接过杯子。
雇　工　　当心,别洒啦!(关了管子,喝酒,咂嘴)成啦!给你。喝罢!
庄稼人　　（喝着,先吮了吮,然后一点一点往多里喝,最后喝干了杯子,还给雇工)好啦,再来点儿。一滴一滴的,怎么尝得出味道儿来。
雇　工　　（笑）好,你像喜欢这个!

〔又斟上一杯。

庄稼人　（喝着）哎，真有意思！喊女当家的来。嗨，玛尔萨！来呀！好啦！到这儿来！

〔女人和小女儿进来。

女　人　什么事？你嚷嚷个什么子？

庄稼人　我们造的这个东西，你尝尝看。（把杯子递给她）闻闻看！是什么味道？

女　人　（闻）我的天！

庄稼人　喝呀！

女　人　说不定会伤人怎么的罢？

庄稼人　喝呀，傻瓜！

女　人　真的。挺好。

庄稼人　（有点儿酩酊）真好！你等着看下文罢。尼克说，喝了下去呀，骨头就不累得慌啦。年轻人变成老年人。我是说，老年人变回年轻人。看呀，我才不过喝了两杯，我的骨头就全舒坦啦。（神气十足）你看见了罢？等等看，你我见天儿喝，就又变回年轻啦，来，玛尔萨！

〔吻她。

女　人　去你一边儿的罢。可，这简直让你变蠢了嘛。

庄稼人　可，你看呀！你先前说尼克跟我是糟蹋谷子，可你看我们酿出什么东西来啦。哎？好，是不是？

女　人　当然好喽，叫年老又变成年少。看你变得多快活呀！我也觉得快活！是啊，一道儿来！啊——啊——啊——

〔唱着。

庄稼人　对啦，这才像景儿！我们全变年轻，全变年轻啦。

女　人　我们把婆喊过来罢。她总是忧忧愁愁唧唧哝哝的。她需要补补。她一年轻，就要和气多了。

庄稼人　（酩酊）对，喊妈来。喊她这儿来，还有爷爷。我说，玛丽，去喊你奶奶和你老爷爷来。告诉他，他得下灶！我们会叫他再年轻的。去罢，快！一，二，三，跑！像放枪一样快！（女孩子跑掉。向女人）我们再喝一杯。

〔雇工盛满了，把杯子递给他们。

庄稼人　（喝着）开头我们上头，舌头年轻，随后它进了胳膊。现下到了脚上头。我觉得我的脚年轻多啦。它们自己活动起来啦。

〔开始跳舞。

女　人　（喝着）你这人可真聪明，尼克！好，奏乐！

〔雇工拿起巴拉莱喀①，弹着。庄稼人夫妇跳舞。

雇　工　（在舞台前部弹着乐器，一边看着他们，一边笑着，眨着眼睛。随后他不弹了，但是他们还继续跳着）你得还我那块面包的气！如今你在还哪，好小子。他们再也逃不掉了。头目高兴现在来，就好来啦！

〔进来一位好看的老妇人，和一位白发苍苍的龙钟老头子，庄稼人的祖父。

祖　父　什么事？你们疯啦？人人都在干活儿，你们跳舞！

女　人　（跳舞，拍着手）嗷——嗷——嗷——（唱着）

我造罪呀我承认，

不造罪的只有上帝一个人！

母　亲　嗷，你这坏东西！灶还没打扫净，你倒在这儿跳起舞来啦！

---

① "巴拉莱喀"是俄国人弹的一种三弦琴。

庄稼人	等一下，妈。看这儿造出什么来啦。我们可以叫老年人又变回年轻！你看呀！喝了这个就成！
	〔递上杯子。
母　亲	井里头有的是水。(闻)你往这里头放了些子什么？我的——多怪的一股味道！
庄稼人	你喝喝看。
母　亲	(尝了一口)我的天！喝这不会死呀？
女　人	会让您更有劲儿的。您就又变年轻啦！
母　亲	瞎扯！(喝着)倒也真好！比我们喝的那些东西都好。来，公公，也喝一口。
	〔祖父坐下，摇摇头。
雇　工	别理他。不过，奶奶得再来一杯才好。
	〔递酒给老妇人。
母　亲	只要没害处就好。啾，天呀，烧得慌倒也怪好受的。
女　人	喝了罢！喝了你就觉得它会在血管子里头跑的。
母　亲	好，我看我就试试罢。
	〔喝着。
女　人	到不到了您的脚上头？
母　亲	真的，沿着全身在跑。我现下觉得是在这儿！真叫人觉得轻飘飘的。来——再给我点儿。(再喝)好！我现下可又年轻啦。
庄稼人	我不是对你讲来的？
母　亲	啊，真可惜，我的老伴儿不活着啦。他会再看一回我跟我年轻时候一样啦。
	〔雇工弹着。庄稼人夫妇跳舞。
母　亲	(走到中间)你们把这叫做跳舞？还是我教教你们罢。(跳

舞)这才像样儿哪！像这样，像那样，才对！你们看见没有？

〔祖父走到盆子跟前，开了管子，把酒放在地上。

庄稼人　(看见了，奔向祖父)老糊涂，你在瞎搞些子什么呀？这么好的东西全流掉了！噢，你这个老糊涂蛋！(推开他，把杯子拦在管子下面)你全给倒空啦！

祖　父　这不是什么好事，是也就是恶事！上帝给你好收成，喂饱了你们大家，可是你哪，拿粮食变成魔鬼喝的东西。这不会有好结果的。别搞下去啦。不然呀，你会毁，也会害别人的！你以为这好喝？这是火，会把你烧了的！

〔从火里取出一根柴火，燃起流在地上的酒。酒着了起来。大家全看着害怕了。

第 五 幕

茅屋内部。只有雇工一个人,角和蹄子露在外头。

雇　工　　成堆成堆的谷子。多到屋子都装不下,现在他可尝着味儿啦。我们又造酒来的,我们装了一桶,拿它藏啦。我们请人喝呀也不白请,不过,我们要人做点儿吗的了,我们这才请他!所以,今天我叫他请村子老辈喝酒,帮他和他爷爷把家产分了,样样儿都给他,没一样儿给老头子!我的三年限期今天到啦,我的工作也正好完啦。头目要亲自来看,就来看罢。看好了,我没什么好害臊的。

〔头目从地下出来。

头　目　　限满啦!你偷面包那桩傻事,有没有抵消?我先前告诉你我要亲自来看的。你拿庄稼人制住了没有?

雇　工　　拿他完完全全制服啦!您自己看好了。有几个庄稼人这就到这儿聚会。藏到灶里头,看看他们搞些子什么。您一定会心满意足的!

头　目　　(爬进灶去)我们看罢!

〔进来庄稼人和四位老辈。女人跟在后头。男人们围着桌子坐下。女人铺桌布,往桌子上端牛脚筋和点心。老辈们和雇工互相问候。

第一位老辈	好,你们又做了许多酒吗?
雇　工	是呀,我们要多少,就造多少。值钱的东西怎么好糟蹋呢?
第二位老辈	成功了没?
雇　工	比头一回的还要好。
第二位老辈	可是你打哪儿学会造这个的?
雇　工	走的地方多了,人就知道的也多了!
第三位老辈	是呀,是呀,你这人什么也知道。

〔女人送上酒和杯子。

庄稼人	尝一口罢!

〔女人拿起酒壶斟酒。

女　人	赏我们脸!
第一位老辈	(喝着)祝你们身子好!啊,真叫好。在骨节儿里头就跑个不停。这呀,我才叫做正当饮料!

〔另外三位老辈同样举杯。头目爬出灶来。雇工过去站在他旁边。

雇　工	(向头目)看罢,新鲜花样儿要来啦!我拿脚把女人绊一下子,她拿酒洒了。从前他丢了他末一块面包也不心疼,可是现在看罢,一杯酒他就气成了什么样子!
庄稼人	喽,女人,把酒,挨着位子递过来——先给我们这位朋友,再给米哈伊老爹。

〔女子斟了一杯酒,顺着桌子走。雇工绊了她一下子;她站不稳,洒了酒。

女　人	好天爷,我拿酒洒啦!人家走得好好儿的,你做什么过来,没长眼睛?
庄稼人	(向女人)看她这个笨畜牲!手指头全成了木头,她还要

	骂别人！看她拿多好的东西洒了一地！
女　人	我不是成心做的。
庄稼人	成心！等我站起来教教你，拿酒洒在地上。（向雇工）还有你，你这个蠢蛋，你兜着桌子蹦跳个什么？滚到魔鬼那儿去！

〔女人又斟好酒送。

雇　工	（回到灶边头目跟前）您看见了罢？从前他剩下来一块面包，我偷了他也不气，现在为了一杯酒，他几乎揍他女人，把我发遣给您——魔鬼！
头　目	好，很好！我满意啦。
雇　工	您等等。看他们喝空了瓶子——出点子什么花样儿。就是眼前，他们彼此说起话来，甜兮兮的，光溜溜的，马上他们就要臭巴结——像狐狸一样狡猾。
庄稼人	好，老哥儿们，你们对我那档子事是怎么个意思？我爷爷一直跟我住在一起，我一直喂着他，喂着他，现下哪，他去跟我叔叔住啦，要拿他那一份儿家产送给叔叔！想想看；你们都是圣贤。没你们呀，就跟没我们自家的脑壳一样，我们真还不成。全村子甭想有一个人比得过你们。就拿你来说罢，伊万·费道提奇——不是人人都在说，你是人中之人？就我来说，我喜欢你呀，比我自己的爹妈还厉害。说到米哈伊·司铁潘尼奇，老早就是朋友啦。
第一位老辈	（向庄稼人）跟好人说话有好处的。这是变聪明的好法子。跟你就是这样子。就没人可以跟你比。
第二位老辈	聪明，殷勤——我就喜欢你这个。
第三位老辈	我顶同情你啦。我就找不出话来表白。我今儿还对我老

婆子讲——

第四位老辈　朋友，真朋友！

雇　工　（拿肘子顶了一下头目）您听见了没有？句句谎！他们在背后头你骂我我骂你，可是现在看他们呀，又两样儿啦——就像狐狸摇尾巴！全是喝了那东西的缘故。

头　目　那东西好，很好！他们要是这样儿撒谎撒下去，就全成我们的了。很好，我满意。

雇　工　等一下。喝完了第二瓶，他们还有好的给您看哪！

女　人　（献酒）再喝一杯。

第一位老辈　不太多了点儿？祝你身子好！（喝着）跟好人在一起喝先就开心。

第二位老辈　怎么能够不喝？祝主人跟主妇身子好！

第三位老辈　朋友们，祝你们身子好！

第四位老辈　这东西可真造对啦！敞开玩儿罢！我们会帮你安排好了的。因为这都看我啦！

第一位老辈　看你？不，不看你，看你的前辈说什么。

第四位老辈　我的前辈呀是大傻瓜。趁早儿走开，省得丢脸！

第二位老辈　你打算怎么着？你这个傻瓜！

第一位老辈　他说的也没什么不对！因为什么？主人请我们不是白请我们。他有事由儿。事由儿可以安排的。只要你做东道做得好！好好儿尊敬我们。因为是你要我帮忙，不是我要你帮忙！你呀跟猪差不到哪儿去！

庄稼人　你才是！你叫些子什么？打算吓唬我？你们那点子本事呀，也就是拿肚子往饱里塞！

第一位老辈　你神气点子什么？看我不拿你的鼻子揪到一边儿的！

庄稼人　我们倒要看看是谁的鼻子往一边儿歪！

第二位老辈	你真以为你了不起呀？滚到魔鬼那儿去！我不要跟你上话——我走！
庄稼人	（抓住他）什么，你领头儿拆台？
第二位老辈	放我走，要不我喊人救命啦！
庄稼人	偏不！你凭什么？——
第二位老辈	凭这个！

〔揍他。

庄稼人	（向别的老辈）救我！

〔他们乱打起来，全在同时说话。

第一位老辈	道理是这个。因为我们闹酒闹错了头！
第二位老辈	我什么事由儿也安排得来！
第三位老辈	我们再喝点儿！
庄稼人	（向女人）再拿一瓶来！

〔全围桌子坐下喝酒。

雇　工	（向头目）看见没有？狼血在他们身子里头激起来啦，他们变得跟狼一样凶。
头　目	是好饮料！我满意啦！
雇　工	等一下。看他们喝空了第三瓶。还有好的在后头哪！

第 六 幕

　　景是一条村里的路。右边有些老太太和祖父坐在木头上。中间是一圈儿女人,女孩子和男孩子。奏着跳舞的音乐,他们在跳舞。茅屋传来嘈杂的声音和醉了的嘶喊。出来一个老年人,醉里巴几地嚷嚷着。庄稼人跟着他,又把他拉回去。

祖　父　　啊,搞的些什么子哟! 什么子哟! 平时干活儿,星期天来啦,洗得干干净净的,拿套马的家伙也刷干净,歇上一阵子,跟家里人坐在一起聊聊天儿,要不,到外头跟老辈子谈谈一区的事由儿。要不,你年轻,做做游戏。是呀,想想看,一个人还有什么好要的? 孩子们在那边玩——看着他们就快活。又快活又好。(茅屋里头传出嘶喊的声音)可是这种玩艺儿,算个什么? 也就是引人走进邪路,讨魔鬼喜欢。全是日子太好过了啦呀!

　　〔人们酩酊了,跌跌打打走出茅屋,嚷着,抓住女孩子们。

女孩子们　松手,陶穆爹! 你这是干什么呀?
男孩子们　我们到巷子里去。这儿就没法子玩儿。

　　〔原先拉圈儿玩的人们全走了。

庄稼人　　(走向祖父)你现下有什么好? 老辈子拿东西全给了

我！（冲他打手指响）你得的就是这种！你呀没别的！全是我的，你呀什么也没！他们自家会讲给你听的！

〔四位老辈全在同时说话。

第一位老辈　因为我知道什么是什么！

第二位老辈

我说什么人也怕，

因为我年纪大！

第三位老辈　朋友！亲爱的朋友，最亲爱的朋友！

第四位老辈

顺着茅屋走，顺着床走，

女当家的没地方放她的头！

好啦，走啊！

〔老辈们两个两个挽住胳膊，摇摇摆摆，一对跟一对，走掉。庄稼人朝茅屋走回，但是没走到，就摔了——倒在地上，呢呢喃喃，说了一些听不清切的话，声音像猪哼哼。祖父和坐在一道儿的老太太们，站起，走出。

〔进来雇工和魔鬼的头目。

雇　工　您看见了罢？现猪血在他们身子里头激起来啦，他们打狼变成了猪！（指着庄稼人）他躺在泥里头，跟猪一样哼唧！

头　目　你成功啦！先像狐狸，后来像狼，现在像猪！好，这才叫喝的东西！不过，告诉我，你怎么造成的？我想也是狐狸血狼血跟猪血拼起来的罢？

雇　工　啾，才不是哪！我也就是给他太多太多的谷子！他要多少，他有多少，他就不会因为丢了他的末一块面包发气的，可是一多到他不知道该怎么办啦，他身子里头的狐

	狸血，狼血和猪血就醒过来啦。他身子里头一直就有走兽的血，不过没法子占上风就是啦。
头　目	好，你有本事！你扳回你偷面包的脸啦。现在只要一急着喝酒，他们就整个儿成了我们的啦！

附录　小鬼和面包

一个穷庄稼人一清早就到田里犁地去了，带了一块面包当早饭用，他搭好了犁，拿他的上身衣服包好面包，放在一堆小树底下，开始干活儿。过了一会儿，马累了，庄稼人也饿了，他立好了犁，放马去吃草，过去拿他的上身衣服和他的面包。

他拿起衣服，可是面包没啦！他看了又看，把衣服翻了个过儿，抖了抖——可是面包没啦。庄稼人简直搞不明白是怎么一回事。

"真怪，"他想，"我就没瞅见人嘛，可是说归说，一定有人来过这儿，把面包拿走了的！"

原来是一个小鬼，趁庄稼人犁地的时候，偷了面包去的，当时他正坐在小树堆子后头，等着听庄稼人咒骂，搬魔鬼出来。

庄稼人没早饭用，心里挺不挂劲儿，可是他说："丢就丢了，说到临了，我不会饿死！谁拿面包，没问题，等着吃。但愿对他好就成！"

于是他走到井跟前，喝口水，歇了一下子。然后他牵着马，驾上套，又开始犁地了。

小鬼没有能够叫庄稼人造罪，好不垂头丧气，对魔鬼他的主子报告去了。

他见到魔鬼，说他怎么拿了庄稼人的面包，庄稼人不但不咒骂，反而说："但愿对他好就成！"

魔鬼发怒了，回答："这个人把你比输了，是你自己的错——你就不懂你干些子什么事！要是庄稼人们，还有他们的老婆们，都跟他学，这样儿搞下去的话，我们简直完蛋啦。事由儿不好就这样撒手的！马上回去，"他说，"拿事由儿搞好。你要是三年里头赢不了那个庄稼人呀，看我不拿你浸到圣水里头的！"

小鬼怕得要命。他连忙逃到地上头,想着怎么样他才能挽救他的过失,他想了又想,终于想出了一个好办法。

他摇身一变变成了一个雇工,去帮那个穷庄稼人干活儿。头一年他劝庄稼人把谷子种在湿地。庄稼人听他的话,在湿地下种籽。想不到这一年闹大旱,别个庄稼人的谷子全让太阳烧焦了,只有穷庄稼人的穗子又肥又高又饱满。他打下来的粮食不但够他一整年的,还有许许多多留过头的。

第二年小鬼劝庄稼人种在坡上;想不到赶上了一夏天的雨。别人的穗子打湿了,烂了,一点儿也不饱满;可是庄稼人的收成,种在坡上,才叫好。他比从前打下来的粮食还要多,他简直不知道拿来怎么办才是。

于是小鬼教庄稼人捣烂粮食,拿它造酒;庄稼人做出厉害的酒来,自己喝,还拿去送朋友。

于是小鬼去见魔鬼,他的主子,夸口他已经扳回他的失败。魔鬼说他要亲自来瞅瞅情形怎么样。

他来到庄稼人家,瞅见庄稼人邀了他那些日子宽适的邻居一道儿喝酒。他老婆正在给客人们端酒,就在递酒的时候,她在桌子跟前绊了一下,洒了一杯子酒。

庄稼人光火了,骂他老婆:"你是什么意思,臭婊子?你还以为这是沟里的脏水,你这癞子,拿好东西像这样儿往地上泼?"

小鬼拿肘子杵了杵魔鬼,他的主子,说:"瞅呀,就是这家伙,丢了他末一块面包还不气得慌!"

庄稼人还在骂他老婆,一边自己在上酒。就在这时候,一个穷庄稼人干完了活儿,没有挨到请,就进来了。他问候这些人,坐下,瞅见他们在喝酒。干了一天的活儿,累了,他觉得他也想喝一口。他坐了又坐,嘴都流了哈喇子,主人不但不给他倒酒,反而唧咕着:"我没酒送给随便什么人喝。"

魔鬼喜欢这个；但是小鬼忍住笑，说："等一下，好文章还在后头！"

阔庄稼人们喝着酒，主人也喝着。他们开始你对我我对你说着油滑的假话。

魔鬼听了又听，夸奖小鬼。

他说："酒拿他们搞得跟狐狸一样啦，他们开始在你骗我我骗你，没多久他们就要让我们收拾掉啦。"

"等等后头的，"小鬼说，"瞅他们再喝一圈儿酒。现在他们像狐狸，摇尾巴，你说我好话我说你好话，不过马上你就要瞅见他们像野狼的。"

庄稼人们又一人喝了一杯，他们的话越来越野越粗。他们不说油滑的话了，开始你骂我，我骂你，你哼我，我哼你。没多久他们就揍起来了，你捶我的鼻子，我捶你的鼻子。主人也掺在里头打架，也挨了一顿好打。

魔鬼瞅着这一切，挺开心。

他说："妙极了！"

但是小鬼回答："等一下——顶好的还在后头。等他们喝过第三杯再瞅。现在他们发起气来像狼，但是他们再喝一杯，就要变成猪了。"

庄稼人喝过第三杯，简直活脱脱成了畜牲，他们呢喃着，嚷嚷着，不知道为什么，谁也不听谁讲话。

然后酒席散了。有的一个人走，有的两个人走，有的三个人走，全跌跌打打到了街上。主人出来催客人们走，但是他鼻子朝地摔在水坑里头，从头到脚染了一身污泥，躺在那儿哼哼唧唧像一只猪。

这越发让魔鬼喜欢了。

"好，"他说，"你造的这饮料真是头等货色，完全扳回了你偷面包的脸。不过,现在告诉我,这饮料是怎么做成的。你一定先放进狐狸的血,所以才让庄稼人们跟狐狸一样狡诈,然后,我想,你添上狼的血,所以才让他们凶得跟狼一样。最后你一定加上猪的血,叫他们跟猪一样走动。"

"不是的,"小鬼说,"我不是这样造成的。我当心叫庄稼人谷子多,多到比他要的还要多。走兽的血一直就在人身子里头;不过只要他有的谷子够他吃,也就老老实实待了下来。在这种情形,庄稼人丢了他末一块面包也不气的。可是,谷子一多,他就想到这上头寻个乐子。于是我就给他一个快乐——喝酒!他一拿上帝施舍的好东西变成酒,为了自己的快乐——他身子里头的狐狸血,狼血和猪血就全出来啦。只要他喝下去的话,他就永远成了一条走兽!"

魔鬼夸奖小鬼,饶了他先前的过错,升了他一个高官儿做。

(一八八六年)

· 祸 根 ·

人物

阿库里娜　一个七十岁老太太，活泼，庄严，旧式。

米哈伊　她儿子，三十五岁，热情，自满，虚荣，强壮。

玛尔萨　她媳妇，三十二岁，爱嘀咕，话多而快。

派辣实喀　十岁，玛尔萨和米哈伊的女儿。

塔辣斯　村长的助理员，严肃，自尊，说起话来慢悠悠的。

流浪人　四十岁，烦躁，削瘦，说起话来夸大，特别酒喝多了，由不得自己的时候。

伊格纳提　四十岁，一个丑儿，快活，愚蠢。

邻居　四十岁，烦躁。

第 一 幕

秋天。一个庄稼人茅屋,另外分出了一小间。阿库里娜坐着纺线;家主婆玛尔萨在揉面包;小派辣实喀在摇着摇篮。

玛尔萨	噢,天,我的心呀沉甸甸的!我知道要出乱子;他那儿就没事由儿待下去。简直跟那一天一样,他到城里卖柴火,差不多一半儿柴火钱灌了酒。可是他呀样样儿怪罪我。
阿库里娜	干么直担心思?天还早哪,城又老远老远的。眼下嘛——
玛尔萨	您说早是什么意思?阿基米奇已经回来啦。他在米哈伊后头动身的,可是米哈伊还没回来!一整天就甭提怎么操心,操心了;这就是我一天的乐子。
阿库里娜	阿基米奇是拿货直奔一个受主去的;可是我们的人拿货到市场卖。
玛尔萨	就是他一个人,我也不操心啦,可是伊格纳提跟他在一起;他一跟这脏狗——上帝饶恕我!——在一起呀,他一定会喝醉了的。一个人打早到晚吃苦干活儿,样样儿事都扛在肩膀上头!要是有个吗儿的也还值得!可就不!一整天忙来忙去就是一天的乐子。

〔门关了，塔辣斯进来，后头跟着一个衣着破烂的流浪人。

塔辣斯　你们好！我带了一个人来，他要借住一宿。

流浪人　（鞠躬）我冲你们行礼啦。

玛尔萨　你怎么一来就把他们带给我们？前一个星期三晚晌，我们才打发掉一个流浪汉子。你总是拿他们塞给我们。你应当叫司铁派尼达收留他们才是；他们没孩子。我料理一家大小就够我忙活的啦，你还一来就带这些人给我们。

塔辣斯　人人要轮到的。

玛尔萨　说的倒很好，"人人要轮到的"，可是我有孩子，再说，当家的今儿就不在家。

塔辣斯　没关系，让这人在这儿睡一宿罢，他不会拿他困过的地方磨没有的。

阿库里娜　（向流浪人）进来坐下，做我们的客人好啦。

流浪人　我谢谢你们啦。行的话，我想讨点儿东西吃。

玛尔萨　你屁股还没坐定，已经想到吃啦。你没在村子里头讨东西？

流浪人　（叹气）我不是那种人，我没讨饭的习惯。不过，自己不出产东西——

〔阿库里娜站起，走到桌子跟前，切下一块面包给流浪人。

流浪人　（接过面包）Merci。①

---

① 法文，意思是"谢谢"。流浪人参加过革命团体，受过一点教育，所以要来一句当时上流人通用的法文，并且时时爱说些半生不熟的字眼儿。他是一个上不去下得来的"堕落分子"。

〔坐在凳子上，贪样儿吃着。

塔辣斯　　　米哈伊哪儿去啦？

玛尔萨　　　可，他拿干草上城啦。是回家的时候啦，还不见他来。一定是出了岔子啦。

塔辣斯　　　可，有什么岔子？

玛尔萨　　　什么？没好的；朝前看呀只有坏。他一走出家门呀，就拿我们忘了个干净！我猜他回来醉醺醺的！

阿库里娜　　（坐下纺线，指着玛尔萨，跟塔辣斯讲话）你就甭想她安静得了。我常常说的，我们做女人的总要找话唧咕。

玛尔萨　　　就是他一个人，我倒也不怕了，他偏偏是跟伊格纳提一道儿去的。

塔辣斯　　　（微笑）啊，好，伊格纳提·伊万尼奇自然是好喝点子渥得喀①了。

阿库里娜　　难道他不知道伊格纳提是个什么样儿人！伊格纳提是一个人，我们的米哈伊又是一个人。

玛尔萨　　　妈，您说说倒像挺好的。可是我呀，瞅够了他喝酒。他清醒的时候，抱怨他等于造罪，可是他一醉了呀，您知道他像个什么。人就甭想说一句话；样样儿错。

塔辣斯　　　话不错，不过也瞅瞅你们女人自家！男人喝酒啦——好，他吹一会儿牛，睡上一觉也就好了，样样儿还不是老样子；可是这时候呀，你们又死跟他烦个不清。

玛尔萨　　　他一醉了呀，凭你怎么着，就没法子讨他欢喜。

塔辣斯　　　可是你得明白，我们偶尔来上一杯，也是难免的事。你们女人干活儿都在家里头，可是像我们一干起活儿来

---

① "渥得喀"是俄国人喜欢喝的一种麦酒。

	呀，要不也得陪着人家呀，喝上一口两口的。可不，人就这样喝上了的，害处在那儿？
玛尔萨	你有的说，可是苦呀苦我们女人。噉，真苦了啦呀！要是拿你们也驾上套，干我们这个活儿，哪怕一个礼拜，你就要另换一个调门儿啦。揉面，烧菜，烤面包，纺线，织布，还得看牛呀什么的，还得拿孩子们洗呀穿的，穿呀喂的；全撂在我们肩膀儿上头，再赶上了什么事由儿不对他的劲头儿，你瞅罢，特别赶上他醉了。噉，天，我们过的这叫什么日子啊！
流浪人	（嚼着）这话很对。它是一切的祸根；我是说，人这一生要是有什么灾难呀，都是酒这个东西害的。
塔辣斯	像是你也受害来的！
流浪人	不，不就正是，虽说我也受够了它的害。不是酒的话，我这一辈子就许不是这种作为了。
塔辣斯	可，依我想呀，你要是喝酒喝得合理的话，不见得就有害处。
流浪人	不过，我说呀，它有那种劲头儿力量，可以拿人完全毁了。
玛尔萨	我就是这个意思。你操心，你拼命做，你得到的唯一安慰就是挨骂挨打，像一条狗。
流浪人	不单是这个。有人，我是说有些人，喝来喝去，喝得失了人性，做的尽是些子不三不四的事。没喝酒的时候，随你给他什么东西，不是他的他决不拿；可是一喝醉了呀，东西只要近在手边，他抓起来就走。许多回人为了这个挨打关牢监。只要我不喝酒，什么都规规矩矩，正正经经的，可是我一喝了酒呀，我是说那个人一喝了酒呀，东

	西只要在他眼面前,他抓起来就走。
阿库里娜	我想这全瞅自家。
流浪人	只要自家好,当然全瞅自家,不过,这是一种病。
塔辣斯	一种好玩儿的病。拿它藏得牢牢的,病也就治啦。好,回头见。

〔下。

〔玛尔萨揩揩手,转过身子要走。

阿库里娜	(看见流浪人吃完了面包)玛尔萨,我说,玛尔萨!再给他切一块。
玛尔萨	管他哪,我得烧开了茶炉子。

〔下。

〔阿库里娜站起,走到桌子跟前,切下一块面包,递给流浪人。

流浪人	Merci。我拿胃口撑大啦。
阿库里娜	你是一个工人?
流浪人	谁?我?我从前是一个开机器的。
阿库里娜	你赚多少工钱?
流浪人	一个月赚五十,多到七十卢布。
阿库里娜	可真不少!那你怎么会搞到这个地步?
流浪人	这个地步!不光是我一个人。我搞到这个地步,因为辰光不对,规矩人就没法子活下去。
玛尔萨	(端进茶炉)啾,主!一定的啦,他喝醉了回家。我心里头觉得。
阿库里娜	我怕他还真是酗酒去啦。
玛尔萨	就是呀。一个人卖死力气,卖死力气,揉呀,烤呀,和,纺呀,织呀,料理牛呀,样样儿撂在肩膀儿上头。(婴儿

	在摇篮里头哭)派辣实喀,摇摇弟弟,噢,天,我们女人过的这叫什么日子。赶上他喝醉了呀,就没个对岔儿的!——只要你说上一句他不爱听的——
阿库里娜	(煮茶)这是末一回喝茶啦。你告诉他买点茶叶没有?
玛尔萨	当然。他说他会带回来的,可是家里呀,他整个儿撂在脑后头了!——

〔她把茶炉放到桌子上。

〔流浪人走开。

阿库里娜	你干么离开桌子?我们就要喝茶啦。
流浪人	您待我这样周到,我真感激。

〔扔掉他吸的坏雪茄,来到桌子跟前。

玛尔萨	您是干么的?庄稼人,还是别的?
流浪人	这,我不是庄稼人,可也不是贵族。我是两边儿都沾。
玛尔萨	到底是什么?

〔递给他一杯茶。

流浪人	Merci。是这样子;我父亲是一位波兰伯爵,他之外我还有好些贵人父亲;我有两个母亲。
阿库里娜	噢,主,这是怎么回事?
流浪人	是这样子的,因为她卖淫过日子,所以丈夫也就多啦,各种各样见的父亲有啦。有两个母亲,因为生我的母亲在我小时候就把我丢啦,一个工厂脚夫的老婆可怜我,把我带大的。总之,我这一生有许多难言之隐。
玛尔萨	再喝一杯?好,你跟过什么师傅吗?
流浪人	我的师傅也就很够变化了。我母亲,不是我母亲,是收留我的母亲,叫我跟一个铁匠学徒。那个铁匠是我头一位夫子;他做夫子就会——捶我可怜的头,比捶他的砧子

次数还多。无论如何，尽管他揍我，他揍不掉我的才气。后来我跟了一位锁匠，他倒赏识我，拿我提拔成了头儿。我交结受过教育的人，加入了一个政治党。我懂得来理智的文学；我的生活满可以提得高高的，我本来很有才气嘛。

阿库里娜　当然。

流浪人　可是半路出了岔子。暴君的控制压住人民的生活！我进了牢监；我是说，我就丧失了自由。

玛尔萨　为什么？

流浪人　为我们的权利。

玛尔萨　什么权利？

流浪人　什么权利？可，布尔乔不应当继续大吃大喝的权利，劳苦的普罗列应当获得勤劳奖赏的权利。

阿库里娜　拿地收回，我想？

流浪人　那，自然喽。还有土地问题。

阿库里娜　但愿上帝和圣母娘娘答应就好！我们着急的就是地。好，现下事由儿怎么样？

流浪人　现下？我去莫斯科。我看望一个剥削劳工的人去。没办法，我得低声下气说——听您赏我工作，只要您收留我就成。

阿库里娜　好，再喝点儿茶。

流浪人　谢谢；我是说 merci。

〔外边过道有了嘈杂和说话的声音。

阿库里娜　米哈伊回来啦，正好赶上喝茶。

玛尔萨　（站起）哎，我的天，伊格纳提跟他在一道！他一定喝醉啦。

〔米哈伊和伊格纳提蹒跚进来。

伊格纳提 你们全好?(在神像前做了一个十字)我们来啦,家伙,赶上喝茶啦。

我们到了教堂,弥撒完了;

我们过去用饭,桌子光光;

我们进了酒馆,赶上热闹。

哈,哈,哈,你们投我以茶,我们报你们以渥得喀。公平交易。

〔笑。

米哈伊 这位相公哪儿来的?(指着流浪人。从胸怀掏出一瓶酒,放在桌上)拿杯子来。

阿库里娜 怎么样,事由儿搞好了吗?

伊格纳提 家伙,好到没得好;灌饱啦,闹够啦,还带了些回来。

米哈伊 (拿渥得喀倒在杯子里头,递一杯给他母亲,又递一杯给流浪人)喝——你也喝一杯!

流浪人 (接过酒杯)我打心里感激。祝你身子好!

〔一饮而干。

伊格纳提 好小子!家伙,好酒量?我看他饿得连血管子都干啦。

〔又斟上一杯。

流浪人 (饮着)我希望你百事如意。

阿库里娜 怎么样,你干草卖得好吗?

伊格纳提 好也罢,坏也罢,家伙,我们全喝光啦!对不对,米哈伊?

米哈伊 那,当然。酒造下来不是为了摆设!人活百年,得有一回开心。

玛尔萨 你胡扯些什么呀?神气完了照样儿不抵事。我们家里没

	得吃的，你好意思在外头胡闹。
米哈伊	（恐吓地）玛尔萨！
玛尔萨	好，玛尔萨又怎么着？我知道我是玛尔萨。啾，我瞅你就不顺眼。
米哈伊	玛尔萨，瞅！
玛尔萨	没什么好看的。我偏不要瞅。
米哈伊	倒渥得喀，端给客人。
玛尔萨	去你一边儿的，烂眼睛的狗。我偏不要跟你讲话。
米哈伊	你不要？啊，贱人，你说什么？
玛尔萨	（摇着摇篮。派辣实喀害怕了，走到她跟前）我说什么？我说呀我偏不要跟你讲话，就是这个。
米哈伊	你忘啦？（从桌边跳起打她的头，打掉她的头巾）一！
玛尔萨	啾！啾！啾！
	〔哭着，朝门奔去。
米哈伊	你逃不掉的，臭婊子！
	〔扑过去。
流浪人	（从桌边跳起，抓住他的胳膊）你没有这种权利。
米哈伊	（站住，一惊，看着流浪人）你嫌你挨过揍的日子远？
流浪人	你没有权利对女性加以侮辱。
米哈伊	啾，我把你这狗娘养的！你瞅见这个没有？
	〔举起拳头。
流浪人	我不许对女性有剥削。
米哈伊	我呀，连根把你剥啦，叫你立也没个立处——
流浪人	来，打罢！你干么不？
	〔送上脸去。
米哈伊	（耸耸肩膀，伸出两个胳膊）我要真揍你怎么着？

流浪人　　我告诉你啦，打！

米哈伊　　好，你这小子怪气，我饶了你。

〔放下胳膊，摇摇头。

伊格纳提　（向流浪人）家伙，你对娘儿们有两手儿，一瞅就瞅出来啦！

流浪人　　我拥护她们的权利！

米哈伊　　（一边走向桌子，一边沉沉出气，向玛尔萨）好，玛尔萨，你为他呀得在神前头，点枝大蜡烛。不是他呀，我把你揍成烂浆子。

玛尔萨　　对你这种人有什么好指望的？人家操心操一辈子，烤呀烧的；一到——

米哈伊　　够啦，够啦！（端渥得喀给流浪人）请。（向他女人）你流什么哈喇子？难道一个人不好开个玩笑？拿去，（给她钱）收起来罢。这里是两张三卢布的票子，两个二十考排克的角子。

玛尔萨　　还有我要的茶跟糖呢？

米哈伊　　（从袋里取出一包东西，递给太太。玛尔萨接过钱和小包，走进小房间，静静地包扎她头上的包巾）这些娘儿们可真不通情理。（他又献渥得喀给流浪人）来，请。

流浪人　　（拒绝）你自己来。

米哈伊　　来罢，别蘑菇啦。

流浪人　　（喝着）祝你成功。

伊格纳提　（向流浪人）我猜，你一定见过不少世面。噢，你这件上身可真美啦！最新的样式。你打哪儿搞来的？（指着流浪人的破烂衣服）别补啦，就这样儿好！我想，上了点子岁数啦罢。是啊，这叫没办法。我要是有你那么一件呀，娘

	儿们对我也一定好啦！（向玛尔萨）对不对？
阿库里娜	伊格纳提·伊万尼奇，不好刻薄人的。你就不清楚人家家底儿，怎么好拿人家取笑。
流浪人	这因为他没受过教育。
伊格纳提	我这么闹，还不是跟朋友一样。请。
	〔献上渥得喀。
阿库里娜	他自家说——酒是一切的祸根——为了这个他还坐牢来的。
米哈伊	你为什么坐牢？
流浪人	（醉醺醺的）我受罪就为没收财产。
米哈伊	这是什么？
流浪人	可，就是这样。找到了一个大肚皮，请："送钱上来，要不呀，看这管枪。"他东一闪，西一闪，闪到后来，掏出二千三百卢布。
阿库里娜	噉，主！
流浪人	我们打算拿钱派正经用场。惹穆布芮考夫是我们的领袖。于是那些黑老鸹就扑我们来啦。捉住，关到牢监。
伊格纳提	又把钱拿走啦？
流浪人	当然。不过，他们拿不到我的口供。审问的时候，检察官对我讲："你偷钱来的。"他讲；我就干脆回他："贼才偷，可是我们呀，为我们的党执行没收财产的任务。"他简直不知道说什么才是。他东一试，西一试，可是没法儿回答我。他说："拿他下到牢监。"这就是——剥夺生命的自由。
伊格纳提	算你聪明！狗——的，好种！（献渥得喀）请，狗娘养的。
阿库里娜	唉呀，你说话真脏！

伊格纳提　　我，老奶奶？我又不是在讲他妈；我说话就是这种样式。家伙，家伙！——祝你身子好，老奶奶。

〔玛尔萨回来，站在桌边倒茶。

米哈伊　　对啦。没什么好气的！我说呀，得谢谢他。（向流浪人）你以为怎么样？（吻抱玛尔萨）我疼我的老娘儿们。瞧，我还真疼她。一句话，我的老娘儿们真还不赖罗。拿谁我也不换她。

伊格纳提　　嘻，这就对喽。老奶奶，喝酒！我请客。

流浪人　　这就是——那种劲头儿力量！先前忧忧愁愁的，一下子就什么也没啦，心里只有快活，要跟人好。老奶奶，我爱你，我爱每一个人，亲爱的兄弟们。

〔唱着革命歌。

米哈伊　　他好久没摸着酒喝啦。

第 二 幕

同一茅屋。早晨。玛尔萨和阿库里娜。米哈伊在睡觉。

玛尔萨　　　（拿起斧子）我得劈点儿柴来。

阿库里娜　　（提着一个桶）要不是那个生人呀，他昨儿会打你个死去活来的。我没见到那人。他走啦？我瞅他是走啦。

〔相随而下。

米哈伊　　　（从灶头爬下来）瞅啊，老阳儿已经挺高的啦。（穿上靴子）她一定是跟妈提水去啦。我的头真疼！我再也不啦，滚它妈的！（在神像前画了一个十字，祷告，然后洗洗他的手和脸）我去套牲口。

〔进来玛尔萨，抱着柴火。

玛尔萨　　　昨儿那个叫化子哪？他走啦？
米哈伊　　　想必是走啦。没见他嘛。
玛尔萨　　　噘，好，走的。可，他人像怪聪明的。
米哈伊　　　他帮你忙！
玛尔萨　　　那算得了什么！

〔米哈伊穿上衣服。

玛尔萨　　　茶跟糖呢？你昨儿晚晌放开啦，哎？
米哈伊　　　我想是你放开的。

〔进来阿库里娜,提着一桶水。

玛尔萨　　（向阿库里娜）妈,您拿那个包儿来的?
阿库里娜　没,我就压根儿不知道。我就没见。
玛尔萨　　昨儿晚晌我放在窗台上的。
阿库里娜　是呀,我瞅见在那儿的。
玛尔萨　　那,什么地方去啦?

〔他们寻找。

阿库里娜　天,真不要脸!

〔进来邻居。

邻　居　　好,米哈伊·伊万尼奇,我们到林子去?
米哈伊　　当然,去。我正去套牲口;不过,你知道,我们丢了点儿东西。
邻　居　　可不得了!什么东西?
玛尔萨　　可,你明白,我老公昨儿打城里带回一包东西,里头有茶有糖,我就放在这儿窗台上,不记得收到别的地方;眼下可不见啦。
米哈伊　　昨儿有一个流浪汉子在这儿过的夜,我们直疑心是他。
邻　居　　什么样儿一个人?
玛尔萨　　可,他有点儿瘦,没胡子。
米哈伊　　上身破破烂烂的。
邻　居　　卷卷头发,有点儿钩鼻子?
米哈伊　　对啦,对啦!
邻　居　　我方才碰到他,正纳闷儿他迈步子干么迈得那么快。
米哈伊　　一定是他。他在哪儿?
邻　居　　我看他这时候过不了桥罢。
米哈伊　　（抓起他的便帽,赶快走出,后面跟着邻居）我去捉这坏小子来。就是他。

玛尔萨 啾，真不要脸，真不要脸！一准儿是他。

阿库里娜 万一不是呢？大概二十年前罢，有过这么一档子事，他们说一个人偷了一匹马去。聚了一堆人。有一个人说："我亲自瞅见他拉着马的。"另一个人，他瞅见带着马去的。那是一匹杂色儿的大马，容易认出来的。大家就找去了，他们在林子里头找到那小伙子。他们讲："是你。"他发誓，赌咒，说不是他。他们讲："听他做什么？娘儿们全咬准了是他。"他就说了点子粗话。叶高尔·拉浦实金（他现下死啦）是一个急性子。他照准他的嘴就猛地捆了一巴掌。"是你。"他一边儿说，一边儿揍他。于是大家都奔了过去，棍呀拳头地乱捶他，活活儿把他打死啦。你猜怎么着！——第二天真贼有啦。他们打死的小伙子去林子呀，也就是为了挑一棵树砍下来。

玛尔萨 说的就是呀，当然喽，我们就许冤枉了他。他没落儿，可也像一个好人。

阿库里娜 可不，他真没落儿。像他这样人呀，没什么好指望的。

玛尔萨 他们在喊叫。怕是把他抓回来啦。

〔进来米哈伊，邻居，一个老头子和一个小伙子，朝前头推流浪人。

米哈伊 （手里拿着那包东西，紧张地，向他女人）是在他身上找到的。（向流浪人）你这个贼！你这个狗！

阿库里娜 （向玛尔萨）是他，可怜人。瞅他拿头垂得低低的。

玛尔萨 像是昨儿他在讲他自家，他一喝了酒呀，只要东西在手边儿，他见了就抓。

流浪人 我不是贼；我是见了财产就没收。我是一个工人，我得

邻　　居	活着。你们不懂这个。随你们处置我好啦。 把他送到村长那儿，要不一直就去警所儿！
流浪人	我告诉你们，随你们便儿。我不怕。我准备好了为我的信念吃苦受罪。你们要是受过教育，也就懂得我了。
玛尔萨	（向她丈夫）就瞅上帝分儿上，放他走了罢。我们反正拿回东西来啦。放他走，我们就别再造罪啦。
米哈伊	（重复）"别再造罪！"又讲道啦？没你，人就都没辙啦，哎？
玛尔萨	干么不放他走？
米哈伊	"放他走？"你这傻瓜，没你，人知道怎么着。"放他走！"走呀可以，不过他先得听上一两句，压压心。（向流浪人）好啊，听着，老爷，听好了我讲给你听的话，别瞧你穷到这份儿地步，你这种作为呀简直不对——不对。换个别人呀，拔了你的肋条，送你去警所儿，可是我嘛，就只这句话。你做错啦，错得没治；不过，你的情形挺糟，我不想伤害你。（稍缓。人人缄默。随后他严肃地继续下去）走罢，但愿上帝跟你在一起，别再这样儿搞。（看着他的人）我该怎么做，你以为就你会教我！
邻　　居	不好放他的，米哈伊；啾，不好放他的。你在勉励人做这类事嘛。
米哈伊	（那包东西还在手里）放不放他走，这是我的事。（向他女人）你打算教我！（站住，看着东西，然后看着他女人，决然拿东西给了流浪人）拿去，你在路上好拿它喝的。（向女人）你以为就你会教我！（向流浪人）走，我对你讲过啦，走。走好啦，别嘀咕。
流浪人	（拿起那包东西。静默）你以为我不懂。（他的声音颤抖

055

我全懂。你要是把我当做一条狗揍我，我也好过多了。难道我不懂我是什么东西？我是一个坏蛋，一个堕落分子，我的意思是。看主的面子，饶了我罢。

〔呜咽着，把东西朝桌子一扔，急忙走出去了。

玛尔萨 可好啦，他总算没拿茶叶，要不呀，我们真还没得喝哪。

米哈伊 （向他女人）你以为就你会教我！

邻　居 可怜人，他哭得真惨。

阿库里娜 他也是人啊。

后　记

　　一八八六年，名演员皆尼辛考 P. A. Denisenko 请求托尔斯泰，为一家人民剧院改编他自己的寓言故事。托翁高高兴兴接受了这个轻松的工作，把他的《小鬼和面包》改成一出喜剧，就是这里的《头一个造酒的》。酒是害人的饮料，显然魔鬼是头一个造酒的。

　　托翁主张戒酒，正如他一八九〇年写的一篇文章《我们为什么麻醉自己》所说的，"人们喝酒抽烟，不是偶然兴到，不是由于沉闷，不是为了打起精神，不是因为有趣，而是为了淹没本人的良心的声音。在这种情形之下，结果却又何等可怕！"淳朴的农人嗜酒，一个一个进了地狱，同样是工人，相当受过教养、比较进步的工人，在他的《祸根》里头，由于贪杯，成了生活的俘虏，拿良心和前程活活儿葬送。

　　《祸根》写在一九一〇年。托翁接受笛马 Dima（切尔提考夫 Chertkov 的儿子）的请求，为他的业余剧团（一群农民青年组成）演出写的。

· 文明的果实 ·

人物

列奥尼德·费道芮奇·日外日丁柴夫 骑卫队的一位退休副官。在各省有六万多亩土地。一位看上去活泼,柔和可亲的六十岁的绅士。相信关亡术,喜欢用他奇奇怪怪的故事叫人吃惊。

安娜·派芙劳夫娜·日外日丁柴娃 列奥尼德的太太。矮胖;做出年轻的样子;完全倒在生活习俗之中;厌恶她丈夫,盲目地相信她的医生。一来就发脾气。

外塔 他们的女儿。一个二十岁的年轻女人,浮华,学男人,戴一副夹鼻眼镜,风骚,憨笑。说起话来很快,很清楚,嘴唇闭紧的样子不像一个俄国人。

瓦西里·列奥尼狄奇·日外日丁柴夫 他们的儿子,二十五岁;研究过法律,但是并无一定的职业。自行车俱乐部,骑师俱乐部和猎狗育养促进会的会员。健康很好,有一种牢不可拔的自信心。说起话来声音高,急遽。一时十分严肃——简直愠怒的样子,一时快活得狂喊大笑。绰号是渥渥。

阿列克塞·夫拉狄米罗维奇·克卢高斯外提劳夫 一位五十左右的教授和科学家,姿态安详,愉快地镇静,语言也配合着安详,从容,谐和。喜欢谈话。对意见不同的人们,稍稍显出看不起。吸烟吸得厉害。瘦,活动。

医生 四十岁左右。健康,肥胖,脸发红,声音高,人粗,嘴唇上时时流露一种自满的微笑。

玛丽亚·孔斯谈提劳夫娜 一位二十岁姑娘,音乐学院的学生,音乐教员。穿着有缝子的衣服,时髦到了极点。谄媚,一来就窘。

彼特芮实切夫 二十八岁左右;新近得到语言学学位,正在寻找一门位置。和瓦西里·列奥尼狄奇相同,是那些俱乐部的会员,同时又是棉布舞会的会员。秃头,语言和行动都快,很有礼貌。

男爵夫人 一位五十岁左右的貌似庄严的女人,行动慢,说起话来有一种单调的声调。

王妃 一位社交女子，一位客人。

她的女儿 一位矫情的年轻社交女子，一位客人。

伯爵夫人 一位老太太，假头发，假牙齿。艰于行动。

格罗斯曼 一位犹太型的男子，皮色发黑，神经紧张，活泼。说起话来声音很高。

胖太太 玛丽亚·瓦西列夫娜·陶耳布希娜。一位很有身份的和气的阔太太，和过去现在的名人都熟识。极其粗壮。说话匆忙，要人人听见她的声音。吸烟。

克林今男爵 绰号考考。彼得堡大学的毕业生，在大使馆做事，一位出入内府的绅士。举止完全正确，因而心境和平，安详快活。

两位不作声的贵妇人。

谢尔皆·伊万尼奇·萨哈陶夫 五十岁左右，一位前任次长，一位高雅的绅士，具有宽泛的欧洲知识，无牵无虑，对一切感到兴趣。他的表情是尊严的，有时候甚至于是严厉的。

费奥道尔·伊万尼奇 日外日丁柴夫的亲身随从，六十岁左右。受过相当教育，喜欢探听消息。太爱使用他的夹鼻眼镜和他的手帕，很慢很慢地摊开他的手帕。对政治有兴趣。和气，敏感。

格芮高芮 一个跟班，二十八岁左右，漂亮，浪费，妒忌，而且傲慢。

雅考夫 送酒菜的，四十岁左右，一个忙碌和善的人，一百二十分关切他乡间的家庭。

西蒙 他的帮手。二十岁左右，一个健康，活泼的庄稼孩子，好看，还没有胡须，安静，微笑。

车夫 一个三十五岁左右的花花公子。有髭无须。粗野，有决心。

一个歇掉的男厨子 四十五岁左右。头发蓬乱，不刮脸，浮肿，发黄，打哆嗦穿着破烂的夏季大衣和龌龊的裤子。说起话来声音发沙，急遽地扔出要说的话。

下人们的女厨子　一个唠唠叨叨的不称心的三十岁女人。

看门的　一个退伍的兵。

塔妮雅　塔杰雅娜·玛尔考夫娜。使女，十九岁，能干，强壮，快活，心情变动迅速。有时候，受了大刺激，她高兴得喊叫起来。

第一个庄稼人　六十岁左右。他是村长。以为自己懂得对付绅士，喜欢听自己讲话。

第二个庄稼人　西蒙的父亲。四十五岁左右，家长。不大说话，粗鲁，真实。

第三个庄稼人　七十岁左右。穿着树皮编的鞋。神经紧张，烦躁，匆忙，为了掩饰他的窘急，就拼命说话。

第一个跟班　伺候伯爵夫人。一个老头子，老模老样，为他的地位骄傲。

第二个跟班　身架庞大，强壮，粗野。

一家时衣商店的送货员　一个面貌活泼的男子，穿着黑蓝色的长上身。说起话来坚定，滞重，清楚。

事情发生在莫斯科，日外日丁柴夫家里。

第 一 幕

莫斯科一位富有人家的过厅。有四个门：正门，列奥尼德·费道芮奇书房的门，瓦西里·列奥尼狄奇的房门。楼梯通到别的房间；楼梯后面是另一个门，通到下房。

格芮高芮 （照着镜子，整理他的头发，等等）我替我这撮髭难过！"髭不合一个当听差的"，她说！为什么？可，人人一看，就看出你是一个听差啊——其实是怕我这堂堂一表拿她宝贝儿子比了下去。他可像景儿啦！随他去到那儿，在我近边儿也罢，有髭没髭，就没什么好怕的！（朝镜子里头微笑）一大堆娘儿们兜着我转悠。我可就拿她们谁也没搁在心上，我心里头就是一个塔妮雅。她也就是一个丫头！啊，可不，她比那位年轻小姐都好。（微笑）她才招人疼哪！（听）啊，她来啦。（微笑）对，是她，小后跟子噼里啪啦的。啊！

〔塔妮雅，拿着一件大衣和一双靴子。

格芮高芮 塔杰雅娜·玛尔考夫娜，我这边儿有礼。
塔妮雅 你干么老是朝镜子看？你以为自己真还就那么好看？
格芮高芮 可，难道我的外表有什么不称心？
塔妮雅 罢啦，罢啦，也不称心，也不不称心，两头不边儿，当

	中有你的！这些大衣怎么都挂在这儿？
格芮高芮	我还要把它们拿走，小姐！（拿下一件皮大衣，把她包在里面，拥抱她）我说，塔妮雅，我有话对你讲——
塔妮雅	噢，走开，请！你这算什么意思？（发怒，硬把自己拉开）别搅我，我告诉你！
格芮高芮	（小心翼翼四面看）那，香我一下！
塔妮雅	可，真也是的，你做什么跟人捣乱？香你，我就这么香你！

〔举起手来打他。

瓦西里·列奥尼狄奇	（在后台，揿铃，然后呼唤）格芮高芮！
塔妮雅	好啦，滚！瓦西里·列奥尼狄奇在喊你。
格芮高芮	叫他等着！他也就是才拿眼睛张开！我说，你干么不爱我？
塔妮雅	你想的是哪类爱呀？我什么人也不爱。
格芮高芮	瞎扯！你爱西蒙！你找了一个好样儿人爱——一个脏爪子的寻常庄稼人，一个送菜的帮手！
塔妮雅	没关系；别瞧他那样子，你还吃醋。
瓦西里·列奥尼狄奇	（在后台）格芮高芮！
格芮高芮	有的是时候儿——吃醋！吃什么醋？你自己才往大里发育，单找依靠不也得找个牢实的？你要是爱我的话，情形不就两样儿了吗？——我说，塔妮雅——
塔妮雅	（生气，严厉地）我告诉你，你甭想在我身上打主意！
瓦西里·列奥尼狄奇	（在后台）格芮高芮！！
格芮高芮	你可真叫难伺候啦，是不是？
瓦西里·列奥尼狄奇	（在后台，坚持地，单调地，用全副气力呼唤）格芮高芮！格芮高芮！格芮高芮！

〔塔妮雅和格芮高芮笑了。

格芮高芮　　你看看那些女孩子多对我上劲儿就懂喽。

〔铃响。

塔妮雅　　敢情好,找她们去,别烦我!

格芮高芮　　现下我一想,你还真蠢。我可不是西蒙!

塔妮雅　　西蒙是诚心诚意要娶我,不是跟我捣乱!

〔进来送货员,拿着一个大纸盒子。

送货员　　早晌好!

格芮高芮　　早晌好!你是哪儿来的?

送货员　　布尔杰伊。我送衣服来啦,这儿有一张单子给太太看。

塔妮雅　　(接过单子)坐下,我带进去啦。

〔下。

〔瓦西里·列奥尼狄奇只穿衬衫,拖着睡鞋,朝门外望。

瓦西里·列奥尼狄奇　　格芮高芮!

格芮高芮　　有,少爷。

瓦西里·列奥尼狄奇　　格芮高芮!你没见我叫唤你?

格芮高芮　　我正好来,少爷。

瓦西里·列奥尼狄奇　　热水,一杯茶。

格芮高芮　　是,少爷,西蒙马上就送过来了。

瓦西里·列奥尼狄奇　　这人是谁?啊,布尔狄耶①的?

送货员　　是,少爷。

〔瓦西里·列奥尼狄奇和格芮高芮下。铃响。听见

---

① "布尔狄耶"即"布尔杰伊"。上等人爱说法文,所以把俄国名字改成法国名字才说。

〔铃响,塔妮雅跑了进来。打开正门。

塔妮雅 （向送货员）请等一会儿。
送货员 我等着是啦。
〔萨哈陶夫从正门进来。
塔妮雅 对不住,听差刚刚走开。先生,这边。让我来,请。
〔接过他的皮大衣。
萨哈陶夫 （整理衣服）列奥尼德·费道芮奇在不在家?起来了没有?
〔铃响。
塔妮雅 噉,起来啦,先生。他起来老半天啦。
〔医生进来,寻找听差。看见萨哈陶夫,随随便便同他说话。
医 生 啊,好!
萨哈陶夫 （盯着他看）医生,我相信?
医 生 我以为你出远门了!进来看看列奥尼德·费道芮奇?
萨哈陶夫 是的。你呢?谁生病了吗?
医 生 （笑）不好就叫生病,不过你知道——这些太太们真叫不得了!每天打牌打到清早三点钟,腰拉成了酒杯的形象。太太是又虚又胖,年纪又是一大把的。
萨哈陶夫 你就这样子对安娜·派芙劳夫娜述说你的诊断?我不大相信她会爱听这个!
医 生 可,这是实情。她们瞎搞上一阵子——然后就来了消化不良哪,脾气哪,神经闹毛病哪,花样儿百出,就得来一个人拿它们补缀补缀。真是可怕极了!（笑）你呢?也是一位关亡术者,仿佛?
萨哈陶夫 我?不,我不也是一位关亡术者——再见!

067

〔打算走,但是医生把他拦住。

医　　生　　不!可我自己,你知道,我就不能够确然否认它有可能,特别是像克卢高斯外提劳夫那样一位人物也搞在一起,我怎么能够?难道他不是一位教授——一位闻名欧洲的人物?这里头一定有点儿道理。我自己就想看看,不过我就永远分不出工夫。我还有别的事做。

萨哈陶夫　　是呀,是呀!再见。

〔轻轻鞠躬,下。

医　　生　　(向塔妮雅)安娜·派芙劳夫娜起来了没有?

塔妮雅　　她在她的卧室,请您上去好了。

〔医生上楼。

〔费奥道尔·伊万尼奇进来,手里拿着一张报纸。

费奥道尔·伊万尼奇　　(向送货员)你做什么?

送货员　　我是布尔杰伊的伙计。我带来一件衣服,还有一张单子,人家叫我等着。

费奥道尔·伊万尼奇　　啊,布尔杰伊!(向塔妮雅)刚才是谁来啦?

塔妮雅　　是谢尔皆·伊万尼奇·萨哈陶夫和医生。他们站在这儿讲了会子话。说的全是冤枉书。

费奥道尔·伊万尼奇　　(校正她)关亡术。

塔妮雅　　是呀,我说的就是这个——冤枉书。前一回怎么完的,你听说了没有,费奥道尔·伊万尼奇?(笑)有人在敲,东西就飞起来啦!

费奥道尔·伊万尼奇　　你怎么会知道的?

塔妮雅　　叶丽莎外塔小姐告诉我的。

〔雅考夫跑着,端上来一个放着茶杯的盘子。

雅考夫　　(向送货员)早晌好!

| 送货员 | （提不起神来）早晌好！ |

〔雅考夫叩瓦西里·列奥尼狄奇的门。

〔格芮高芮进来。

格芮高芮	给我。
雅考夫	那儿那些杯子你全没送回来，还有瓦西里·列奥尼狄奇用的盘子。出了事可就问我一个人！
格芮高芮	盘子放满了雪茄。
雅考夫	那，放到别的地方。出了事可就问我。
格芮高芮	我送回来！我送回来！
雅考夫	是呀，你说得好听，可是东西就没在原来的地方搁着。前一天，赶着要端茶啦，就是找不见盘子。
格芮高芮	我送回来，我告诉你。吵什么！
雅考夫	你讲起来便当。我这是第三回端茶啦，马上就得准备午饭。一整天除了跑就没别的。这一家子有谁比我干活儿还干得多的？可是他们对我呀，就甭想有个满意。
格芮高芮	我的天！有谁比你更招人满意的？你这人漂亮透顶！
塔妮雅	叫你看就没人好！你也就是——
格芮高芮	（向塔妮雅）没人请教你！

〔下。

雅考夫	啊，好，我不在乎。塔杰雅娜·玛尔考夫娜，太太对昨儿的事说什么来的没有？
塔妮雅	你是说灯的事？
雅考夫	这怎么跌出我的手的，也就是主知道！我正在搽灯，要换一个地方拿，一下子滑出去，就粉粉儿碎啦。我就是这个运气！格芮高芮·米哈伊里奇说嘴容易——他真是一个怪人！可是人有家，就得处处考虑：得叫他们不

饿肚子啊。我倒不在乎干活儿——那么，太太什么话也没讲？谢谢主！——噢，费奥道尔·伊万尼奇，你有的是一个调羹，还是两个？

费奥道尔·伊万尼奇 一个。只是一个。

〔坐下看报。

〔雅考夫下。

〔铃响。进来格芮高芮(拿着一个盘子)和看门的。

看门的 （向格芮高芮）告诉老爷，村子里头来了一些庄稼人。

格芮高芮 （指着费奥道尔·伊万尼奇）告诉管家，是他的事儿。我没工夫。

〔下。

塔妮雅 这些庄稼人是打哪儿来的？

看门的 我想，是打库尔斯克来的罢。

塔妮雅 （高兴得叫喊起来）是他们——是西蒙他爹为了地来啦！我去会会他们！

〔跑出。

看门的 好，我拿什么话回他们？叫他们到这儿来？他们说他们是为了地来的——老爷知道，他们说。

费奥道尔·伊万尼奇 是呀，他们想买地。就这么着罢！不过他现在有一位客人，你还是吩咐他们等着的好。

看门的 他们到哪儿等？

费奥道尔·伊万尼奇 让他们在外头等。到时候我会喊他们的。

〔看门的下。

〔塔妮雅进来，后面跟着三个庄稼人。

塔妮雅 走右边。这儿！这儿！

费奥道尔·伊万尼奇 我不要把他们带到这儿来！

格芮高芮　　　胆大的丫头!

塔妮雅　　　啵,费奥道尔·伊万尼奇,没关系,他们就站在这个犄角儿。

费奥道尔·伊万尼奇　他们要拿地板弄脏的。

塔妮雅　　　他们揩过鞋啦,回头我拖地板就是。(向庄稼人)这儿,就站在这儿。

〔庄稼人朝前走,带着布帕子包扎好的礼物:饼,鸡蛋,和绣花的手巾。他们四面寻望一尊神像,好到前头画一个十字;没有找到,他们就看着楼梯,画了个十字。

格芮高芮　　(向费奥道尔·伊万尼奇)看呀,费奥道尔·伊万尼奇,他们讲皮罗涅提的靴子样儿顶考究。可是这儿的要好多了。

〔指着第三个庄稼人的树皮鞋。

费奥道尔·伊万尼奇　你干么老取笑别人?

〔格芮高芮下。

费奥道尔·伊万尼奇　(站起,走向庄稼人)你们是打库尔斯克来的?为了安排买地的事来的?

第一个庄稼人　对了哇。咱们买地来的,欠点子手续就了咧,好比说。咱们咋着才见得着老爷?

费奥道尔·伊万尼奇　是,是,我知道。你们等一下,我进去回禀一声。

〔下。

〔庄稼人四面观望;他们不知道往哪儿放他们的礼物才是。

第一个庄稼人　瞅哇,咱们找个啥子你说才好?摆摆这些东西子?像个

	走礼的样数儿，好比——一个小碟子呀啥的。
塔妮雅	成，就拿来；现下先放到这儿好啦。
	〔把一捆一捆东西放在有背的长椅上。
第一个庄稼人	可说哩——那位老先生，就是方才在这里的——他是个啥子职位？
塔妮雅	他是管家的。
第一个庄稼人	咱明白咧。原来他也是个上工的。你呢，可，你也是听差呀啥的？
塔妮雅	我是太太房里的丫环。你知道，我也是杰门人！我认识你，还有你，可是我不认识你。
	〔指着第三个庄稼人。
第三个庄稼人	他们俩你认识，就咱么你不认识？
塔妮雅	你是叶菲穆·安陶尼奇。
第一个庄稼人	就是咧！
塔妮雅	你是西蒙的爹，沙哈芮·特芮法尼奇。
第三个庄稼人	对！
第三个庄稼人	让咱说给你听，咱是米特芮·夫拉西奇·奇里金。这你可认识了哗？
塔妮雅	现下我也认识你啦！
第二个庄稼人	你叫啥子呀？
塔妮雅	我是阿克辛雅寡妇的孩子，那个吃粮的婆娘。
第一个和第三庄稼人	（意想不到）有这八宗事！
第二个庄稼人	常言说得好： 　　买只小猪放在颗子地， 　　隔不久你就捞只大猪，肥个出奇。
第一个庄稼人	就是咧！她长得活脱脱是个子公爵夫人嘛！

第三个庄稼人　是嘛，还真是这样子嘛。噢，主！

瓦西里·列奥尼狄奇　（在后台，揿铃，然后呼唤）格芮高芮！格芮高芮！

第一个庄稼人　可，咱好不好问，好比说，是谁直在吵哩？

塔妮雅　那是少爷。

第三个庄稼人　噢，主！咱说啥来的，咱们还是在外头等人喊的好。

〔静。

第二个庄稼人　西蒙要娶的是你吗？

塔妮雅　怎么，他打信来的？

〔拿围巾藏起她的脸。

第二个庄稼人　他打信来的，没得说的！可他在这地方应活儿，不是什么好事儿。咱瞅这孩子是毁咧！

塔妮雅　（连忙）没，他一点儿也没毁！我叫他看你来好吗？

第二个庄稼人　叫他来干啥？有的是辰光。急些个子啥？

瓦西里·列奥尼狄奇　（绝望地，在后台）格芮高芮！鬼家伙你在哪儿？

〔从屋里出来，只穿衬衫，放好他的夹鼻眼镜。

瓦西里·列奥尼狄奇　人全死啦？

塔妮雅　少爷，他没在这儿——我马上就喊他来。

〔朝后门走。

瓦西里·列奥尼狄奇　你知道，我听得见你讲话。这些稻草人儿怎么会蹦跳到这儿的？哎？什么？

塔妮雅　少爷，他们是库尔斯克村子的庄稼人。

〔庄稼人鞠躬。

瓦西里·列奥尼狄奇　这人又是谁？噢，是的，布尔狄耶。

〔瓦西里·列奥尼狄奇不注意庄稼人鞠躬。塔妮雅在门道遇见格芮高芮，待下来了。

073

瓦西里·列奥尼狄奇	（向格芮高芮）我告诉你要那双靴子——这我穿不来！
格芮高芮	喽，那双也在那儿。
瓦西里·列奥尼狄奇	可那儿是哪儿呀？
格芮高芮	就在一个地方！
瓦西里·列奥尼狄奇	就不在！
格芮高芮	好，看去好啦。

〔格芮高芮和瓦西里·列奥尼狄奇下。

第三个庄稼人	哑着，咱们趁这辰光到外头等，好比说，到啥个子地方歇歇咋着？
塔妮雅	不，不，等一小会儿。我去给你们拿盘子放礼物。

〔下。

〔萨哈陶夫和列奥尼德·费道芮奇进来，后面跟着费奥道尔·伊万尼奇。

〔庄稼人拿起礼物，恭恭敬敬立在一旁。

列奥尼德·费道芮奇	（向庄稼人）就来，就来！等一下！（指着送货员）这人是谁？
送货员	布尔杰伊。
列奥尼德·费道芮奇	啊，送货的。
萨哈陶夫	（微笑）好，我不否认！不过，你明白，我们没有亲眼看见，不知道其中奥妙，相信就要难些。
列奥尼德·费道芮奇	你说，你难于相信！我们并不要求信心；我们要求你的是调查！我怎么能够不相信这个戒指？这个戒指就是打那边儿来的！
萨哈陶夫	打那边儿？你这是什么意思？打那边儿？
列奥尼德·费道芮奇	打另一个世界来的。是这样子！

萨哈陶夫　　　　　（微笑）这倒挺有意思——挺有意思！

列奥尼德·费道芮奇　好，假定我们承认，照你的想法儿来讲，我让一个观念迷住啦，自己在欺哄自己。好，可是阿列克塞·夫拉狄米罗维奇·克卢高斯外提劳夫又怎么着？——他不好说是一个平常人了罢，一位有名的教授，可是也是事实。不光只他。克卢克斯又怎么着？瓦莱斯又怎么着？

萨哈陶夫　　　　　可我也并不否认。我仅仅说这挺有意思。克卢高斯外提劳夫怎么样解释这个问题，我倒挺想知道，一定怪有意思的！

列奥尼德·费道芮奇　他有他自己的学说。你今天晚晌能不能来？——他一定在。我们另外有格罗斯曼——你知道，那位著名的思想测验家？

萨哈陶夫　　　　　是的，我听人讲起他，不过从来没有机会遇到。

列奥尼德·费道芮奇　那你就一定来！我们先约格罗斯曼，再约喀浦实奇，举行我们的请灵会——（向费奥道尔·伊万尼奇）去喀浦实奇那儿的人回来了没有？

费奥道尔·伊万尼奇　还没有，老爷。

萨哈陶夫　　　　　那，我怎么才能够知道？

列奥尼德·费道芮奇　没关系，无论如何，来就是了！喀浦实奇要是不能够来，我们自己就有接灵的媒介。玛丽亚·伊格纳铁夫娜就是一个媒介——不像喀浦实奇那样子，不过也还——

〔塔妮雅进来，拿着放礼物的盘子，站在一边听着。

萨哈陶夫　　　　　（微笑）噢，是的，是的。不过，有一点难以想像：怎么

075

做媒介的总是，好比喀浦实奇和玛丽亚·伊格纳铁夫娜，所谓受过教育的人呢？如果真有一种特殊力量的话，在常人之中——在庄稼人里头不也一样可以遇到？

列奥尼德·费道芮奇　噢，是的，正是这样子！常常见到。就在我们家里，我们就发见一个庄稼人是媒介。没有几天以前，我们喊他进来——在请灵的时候，要移一张沙发——后来我们简直把他忘了。他大概一定是睡着了。猜猜看，我们的会一举过，喀浦实奇一醒过来，我们忽然注意到屋子另一个地方有了媒介现象，靠近那个庄稼人：桌子跳动了一下，动起来啦！啦！

塔妮雅　（旁白）这呀，是因为我打底下爬出来！

列奥尼德·费道芮奇　显然喽，他也是接灵的媒介。特别是他外表很像厚穆。你记得厚穆！——一个金黄头发天真烂漫的小伙子？

萨哈陶夫　（耸耸肩膀）天，这挺有意思，你知道。我以为你应当试试他。

列奥尼德·费道芮奇　我们一定试；还不光只他一个人，世上有成千的媒介。仅仅我们不知道罢了。好，就在不久以前，一个躺在床上的老太太移动了一堵砖墙！

萨哈陶夫　移动了一堵砖——一堵砖墙？

列奥尼德·费道芮奇　是的，是的。她躺在床上，就不知道自己是媒介。她才拿胳膊往墙上一靠，墙就移动了！

萨哈陶夫　没塌下来？

列奥尼德·费道芮奇　没塌下来。

萨哈陶夫　太邪门儿啦！好，那么，我今天晚晌一定来。

列奥尼德·费道芮奇　务必。我们随便怎么样也要举行一次。

〔萨哈陶夫穿上他出门的衣着,列奥尼德·费道芮奇把他送到门口。

送货员 （向塔妮雅）劳驾回禀太太一声!难道要我在这儿过夜不成?

塔妮雅 等一下;她就要跟小姐出门去,马上就下楼来啦。

〔下。

列奥尼德·费道芮奇 （来到庄稼人跟前,他们鞠躬,朝他献上礼物）这用不着的!

第一个庄稼人 （微笑）可,这是咱们头个儿该尽的点子心嘛!区公所也吩咐咱们这么办的!

第二个庄稼人 一向就这样子嘛。

第三个庄稼人 没啥个子说的!咱们心里头感激着咧——自打咱们爹娘,好比说,就伺候,好比说,太老爷,咱们当然也要人到心到,照样儿做唻——不是打今儿才开的头!

〔鞠躬。

列奥尼德·费道芮奇 可是为什么呀?你们要什么呀?

第一个庄稼人 咱们来看老爷——

〔彼特芮实切夫快快活活进来,穿着有皮道道的大衣。

彼特芮实切夫 瓦西里·列奥尼狄奇醒了没有?

〔看见列奥尼德·费道芮奇鞠躬,仅仅点了点头。

列奥尼德·费道芮奇 你来看我儿子的?

彼特芮实切夫 我?是呀,看一下渥渥就走。

列奥尼德·费道芮奇 进来,进来。

〔彼特芮实切夫脱掉大衣,快快活活走进瓦西里·列奥尼狄奇的房间。

列奥尼德·费道芮奇　（向庄稼人）好，你们要的是什么？

第二个庄稼人　请收下咱们的礼儿！

第一个庄稼人　（微笑）这都是，乡下人点子小意思儿。

第三个庄稼人　没啥个子说的；有啥用？咱们巴您好呀，就像您是咱们的爹！没啥个子说的。

列奥尼德·费道芮奇　好罢。就是，费奥道尔，收下罢。

费奥道尔·伊万尼奇　（向庄稼人）放到这儿。

〔收起礼物。

列奥尼德·费道芮奇　好，到底是什么事？

第一个庄稼人　咱们来看老爷——

列奥尼德·费道芮奇　我知道你们看我来啦；可你们要的是什么呀？

第一个庄稼人　是把卖地那个子事搞个定当。是这样子的——

列奥尼德·费道芮奇　你的意思是说买地啊？

第一个庄稼人　就是说哇。是这样子的——咱是说买那块子地。区公所给咱们，好比说，委任状，好比说，照合法手续，打政府银行，拿合法的数目付出来。

第二个庄稼人　就是说哇。全照您去年讲定了的。是这样子，那就是，买地的钱一归总是三万二千八百六十四卢布。

列奥尼德·费道芮奇　不错，可是怎么付款啊？

第一个庄稼人　说到缴钱嘛，区公所像去年讲好了的办法做——分期付，现款嘛，照合法的规定，您先收四千卢布。

第二个庄稼人　现下就拿着这四千罢，此外的钱就等着啀。

第三个庄稼人　（打开一卷钞票）您就放心得咧。咱们宁可拿自己个儿当掉了，也不干那行子，要干也就干这行子，好比说，应当咋着就咋着。

列奥尼德·费道芮奇　可是我不写信告诉你们，除非你们拿钱全带来，

　　　　　　　　我就不会同意吗?

第一个庄稼人　就是说喂。敢情好咧,可咱们没那个子力量喂,咱说您啦。

列奥尼德·费道芮奇　那就算啦,不必提啦!

第一个庄稼人　区公所,譬方说,一心就指望着,去年您卖地讲好了分期付款——

列奥尼德·费道芮奇　那是去年。那时候我可以同意,现在就不成了。

第二个庄稼人　可这咋着?咱们就凭着您那句话——备好了纸张,收齐了现款!

第三个庄稼人　老爷,慈悲慈悲罢!咱们就少个子地;咱们就不说牛咧,单单一只子老母鸡,比方说,咱们就没个子地方摆。(鞠躬)老爷,就甭欺负咱们咧!

　　　　　　　　〔鞠躬。

列奥尼德·费道芮奇　去年我同意给你们地,你们分期付款,自然啦,的确是这样子,不过,现在情形不同,这就不方便了。

第二个庄稼人　咱们没这块子地,就活不下去咧!

第一个庄稼人　就是说喂。没了子地,咱们这个日子就没法子过,一天要比一天少个子劲儿咧。

第三个庄稼人　(鞠躬)老爷,咱们的地才少,就不说牛咧,光只一只小鸡子,好比说,咱们就没地方摆。老爷,慈悲一下子,收了钱,老爷!

列奥尼德·费道芮奇　(检验文件)我完全明白,也高兴帮帮你们。等一下;我过半点钟给你们回信——费奥道尔,我有事,不见客。

费奥道尔·伊万尼奇　是,老爷。

　　　　　　　　〔列奥尼德·费道芮奇下。

〔庄稼人全是垂头丧气的样子。

第二个庄稼人　这就糟咧！他说："拿钱全带来。"咱们到哪达搞去？

第一个庄稼人　譬方说，他先没给咱们啥个子指望也就好咧。咱们满以为没个啥子，全照去年说的做。

第三个庄稼人　噉，主！咱老早就拿钱露出来咧。（又开始拿钞票捆在一起）咱们这下子咋着？

费奥道尔·伊万尼奇　你们到底是怎么回子事？

第一个庄稼人　咱们的事儿哇，老先生，就仗这个。去年他对咱们讲好了咱们买地分期付款。区公所把条子写下来，把委任状给了咱们，现下，您瞅见的，他变卦咧，要咱们拿钱缴清！可这就糟咧，咱们办事就不方便咧。

费奥道尔·伊万尼奇　归总是多少？

第一个庄稼人　您瞅见的，一归总，备下来的也就是四千卢布。

费奥道尔·伊万尼奇　这，有什么办法？卖卖气力，再收收看。

第一个庄稼人　说的就是哇，费了老大气力才收齐这个数目咧。咱们，好比说，单就这个瞅呀，就没那股子劲。

第二个庄稼人　你打石头里头找血就找不出来。

第三个庄稼人　咱们倒满想缴清来的，可就是这个呀，像您要说的，还是拿条帚疙瘩硬扫在一达的。

〔瓦西里·列奥尼狄奇和彼特芮实切夫在门边出现，全吸着香烟。

瓦西里·列奥尼狄奇　我早不对你说来的，我尽我的力量，所以当然了，我要尽我所有的力量！哎，什么？

彼特芮实切夫　你必须明白，你要是弄不到，鬼晓得我们要糟成什么样子！

瓦西里·列奥尼狄奇　可是我早就说了我尽我的力量，所以，我一定弄。哎,什么?

彼特芮实切夫　没什么。我的话就是,不管怎么样,也得弄到。我可以等。

〔走进瓦西里·列奥尼狄奇的房间,关门。

瓦西里·列奥尼狄奇　(挥挥胳膊)妈的真糟!

〔庄稼人鞠躬。

瓦西里·列奥尼狄奇　(看着送货员,向费奥道尔·伊万尼奇)你怎么不料理布尔狄耶来的这个人?他来不是跟我们在一起住罢?难道是?看呀,他睡着啦!哎,什么?

费奥道尔·伊万尼奇　他带来的条子送上去啦,叫他等安娜·派芙劳夫娜下来。

瓦西里·列奥尼狄奇　(看着庄稼人,注意到钱)这是什么?钱?给谁的?是给我们的?

(向费奥道尔·伊万尼奇)他们是谁?

费奥道尔·伊万尼奇　他们买地来的。

瓦西里·列奥尼狄奇　卖给他们了没有?

费奥道尔·伊万尼奇　没有,他们还没有商量定当。他们太啬刻啦。

瓦西里·列奥尼狄奇　哎?好,我们必须劝劝他们看。(向庄稼人)喂,我说,你们是买地来的?哎?

第一个庄稼人　就是说哇。咱们真想把地买到手,怎么样买嘛,咱们提了个子办法。

瓦西里·列奥尼狄奇　这呀你们知道,千万啬刻不得。让我告诉你们,地对庄稼人有多要紧!哎,什么?必需之至,是不是?

第一个庄稼人　就是说哇,地对一个庄稼人呀,就跟命根子一样要紧。就是说哇。

瓦西里·列奥尼狄奇　那,为什么这么啬刻?你想想地是什么!可,麦子可以成排在上头种啊!我告诉你,你可以搞到八石粮食,一斗值一卢布半——就有一百二十卢布。哎,什么?要不种薄荷!我告诉你,你种薄荷,一亩可以赚四百卢布!

第一个庄稼人　就是说喂。只要脑壳子清楚,啥子收成也好办喂。

瓦西里·列奥尼狄奇　薄荷!就种薄荷!你知道,我念过这个。这全印在书里头。我可以拿给你们看的。哎,什么?

第一个庄稼人　就是说喂,您一念书,啥也搞通咧。这当然是念来的。

瓦西里·列奥尼狄奇　那,拿钱来,别那么啬刻!(向费奥道尔·伊万尼奇)老爷在那儿?

费奥道尔·伊万尼奇　他吩咐过,现下别去吵他。

瓦西里·列奥尼狄奇　噢,我猜,他是在跟鬼呀神的商量卖不卖地罢?哎,什么?

费奥道尔·伊万尼奇　我说不来。我知道的是,他走开的时候还没打定主意。

瓦西里·列奥尼狄奇　费奥道尔·伊万尼奇,你看,他腰包儿里头有没有现钱?哎,什么?

费奥道尔·伊万尼奇　我不知道。我怕不怎么有钱罢,不过,这关您什么事?您一星期前才要了一大笔钱去。

瓦西里·列奥尼狄奇　可我买那些狗不给钱?现在,你知道,我们新成立了一个会,彼特芮实切夫选上啦,我从前跟彼特芮实切夫借过钱,非帮他帮我自己缴会费不可。哎,什么?

费奥道尔·伊万尼奇　这是什么会?一个自行车俱乐部?

瓦西里·列奥尼狄奇　不是。我不妨告诉你。这真是一个新会。你知道,严肃极了的会。你猜谁是主席?哎,什么?

费奥道尔·伊万尼奇　这个新会的目的是什么?

瓦西里·列奥尼狄奇　是俄罗斯纯种猎狗育养促进会。哎,什么?我还告诉你,他们今天开第一次会,举行午餐会。我就没钱。我去看他试试!

〔由书房门下。

第一个庄稼人　(向费奥道尔·伊万尼奇)他是谁哇,老先生?

费奥道尔·伊万尼奇　(微笑)少爷。

第三个庄稼人　少东家,好比说。噢,主!(藏掉钱)我当时拿钱藏掉就好咧。

第一个庄稼人　人家讲,他在服兵役,譬方说,在骑兵队。

费奥道尔·伊万尼奇　不是,他是独养子,免兵役的。

第一个庄稼人　留下来照料他父母的,好比说!说这就对咧!

第二个庄稼人　(摇头)他可出息大咧。他照料他们可好咧!

第三个庄稼人　噉,主!

〔进来瓦西里·列奥尼狄奇,后面跟着列奥尼德·费道芮奇。

瓦西里·列奥尼狄奇　总是这样子。真邪门儿!起先,问我为什么没个职业,现在我找到事做,有了职业,立了一个有严肃高贵目的的会,要进行啦,我连三百卢布都搞不到!——

列奥尼德·费道芮奇　我告诉你,我不成,我不成!我手边没有钱。

瓦西里·列奥尼狄奇　可,您才卖了地。

列奥尼德·费道芮奇　首先,我就没卖!顶重要的是,别吵我!他们没对你讲我有事?

〔下,砰然关门。

费奥道尔·伊万尼奇　我告诉您来的,现下不是时候。

瓦西里·列奥尼狄奇　好,我说!可叫我为难死啦!我看妈去——这是我唯一的希望。他搞关亡术搞昏了头，什么也忘记啦。

〔上楼。

〔费奥道尔·伊万尼奇拿起报纸，正要坐下，外塔和玛丽亚·孔斯谈提劳夫娜走下楼来，后随格芮高芮。

外　塔	车备好了吗？
格芮高芮	正好来到门口。
外　塔	（向玛丽亚）来呀，来呀，我晓得是他。
玛丽亚	哪个他？
外　塔	你清楚我在说谁——彼特芮实切夫，当然喽。
玛丽亚	可他在什么地方？
外　塔	坐在渥渥的屋子。你看好啦！
玛丽亚	假如不是他怎么着？

〔庄稼人和送货员鞠躬。

外　塔	（向送货员）你是布尔狄耶送衣服来的？
送货员	是，小姐。我好不好走？
外　塔	这，我不知道。问我母亲。
送货员	我不知道是谁的，小姐；店里就派我送过来收钱。
外　塔	那，好啦，等着罢。
玛丽亚	还是诗谜表演穿的那件衣服？
外　塔	是呀，挺可爱的。不过，妈不肯收下，也不肯付钱。
玛丽亚	可为什么不？
外　塔	你顶好还是问她。渥渥买狗要五百卢布，她不吝啬，可是一百卢布买一件衣服她就嫌弃了。反正我不能够打扮成了一个稻草人去表演。（指着庄稼人）这些人是谁？

格芮高芮	来买地呀什么的庄稼人。
外　塔	我还以为他们是打猎的吆喝手哪。你们不是打猎的吆喝手？
第一个庄稼人	不喱，不喱，小姐。咱们来看列奥尼德·费道芮奇，把让给咱们的地呀立个契。
外　塔	那是怎么回事？渥渥一直在盼着今天有打猎的吆喝手来。你们说得准你们不是打猎的吆喝手？（庄稼人不做声）他们真蠢！（走向瓦西里·列奥尼狄奇的房门）渥渥？

〔笑着。

玛丽亚	可我们方才不在楼梯上遇见他来的！
外　塔	你记那个做什么？渥渥，你在吗？

〔彼特芮实切夫进来。

彼特芮实切夫	渥渥不在，不过，有事的话，我准备替他完成任务。你好？玛丽亚·孔斯谈提劳夫娜，你好？

〔和外塔握手，长而暴烈，然后又和玛丽亚握手。

第二个庄稼人	瞅喱，他像在抽水上来！
外　塔	你替不了他——可是，有你总比没人强。（笑）你跟渥渥的那些事怎么样啦？
彼特芮实切夫	什么事？我们的事呀就看银钱，这就是说，我们的事搁浅了！不过，也看银钱。
外　塔	银又是什么意义？
彼特芮实切夫	亏你有此一问！银就是银，别无所谓。
外　塔	好，好，你没辙啦。

〔笑。

彼特芮实切夫	你知道，一个人不见得总有辙啊。就像买彩票，不中又

不中，末了你中了！

〔费奥道尔·伊万尼奇走进书房。

外　塔　　　　好，这回就叫不中；不过，告诉我，昨儿晚晌你去穆嘎扫夫那儿来的没有？

彼特芮实切夫　不就是母嘎扫夫，倒也是父嘎扫夫，不过，再确当些，是子戛扫夫。

外　塔　　　　你不说双关语，你就活不了。成了毛病。那儿有没有吉浦赛歌唱班①？

〔笑。

彼特芮实切夫　（唱）

丝线呀绣团裙，

小鸟呀一头金——

外　塔　　　　他们快活死了！我们在渥渥那儿直打呵欠。

彼特芮实切夫　（继续唱）

她答应了还发誓，

一定开开她的——她的——她的——

下面是什么玛丽亚·孔斯谈提劳夫娜？

玛丽亚　　　　"卧室。"

彼特芮实切夫　怎么？什么？玛丽亚·孔斯谈提劳夫娜，怎么？

外　塔　　　　Cessez, Vous devenez impossible! ②

彼特芮实切夫　J'ai cess j'ai bébé j'ai dédé……③

外　塔　　　　我看，我们唯一听不见你聪明话的法子就是听你唱歌！

---

① 吉浦赛流浪人的歌唱班当时在莫斯科很流行。
② 法文，意思是"住口，你扯到哪儿去啦！"
③ 法文，勉强可以译做"我就住口，我就糊口，我就漱口"。彼特芮实切夫是一位极无聊赖的语言学学士，这里只求谐韵，全无内容。

我们到渥渥屋里去，他有六弦琴。来呀，玛丽亚·孔斯谈提劳夫娜，来呀！

〔外塔，玛丽亚和彼特芮实切夫下。

第一个庄稼人　他们是啥个子人？
格芮高芮　　　一位是我们的小姐，另一位是一位教她音乐的姑娘。
第一个庄稼人　传授学问，好比说。她不美吗？跟画儿一样！
第二个庄稼人　他们做啥子不拿她嫁了？她年纪不小咧，咱敢说。
格芮高芮　　　你以为这儿跟你们乡下人一样——十五，就出嫁？
第一个庄稼人　譬方说，那位先生，他也是搞人曰的？
格芮高芮　　　（学他）"人曰！"你们什么也不懂！
第一个庄稼人　就是说哇。咱们无知，真好说，就是个蠢。
第三个庄稼人　噢，主！

〔从瓦西里·列奥尼狄奇的房间传出吉浦赛歌和六弦琴伴奏。
〔西蒙进来，后随塔妮雅，注意他们父子相会。

格芮高芮　　　（向西蒙）你做什么？
西　蒙　　　　咱到喀浦实奇先生那达来的。
格芮高芮　　　好，回话是什么？
西　蒙　　　　有回话咧，他今儿晚八成儿来不了。
格芮高芮　　　好罢，我对他们说去。

〔下。

西　蒙　　　　（向他父亲）爹，怎好啊！叶菲穆老爹，米特芮老爹，咱问您好咧！家里都好哇？
第二个庄稼人　西蒙，挺好。
第一个庄稼人　孩子，你好？
第三个庄稼人　儿子，你好？

087

西　蒙　　　（微笑）好，来唭，爹，喝点子茶去。

第二个庄稼人　等咱们把事儿了了再说。咱们还没完事，你没长眼睛？

西　蒙　　　好，咱在门廊那边儿等着您。

〔想走。

塔妮雅　　　（追他）我说，你怎么不拿话全对他讲了？

西　蒙　　　当着这多人，咱咋好意思？也得辰光点儿呀，喝过茶咱再对他讲。

〔下。

〔费奥道尔·伊万尼奇进来，在窗边坐下。

第一个庄稼人　老先生，咱们这个事儿咋着？

费奥道尔·伊万尼奇　等一下，他这就出来，他就完啦。

塔妮雅　　　（向费奥道尔·伊万尼奇）你怎么知道，费奥道尔·伊万尼奇他就完啦？

费奥道尔·伊万尼奇　我知道，他一提完问题，就高声在念问答。

塔妮雅　　　一个人用一只碟子，真就可以跟神呀鬼的讲话？

费奥道尔·伊万尼奇　像是那样子。

塔妮雅　　　可是假定人家告诉他签字，他就签字？

费奥道尔·伊万尼奇　当然他签。

塔妮雅　　　不过他们说话不用字罢？

费奥道尔·伊万尼奇　嗷，不。他们用字母儿。他注意碟子在那一个字母儿跟前停。

塔妮雅　　　是的，不过到了停灵会上——

〔列奥尼德·费道芮奇进来。

列奥尼德·费道芮奇　好，朋友们，我办不了！我挺想答应，不过，简直没办法。除非是现钱，那就另是一回事了！

第一个庄稼人　就是说哇。有啥个子不好？可人都穷了个子要命哇——

简直没个子办法!

列奥尼德·费道芮奇　好。我办不了,我真办不了。这是你们的文件;我不能够签字。

第三个庄稼人　老爷,您就怜恤怜恤罢;慈悲一下子!

第二个庄稼人　您咋搞这个?明明欺负咱们唯。

列奥尼德·费道芮奇　朋友们,没什么欺负不欺负。我夏天跟你们建议,当时你们不同意;现在,我也不同意了。

第三个庄稼人　老爷,慈悲慈悲罢!咱们可咋活下去哩?咱们就少个子地。咱们不提牛咧,单一只老母鸡,好比说,就没子地方放个老母鸡跑。

〔列奥尼德·费道芮奇走到门前停住。安娜·派芙劳夫娜和医生走下楼梯,后面跟着瓦西里·列奥尼狄奇,一副快活兴奋的神情,往袋里放钞票。

安娜·派芙劳夫娜　(腰束得紧紧的,戴着一顶帽子)那么我就用药?

医　生　万一病象再有的话,你当然要服,不过,顶要紧的是,你得约制约制自己。要稠稠的药水流过一个又小又细的头发一样的管子,特别赶着管子要我们挤,你这不是做梦吗?就不可能;同样是输送胆汁的管子。简单得很。

安娜·派芙劳夫娜　好罢,好罢!

医　生　是呀,"好罢,好罢",你可还是走老路数。这不行,太太——这不行。好,再见!

安娜·派芙劳夫娜　不,不是再见,是 au revoir![1]因为我希望你今天晚晌来。没你,我打不定主意的。

---

[1]　法文,意即"回头见",表示分手的时间不长。

医　　生　　　　好罢,我有时间的话,一定来。

〔下。

安娜·派芙劳夫娜　（注意到庄稼人）这是什么？什么？这些人是什么人？

〔庄稼人鞠躬。

费奥道尔·伊万尼奇　他们是库尔斯克的庄稼人,来看列奥尼德·费道芮奇,商量卖地的事的。

安娜·派芙劳夫娜　我知道他们是庄稼人,可是谁放他们进来的？

费奥道尔·伊万尼奇　列奥尼德·费道芮奇的吩咐。他才跟他们讲卖地的事来的。

安娜·派芙劳夫娜　卖什么？就没有卖的必要。不过,不管怎么样,怎么可以放人打街上到家里来？就不好放街上人进来的！天晓得这种人在哪儿过的夜,也好放进家去！——（越来越激动）我敢说他们衣服褶子里头全是病菌——猩红热病菌,天花病菌,白喉病菌！可不,他们从库尔斯克一区来的,那儿正流行白喉——医生！医生！喊医生回来！

〔列奥尼德·费道芮奇走进他的房间,关上门。格芮高芮去请医生回来。

瓦西里·列奥尼狄奇　（朝庄稼人喷烟）妈,没关系；你高兴的话,我拿烟消消毒,把病菌全给消灭了！哎,什么？

〔安娜·派芙劳夫娜保持严厉地缄默,等医生回来。

瓦西里·列奥尼狄奇　（向庄稼人）你们养猪吗？这是头等生意！

第一个庄稼人　就是说喱。咱们一有档子也就养养猪。

瓦西里·列奥尼狄奇　这类猪？——

〔学猪哼唧。

安娜·派芙劳夫娜　渥渥，渥渥，别闹！

瓦西里·列奥尼狄奇　像不像？哎，什么？

第一个庄稼人　就是说哩。挺像。

安娜·派芙劳夫娜　渥渥，别闹，我告诉你！

第二个庄稼人　这都算个啥子？

第三个庄稼人　咱说过，咱们还是寻个子住所好咧！

〔医生和格芮高芮进来。

医　生　什么事？出了什么事？

安娜·派芙劳夫娜　可，你一来就说我千万激动不得。现在，人怎么静得下来呀？我有两个月了没看我的亲妹妹，不大可靠的生客也直当心——好啦，库尔斯克有人来，直打库尔斯克来，那儿流行白喉，就大摇大摆进了我的家！

医　生　我猜，你说的是这些老百姓罢？

安娜·派芙劳夫娜　当然喽。直打闹白喉的地方来！

医　生　那，当然喽，他们假如是打一个闹瘟疫的地方来，是欠考虑；不过，你也犯不上为这个就激动成了这样子。

安娜·派芙劳夫娜　可是你自己不劝我当心来的？

医　生　当然，当然。可是，你何必激动？

安娜·派芙劳夫娜　我怎么能够不？这下子好啦，房子得整个儿打头到尾消毒。

医　生　噢，不必！何必整个儿打头到尾？那要破费三百卢布，就许还要多。我来安排安排，便宜，对你又好。拿一大瓶水——

安娜·派芙劳夫娜　烧开了？

医　生　开不开全一样。烧开了好些。拿一瓶水倒上一调羹水杨酸,凡是他们碰过的东西,都拿药水洗过。至于这些老百姓,当然喽,他们得走。这样就成。你就很安全啦。这同一药水,你拿喷雾器喷出去——喷上两三壶——一点儿也没害处,你也就知道多有效验了。没有任何危险!

安娜·派芙劳夫娜 塔妮雅!塔妮雅在哪儿?

〔塔妮雅进来。

塔妮雅 太太,您喊我来的?

安娜·派芙劳夫娜 在我换衣服房间的那个大瓶子,你知道?

塔妮雅 我们昨儿拿它喷洗衣服女人的?

安娜·派芙劳夫娜 可,当然!我还会说什么瓶子?好啦,拿那个瓶子去,先用肥皂洗洗他们站过的地方,然后——

塔妮雅 是,太太;我懂。

安娜·派芙劳夫娜 然后拿喷雾器——算啦,还是我回来自己动手罢。

医　生 好,自己动手,别怕!好,au revoir,今天晚晌。

〔下。

安娜·派芙劳夫娜 他们一定得走!一点点影子也不许留!出去,出去!出——你们在看什么?

第一个庄稼人 就是说哩。全是咱们蠢哩,咱们受命——

格芮高芮 (推出庄稼人)好啦,好啦;走!

第二个庄稼人 咱的手帕子总得拿回来!

〔包扎礼物的手帕。

第三个庄稼人 噢,主,噢,主!咱说啥来的——先找个子住所去!

〔格芮高芮推他出去。庄稼人下。

送货员 (三番四次想插嘴)有什么回话没有?

安娜·派芙劳夫娜 啊,布尔狄耶来的?(激动地)没回话!没回话!你带回去好了。我告诉她,我从来没要过那么一件衣服,我也不许我女儿穿它!

送货员 我全不知道。我是派来——

安娜·派芙劳夫娜 去,去,拿回去!我自己要来的!

瓦西里·列奥尼狄奇 (庄严地)布尔狄耶来的使臣大人,请!

送货员 早就该告诉我。我在这儿坐了差不多五个钟头儿!

瓦西里·列奥尼狄奇 布尔狄耶来的大使,下去!

安娜·派芙劳夫娜 别吵,请!

〔送货员下。

安娜·派芙劳夫娜 外塔!她在那儿?总是我等她。

瓦西里·列奥尼狄奇 (拼命呼唤)外塔!彼特芮实切夫!来呀,快,快,快!哎?什么?

〔彼特芮实切夫,外塔和玛丽亚·孔斯谈提劳夫娜进来。

安娜·派芙劳夫娜 你总是叫人等你!

外 塔 正相反,是我在等您!

〔彼特芮实切夫点了点头,然后吻安娜·派芙劳夫娜的手。

安娜·派芙劳夫娜 你好!(向外塔)你总是有话顶嘴!

外 塔 妈,您不高兴,我还是不去的好。

安娜·派芙劳夫娜 我们是去还是不去?

外 塔 好,我们去,简直就没办法。

安娜·派芙劳夫娜 你看见布尔狄耶来的人了没有?

外 塔 看见了,我挺喜欢那衣裳。我定做的,付过账,我就穿。

安娜·派芙劳夫娜 那种放荡衣裳,我不付账。

外　塔　　　　　怎么会放荡的？满好嘛，你现在又心血来潮假正经啦。

安娜·派芙劳夫娜　根本就跟假正经不相干！要是上身完全换过，也还对付啦。

外　塔　　　　　妈，这根本不成。

安娜·派芙劳夫娜　好啦，套上鞋罢。

〔她们坐下。格芮高芮为她们穿上套鞋。

瓦西里·列奥尼狄奇　玛丽亚·孔斯谈提劳夫娜，厅里有一种真空现象，你注意到没有？

玛丽亚　　　　　是什么？

〔先就会意笑了。

瓦西里·列奥尼狄奇　布尔狄耶的伙计走啦！哎。什么？好，哎？

〔高声笑着。

安娜·派芙劳夫娜　好，我们走啦。（走出大门，但是立刻回来）塔妮雅！

塔妮雅　　　　　什么，太太？

安娜·派芙劳夫娜　我出去，别叫福芮斯克招凉。她要是想出去的话，给她披上她的小黄大衣。她今天不大舒服。

塔妮雅　　　　　是，太太。

〔安娜·派芙劳夫娜，外塔，玛丽亚·孔斯谈提劳夫娜和格芮高芮下。

彼特芮实切夫　　怎么样，搞到手啦？

瓦西里·列奥尼狄奇　我告诉你，费事着哪！先我跑去见严父；他一边吼，一边把我撵到外头。赶去见慈母——我打她那儿拿到的。这不是！（拍拍他胸前的衣袋）只要我打定了主意，甭想我有不成的事。我这一手儿可凶啦！哎，什么？你知道我的狼狗今天来。

〔彼特芮实切夫和瓦西里·列奥尼狄奇穿上他们出门的衣服，走出去了。塔妮雅跟在后头。

费奥道尔·伊万尼奇　（一个人）是啊，除去不开心，还就是不开心。他们怎么就不会安安静静地过活？真是人说的，这新的一代就不——简直不像话。说到娘儿们的世道啊？——可不，列奥尼德·费道芮奇正要插一句嘴，可是看见她正在发狂的劲头儿上——拍地就拿门带上啦。他这人心慈得不得了。是啊，心慈得不得了。什么？塔妮雅又拿他们带回来啦！

塔妮雅　进来，进来，老公公，没关系！

〔塔妮雅和庄稼人进来。

费奥道尔·伊万尼奇　你怎么又拿他们带回来啦？

塔妮雅　好，费奥道尔·伊万尼奇，我们得帮帮这些老乡的忙。地反正归我洗好了。

费奥道尔·伊万尼奇　可就不会成功的，我早已看出来啦。

第一个庄稼人　老先生，咱们咋个子搞，才有指望哢？您就费神帮咱们想想哞，您麻烦一趟，赶早儿区上一定会叫咱们谢您的。

第三个庄稼人　试试哞，老爷子！咱们就没法子活！咱们就少个子地。说到牛——可，咱们没子地方养只老母鸡！

〔他们鞠躬。

费奥道尔·伊万尼奇　哥儿们，我真想帮你们忙，可是我就想不出什么法子。我非常明白你们的情形，可是他拒绝了呀。还有什么好办的？再说，太太也反对。好罢，把你们的文件给我看看——我试试看，不过，我简直看不出有希望成功。

〔下。

〔塔妮雅和三个庄稼人叹气。

塔妮雅　　　不过,告诉我呀,老公公,到底要怎么样才成?

第一个庄稼人　可,也就是在文件上给咱们签个字罢咧。

塔妮雅　　　要老爷签个字?单就这个?

第一个庄稼人　是哩,只要他在田契上签个子字,收下子钱,就完结咧。

第三个庄稼人　他只要写上名字,签个子字,好比说,照庄稼人巴望,就成咧,好比说,咱也巴望。事情就是这个子——只要他拿去,签个子字就好咧。

塔妮雅　　　(思量)他只要在纸上签个字,就好啦?

第一个庄稼人　就是说哩。成不成全仗这个,没别的咧。他签上个子字,咱们就没话说咧。

塔妮雅　　　等一下,听听费奥道尔·伊万尼奇的回话再说。他要是说不动老爷,我再想法子。

第一个庄稼人　你去劝他?

塔妮雅　　　我试试看。

第三个庄稼人　可好咧,姑娘自个子忙活忙活。只要你拿事搞定当,区上一定养你一辈子。瞅你咧,可!

第一个庄稼人　只要能够大功告成,咱们真会拿金框子把她镶起来。

第三个庄稼人　没啥说的!

塔妮雅　　　我不敢答应一定成,不过,常言道:"试试不算犯罪,假如你试——"

第一个庄稼人　"你就成功。"就是说咧。

〔费奥道尔·伊万尼奇进来。

费奥道尔·伊万尼奇　不行,哥儿们,没希望!他不干,他不肯干。

	来，拿你们的文件去。你们好走啦。
第一个庄稼人	（把文件递给塔妮雅）这一来哇，咱们就全仰仗你咧，譬方说。
塔妮雅	好，好！你们先到街上去，我马上就出来看你们，跟你们讲清楚。

〔庄稼人下。

塔妮雅	费奥道尔·伊万尼奇，亲爱的费奥道尔·伊万尼奇，请老爷出来一趟。我有话说，我有话跟他讲。
费奥道尔·伊万尼奇	还怎么着？
塔妮雅	我一定要见，费奥道尔·伊万尼奇。请他出来，求你啦；没什么不好，上天见证。
费奥道尔·伊万尼奇	可你见他有什么事？
塔妮雅	这呀，是个小小的秘密。我过后儿一定会告诉你，你把他请出来就是啦。
费奥道尔·伊万尼奇	（微笑）我简直想不出你在耍什么把戏！好罢，我请他去。

〔下。

塔妮雅	我一定要这么做！他自己不说来的，西蒙有那种力量？我晓得怎么样搞。那一回就没人发见是我搞的，现下我教西蒙就是了。不成功，也没什么大了不起。说到临了，也算不了犯罪。

〔列奥尼德·费道芮奇进来，后随费奥道尔·伊万尼奇。

列奥尼德·费道芮奇	（微笑）这就是要见我的人呀？好，你有什么事？
塔妮雅	是个小小的秘密，列奥尼德·费道芮奇；我要对您一个人讲。

列奥尼德·费道芮奇　什么事？费奥道尔，你先走开一会儿。

〔费奥道尔·伊万尼奇下。

塔妮雅　列奥尼德·费道芮奇，我是在府上长大的，您处处照料我，我真是感激极了。所以对您就像对父亲一样，我拿心摊出来。在府上当听差的西蒙想娶我。

列奥尼德·费道芮奇　你是为了这个！

塔妮雅　我对您就对父亲一样，拿心摊出来！我是一个孤孩子，没别人帮我打主意。

列奥尼德·费道芮奇　好，有什么不好？他像一个规矩孩子。

塔妮雅　是呀，话是不错的。他没什么不好；我不放心的只有一桩事。我注意到他一种情形，我搞不清楚——也许不是一种好情形。

列奥尼德·费道芮奇　什么情形？他喝酒？

塔妮雅　不是这个！不过，自从我晓得了冤枉书这个东西……

列奥尼德·费道芮奇　啊，你晓得这个？

塔妮雅　当然！我懂着哪！有些人，当然，因为没知识，才不懂。

列奥尼德·费道芮奇　好，怎么着？

塔妮雅　我直替西蒙害怕。他真遇到来的。

列奥尼德·费道芮奇　他遇到什么？

塔妮雅　就像冤枉书那种东西。您问底下人好了，全知道。他一靠桌子打盹，桌子就打抖，像这样儿在响：土克——土克！底下人全听见来的。

列奥尼德·费道芮奇　可，我今天早晌对谢尔皆·伊万尼奇讲的就是这个！怎么样？——

塔妮雅　还有——什么时候？——啾，是啦，上星期三。我们坐下来用饭，调羹一下子就自己跳到他手里头！

列奥尼德·费道芮奇 啊，有意思！跳到他手里头！他什么时候打的盹？

塔妮雅 这我倒没注意。我想，他是打盹来的。

列奥尼德·费道芮奇 怎么样？

塔妮雅 我怕的就是这个，我要问您的就是这个。这碍不碍事？跟他一辈子活在一道儿，他可有那种情形！

列奥尼德·费道芮奇 （微笑）不，你用不着害怕，这不是什么坏现象。这仅仅证明他是一个媒介——只是一个媒介而已。我在这之前就晓得他是一个媒介了。

塔妮雅 原来是这样子！我倒白害怕啦！

列奥尼德·费道芮奇 是啊，没什么好害怕的。（旁白）巧极啦！喀浦实奇不能够来，我们今天晚晌正好拿他试试——（向塔妮雅）是啊，我的亲爱的，不必害怕，他是一个好丈夫——这只是一种特殊力量，人人有，仅仅有的较弱，有的较强罢了。

塔妮雅 谢您啦，老爷。现下，我不再担心思啦；可是，我在先真还吓住啦——我们没有受过教育，简直害人！

列奥尼德·费道芮奇 不，不，不必害怕——费奥道尔。

〔费奥道尔·伊万尼奇进来。

列奥尼德·费道芮奇 我现在出去。今天晚晌有会，早些准备好。

费奥道尔·伊万尼奇 可是喀浦实奇先生不来了啊。

列奥尼德·费道芮奇 没关系。（穿上外套）我们拿我们自己的媒介试试。

〔下。费奥道尔·伊万尼奇和他一同出去。

塔妮雅 （一个人）他相信啦！他相信啦！（欢喜得又是叫又是跳）

他真相信啦！真有他的！（叫着）只要西蒙有胆子做，我一定来！

〔费奥道尔·伊万尼奇回来。

费奥道尔·伊万尼奇　怎么样，你拿你的秘密对他讲了没有？

塔妮雅　我也要对你讲的，不过要晚点儿——不过，我也要求你帮我一个忙，费奥道尔·伊万尼奇。

费奥道尔·伊万尼奇　怎么？什么事？

塔妮雅　（羞答答地）你在我就是第二个父亲，我对你就像对上帝一样，要拿心摊出来。

费奥道尔·伊万尼奇　别绕湾子啦，有话你就照直说了罢。

塔妮雅　事情是——好，事情是，西蒙想娶我。

费奥道尔·伊万尼奇　是这个呀？我早就注意到啦——

塔妮雅　好，我干么藏着不说？我是一个孤孩子，你自己知道，城里大公馆都是个什么样子。人人不拿别人当人看，好比说，格芮高芮·米哈里奇，就把我烦死啦。另外还有一位——你知道。他们以为我没魂灵儿，在这儿就为他们取个乐子。

费奥道尔·伊万尼奇　好姑娘，说得对：好，你打算怎么着？

塔妮雅　好，西蒙打信给他父亲说来的；他，他父亲，今天看见我啦，说："他毁啦"——他是说他儿子。费奥道尔·伊万尼奇，（鞠躬）你就做做我父亲罢，跟老头子讲讲——跟西蒙他父亲！我把他们带到厨房，你不妨也来，跟老头子讲讲看！

费奥道尔·伊万尼奇　（微笑）那么，我成了月下老人啦——是不是？好，我就做月下老人。

塔妮雅　费奥道尔·伊万尼奇，最亲爱的，你就做我父亲罢，我一辈子为你祷告。

费奥道尔·伊万尼奇　成，成，我回头一定来。我不是应下你了吗？

〔拿起报纸。

塔妮雅　你是我第二个父亲！

费奥道尔·伊万尼奇　成，成。

塔妮雅　那，我就仰仗你啦。

〔下。

费奥道尔·伊万尼奇　（一个人，摇头）一个多情的好姑娘。想想看，像她这样的姑娘，毁掉的有多少！只要遭上一回殃，她就一个男人又一个男人，调来调去，调到泥坑里头，影子也甭想再找得着！从前那个亲爱的小娜塔丽就是这样子。她也是一个好姑娘，母亲拿她心疼到大的。（拿起报纸）好，看一下费尔狄南德在保加利亚①捣什么鬼。

---

① 费尔狄南德一八六一年生在维也纳，是法国国王路易·菲力普的外孙，本来在奥地利骑兵队做后备军官，一八八七年当选为保加利亚国王，于是取得英吉利和奥地利的拥护，不顾俄罗斯的反对，立即赶到保加利亚登基。剧本写在一八八九年，正是俄罗斯沙皇亚历山大三世和他作对的期间。但是从一八九五年起，他又倒入俄罗斯怀抱。世界第一次大战就是他引起来的，一九一八年让位给他的儿子。

第 二 幕

当天夜晚。景表现下人厨房的内部。庄稼人脱了他们的外衣,坐在桌边喝茶,出着汗。费奥道尔·伊万尼奇在舞台另一边吸着一枝雪茄。一个歇了工的厨子躺在砖灶上头,起初大家没有看见他。

费奥道尔·伊万尼奇　我的忠告是,别拦着他!既然他巴着这个,女的也巴着这个,看上天的份上,就由他去罢。她是一个老老实实的好姑娘。她有点儿好打扮,别拿这搁在心上,她住在城里头,也是不得不这样子:反正她是一个好姑娘。

第二个庄稼人　可不,当然咧,他巴着,由他咩!跟她过活的是他,不是咱。可,她也忒咋整齐到顶咧。咱咋好带她到茅草屋子住哇?是哇,她不会答应她婆婆摸摸她脑袋瓜子的。

费奥道尔·伊万尼奇　这呀不关整齐,关着性格。她性子好的话,她一定会柔柔顺顺,尊敬大人的。

第二个庄稼人　啊,好哇,孩子要是死心眼儿要她,咱们就要下她咧。归根落蒂,跟一个人过日子,心里不乐意,那就糟咧。咱跟咱老伴儿商量商量,没啥说的,上天照料他们就是咧!

费奥道尔·伊万尼奇　那，一言为定，我们握一下手！

第二个庄稼人　好哗，瞅情形哗，就得这个样子。

第一个庄稼人　哎，撒迦利亚！运气在朝你笑咧！你来是为做一桩子生意，可瞅哇，你搞到手一个好宝贵的儿媳妇子咧。没啥个子说的，喝盅子酒哗，就全行咧。

费奥道尔·伊万尼奇　那倒用不着。（一种窘迫的静默）我也懂得一点你们生活的路数，你们知道。我甚至于想买一块地，盖一所草房子，在什么地方自己种地；说不定就跟你们做邻居。

第二个庄稼人　敢情好嘛。

第一个庄稼人　就是说哇。一个人有钱就好办咧，乡下啥个子乐子也有。

第三个庄稼人　没啥子好说的！住在乡下，好比说，不像城里头，做啥也自在多咧。

费奥道尔·伊万尼奇　好罢，我要是跟你们住在一起，你们要不要我加入你们这一区呀？

第二个庄稼人　做啥不要呀？你跟老辈子们喝喝酒，他们马上就会欢迎你咧！

第一个庄稼人　你要是开家子酒馆子，譬方说，或者一家栈房，你日子可好着咧，你就是想死也用不着想咧！你日子过得就跟做皇上一样，没错子。

费奥道尔·伊万尼奇　好，到时候看罢。上了岁数，我是喜欢过几年太平日子的。别瞧我在这儿过得满好，离开真还有点儿舍不得。列奥尼德·费道芮奇这人心慈极了。

第一个庄稼人　那就挺好。可，咱们的事由儿咋着！他真就这样子拖下去，不管他娘的？

费奥道尔·伊万尼奇　他本心满想搞好的。

第二个庄稼人　他像怕媳妇子。

费奥道尔·伊万尼奇　他不是怕,他们是两口子意见不一致啊。

第三个庄稼人　可你试试好咧,老爹!咱们咋活着哩?咱们就少个子地——

费奥道尔·伊万尼奇　我们先看看塔妮雅成不成。她现下正在为这忙活!

第三个庄稼人　(吮了一口茶)老爹,慈悲慈悲罢。咱们就少个子地。一只老母鸡,好比说,咱们就没个子地方放只老母鸡,还不提牛呀啥的。

费奥道尔·伊万尼奇　事情由得了我就好了——(向第二个庄稼人)好,哥儿们,我们中间这桩亲事算说定啦!塔妮雅的事你同意啦,是不是?

第二个庄稼人　话说出口,没正经理由,咱不会翻悔的。只要咱们的生意有着落就好咧!

　　　　〔下人们的厨子进来,向上看了一眼灶,做了一个手势,然后生气勃勃地对费奥道尔·伊万尼奇发话。

下人们的厨子　就是才刚西蒙喊到楼上,离开前头厨房!老爷还有那个秃头先生,跟他一道儿请鬼的,吩咐他坐下,替喀浦实奇!

费奥道尔·伊万尼奇　你瞎扯些什么!

下人们的厨子　真的,雅考夫告诉塔妮雅的。

费奥道尔·伊万尼奇　这就怪了!

　　　　〔车夫进来。

费奥道尔·伊万尼奇　你有什么事?

车　夫　(向费奥道尔·伊万尼奇)你就对他们讲好啦,我从前就没答应跟一大堆狗住在一起过!谁喜欢狗谁跟狗住在一起,可是我呀我说什么也不答应!

费奥道尔·伊万尼奇　什么狗?

车　夫　　瓦西里·列奥尼狄奇给我们屋子送过三条狗来!屋子叫它们闹了个一塌糊涂。它们扯着嗓子号,谁要一靠近,它们就咬谁——鬼东西!你一不当心,它们会拿你撕个烂。我直想找一条棍,拿它们的腿打断了!

费奥道尔·伊万尼奇　可是他们打哪儿来的?

车　夫　　可,今天,打狗展览会上;鬼晓得它们是哪种狗,反正挺花钱。在车夫间,住的是狗,还是我们?你去问问看!

费奥道尔·伊万尼奇　是呀,这不成。我去问问看。

车　夫　　顶好还是把它们带到卢开尔雅这儿来。

下人们的厨子　(生气)人家要在这儿吃饭,你倒想拿狗锁在这儿!好像是——

车　夫　　我那儿有号衣,盖雪车的单子,套马的鞍鞯,他们一心就盼干净!也许门房儿可以搁狗。

费奥道尔·伊万尼奇　我得问一声瓦西里·列奥尼狄奇。

车　夫　　(生气)顶好他拿那些走兽挂在脖子上,到处带着走!不过,别怕:还是他自己马骑在上头的好。他就像毁了的美人儿,没韵,没理性。那算一匹马!——啾,天!叫什么日子!

〔下,拿门使劲一带。

费奥道尔·伊万尼奇　是不应该!的确不应该!(向庄稼人们)好啦,哥儿们,我们好说再见啦。

庄稼人们　　再见!

〔费奥道尔·伊万尼奇下。他一走,灶上就传来哼唧的声音。

第二个庄稼人 他倒光油油的,这人;像位子将军。

下人们的厨子 那是!可,他自己有一间屋子呀;他打老爷桌子上拿他洗脸的东西,他的茶,糖跟吃的东西。

歇掉的厨子 (在灶上头)这老叫化子凭什么不活得好点儿?他口袋儿里头塞得满满的!

第二个庄稼人 谁在那上头,在灶上头?

下人们的厨子 噢,也就是那么个人。

〔静。

第一个庄稼人 可,你也是哇,你刚才吃饭咱瞅着的,吃的东西好得很咧。

下人们的厨子 我们解说不来。太太对吃东西倒不小器。我们每个星期天吃麦子面包,赶着节日又是斋日的话,还有鱼吃,谁喜欢吃肉就可以吃肉。

第二个庄稼人 吃斋的日子也往肚子里头填肉哇?

下人们的厨子 噢,差不多全是这样子!只有老车夫——不是方才在这儿的那人,是一个老的——还有西蒙,跟我跟收拾房间的,茹素——此外全吃肉。

第二个庄稼人 老爷自个子咋着?

下人们的厨子 他呀?可,我打赌,他就忘了还有吃斋茹素这档子事啦!

第三个庄稼人 噢,主!

第一个庄稼人 大人老爷就是这样子哇:他们全是打书里头学来的。因为他们聪明哇!

第三个庄稼人 怪不得他们天天吃麦子面包!

下人们的厨子　麦子面包！倒像他们在想麦子面包！你们应当看看人家吃些子什么哟。花样儿可多啦，就没个完！

第一个庄稼人　有啥个子说的，大人老爷吃的东西跟仙家吃的东西一样咧。

下人们的厨子　仙家的，当然喽，可，他们吃劲儿够凶的哪，真的！

第一个庄稼人　胃口好哇，好比说。

下人们的厨子　因为他们总拿它冲掉了呀！全拿甜葡萄酒呀，火酒呀，冒沫子的酒呀冲掉了呀。他们吃一样东西配一样酒，一回一个样子。他们一边吃，一边冲，吃了冲，冲了吃，真的。

第一个庄稼人　所以，吃的东西就一个比一个游下去咧，好比说。

下人们的厨子　啊，是呀，他们才叫能吃哪！凶着哪！你们知道，不就是坐下，吃，谢谢上帝，走开了算数——他们就吃个没停呀！

第二个庄稼人　像猪连爪子摆在糟里头！

〔庄稼人全笑了。

下人们的厨子　老天爷，他们一睁开眼睛，茶炉就捧了上去，——茶呀，咖啡呀，巧克力呀。第二个茶炉子一喝光，第三个就又摆上啦。接着就是午饭呀，晚饭呀，又是咖啡呀。他们还没有放下杯子，茶呀又来啦，种种点心，糖果——就甭想有个完了！他们简直躺在床上吃！

第三个庄稼人　有这个；妙透咧！

〔笑着。

第一个和第二个庄稼人　你笑个啥子？

第三个庄稼人　咱要是能够过上这么一天也就好咧！

第二个庄稼人　可他们啥辰光子干活儿呀！

下人们的厨子	干活儿！他们那叫什么活儿？耍牌呀，弹琴呀——这就是他们的活儿。小姐一睁开眼睛，就奔到钢琴前头，坐下去弹上啦！还有那位住在这儿的先生，站着伺候。"什么时候钢琴才闲着？"一个人才弹完，另一个人就又丁丁当当敲起来啦，有时候呀两只钢琴摆在一道儿弹，四个人一齐打着震天价响。那个响法儿呀，你们在这儿就都听得见！
第三个庄稼人	噢，主！
下人们的厨子	好，这就是他们整天价干的活儿！钢琴，要不就是耍牌！他们一碰在一道儿——牌呀，酒呀，烟呀，一整夜这么搞下去。他们一爬起床呀——就又吃！

〔西蒙进来。

西　蒙	你们茶喝得好喂！
第一个庄稼人	来，跟咱们一道喝。
西　蒙	（走到桌子跟前）谢谢，好哗。

〔第一个庄稼人给他斟上一杯茶。

第二个庄稼人	你到那达去咧？
西　蒙	楼上。
第二个庄稼人	好，在那干啥子？
西　蒙	可，咱就搞不清啥个子名堂！咱就学也学不上来。
第二个庄稼人	到底是个啥子？
西　蒙	咱学不来。他们拿咱试试咱的气力。咱就搞不清楚。塔妮雅说："做哗，咱们好拿地给庄稼人搞到手咧；他要卖给他们的。"
第二个庄稼人	可她咋个子搞法哇？
西　蒙	咱搞不清楚，她也不肯说仔细。她就说，"照咱的话

办",单是这个。

第二个庄稼人　可你到底干些啥子哩?

西　　蒙　　眼下还没子啥。他们叫咱坐下,吹灭灯,叫咱睡觉。塔妮雅老早就在那藏好咧。他们没瞅见她,可咱瞅见咧。

第二个庄稼人　啥子?做啥?

西　　蒙　　主知道啥子——咱搞不清楚。

第一个庄稼人　有啥说的,消磨辰光子罢咧。

第二个庄稼人　好,你呀,咱呀,都搞不清楚。你还是讲给咱听,你的工钱全拿到手了没?

西　　蒙　　没,咱还没要过咧。咱有二十八个卢布好拿,咱想。

第二个庄稼人　这就好!上帝要是答应咱们拿地搞到手,西蒙,咱就带你回去。

西　　蒙　　敢情好咧!

第二个庄稼人　你简直毁咧,咱敢说。你不要犁地咧罢?

西　　蒙　　犁地?只要给咱机会?犁地,还是割草——咱全来。人就忘不了。

第一个庄稼人　可,譬方说,城里过惯了,就不顶愿意种庄稼咧,不是?哎!

西　　蒙　　咱觉得挺好嘛。在乡下也好过日子的。

第一个庄稼人　眼下米特芮老爹就有意思想搞你这个位子做做;他直巴富贵日子过咧。

西　　蒙　　哎,米特芮老爹,你待不久就要厌气的。瞅着像没子啥,怪容易的,可你拿上手了,有的跑咧。

下人们的厨子　米特芮老爹,你要是看看他们的跳舞会呀,那你不吓一跳才怪哪!

第二个庄稼人　怎么,他们一直就吃个子没停?

下人们的厨子	我的天！才不久我们可有好的看啦，你真应该开开眼。费奥道尔·伊万尼奇带我上楼，我偷着看来的。太太小姐们呀，——怕死人啦！打扮得呀！打扮得呀，可不得了啦，一直光到这个地方，胳膊全是光的。
第三个庄稼人	噢，主！
第二个庄稼人	呸！可丑咧！
第一个庄稼人	想必是天气要这样子啭！
下人们的厨子	所以，老爹，我就往里看啦呀。我的妈，像个什么呀！全都露着肉！你说什么也不会信：老娘儿们——我们女当家的，想想看，都当了外婆啦，连她也光着膀子。
第三个庄稼人	噢，主！
下人们的厨子	接下去怎么着？音乐响啦，每个男人走到自己女人跟前，抱住她，转呀转的就兜起圈子啦！
第二个庄稼人	老娘儿们也跳？
下人们的厨子	是呀，老的也来。
西　蒙	不对，老的静静儿坐着。
下人们的厨子	去你一边儿的罢——我亲眼看见的！
西　蒙	不对，她们没。
歇掉的厨子	（从灶头往下看，沙嗓子）那叫波尔喀·马如尔喀①。你们这些傻瓜就不明白那是什么舞。他们那种跳法——
下人们的厨子	住嘴，你跳舞的！放安静——有人来啦。
	〔格芮高芮进来；老厨子连忙藏了起来。
格芮高芮	（向下人们的厨子）拿点酸白菜来。
下人们的厨子	我才打地窖上来，现下又得下去！谁要？

---

① "波尔喀"的音乐是两拍子，"马如尔喀"是三拍子，都是急遽的波兰舞蹈。

格芮高芮	小姐们要。快点儿,跟西蒙一道儿来。我等不了!
下人们的厨子	看呀,她们拼命吃糖果,吃噎着啦,又要酸白菜啦!
第一个庄稼人	好打扫干净哹。
下人们的厨子	当然,肚子里头一有空档子,她们就又吃上啦!
	〔拿起盘子,下。
格芮高芮	(指着庄稼人)看他们呀,简直在这地方安家了嘛!当心,女当家的要是知道了啊,她有好的给你们啦,像今天早晌那一顿!
	〔下,笑着。
第一个庄稼人	就是说哇,她前时候可闹咧——真凶咧!
第二个庄稼人	前时候老爷像是正要往里走,可是瞅见太太光了火,要拿屋顶掀掉,他咱地拿门一关。你闹你的哹,他在想。
第三个庄稼人	(挥挥胳膊)到处都是一样哟。咱的老伴儿,好比说,她有时候可吵得狠咧——简直要命!咱哇就大撒手朝草房子外头走哹。滚她妈的耶利哥①去哹!你一不在心,她会拿捅条杵你一下子。噢,主!
	〔雅考夫急忙进来,拿着一张药方子。
雅考夫	来,西蒙,到药房跑一趟,给太太买粉去!
西　蒙	可是老爷叫咱别出门。
雅考夫	你有的是时候;他们吃完茶才轮到你有事。你们喝茶喝得尽兴!
第一个庄稼人	谢谢,跟咱们一道儿喝。
	〔西蒙下。
雅考夫	我没有时候。不过,难得在一起,我就喝一杯。

---

① 耶利哥在巴莱士登,基督教的圣地附近。

第一个庄稼人	咱们才刚哩,正在谈说你们的太太,今天子早晌咋那样子傲气。
雅考夫	噘,她一来就发脾气!性子躁透了,连自己都管不住。有时候她会哭喊连天的。
第一个庄稼人	可,咱有一桩事,正要请教。譬方说,她说的那个子平均是啥哩?她说:"他们过得一家子全是平均,平均。"这些平均是个子啥东西哩!
雅考夫	你是说病菌!可,世上像有那么一种臭虫;人家讲,病全是它们带来的。所以她说你们身上有。你们一走,你们原先站过的地方就洗呀喷的,洗个干净。人家讲,有一种药杀得了这一类臭虫。
第二个庄稼人	那,咱们身上又打哪达来的这些个子臭虫?
雅考夫	(喝着茶)可,人家讲,小极了,就是戴镜子也看不见的。
第二个庄稼人	那,她咋知道咱身上有?她就许比咱身上还多,保不定咧!
雅考夫	好啦,你问她去!
第二个庄稼人	咱想,扯淡唯。
雅考夫	当然瞎扯。医生们得造点子什么的,要不然,人家给他们钱干什么?我们府上见天儿就有一位来。来啦——谈上一阵子——往袋子里头塞十卢布!
第二个庄稼人	没这八宗子事!
雅考夫	可,还有一位收一百的!
第一个庄稼人	一百?扯球淡!
雅考夫	一百。扯球淡,你说?可,要是请他出城呀,少过一千他真还不去!他说:"拿一千来,要不呀,阎王拉了你去,管我屁事!"

第一个庄稼人	啵，主！
第二个庄稼人	难道他真懂啥个仙招子不成？
雅考夫	我想他一定懂。我有一回在莫斯科城外一位将军家里干活儿：一位乖性子，又让人怕，又傲气的老家伙——简直凶透啦。好，这位将军的姑娘病啦。他们马上去请那位医生。"是一千卢布我才来。"好，他们答应啦，他来啦。不巧他们怎么一下子得罪了他，他冲将军骂了起来，说："你就这样子表示你尊敬我呀？好，我偏不看她！"可，啵，天！老将军忘了他的骄傲，拼命巴结他，就怕他大撒手不管！
第一个庄稼人	他拿了一千？
雅考夫	当然！
第二个庄稼人	钱可拿得容易咧。有了这笔子钱，乡下人啥个子不好干！
第三个庄稼人	我想，都是瞎扯哇。那回子，咱脚烂咧，咱瞅大夫瞅了老长一阵子。咱在这上头花了靠五个卢布——咱不要瞅大夫咧，它倒好咧！

〔歇掉的厨子在灶头咳嗽。

雅考夫	啊，我们的老伙计又来啦！
第一个庄稼人	那人干啥子的？
雅考夫	他从前是我们老爷的厨子。他来看卢开尔雅。
第一个庄稼人	厨师傅，常人这样称呼。那，他住在这达？
雅考夫	不；他们不许的。他在这儿待一天，再到别的地方待一天。他要是搞到三个考排克①，就到鸡毛店儿歇一宿；

---

① 一百"考排克"等于一卢布。

	可是他一喝光了呀,就到这儿来啦。
第二个庄稼人	他怎落到这个子地步?
雅考夫	为只为由着性子闹呀。从前他神气着哪——活活儿一位绅士!走到哪儿都戴着一只金表;一个月工钱有四十卢布。现下,看看他呀!不是卢开尔雅心好,他老早饿也饿死啦。
	〔下人们的厨子进来,拿着酸白菜。
雅考夫	(向下人们的厨子)我说,你又把派外尔·彼特洛维奇留下啦?
下人们的厨子	可他有哪儿好去呀?难道叫他冻死?
第三个庄稼人	酒真害人!——酒,好比说——
	〔咂咂舌头,同情地。
第二个庄稼人	当然。一个硬汉子硬似一块石头;一个软骨头比水还软。
歇掉的厨子	(手脚哆哆嗦嗦地,爬下灶来)卢开尔雅,听我的,倒我一滴酒!
下人们的厨子	你想到哪儿去啦?我倒你一杯酒,我!——
歇掉的厨子	你没心肝?我要死快啦!哥儿们,一个铜钱——
下人们的厨子	我告诉你,爬上灶去!
歇掉的厨子	只要半杯,好厨子,看老天爷!我说,你明白不明白?真的我用老天爷的名义求你啦!
下人们的厨子	得啦,这儿有茶给你。
歇掉的厨子	茶,茶算什么?湿搭搭的软东西!一点点渥得喀①——只要一小滴——卢开尔雅!

---

① "渥得喀"是俄国人爱喝的麦酒。

第三个庄稼人	可怜老头子,苦死他咧!
第二个庄稼人	你就给他点子罢咧。
下人们的厨子	(拿出一个瓶子,倒了一杯酒)请你的,别再指望啦。
歇掉的厨子	(抱住杯子,浑身打哆嗦,喝着)卢开尔雅,厨子!我在喝哪,你得明白——
下人们的厨子	好啦,别嘀咕啦!爬上灶去,别出声儿叫人听见!

〔老厨子听话地往上爬,跟自己唧叽着。

第二个庄稼人	一个人一由着性子唯,可就糟咧!
第一个庄稼人	就是说唯——人性唯。
第一个庄稼人	就这个,没啥说的。

〔歇掉的厨子一边躺好,一边唧哝着。静。

第二个庄稼人	咱有话问你,那个阿克新雅的姑娘子,打咱们村里来,住在这远的。她咋着?是个啥样子?做人咋着——咱是说,她做人可规矩唯?
雅考夫	她是一个好孩子;除去说她好,人没什么别的好说她的。
下人们的厨子	老爹,我就干脆对你讲了罢;这家子底儿我清楚着哪,你要是真要塔妮雅做你儿媳妇呀——趁她没去脸,就快点子罢,要不然呀,她逃不掉!
雅考夫	是的,这话倒对。前不久,我们这儿有一个女孩子,娜塔丽。她也是一个好姑娘。什么也不为,她就叫人糟蹋啦。比这家伙好不到哪儿去!

〔指着老厨子。

下人们的厨子	像我们这种人呀,说毁就毁,拿去堵磨房的水池子也够!可,就因为呀,人人架不住过舒坦日子,吃好东西引诱呀。就拿眼前来说罢——一个女孩子一尝着点儿

	好吃的，就栽跟头啦。她一栽跟头，人家就不要她，另找一个别人顶她。亲爱的小娜塔丽就是这样子嘛；她栽跟头啦，人家撵出她去。她有了孩子，病啦，春天死在医院里头。她从前是多好个姑娘！
第三个庄稼人	噢，主！人性弱哇；应当可怜他们才是。
歇掉的厨子	那些混蛋可怜人？没得事！（他在灶头搭下腿来）我在厨房火跟前挨烤挨了三十年，现下人家用不着我啦，我就滚蛋，狗一样死它妈的——还可怜哪！——
第一个庄稼人	就是说哇。向来都是这样子。
第二个庄稼人	
	"人家喝酒吃东西，你是'鬈毛儿头'。 人家敬了宴席，就'滚开，长了疥的狗！'"
第三个庄稼人	噢，主！
歇掉的厨子	你们就没听提过。什么叫"sautey a la Bongmont？"什么叫"Bavassary？"①噢，我会烧多少东西！想想看！皇帝尝过我的手艺，现下这些鬼东西用不着我啦，可我呀偏偏不受这个！
下人们的厨子	得啦，别吵上天去，当心——爬到犄角，别叫人看见你，要不，费奥道尔·伊万尼奇或是什么人来了啊，连你连我都得滚蛋！
	〔静。
雅考夫	你们知道我是那乡的人？我是渥日涅辛司基的。

---

① 这是两种菜名，法文，但是他念走了音。第一种应当是 sauté á la Beaumont，急火炒出来的肉或菜，用包孟（法国中世纪一个采邑，出了不少人物）的方式。第二种是 bavarois 或 bavaroise，从德意志旧时巴维耶尔 Baviore 这个小国来的，前者是一种蛋黄冻子，后者是一种鱼汤。

第二个庄稼人	知道？可，离咱们村子不到十哩；过了河，没多远嘛！你那达种着地吗？
雅考夫	我兄弟种地，我拿工钱打回去。别瞅我在这儿过活，我直巴着回去看看。
第一个庄稼人	就是说哇。
第二个庄稼人	那，阿尼西穆是你兄弟？
雅考夫	我兄弟。他住在村子顶头儿。
第二个庄稼人	当然，咱知道；他是第三家。

〔塔妮雅进来，跑着。

塔妮雅	雅考夫，你在干什么，在这儿寻开心？她在喊你哪！
雅考夫	我正要来；不过，怎么的啦？
塔妮雅	福芮斯克在叫唤；狗饿啦。她在骂你。她说："他真心狠呀。"他说："他就没心肝呀。""福芮斯克的晚饭时间早过啦，他还不送饭给她！"

〔笑。

雅考夫	（站起来预备走）哎，她发脾气？我纳闷儿，要出什么岔子？
下人们的厨子	这儿，拿着白菜。
雅考夫	对，给我。

〔接过盘子，下。

第一个庄稼人	眼下谁要用饭？
塔妮雅	可，狗呀！是她的狗。（坐下，拿起茶缸）还有茶吗？我带来点儿新的。

〔把新茶叶倒进茶缸。

第一个庄稼人	狗吃的晚饭！
塔妮雅	是呀，当然！他们为狗特别烧一块肉；不要太肥。我

117

	洗——洗狗，我是说。
第三个庄稼人	啾，主！
塔妮雅	就像那位绅士给他的狗出殡。
第二个庄稼人	咋着？
塔妮雅	可，有人告诉我，他有一条狗——我是说那位绅士有一条狗。狗死啦。赶着冬天，他坐着雪车去埋他的狗。好，他把狗埋啦，一路回去，他坐在车上哭——那位绅士。好，霜下得才大，车夫的鼻子直流鼻涕，他不停在捏。让我把茶给你们倒上！（倒茶）他就一直在捏鼻涕，绅士看见了，就说："你哭什么？"车夫，他就讲："可，老爷，我忍不住呀；哪儿有狗及得上它的？"
	〔笑。
第二个庄稼人	咱敢说，他心里头直在想："要是你完蛋了啊，咱才不哭哪。"
	〔笑。
歇掉的厨子	（在灶头）对；正是！
塔妮雅	好，绅士，他到家啦，马上就去对太太讲："我们的车夫可真心慈啦；一路回来，他直哭可怜的大实。喊他来——这儿，喝掉这杯渥得喀"，他说，"这儿有一个卢布赏你的。"这正像她说雅考夫对她的狗没心肝！
	〔庄稼人全笑了。
第一个庄稼人	说着咧！
第二个庄稼人	可有味儿咧！
第三个庄稼人	啊，姑娘，你拿咱们都逗笑咧！
塔妮雅	（再倒茶）多喝点儿！是呀，我们的生活好像怪快活的；可是有时候也挺恶心——拿他们搞乱的东西打扫干净！

	哼！在乡下好多啦。（庄稼人全拿杯子倒搁着，这是一种有礼貌的表示，他们喝够了。塔妮雅又倒茶）再喝点儿，叶菲穆·安陶尼奇。我给你倒，米特芮·夫拉西奇。
第三个庄稼人	好唪，倒，倒唪。
第一个庄稼人	好，亲爱的，咱们的事由儿有啥子开展？
塔妮雅	正在进行——
第一个庄稼人	西蒙告诉咱们——
塔妮雅	（迅速地）他？
第二个庄稼人	可他没法子叫咱们懂哇。
塔妮雅	我现下不能够告诉你们，不过我是在尽我的力量——尽我所有的力量！你们的纸张我摆在这儿！（拿出那藏在她上半幅围巾底下的纸张）只要有一件事成功——（叫着）噢，那可真好啦！
第二个庄稼人	当心，别丢了那张纸。花了钱的。
塔妮雅	别怕。你们只要他在上头签个名字？单单这个？
第三个庄稼人	可，有啥？好比说，他签咧，就没事咧！（倒着搁他的杯子）咱喝饱咧。
塔妮雅	（旁白）他要签的；看好啦，他要签的——再喝点儿。
	〔倒茶。
第三个庄稼人	买地这桩子交易，你安排得好哇，区上会开销你的喜事的。
	〔拒绝喝茶。
塔妮雅	再来一杯。
第三个庄稼人	你搞好了哇，咱们来安排你的喜事，咱自个子，好比说，行礼那天也要跳跳舞。咱打下娘胎就没跳过，咱要跳！

塔妮雅	（笑）好罢，我盼着啦。

〔静。

第二个庄稼人	（打量塔妮雅）好归好，可你干不来乡下人的活，咋着！
塔妮雅	谁？我？怎么，您觉得我身子骨儿不够壮的？您要是看见我帮太太绑腰就好了。许多庄稼人合起来拉，也拉不到那么紧。
第二个庄稼人	你拉她什么？
塔妮雅	可，有一样儿东西，骨头做的，就像——像一种发硬的上衣，可只穿到这儿！好，我揪着那些带子，好比您给马上鞍子——您——那叫什么东西？您知道，您朝手里吐唾沫！
第二个庄稼人	你是说，拉紧马肚带。
塔妮雅	是呀，是呀，就是这个。您知道，我还不许拿膝盖头顶她。

〔笑。

第二个庄稼人	你往紧里拉她，做啥子？
塔妮雅	可有理儿啦！
第二个庄稼人	咋着，她在修行啊？
塔妮雅	不是，这是为了美！
第一个庄稼人	是说，你拉紧她的肚子，要好看。
塔妮雅	有时候我拉得可紧啦，她的眼睛简直要打眼眶子里头跳出来，她还说，"紧点儿"，紧得我手都疼啦。您说我不壮！

〔庄稼人全笑了，摇着头。

塔妮雅	可不得了，我尽在这儿聊啦。

〔跑掉，笑着。

第三个庄稼人　啊,小姑娘真逗哏咧!

第一个庄稼人　可带劲咧!

第二个庄稼人　不赖。

　　　　　　〔萨哈陶夫和瓦西里·列奥尼狄奇进来。萨哈陶夫手里拿着一个茶匙。

瓦西里·列奥尼狄奇　不就正是晚饭,是也就是一种 déjauner dinatoire。①而且是第一等,我告诉你。奶猪火腿,妙啊! 路里耶的菜真叫高! 我才打那儿来。(看见庄稼人)啊,庄稼人又在这儿!

萨哈陶夫　是呀,是呀,好是很好,不过,我们到这儿是藏东西来的。我们拿它藏到哪儿好?

瓦西里·列奥尼狄奇　对不住。(向下人们的厨子)那些狗呢?

下人们的厨子　在车夫住的地方。下人厨房您不好搁狗的!

瓦西里·列奥尼狄奇　啊,在车夫住的地方? 那好。

萨哈陶夫　我在等着哪。

瓦西里·列奥尼狄奇　真对不住。哎,什么? 拿它藏起? 我告诉你怎么办。我们不妨放在庄稼人衣服袋子里头。就是这个好啦。我说,你的衣服口袋呢? 哎,什么?

第三个庄稼人　您要咱衣袋子干啥? 这可好咧! 咱衣袋子! 咱衣袋子可有钱咧!

瓦西里·列奥尼狄奇　那,你的提囊呢?

第三个庄稼人　干啥?

下人们的厨子　你怎么的啦? 这是少爷!

瓦西里·列奥尼狄奇　(笑。向萨哈陶夫)你知道他为什么怕成这个样

---

① 法文,意思是"晚餐似的早点"。

子?要我说给你听吗?他带了一堆钱。哎,什么?

萨哈陶夫　是,是,我看出来啦。好,你跟他们讲讲话,别让他们注意我拿这放进那只提囊里头,只要他们不留心,他们也就对他指不出来了。跟他们讲话。

瓦西里·列奥尼狄奇　好罢!(向庄稼人)倒说,老家伙,地怎么着?买了没有?哎,什么?

第一个庄稼人　咱们提了个子数目,好比说,可心诚咧。可,就是哇——说啥这个交易也谈不摆嘛。

瓦西里·列奥尼狄奇　你们不应当这样啬刻呀!地是一桩重要的事!我告诉你们种薄荷来的。要不,烟草也成。

第一个庄稼人　就是说哇。种啥子都好。

第三个庄稼人　少爷,你帮帮咱们。问问你爹。要不,咱们咋得过哇?地真少咧。一只鸡子,好比说,就没个子地方让鸡子跑哇。

萨哈陶夫　(把调匙放到第三个庄稼人的提囊里头)C'est fait。①好啦。走罢。

〔下。

瓦西里·列奥尼狄奇　所以,啬刻不得呀!哎?好,再见。

〔下。

第三个庄稼人　咱不说来的,找个落脚的地方?可,就算咱们一个子掏上三个子小钱,少说,咱们也安静了哇。这达呀,愿主慈悲!他说,"给我们钱",这为个子啥呀?

第二个庄稼人　咱敢说,他醉咧。

〔庄稼人拿杯子倒放好了,站起,划十字。

第一个庄稼人　你们留心他半天说个啥子?种薄荷!真够人想老半天的

---

① 法文,意思是"放好啦"。

咧，真的！

第二个庄稼人 种薄荷，可好咧！他哇，顶好是自个子躬起背来种，他就说啥也不巴登巴登直想种薄荷咧，家伙！好，多谢咧——倒说，好心的嫂子，你好不好告诉咱们，躺到那达好哇？

下人们的厨子 你们里头一个人困到灶上头，另外的困到长凳子上头。

第二个庄稼人 基督救你！

〔祈祷，划十字。

第一个庄稼人 只要上帝帮忙咱们，把生意做成就好咧！（躺下）那，明天，用过晚饭，咱们搭火车，星期二咱们就又到家咧。

第二个庄稼人 你要吹灭灯哗。

下人们的厨子 吹灭？噢，才不！他们切要朝这儿跑哪，一会儿要这个，一会儿要那个——你躺下，我把它捻低好啦。

第二个庄稼人 地少，不够使唤，人咋活着哇？可，今年，打圣诞节起，咱就非买谷子不行咧。雀麦秆子全用光咧。咱直巴着搞到十亩地，就好带西蒙回去咧。

第三个庄稼人 你是一个有家的人。你种起地来没啥子烦叨。只要交易顺当就好咧。

第二个庄稼人 咱们得祷告圣母娘娘，保不定她会帮咱们咧。

〔静，叹气拿它打断。外边传来脚步和语声。门开了。进来格罗斯曼，匆匆忙忙，眼睛被蒙住，抓住萨哈陶夫的手，后面跟着教授和医生，胖太太和列奥尼德·费道芮奇，外塔和彼特芮实切夫，瓦西里·列奥尼狄奇和玛丽亚·孔斯谈提劳夫娜，安娜·派芙劳夫娜和男爵夫人，费奥道尔·伊万尼奇和塔妮雅。

〔庄稼人跳起。格罗斯曼快步向前，然后停住。

胖太太	你们用不着忙乱；有我在一旁看着，严格执行我的责任！萨哈陶夫先生，你没有领着他走？
萨哈陶夫	当然没有！
胖太太	你千万别领着他走，不过，你也拒绝不得。（向列奥尼德·费道芮奇）我知道这些实验。我自己就试过。有时候我常常感到一种东西往外流①，我一感到了呀——列奥尼德·费道芮奇：哑！——！

〔格罗斯曼走来走去，在第一个和第二个庄稼人附近搜寻，然后走近第三个，在长凳子跟前绊了一跤。

男爵夫人	Mais dites-moi, on le paye?
安娜·派芙劳夫娜	Je ne saurais vous dire。
男爵夫人	Mais c'est un monsieur?
安娜·派芙劳夫娜	Oh, oui!
男爵夫人	Ça tient du miraculeux. N'est-ce pas? Comment est-ce qu'il trouve?
安娜·派芙劳夫娜	Je ne saurais vous drie. Mon mari vous l'expliquera. （发见庄稼人，四面一看，看见下人们的厨子）Pardon②——这是什么意思？

〔男爵夫人朝前头一群人走去。

---

① 从被催眠者身体流出一种磁性液体，是德国催眠学者麦斯麦尔 Mesmer（1733—1815）的学说，以为利用一根小铁棒，可以诱导磁性液体，治疗疾病。
② 法文："男爵夫人——不过，告诉我，人家给他钱做这个？
　　安娜——我不清楚。
　　男爵夫人——不过，他是一位绅士？
　　安娜——嗷，是的！
　　男爵夫人——简直是奇迹。对不对？他怎么找得着？
　　安娜——我不清楚。我丈夫要对你解释的。……对不住。"

安娜·派芙劳夫娜　（向下人们的厨子）谁放庄稼人进来的？

下人们厨子　雅考夫带他们来的。

安娜·派芙劳夫娜　谁吩咐雅考夫的？

下人们厨子　我说不上来。费奥道尔·伊万尼奇看见他们的。

安娜·派芙劳夫娜　列奥尼德！

〔列奥尼德·费道芮奇聚精会神在搜寻这件事上头，并未听见，说了一声"唑"——

安娜·派芙劳夫娜　费奥道尔·伊万尼奇！这是怎么回事？你先没有看见我消毒整个儿大厅？现在好啦，整个儿厨房传染上啦，所有裸麦面包，牛奶——

费奥道尔·伊万尼奇　我原以为他们到这儿来，没什么危险。这些人是有事来的。他们还要上远路，又是我们村子的人。

安娜·派芙劳夫娜　糟糕的就是这呀！他们是打库尔斯克来的，那儿人害白喉，死得跟苍蝇一样多！不过，这就不算，我没吩咐撵他们出去？——我吩咐来的，还是没吩咐来的？（别人聚在庄稼人四围，她走过去）留神！别碰他们——他们全传染上了白喉！

〔没人理睬她，她走到一旁，一副尊严的样子，静静站着等下去。

彼特芮实切夫　（大声在嗅）我不知道是不是白喉，但是空里的确有传染病。你没注意到？

外　塔　别胡闹啦！渥渥，是在哪一个提囊？

瓦西里·列奥尼狄奇　那一个，那一个。他靠近啦，很近啦！

彼特芮实切夫　是神有灵啊，还是酒有灵啊？

外　塔　现在你抽香烟可抽对劲儿啦。冲我喷烟，近点儿，近点儿。

〔彼特芮实切夫朝她斜过身子，对她喷烟。

瓦西里·列奥尼狄奇　我告诉你，他就要到啦。哎，什么？

格罗斯曼　（兜着第三个庄稼人，紧张地搜寻）在这儿，我觉出来啦！

胖太太　你觉得有东西流出来吗？

〔格罗斯曼弯下腰，从提囊里头找到调匙。

全　体　好！

〔一致热狂。

瓦西里·列奥尼狄奇　啊！我们原来就拿调羹放在这地方。（向庄稼人）你们原来是这等人啊！

第三个庄稼人　啥等人？咱没拿你的调羹！你们搞些子啥哩？咱没拿，咱啥也不知道哩。咱没拿——就是这个！他要咋着就咋着好咧。咱就知道他来这达没好处。他说："你的提囊在那达？"可咱就没拿，主是咱的见证！（划十字）咱没拿！

〔年轻人们围住庄稼人，笑着。

列奥尼德·费道芮奇　（向他儿子，发怒地）总是捣乱！（向第三个庄稼人）别搁在心上，朋友！我们知道你没拿；这只是一次实验。

格罗斯曼　（拿掉绑眼睛的东西，假装醒了过来）我好不好喝一口水？

〔全围着他忙乱。

瓦西里·列奥尼狄奇　我们离开这儿，一直奔车夫住的屋子去。我那儿有只母狗——épatante！①哎，什么？

---

①　法文，意思是"真神啦！"他用了一个阴性形容字，好和前面的"母狗"一致，从这里又引出他下面和外塔开玩笑的话。

外　塔　　多丑的字眼儿！你就不能够单单说成狗了吗？

瓦西里·列奥尼狄奇　　不成。我不好说——外塔是个人，épatante。我应当说成年轻女人；这就前后一致了。哎，什么？玛丽亚·孔斯谈提劳夫娜，对不对？好，哎？

〔高声笑着。

玛丽亚　　好，我们看去。

〔玛丽亚·孔斯谈提劳夫娜，外塔，彼特芮实切夫和瓦西里·列奥尼狄奇下。

胖太太　　（向格罗斯曼）怎么样？好受点儿了吗？歇过来了没有！（格罗斯曼不回答。向萨哈陶夫）你，萨哈陶夫先生，你觉到流出的东西了没有？

萨哈陶夫　　我什么也没有觉到。是的，这很好——很好。简直成功！

男爵夫人　　Admirable!　Ça ne le fait pas souffrir?

列奥尼德·费道芮奇　　Pas le niois du monde。①

教　授　　（向格罗斯曼）我打搅一下你，成罢？（递给他一个体温表）在实验开始，是九十八度九。（向医生）对不对，我想？你好不好听不听他的脉？一定有一点损失才对。

医　生　　（向格罗斯曼）来，先生，拿你的手给我；我们听听，我们听听。

〔拿出他的表，听着格罗斯曼的脉。

胖太太　　（向格罗斯曼）听我说！你方才那种情形不好就叫睡觉罢？

---

①　法文："男爵夫人——真行！他没有觉得难受？
　　列奥尼德——一点也没有。"

格罗斯曼	（疲倦地）那是催眠状态。
萨哈陶夫	这样说来，我们说你是自己催眠自己对不对？
格罗斯曼	有什么不对？一种催眠状态不光是仗着联想才有，——好比沙尔考[①]方法，用鼓声催眠——只要单单走进原始催眠的区域就成。
萨哈陶夫	就算这样子，可是给催眠术究竟下一个什么样的定义才更正确？
教　授	催眠术是一种变力的现象。
格罗斯曼	沙尔考不是这样下定义的。
萨哈陶夫	听我说，再听我说！这是你的定义，但是李耶包亲自告诉我——
医　生	（不听格罗斯曼的脉了）啊，正好；体温，怎么样？
胖太太	（打断）不对，我说一句！我同意教授的话。我就是最好的证明。在我病好了以后，我躺着没有知觉，我起了一种说话的欲望。平常我性情挺静的，可是，当时这种说话的欲望拿我一征服了呀，我就说呀说的，说到临了，人人吃惊！（向萨哈陶夫）我看我打搅你了罢？
萨哈陶夫	（尊严地）一点也没。请讲下去。
医　生	脉，八十二跳，体温高了半度。
教　授	看呀！这就是证明！正应该是这种样子。（拿出笔记簿，写）八十二，是吗？还有，九十九度四。催眠状态

[①] 沙尔考 Jean Martin Charcot(1825—1893)是法国一位名医，科学院的院士，以病理解剖学知名。催眠状态经他这一学派研究，分成三类：目光直视，或者眼帘闭住，发生昏睡状态；强光或者强声骤然而来，发生癫痫状态；第三种是引起的睡行状态。他认为某些病可以由原来生病的情势医治，所以虽说不是人人都一定可以被催眠，然而催眠治病的原则却就有人接受了。

	一形成,没有例外,心的跳动就提高了。
医　生	就医生的立场来看,我可以证明你的诊断有事实根据。
教　授	(向萨哈陶夫)你在说?——
萨哈陶夫	我方才想说的是,李耶包亲自对我讲,催眠是一种特殊的心理状态,增加易感性,到了暗示程度。
教　授	话是不错的,不过主要仍然是相等律。
格罗斯曼	而且,李耶包根本就算不得一位权威,可是沙尔考,从各方面来研究,证明催眠现象可以因为受打击,因为外伤……发生。
萨哈陶夫	(同时)是的,不过我并不否认沙尔考的劳绩。我也认识他,我只是重复李耶包讲给我听的——
格罗斯曼	(同时,紧张地)在萨耳派特芮耶尔①,有三千病人,我全做过试验。
教　授	(同时),对不住,先生们,不过,问题不在这个地方。
胖太太	(打断)听我说,我两个字就可以帮你们解释明白!我丈夫病着的时候,医生全以为没有希望了——
列奥尼德·费道芮奇	不过,我们还是到楼上去罢。男爵夫人,这边走!
	〔格罗斯曼,萨哈陶夫,教授,医生,胖太太和男爵夫人高声说话,互相打断,下。
安娜·派芙劳夫娜	(揪住列奥尼德·费道芮奇的胳膊)多少回了,我要你别干涉家里的事!你什么也不想,想也就想你这种胡闹的把戏,全家的事都摆在我肩膀上头。你简直要把我们都传染上啦!

---

① 萨耳派特芮耶尔 Salpetriere "制硝厂"的意思,是巴黎近郊一个著名的妇女医院,沙尔考曾经在这里主持外科,成为所谓萨耳派特芮耶尔学派。

列奥尼德·费道芮奇　什么？怎么会的？我不明白你说什么。

安娜·派芙劳夫娜　怎么会的？可，害白喉的人们在厨房睡觉，厨房跟全家不断头地有事。

列奥尼德·费道芮奇　对，可是我——

安娜·派芙劳夫娜　"我"怎么着？

列奥尼德·费道芮奇　我就什么也不知道。

安娜·派芙劳夫娜　你是家长，你有责任知道。不许这样瞎搞下去的。

列奥尼德·费道芮奇　可是我从来就没有想到——我想到——

安娜·派芙劳夫娜　听你讲话呀，不病也病啦。

〔列奥尼德·费道芮奇不作声。

安娜·派芙劳夫娜　（向费奥道尔·伊万尼奇）马上就拿他们赶走！他们立刻离开我的厨房！真可怕！没有一个人听我的；大家故意气我——我打那儿撵他们出来，大家把他们带到这儿！赶着我有病——（越来越兴奋，最后哭了起来）医生！医生！彼特尔·彼特罗维奇！——他也走啦！

〔下，抽噎着，后面跟着列奥尼德·费道芮奇。大家站着，静了许久。

第三个庄稼人　妈的糟透咧！人一大意哇，巡警就许到这达来。咱打落地以来，到今个还没吃过官司咧。孩子们，打个子栈房去！

费奥道尔·伊万尼奇　（向塔妮雅）我们怎么办？

塔妮雅　没关系，费奥道尔·伊万尼奇，叫他们跟车夫睡。

费奥道尔·伊万尼奇　那怎么成？车夫早就抱怨啦，他那地方全叫狗占啦。

塔妮雅　那么，好啦，睡到看门的那儿。

费奥道尔·伊万尼奇　万一找出来怎么办？

塔妮雅	不会找出来的！费奥道尔·伊万尼奇，别担那份子心啦。天都黑啦，现下怎么好叫他们外头去？他们就没地方好去的。
费奥道尔·伊万尼奇	好，由着你罢。不过，他们说什么也得离开这儿。

〔下。

〔庄稼人拿起他们的提囊。

歇掉的厨子	啾，这些该死的恶魔！闲着没事，全胖！恶魔！
下人们的厨子	你就在那儿静着罢。谢天谢地他们没看见你！
塔妮雅	那么好，老爹，一块儿到看门的那儿去。
第一个庄稼人	好，可咱们的事由儿咋着？譬方说，他咋着才肯拿手来写上名字哩？咱们有没指望哩？
塔妮雅	过一点钟就知道啦。
第二个庄稼人	你打算好了使计？
塔妮雅	（笑）是呀，上帝要嘛！

第 三 幕

当天夜晚。列奥尼德·费道芮奇家里的小客室。请灵会总在这里举行。列奥尼德·费道芮奇和教授。

列奥尼德·费道芮奇 好,那么,我们就用我们的新媒介冒一下险,请一次灵?

教　授 成,一定。他是一个有力的媒介,这上头没有疑问。今天请灵,同一人士参加,特别有趣。格罗斯曼一定会对媒介力的影响发生反应,这样一来,不同现象的连结和相同,也就越发明显了。你回头看好了,只要媒介有他方才那样强烈,格罗斯曼会震动的。

列奥尼德·费道芮奇 那么,我喊西蒙来,请那些愿意参加的人进来。

教　授 好,来吧!我有几句话先要记下来。

〔取出他的笔记簿,写着。

〔萨哈陶夫进来。

萨哈陶夫 他们在安娜·派芙劳夫娜的会客室门牌,那儿没有我的事——我对你们请灵这件事又很感兴趣——我就到这儿来了。不过,到底举行不举行?

列奥尼德·费道芮奇 举行,一定!

萨哈陶夫 不管缺不缺喀浦实奇的媒介力也举行?

列奥尼德·费道芮奇　Vous avez le main heureuss。①巧啦，我今天早晨跟你提起怕那个乡下人，原来就是一个没有疑问的媒介。

萨哈陶夫　天！可不，太有意思啦！

列奥尼德·费道芮奇　我们方才用过晚饭先拿他做了几次初步实验。

萨哈陶夫　原来你们已经有时间实验过了。相信——

列奥尼德·费道芮奇　是呀，完全相信！他原来是一个意想不到地有力的媒介。

萨哈陶夫　（不相信地）天！

列奥尼德·费道芮奇　原来下房那边老早就注意到了。他坐在饭桌子跟前，调羹自动地跳进他的手心！（向教授）你听说过没有？

教　授　没有，我没有听到详细的情形。

萨哈陶夫　（向教授）不过话说回来，你承认这种现象可能？

教　授　什么现象？

萨哈陶夫　好，一般所谓关亡，媒介，神奇的现象？

教　授　问题在，我们所谓神奇是什么？假如不是活人，而是一块石头往身上吸了一个钉子，这种现象怎么引起最初观察者们的惊奇来的？觉得自然，还是神奇？

萨哈陶夫　好，当然，不过，像磁石吸铁这种现象永远重复自己。

教　授　现在正也是这种情形。现象重复自己，我们加以实验。不光这样就算数，我们还要拿别的现象共有的法则用在我们探讨的现象上面。这些现象好像神奇，只是因为把它们的原因归到媒介本人身上罢了。现象发生并非由于媒介，而是通过媒介活动的心灵的力量，这就完全两样了。问题全

---

① 法文，意思是"你运气好"。

　　　　　　　在相等律。

萨哈陶夫　　是，一定，不过——

　　　　　　　〔塔妮雅进来，藏在悬挂的东西后头。

列奥尼德·费道芮奇　　不过要记着，这个媒介不比都穆或者喀浦实奇，我们不敢就说结果一定成功。可是就另一方面来看，我们可能就会得到完美的实现。

萨哈陶夫　　实现？你说实现是什么意思？

列奥尼德·费道芮奇　　可，我是说，人死了——好比，令先尊或者令先祖——又出现了，握着你的手，或者给你一点东西；要不，有人也许忽然高高升到半空，就像上次阿列克塞·夫拉狄米芮奇遇到的。

教　授　　当然，当然。不过主要还在现象的解释和一般法则对现象的应用。

　　　　　　　〔胖太太进来。

胖太太　　安娜·派芙劳夫娜总算放我到你们这儿来啦。

列奥尼德·费道芮奇　　非常欢迎。

胖太太　　啾，格罗斯曼像是累透啦！他简直连杯子也端不住啦。你没有注意到，（向教授）他走到藏东西的地方，当时脸色多白吗？我马上就注意到了，我头一个讲给安娜·派芙劳夫娜听。

教　授　　没有疑问——生命力的消耗。

胖太太　　是呀，我就说的是呀，这类事一个人不该过分的。你知道，一位催眠家对我一位朋友提议，外辣·孔辛，啾，你认识她，当然喽——好，他提议她应当戒烟才是——她的背呀一下子就疼起来啦！

教　授　　（极想有所表示）体温和脉搏清清楚楚指出——

胖太太	听我说！让我说完了！好，我就对她讲：宁可吸烟，也比神经上受罪好。当然啦，吸烟有害；我自己就未尝不想戒掉，但是，尽管我戒，我戒不掉！有一回我豁出去两个礼拜不吸，可是过了两个礼拜，说什么也不成啦。
教　授	（又想说话）清清楚楚证明——
胖太太	等一回，让我说完了，就一句话！你说："力的消耗。"我方才要说的也就是，我从前旅行，骑着驿马——那些日子路坏透啦——你不记得——不过我可注意到啦，我们神经紧张，全是铁路给的！好比我罢，一旅行就睡不着；我这辈子就甭想睡得着！
教　授	（又试了一下，被胖太太堵住）力的消耗——
萨哈陶夫	（微笑）是的；啾，是的！

〔列奥尼德·费道芮奇揿铃。

胖太太	有一夜我醒着，又一夜，第三夜，我还是睡不着！

〔格芮高芮进来。

列奥尼德·费道芮奇	请告诉费奥道尔，请灵的东西全准备好，叫西蒙到这儿来——西蒙，帮忙送酒菜的，听明白了罢？
格芮高芮	是，老爷。

〔下。

教　授	（向萨哈陶夫）体温和脉搏的观察表示生命力的消耗。媒介现象之后，会有同样情形发生。力的保持律——
胖太太	啾，是的，是的；我方才要说的也就是，我很高兴一个庄稼佬儿成了一个媒介。很好。我从前总说，赞美斯拉夫民族的人们——
列奥尼德·费道芮奇	我们同时先到客厅坐坐。
胖太太	让我说完了，就是一句话！赞美斯拉夫民族的人们有道

理；不过，我总对我丈夫讲，一个人不该言过其实！你知道，"得其中。"坚持个个儿老百姓全都完美，有什么用处？我亲眼看见——

列奥尼德·费道芮奇　你来不来客厅？

胖太太　一个男孩子——这么高——喝酒！我立刻就骂了他一顿。过后儿他直感激我。他们是小孩子嘛，我总说的，小孩子需要爱也需要严厉！

〔他们走出，全在一齐谈着话。

〔塔妮雅从悬挂的东西后面出来。

塔妮雅　啾，但望成功就好！

〔开始系牢几根线。

〔外塔匆匆进来。

外　塔　爸爸不在这儿？（疑问地看着塔妮雅）你在这儿干什么？

塔妮雅　啾，叶丽莎外塔小姐，我也就是才来；我也就是希望——也就是进来——

〔窘。

外　塔　不过他们马上就要在这儿请灵。（注意到塔妮雅收线，看着她，忽然大笑起来）塔妮雅！可，全是你捣的鬼呀？用不着否认。上一回也是你呀？是的，是你，是你！

塔妮雅　叶丽莎外塔小姐，最亲爱的！

外　塔　（开心）啾。这玩笑可开得好啦！我就想不出来！不过，你为什么要开这玩笑？

塔妮雅　啾，小姐，亲爱的小姐，别讲给人知道！

外　塔　说什么也不会！我开心得不得了。你单单告诉我，你怎么搞的。

塔妮雅　可，我就是藏着，过后儿，天黑啦，我出来搞。就是这么的。

外　塔　（指着线）这做什么用？你用不着告诉我。我明白啦；你一拉——

塔妮雅　叶丽莎外塔小姐，好人儿！我全拿实话讲了罢，不过，也就是对您讲。我从前搞这个光是为了好玩儿，不过现下我有正经。

外　塔　什么？怎么？什么正经？

塔妮雅　好，您知道，今早儿来的那些庄稼人，您看见他们来的。他们想买些地，老爷偏不肯卖；好，费奥道尔·伊万尼奇，他说有灵禁止他卖。所以我就起了念头——

外　塔　噢，我明白啦！好，你是一个聪明孩子！对，做罢，做罢——不过，你想什么方法才搞得成？

塔妮雅　好，我想，等他们吹灭了灯，我马上就拿东西敲来敲去的，丢来丢去的，拿线碰碰他们的头，末了儿我就拿出那张买地的纸，扔到桌子上头。我放在这儿。

外　塔　好，怎么样？

塔妮雅　您还不明白？他们会吓一跳的。那张纸明明在庄稼人手里头，现下到了这儿。我要教——

外　塔　可不，当然！今天是西蒙做媒介！

塔妮雅　好，我要教他——（笑得自己讲也讲不下去了）我要告诉他，不管是谁的手，他抓牢了就使劲儿捏！当然喽，不是老爷的手——那他说什么也不敢的——是别人的手；他捏呀捏的，捏到签了名字才撒手。

外　塔　（笑）不过，平常不是这样子。媒介从来不亲自动手的。

塔妮雅　噢，没关系。一样的；我敢说结果会好的。

〔费奥道尔·伊万尼奇进来。

〔外塔向塔妮雅做了做手势,下。

费奥道尔·伊万尼奇　你干嘛在这儿?

塔妮雅　我在找你,费奥道尔·伊万尼奇,亲爱的——

费奥道尔·伊万尼奇　好,什么事?

塔妮雅　我说过的我那桩事。

费奥道尔·伊万尼奇　(笑)我大媒做成啦;是呀,我大媒做成啦。亲事说妥啦。我们拉过了手;就欠喝酒啦。

塔妮雅　(叫了起来)不会的!真成啦?

费奥道尔·伊万尼奇　我不跟你说了吗?他说:"我去跟老婆子商量商量,只要上帝愿意——"

塔妮雅　这是他讲的?(叫唤)亲爱的费奥道尔·伊万尼奇。我一辈子见天儿帮你祷告!

费奥道尔·伊万尼奇　成!成!现下可不是时候。上头吩咐我,布置屋子请灵。

塔妮雅　我帮你弄。怎么布置法儿?

费奥道尔·伊万尼奇　怎么?可,桌子放在屋子当中——椅子——六弦琴——手风琴。灯不要,光点蜡烛。

塔妮雅　(帮费奥道尔·伊万尼奇放好东西)对不对?六弦琴这儿,这儿墨水瓶子。(放好)行了罢?

费奥道尔·伊万尼奇　他们叫西蒙到这儿坐,真有这八宗事?

塔妮雅　我想是罢;他们那么做过一回了。

费奥道尔·伊万尼奇　邪行!(戴上他的夹鼻眼镜)可是他干净不?

塔妮雅　那我怎么知道?

费奥道尔·伊万尼奇　好,我告诉你——

塔妮雅　什么,费奥道尔·伊万尼奇?

费奥道尔·伊万尼奇　去拿一个指甲刷子和一块梨牌儿肥皂;你可以拿

>   我的——去拿他的爪子剪掉，手搓得越干净越好。

塔妮雅　　他自己好做的。

费奥道尔·伊万尼奇　　那就好啦，告诉他。再告诉他换上一件干净衬衫。

塔妮雅　　好罢，费奥道尔·伊万尼奇。

　　　　　　〔下。

费奥道尔·伊万尼奇　　（坐到一张舒服椅子里头）他们受过教育，有学问——阿列克塞·夫拉狄米罗维奇，现下都成了教授啦——可，一个人呀有时候真还由不得就起疑心。老百姓那套子见不得人的迷信是废掉啦：妖精呀，法师呀，仙姑呀——可是仔细一想，这不一样也是迷信吗？死人的魂灵儿会来说话，弹六弦琴，天下有这八宗事？不会的！有人在糊弄他们，要不就是他们自己在糊弄自己。说到西蒙这当子事呀——简直就理解不来。（看着一本照相簿）这是他们的关亡本子。给鬼照相，有这八宗事？可是这儿是一个土耳其人跟列奥尼德·费道芮奇坐在一起照的相片儿——人一软弱起来呀真有他的！

　　　　　　〔列奥尼德·费道芮奇进来。

列奥尼德·费道芮奇　　准备好啦？

费奥道尔·伊万尼奇　　（闲闲而立）全好啦。（微笑）只是您的新媒介，我不大清楚。我希望他不至于丢您的脸，列奥尼德·费道芮奇。

列奥尼德·费道芮奇　　不会的，我跟阿列克塞·夫拉狄米芮奇拿他试过啦。他是一个非常有力的媒介！

费奥道尔·伊万尼奇　　那，我就不知道了。可是他够干净的吗？我猜您没有想到吩咐他洗手罢？也许有点儿不方便。

列奥尼德·费道芮奇　他的手？啾，是的！你以为不干净？

费奥道尔·伊万尼奇　您想到那儿去啦？他是一个庄稼人，回头有太太小姐们来，还有玛丽亚·瓦西列夫娜。

列奥尼德·费道芮奇　不会有什么的。

费奥道尔·伊万尼奇　另外我有事回您。提冒仁，那个车夫，抱怨他没法子拿东西弄干净，因为有狗。

列奥尼德·费道芮奇　(理着桌子上的东西，心不在焉)什么狗不狗的？

费奥道尔·伊万尼奇　今天来的那三条猎狗，瓦西里·列奥尼狄奇要的。

列奥尼德·费道芮奇　(心烦)告诉安娜·派芙劳夫娜！她高兴怎么着，就怎么着好了。我没有时间。

费奥道尔·伊万尼奇　可是您知道她身子不好——

列奥尼德·费道芮奇　随她高兴，她要怎么就怎么好了。说到他——人就别想打他那儿听到什么好事。再说，我忙。

〔西蒙进来，微笑着；他穿着庄稼人没袖子的上身。

西　　蒙　　他们叫咱上来。

列奥尼德·费道芮奇　是的，来了就好。让我看看你的手。行得很！好，我的好朋友，你要跟前一回一个样子才成——坐下，由着你的性子。千万别想心思。

西　　蒙　　咱做啥想呢？越想越坏事。

列奥尼德·费道芮奇　就是，就是，对极啦！越没心思，力量越大。不要想，单由着你的性子就是啦。你要是想睡，就睡；想走，就走。你明白吗？

西　　蒙　　咱有啥不明白的？可简单咧。

列奥尼德·费道芮奇　特别是，别害怕。因为你自己就许吓着自己的。你必须明白，就像我们在这儿活着，世上看不见的精灵也在这儿活着。

费奥道尔·伊万尼奇　（修改列奥尼德·费道芮奇的话）看不见的感觉，你明白吗？

西　蒙　（笑了起来）有啥不明白的！经您这一说还不明摆在眼前头么。

列奥尼德·费道芮奇　你也许升到半空里头，像这类事什么的，你用不着害怕。

西　蒙　咱有啥好怕的？那不算啥回子事。

列奥尼德·费道芮奇　好，那么我去喊他们来——都齐全了吗？

费奥道尔·伊万尼奇　我想齐全了罢。

列奥尼德·费道芮奇　可是，石板呢？

费奥道尔·伊万尼奇　在楼底下。我去拿来。

〔下。

列奥尼德·费道芮奇　那就好。所以，别害怕，你只要尽量自在就好。

西　蒙　咱是不是脱掉上身衣服好些子？咱就更自在咧。

列奥尼德·费道芮奇　你的上身？啵，别脱掉。别拿它脱掉。

〔下。

西　蒙　她告诉咱照样子再来一过，她么，再拿东西丢过来。她做啥就不害怕哩？

〔塔妮雅进来，衣袜全和墙纸是一样的颜色。西蒙笑了。

塔妮雅　咝！——他们要听见的！喽，跟前回一样，拿火柴放在你的指头上。（放在上头）怎么样，你全记住啦？

西　蒙　（一个又一个往里弯曲他的手指）头一桩，拿火柴弄湿，摇咱的手，这是一桩。再就是哩，牙咬着响，像这个——这是两桩。不过，咱忘了那第三桩。

141

塔妮雅	第三桩顶要紧。纸一掉到桌子上头,别忘记——我会让小铃铛响的——你就这样做——拿你的胳膊伸出去,抓牢一个人;不管是谁,只要坐得顶近,就抓牢了他,使劲儿捏!(笑)不管是男的,是女的,全一样;你就使劲儿捏,千万别松手——就像你在睡觉,牙直响,要不,就这样号。(低声号着)我一弹起六弦琴,你就躺直了,好像醒过来的样子,你知道——你会不会全记得住?
西 蒙	记得住,不过,太好笑咧。
塔妮雅	可是你当心别笑。不过,你就是笑,也没多大关系;他们会以为你一边在睡,一边在笑哪。他们吹灭了灯,千万留神别真睡着了。
西 蒙	甭怕,咱掏自个子的耳朵。
塔妮雅	那好,西蒙好人,记住我告诉你的话,千万别害怕。他会签那张纸的,看好啦!他们来啦!

〔藏到沙发底下。

〔进来格罗斯曼和教授、列奥尼德·费道芮奇和胖太太,医生,萨哈陶夫和安娜·派芙劳夫娜。西蒙站在门旁。

列奥尼德·费道芮奇	请进,诸位怀疑的人们!虽然我们的媒介是一位新人,偶然发现的,我期望今天晚晌有很重要的现象。
萨哈陶夫	这很,很有意思。
胖太太	(指着西蒙)Mais il est très bien! ①
安娜·派芙劳夫娜	是呀,一个帮忙送酒菜的,简直就不——
萨哈陶夫	太太们从来对丈夫的工作没有信心。你不相信这类事罢?

---

① 法文,意思是"可他挺好嘛!"

安娜·派芙劳夫娜　当然不。不错,喀浦实奇本人有点儿格别,但是天知道目前是些什么!

胖太太　　不对,安娜·派芙劳夫娜,听我讲,你不能够这样就下决定。我在出嫁以前,我有一回做了一个怪梦。梦,你知道,常常是这样子,你就不知道在哪儿开始,在哪儿结束;就是这样一种梦,我——

〔瓦西里·列奥尼狄奇和彼特芮实切夫进来。

胖太太　　那回梦给我看到了许许多多东西。如今这世道呀,年轻人(指着彼特芮实切夫和瓦西里·列奥尼狄奇)样样儿东西否认。

瓦西里·列奥尼狄奇　可是看呀,你知道——就我来说,我决不否认什么事情!哎,什么?

〔外塔和玛丽亚·孔斯谈提劳夫娜进来,立即和彼特芮实切夫谈起话来。

胖太太　　人怎么可以否认神奇?他们说这不合理。可是赶上一个人的理性愚蠢,又怎么着?就在那边,在花园街,你们知道——可,好啦,每天夜晚出现!我丈夫的兄弟——你们叫他什么?　不是 beau-frère[①]——另一个称呼是什么?——我怎么也记不住这些三亲六戚的名字——好,他一连三晚去那儿,可就什么也没看见;所以我对他讲——

列奥尼德·费道芮奇　好,谁待在这儿?

胖太太　　我!我!

萨哈陶夫　　我。

[①]　法文,意思是"兄弟",或者属于丈夫的,或者属于太太的,或者属于姊妹的,在法文都是一个称呼,只要不是属于自身的。

安娜·派芙劳夫娜　（向医生）你有意要说你待下来？

医　　生　　是的；我必须看看，哪怕一次也好，阿列克塞·夫拉狄米芮奇到底发见了些什么。没有真凭实据，我们怎么可以加以否认？

安娜·派芙劳夫娜　那么，我今天夜晚一定是要服的了？

医　　生　　服什么？——噢，药粉。是的，服了也许好些。是的，是的，服了罢——不管怎么样，我还要上楼来的。

安娜·派芙劳夫娜　务必请来。（高声）完了事，mesdames et messieurs，①我希望你们来到我的楼上，休息一下你们的情绪，再拿我们的牌斗完。

胖太太　　噢，一定来。

萨哈陶夫　　是的，谢谢！

〔安娜·派芙劳夫娜下。

外　　塔　　（向彼特芮实切夫）听我说，你一定要待下来。我包你有好东西看。你要不要打赌？

玛丽亚　　可是你不是不相信吗？

外　　塔　　今天我相信。

玛丽亚　　（向彼特芮实切夫）你相信吗？

彼特芮实切夫　　"我不能够相信，我不能够信任一颗生就虚伪的心。"不过，假如叶丽莎外塔·列奥尼道夫娜吩咐——

瓦西里·列奥尼狄奇　　我们就待下来，玛丽亚·孔斯谈提劳夫娜。哎，什么？我要发明点儿东西épatant。

玛丽亚　　你可千万别逗我笑。你知道我憋不住的。

瓦西里·列奥尼狄奇　　（高声）我待下来！

---

① 法文，意思是"太太们和先生们"。

列奥尼德·费道芮奇　（严厉地）可是我请待下来的人们别拿它取笑。这是严肃的事。

彼特芮实切夫　你听见没有？好，我们就待下来。渥渥，坐到这儿，用不着太难为情。

外　塔　是啊，你们觉得好玩儿，你们笑，可是等等看，就知道要出什么事了。

瓦西里·列奥尼狄奇　噢，不过，假定是真的哪？那可真就妙啦！哎，什么？

彼特芮实切夫　（颤栗）噢，我怕，我怕！玛丽亚·孔斯谈提劳夫娜，我怕！我的小脚巴丫子直打哆嗦。

外　塔　（笑）别那么高声。

〔全坐下。

列奥尼德·费道芮奇　请坐，请坐。西蒙，坐下。

西　蒙　是，老爷。

〔坐在椅子的边沿。

列奥尼德·费道芮奇　坐好了。

教　授　在椅子当中坐直了，样子自在就好。

〔把西蒙在椅子上安排好。

〔外塔，玛丽亚·孔斯谈提劳夫娜和瓦西里·列奥尼狄奇笑着。

列奥尼德·费道芮奇　（提高嗓音）我请那些留在这儿的人们不要轻举妄动，认真看这件事，不然的话，结果可能恶劣的。渥渥，你听好了！你要是静不下来，走开！

瓦西里·列奥尼狄奇　静得很！

〔躲到胖太太后头。

列奥尼德·费道芮奇　阿列克塞·夫拉狄米芮奇，你来催眠他？

教　授	不；安东·包芮西奇在这儿，何必我来？他练习的次数比我多，在这方面比我力量大多了——安东·包芮西奇！
格罗斯曼	太太小姐们，先生们，严格地说起来，我不是一位关亡学者。我仅仅研究过催眠术。不错，催眠术种种已知的显示我全有过研究；但是所谓关亡术，我完全不懂。一个人进了恍惚状态，我知道的催眠现象就可以发生了：昏睡，意志丧失，麻痹，痛觉丧失，癫痫，和一切易于感受暗示的状态。现在我们要观察的不是这些现象，而是别的，所以应当先搞清楚要看的现象属于哪一类，什么是这些现象的科学意义。
萨哈陶夫	我完全同意格罗斯曼先生的话。这样解释一下，想必很有意思。
列奥尼德·费道芮奇	我想阿列克塞·夫拉狄米芮奇不会拒绝给我们来一点简短的解释的。
教　授	为什么拒绝？既然大家愿意，我就解释一遍好了。（向医生）你好不好量量他的体温，听听他的脉搏？我的解释由于时间限止，不得不粗浅简短。
列奥尼德·费道芮奇	是，请讲，简短，简短就好。
医　生	好。（拿出体温表）来，孩子—— 〔放体温表。
西　蒙	是，老爷！
教　授	（站起，冲着胖太太——随后又坐下来）太太小姐们，先生们！我们今天晚响考查的现象，一方面可以看做新东西，另一面，可以看做跳出自然条件限度的东西。两种看法全不正确。这种现象并不新颖，而是和世界一样老旧；也并不神奇，而是和一切存在的东西一样，照着永久的法则进

行。这种现象通常有一个定义，是"和精神世界的来往"。这个定义并不正确。依照这个定义，精神世界和物质世界对立起来。但是这是错的；这种对立根本就不成立！两个世界紧紧连在一起，就不可能划一条线分疆定界，彼此清清楚楚分开。我们说，物由分子组成——

彼特芮实切夫 老生常谈！

〔耳语，笑着。

教　授 （停了停，继续下去）分子由原子组成，但是原子，不再扩展，实际不是别的，只是力的使用点而已。严格地说起来，不是力，而是能，那和物质一样毁灭不了，成为一个单元的同一的能。但是物质，虽说是一个，有许多不同的面，同样，能也是这样子。到最近为止，我们知道的能只有四种形态，彼此可以变换：就是动力能，热能，电能和化学能。但是要说能这四种面貌就包括得了它变化多端的显示，还有很远的距离。能表示自己的形态是非常多样的，我们今天夜晚所考查的，就是那些我们还不大知道的新的能的面貌之一。我指媒介能而言。

〔年轻人们又在耳语，笑着。

教　授 （停住，严厉的目光扫视一周）媒介能很久就为人类所知：预言，预感，幻象，等等，不是别的，都是媒介能的显示。它所形之于外的显示，我说，很久就为，人类所知。但是能本身却要到了最近，才被承认——直到这种媒介被承认。媒介的颠动引起媒介能的显示。同样是光的现象，直到一种称不出分量的实质——以太——被承认，这才解释清楚，同样是媒介的现象，原来像是神秘的，但是等我们承认了现在全部证实了的事实，也就不神秘了，这就

	是：在以太微乎其微的点子之间，还存在着别一种更精微的称不出分量的实质，不受长，阔，厚法则的拘束——
	〔又有了笑声，耳语，嘻笑。
教　授	（又严厉地看了一眼四周）称不出分量的以太发生光和电的现象，正如数学上的计算以不可驳倒的方式证明了以太的存在，聪明的霍尔曼、史米提和纳塞夫·石马磁郝分的不断地考查，没有疑问地证实了一种充满宇宙的实质的存在，我们不妨叫做精神以太。
胖太太	啊，现在我明白啦。我真感激——
列奥尼德·费道芮奇	不错，不过，阿列克塞·夫拉狄米芮奇，你可不可以——缩短一点？
教　授	（不加注意）所以，正如我方才有荣誉向你们提到的，继续不断的严格的科学实验使我们明白媒介现象的法则。这些实验证明，某些人沉入催眠状态——像我们最近看到的，这种状态和通常的睡眠不同，不同就在事实上，人的生理活动不单不因为催眠影响减低，反而永远在加高——我说，任何人沉入这种状态，这永远在精神以太中间发生某些纷乱——就像往流质里头投下一个固体，因而发生纷乱，完全相同。这些纷乱正是我们所谓媒介现象——
	〔笑声和耳语。
萨哈陶夫	这话又对又容易懂；但是，假如媒介沉入恍惚状态会让精神以太发生纷乱，你既然行好讲给我们听，就许我追问一句，为什么——据说关亡请灵的时候往往都是这种情形——这些纷乱只在死人的魂灵方面形成一种活动？
教　授	因为这种精神以太的分子不是别的，就是活人，死人和未生的人的魂灵，所以精神以太一有震动，不可避免地，必

然引起它的原子的某种震动。这些原子不是别的，就是人的魂灵，仗着这些行动，相互之间才有来往。

胖太太 （向萨哈陶夫）你什么地方想不通？简单极了——十分，十分谢谢你！

列奥尼德·费道芮奇 我想现在都解说明白了，我们好开始了。

医　　生 这家伙的情形完全正常；体温九十九，脉搏七十四。

教　　授 （拿出他的笔记簿，把这记下来）我们马上就有机会观察一种事实，证实我方才有荣誉解释的话，这就是，媒介沉入恍惚状态之后，他的体温和脉搏就要不可避免地上升，和催眠之下发生的情形相同。

列奥尼德·费道芮奇 是，是。不过，原谅我一下。我高兴回答一下谢尔盖·伊万尼奇的问题：我们怎么知道我们是和死人的魂灵来往？我们知道，因为出现的神灵清清楚楚告诉我们——就跟我对你讲话一样简单——他是谁，他为什么来，他的情形是不是全好！我们上一次请灵，请来了一位西班牙人，党·喀斯提劳斯，他一五一十全对我们讲来的。他告诉我们他是谁，他什么时候死的，因为过去参加宗教裁判，所以正在受罪。他甚至于告诉我们，就在他对我们讲话的时候，他遭遇到什么事，那就是，就在他对我们讲话的时候，他又要到世上投胎去了，所以不能够继续同我们谈下去——不过，回头你自己看好了——

胖太太 （打断）噢，真有意思！也许那个西班牙人就生在我们谁家里头，现在正是一个小宝宝！

列奥尼德·费道芮奇 很可能。

教　　授 我想是开始的时候啦。

列奥尼德·费道芮奇 我正在讲——

教　授　　　眼看要迟啦。

列奥尼德·费道芮奇　很好。那么，我们就开始。安东·包芮西奇，就劳你催眠一下媒介罢。

格罗斯曼　　你喜欢我用什么方法？方法有几种。有布赖德①体系，有埃及标志，有沙尔考体系。

列奥尼德·费道芮奇　（向教授）我想没有大关系。

教　授　　　没有大关系。

格罗斯曼　　那我就用我自己的方法，我在奥代萨②表演过。

列奥尼德·费道芮奇　请！

　　　　　　〔格罗斯曼拿胳膊在西蒙上头摇动。西蒙闭住眼，往直里一挺。

格罗斯曼　　（盯着他看）他睡着啦！他睡啦！一种快极了的催眠感应。这人显然已经达到一种麻痹状态。他是非常———一个不同寻常地易于感应的人，可以领导做种种有趣的实验！——（坐下，站起，又坐下）现在可以往他胳膊里头扎一根针进去。假如你们喜欢——

教　授　　　（向列奥尼德·费道芮奇）媒介的恍惚状态怎么样影响格罗斯曼，你注意到了没有？他开始在震动。

列奥尼德·费道芮奇　是的，是的——现在可以熄掉烛光了罢？

萨哈陶夫　　可是为什么一定要黑暗才成？

教　授　　　黑暗？因为这是媒介能露面的一个条件，正如若干化学或者动力能，想要它们露面的话，规定的温度是一个必需的

---

① 布赖德 James Braid(1795—1860)是英国一位外科医生，催眠术的倡导者。他以为拿一个东西放在被催眠者的眼睛近边，一刻钟下来，只要他信念坚定，就可以入睡。
② 俄国南部黑海附近一座大城。

条件。

列奥尼德·费道芮奇　不过也不总是这样子。我和许多别人，在烛光和日光之下，观察过媒介能的发生。

教　授　（打断）把烛光去掉好罢？

列奥尼德·费道芮奇　去掉，当然。（吹掉蜡烛）太太小姐们，先生们！当心，请！

〔塔妮雅从沙发底下爬出，抓住一根拴在一枝烛台上面的线。

彼特芮实切夫　我喜欢那个西班牙人！正在谈话之间——他就立地头朝前——像法国人说的：piquer une tête。①

外　塔　你等等，看有什么花样儿出来！

彼特芮实切夫　我就担心一件事，就是渥渥受了鬼魂的感应，猪一样哼唧！

瓦西里·列奥尼狄奇　你喜欢我这样子？我就——

列奥尼德·费道芮奇　先生们！安静，请！

〔静。西蒙舔着指头上的火柴，拿它们磨他的指节。

列奥尼德·费道芮奇　亮光！你们看见亮光没有！

萨哈陶夫　亮光？是的，是的，我看见啦；不过，许我——

胖太太　在那儿？在那儿？啾，天！我就没看见！啊，那儿是。啾！——

教　授　（向列奥尼德·费道芮奇，指着走动的格罗斯曼）你注意到他怎么震动了没有？是二元影响的结果。

〔亮光又出现了。

列奥尼德·费道芮奇　（向教授）一定是他来啦——你知道。

---

① 法文，意思是"头朝前一跃"。

萨哈陶夫　　谁?

列奥尼德·费道芮奇　　一位希腊人,尼考拉伊。是他发出来的亮光。你是不是也这样想,阿列克塞·夫拉狄米芮奇?

萨哈陶夫　　谁是这位希腊人,尼考拉伊?

教　授　　一位希腊人,君士旦丁时代在君士旦丁堡当和尚①,新近拜访过我们。

胖太太　　他在哪儿?他在哪儿?我没看见他嘛。

列奥尼德·费道芮奇　　看不见他的——阿列克塞·夫拉狄米芮奇,他特别对你有好感。你问他。

教　授　　(用一种特殊的声音)尼考拉伊!是你吗?

〔塔妮雅敲了两下墙。

列奥尼德·费道芮奇　　(欢然)是他!是他!

胖太太　　啾,天!啾!我要走开!

萨哈陶夫　　你怎么相信是他?

列奥尼德·费道芮奇　　可,敲了两下啊。这是肯定的回答;不然的话,就没声啦。

〔静。年轻人角落发出被压住的嘻笑。塔妮雅往桌子上扔下一个灯罩,铅笔和吸墨纸。

列奥尼德·费道芮奇　　(耳语)先生们,你们注意到没有,这儿有一个灯—罩,还有别的东西——一管铅笔!——阿列克塞·夫拉狄米芮奇,是一管铅笔!

教　授　　好!好!我同时在看他和格罗斯曼!

〔格罗斯曼站起,摸着落在桌子上的东西。

---

① 君士旦丁(312—337)是罗马皇帝,君士旦丁堡就由他得名,因为他把京都移到东方。

萨哈陶夫　　对不起，对不起！我倒要看看是不是媒介本人在这样搞。

列奥尼德·费道芮奇　　你这样想？好，坐到他旁边，抓牢他的手。不过，你看好了，他是睡啦。

萨哈陶夫　　（走近。塔妮雅让一根线碰他的头。他吓住了，弯下腰）是——是——是的！奇，非常奇怪！

〔抓住西蒙的肘子。西蒙号着。

教　授　　（向列奥尼德·费道芮奇）你注意到格罗斯曼在这儿的效验没有？这是一种新现象——我得记下来——

〔跑出记下，又回来。

列奥尼德·费道芮奇　　是的——不过，我们不好不给尼考拉伊一句回话。我们必须开始——

格罗斯曼　　（站起，走近西蒙。一上一下举起他的胳膊）收缩怎么样发生，怪有意思的！这人在深沉的催眠状态。

教　授　　（向列奥尼德·费道芮奇）你看见没有？你看见没有？

格罗斯曼　　请——

医　生　　现在，我亲爱的先生，交阿列克塞·夫拉狄米芮奇办，事情严重起来啦。

教　授　　由他去，他（指格罗斯曼而言）是在睡梦之中讲话！

胖太太　　现在，我真高兴我打定主意不走啦！怕是可怕，不过，我高兴也是真的，因为我总对我丈夫讲——

列奥尼德·费道芮奇　　安静，请。

〔塔妮雅拿一根线在胖太太头上一抽。

胖太太　　哽噫！

列奥尼德·费道芮奇　　什么？什么事？

胖太太　　他揪我的头发！

列奥尼德·费道芮奇　　（耳语）没关系，别害怕，把你的手给他。他的手发冷，不过我喜欢他的手。

胖 太 太　　（藏起她的手）我可不干！

萨哈陶夫　　是的，奇，非常奇怪！

列奥尼德·费道芮奇　　他在这儿，寻找法子交换意见。谁愿意拿话问他？

萨哈陶夫　　不妨事的话，我倒想问。

教　　授　　请问好啦。

萨哈陶夫　　我信还是不信？

　　　　　　　〔塔妮雅敲了两下。

教　　授　　回答是肯定的。

萨哈陶夫　　让我再问一句。我衣袋里头有没有一张十卢布的票子？

　　　　　　　〔塔妮雅敲了好几下，拿一根线往他头上一动。

萨哈陶夫　　啊！

　　　　　　　〔抓住线，揪断了。

教　　授　　我请在场人们不要问宽泛无聊的问话。他不喜欢这个！

萨哈陶夫　　不，我有话讲！我手里头有一根线！

列奥尼德·费道芮奇　　一根线？抓牢了；这常常发生，不仅仅是线，有时候还有丝绳子——非常旧的丝绳子！

萨哈陶夫　　是——不过，这根线打哪儿来的？

　　　　　　　〔塔妮雅朝他扔去一个垫子。

萨哈陶夫　　等一下；等等！有什么软东西打我的头。点亮一枝蜡烛——有东西——

教　　授　　我们请你不要打断显示。

胖 太 太　　千万别打断！我倒也想问句话。可以吗？

列奥尼德·费道芮奇　　行，问好了。

胖 太 太　　我想问问我的消化。可以吗？我想知道我吃什么药好：

乌头还是颠茄。①

〔静，年轻人们耳语；忽然瓦西里·列奥尼狄奇像一个婴儿哭了起来："呜哇，呜哇！"笑声。女孩子们和彼特芮实切夫掩住嘴和鼻子，大笑之下，跑开了。

胖太太　啊，这一定是那再投胎的和尚！

列奥尼德·费道芮奇　（气极了，耳语）人就没法子盼你不胡闹！你要是不会规规矩矩待着，走开！

〔瓦西里·列奥尼狄奇下。黑暗，静。

胖太太　啾，真可惜！现在人问不到啦！他生下来啦！

列奥尼德·费道芮奇　没有，那只是渥渥在胡闹。他在这儿。问他好了。

教　授　这种事常常有。开玩笑，取笑，寻常一来就遇到。我希望他还在这儿。我们不妨问问看。列奥尼德·费道芮奇，你问好罢？

列奥尼德·费道芮奇　不，你来，请。这一闹把我闹乱啦。真气人！太没心眼儿啦！——

教　授　很好——尼考拉伊，你在吗？

〔塔妮雅敲了两个，揿铃。西蒙吼着，摊开胳膊，抓住萨哈陶夫和教授——使颈儿捏他们。

教　授　一种意想不到的现象！媒介自己起了反应！这在从前就没有过！列奥尼德·费道芮奇，你当心好吗？我就很难当心。他使劲儿捏我！你也要留意观察格罗斯曼！这需要极大极大的注意！

---

① 二者全是毒性强烈的植物，乌头 aconite 也就是附子，和颠茄 belladonna 都可以提炼麻醉剂，治疗癫痫。剧作者显然在捉弄胖太太愚蠢。

〔塔妮雅把庄稼人的文件扔到桌子上。

列奥尼德·费道芮奇　有东西掉到桌子上。

教　　授　看看是什么！

列奥尼德·费道芮奇　一张纸！一张纸折着！

〔塔妮雅往桌子上扔了一个旅行用的墨水瓶。

列奥尼德·费道芮奇　一个墨水瓶！

〔塔妮雅扔了一管笔。

列奥尼德·费道芮奇　一管笔！

〔西蒙吼着，使劲儿捏着。

教　　授　（惊呆）等一下，等一下：完全一种新的显示！动作不打发生的媒介能出来，却打媒介本人出来！不管怎么样，打开墨水瓶，把笔放到桌子上，他会写的！

〔塔妮雅走到列奥尼德·费道芮奇后头，拿六弦琴打他的头。

列奥尼德·费道芮奇　他打我的头！（检查桌子）笔还没有写，纸还照样儿卷着。

教　　授　看看纸是什么，快；显然是二元影响——他的，格罗斯曼的——发生了纷乱！

列奥尼德·费道芮奇　（出去又马上回来）邪行啦！这张纸是庄稼人的合同，今天早晨我拒绝签字还了他们。也许他要我签字？

教　　授　当然！当然！不过，问问他。

列奥尼德·费道芮奇　尼考拉伊，你希望——

〔塔妮雅敲了两下。

教　　授　你听见了没有？明明要你签嘛！

〔列奥尼德·费道芮奇拿起纸和笔，走出。塔妮雅敲着，弹着六弦琴和手风琴，然后钻到沙发底下。列奥尼德·费道芮奇回来。西蒙往直里一挺,咳嗽。

列奥尼德·费道芮奇　他醒啦。我们可以点亮蜡烛啦。

教　授　(匆忙)医生,医生,请,他的脉搏和体温!你看好了,两样儿全一定高啦。

列奥尼德·费道芮奇　(点起蜡烛)好,怀疑的先生们,你们现在怎样想?

医　生　(走向西蒙,放体温表)好啦,孩子。怎么样,你打了个盹儿?这,把这放到里头,拿你的手给我。

　　〔看着他的表。

萨哈陶夫　(耸耸肩膀)我必须承认,方才发生的种种不可能由媒介做。不过线哪儿来的?——我想明白线的来由。

列奥尼德·费道芮奇　一根线!一根线!我们看到的显示比一根线重要多啦。

萨哈陶夫　我不知道。无论如何,je réserve mon opinion。①

胖太太　(向萨哈陶夫)啾,不对,你怎么可以说:"je réserve mon opinion?"长翅膀的小孩子呢?难道你没看见?起先我以为只是一种幻觉,可是后来,越来越清楚,就像一个活——

萨哈陶夫　我只能够讲我看到的。我并没看见那个——那种东西。

胖太太　你的意思不是这样说罢?可不,简直明明白白摆在眼前嘛!左边是一个和尚,穿着黑衣服,朝小孩子弯着腰——

萨哈陶夫　(走开,旁白)真会夸张!

胖太太　(向医生)你一定看见来的!是打你那边上来的。

　　〔医生不理她,继续在数脉跳。

---

①　法文,意思是"我保留我的意见"。

胖太太　　（向格罗斯曼）还有那片亮光，围着小孩子的亮光。特别是围着它的小脸蛋儿！表情和蔼温柔极了，简直天仙一般！

〔温柔地向自己微笑着。

格罗斯曼　　我看见磷光，东西换地方，可是此外，我什么也没看见。

胖太太　　别告诉我！你不是这意思！根本是你们沙尔考派的科学家就不相信死后的生命！就我来说，现在谁也不能够叫我不相信未来的生命——谁也办不到！

〔格罗斯曼从她身边走开。

胖太太　　不，不，不管你说什么，这是我生平最快乐的辰光！我听见萨辣萨特奏乐①，现在——是的！（没人听她讲话。她走向西蒙）现在，告诉我，我的朋友，你方才觉得怎么样？是不是很难受？

西　蒙　　（笑）哩，太太，就那样子唯。

胖太太　　可是——不就受不了？

西　蒙　　就那样子唯，太太。（向列奥尼德·费道芮奇）咱好走咧唯？

列奥尼德·费道芮奇　　你好走啦。

〔西蒙下。

医　生　　（向教授）脉搏还是那样子，不过体温低了。

教　授　　低了！（考虑一下，然后，忽然有了结论）应该是这样子——应该往下降！二元影响一交错，一定发生这类反射作用。是的，正是如此！

---

① 萨辣萨特 Pablo Martin Sarasate(1844—1908)是西班牙的天才梵阿铃家，十一岁考入巴黎国立音乐院，一年半即夺去头奖，在欧美表演，深受欢迎。

列奥尼德·费道芮奇　（同时）我唯一遗憾是我们没有看到全部形象。不过也——来，先生们，我们到客厅去。

胖太太　（同时）我特别觉得奇怪的是，他扇动翅膀的时候，看得见他怎么样往上升！

格罗斯曼　（同时，向萨哈陶夫）我们要是一直催眠下去的话，就许发生百分之百的癫痫情况，就许完全成功！

萨哈陶夫　（同时）很有意思，不过，不就完全使人心服。我能够说的就是这个。

〔他们一边说话一边下。

〔费奥道尔·伊万尼奇进来。

列奥尼德·费道芮奇　（手里拿着文件）啊，费奥道尔，我们方才请灵，真是神透啦！结果是，庄稼人必须照他们的条文把地买了去。

费奥道尔·伊万尼奇　有这事！

列奥尼德·费道芮奇　可不，的确。（给他看文件）想想看，我拿这张纸还了他们，这张纸忽然在桌子上出现！我就签啦。

费奥道尔·伊万尼奇　怎么会到这儿的？

列奥尼德·费道芮奇　可，就到了嘛！

〔下。费奥道尔·伊万尼奇随他下。

塔妮雅　（从沙发底下钻出来，笑着）哎，天，哎，天！好，他抓牢那根线的时候，我真还吓了一跳！（喊叫）好，不管怎么样，总算了啦——他签啦！

〔格芮高芮进来。

格芮高芮　原来是你在耍他们呀？

塔妮雅　管你什么事？

格芮高芮　你以为太太会喜欢你这个？不会的，打打赌看；现在你可

159

跑不了啦！你要是不由着我趁心的话，我就告诉他们你捣了些子什么鬼！

塔妮雅　　你趁不了心，也祸害不了我！

第 四 幕

景同第一幕。第二天。两个穿号衣的跟班,费奥道尔·伊万尼奇和格芮高芮。

第一个跟班 (长着灰络腮胡须)你们这儿今儿是第三家啦。幸好全在一个方向,你们一向是在星期四招待客人。

费奥道尔·伊万尼奇 是呀,我们改到星期六,为的好跟高劳夫金和格辣德·风·格辣布都在一天——

第二个跟班 史切尔巴考夫那边才漂亮。每回举行跳舞会都有点心赏跟班儿吃。

〔一位王妃和一位公主,母女,走下楼梯,外塔陪着。老王妃看着她的笔记簿和她的表,坐在有背的长椅上。格芮高芮给她穿套鞋。

公　主 好啦,千万来。因为,你要是拒绝,道道要是拒绝,就全毁啦。

外　塔 我不知道。我一定要去秀宾家。回头还要排演的。

公　主 你有的是时候。千万,请。Ne nous fais pas faux bond.① 费嘉和考考要来的。

---

① 法文,意思是"别让我们扑空"。

外　塔	J'en ai par-dessus la tête de votre Koko。①
公　主	我以为我一定会在这儿碰到他的。Ordinairement il est d'une exactitude②——
外　塔	他一定会来的。
公　主	我一看见你们在一起，我总觉得他不是刚求过婚就是正要求婚。
外　塔	是呀，我怕是躲不过去的。我要挨这一刀的。简直没意思！
公　主	可怜的考考！他一脑门子的爱。
外　塔	Cessez；les gens！③

〔公主坐下，耳语着。格芮高芮给她穿套鞋。

公　主	好，那么，再会，今天夜晚见。
外　塔	我想法子来。
王　妃	那么，告诉令尊，我不相信这种事，不过我要来看他的新媒介的。他可得通知我什么时候。下午好，ma toute belle。④

〔吻外塔，下，她女儿跟在后面。外塔上楼。

格芮高芮	我不喜欢给一个老太太穿套鞋；她弯不下身子，肚子挡着，就看不见鞋，一来就拿脚搁错了地方。年轻人就两样儿啦；拿手捧住她的脚，才开心。
第二个跟班	听听他看！还有差别！
第一个跟班	讲差别呀切轮不到我们当跟班儿的。

---

① 法文，意思是"你的考考我受够啦"。
② 法文，意思是"平时他很准的"。
③ 法文，意思是"住口；有人！"。
④ 法文，意思是"我的美人"。

格芮高芮　　凭什么不应该？我们不是人？他们以为我们不懂！就是才刚，她们正谈个不停，后来看了我一眼，马上就是一句："来扔！"①

第二个跟班　这是什么意思？

格芮高芮　　噢，那就是说："别讲啦，他们懂！"吃饭的时候也是这样子。可是我偏偏就懂！你们说，有区别？我说呀，就没！

第一个跟班　对懂的人们说，区别大啦。

格芮高芮　　根本就没。今天我是跟班儿，明天我就许不比他们活得坏。难道世上就没见过她们嫁跟班儿的？我要抽烟去。

　　　　　　〔下。

第二个跟班　你们这年轻小伙子好胆量。

费奥道尔·伊万尼奇　一个坏小子，不干正经。他从前在公事房应事，给毁哪。我劝他们别用他，可是太太喜欢他。他们出门，他站在马车上头显得神气。

第一个跟班　我倒想把他交给我们伯爵；他会拿他改过来的！噢，他就是不喜欢这些轻浮人。"你是一个跟班，就当跟班，干好你跟班的活儿。"傲气冲天不相宜。

　　　　　　〔彼特芮实切夫跑下楼梯，拿出一根香烟。

彼特芮实切夫　（沉思着）我看，我的第二个跟我的头一个一样。艾考，嗯可，可可。

　　　　　　〔考考·克林今进来，戴着夹鼻眼镜。

彼特芮实切夫　考—考，可—可。可可—罐，你打那儿钻出来的？

考考·克林今　打史切尔巴·考夫家。你总在瞎搞——

彼特芮实切夫　不是的，你听听我的诗谜。我的头一个跟我的第二个一

---

① 他学外塔前面说的一句法国话的声音没有完全学对。

163

样，我的第三个可能失败，我的整个就像你的脑壳。

考考·克林今 我不来，我没时间。

彼特芮实切夫 你还到哪儿去？

考考·克林今 哪儿？到伊万家，当然。准备开音乐会。然后到秀宾家，然后排演。你也到那儿去，不是吗？

彼特芮实切夫 大概一定去罢。排泄，还现眼。可不，起头我是一个野蛮人，如今，我又是一个野蛮人，又是一位将军。

考考·克林今 昨天请灵请得怎么样？

彼特芮实切夫 嚷呀叫呀才好玩儿！有一个庄稼人，特别是，全在黑地里。渥渥像一个小孩子喊叫，教授下定义，玛丽亚·瓦西列夫娜有意义。可玩儿得妙啦！你应当来才是。

考考·克林今 我怕，Mon cher。①你一句玩笑话就全轻轻打发掉了，可是我总觉得我要是一开口呀，他们就要解释成求婚了。Et ça ne m'arange pas du tout, du tout. Mais du tout du tout！②

彼特芮实切夫 与其求婚，不妨求告，吃官司！好，我找渥渥去。你要叫我的话，我们可以一道儿去"现眼"。

考考·克林今 我简直不明白，你怎么会跟那样一个傻瓜结朋友。他蠢透了——活活儿一个笨蛋！

彼特芮实切夫 我我喜欢他嘛。我爱渥渥，而且——"是一种非常奇怪的爱"，"他看不出人民的道路长多了草"——

〔退到渥渥的屋里。

〔外塔陪一位太太下来。考考向外塔鞠躬，有所

---

① 法文，意思是"我的亲爱的"。
② 法文，意思是"这一点儿不合我的口味，一点儿也不。真是一点儿，一点儿也不！"

示地。

外　塔　（摇着考考的手,并不转向他。向太太)你们认识罢？

太　太　不。

外　塔　克林今男爵——昨天夜晚你怎么没来？

考考·克林今　我没法儿来,我有事。

外　塔　真可惜,有趣儿极啦！（笑)你应当看看我们碰到什么样儿的显示！好,我们的诗谜进行得怎么样啦！

考考·克林今　噢,噢,Mon second① 的诗句写好啦。尼克写得诗句,我谱得音乐。

外　塔　是什么？是什么？告诉我！

考考·克林今　等一分钟；怎么起头的？——噢,骑士唱：

噢,山峡是自然一般美丽：

家庭号从旁驶了过来。

噢,女儿家,噢,女儿家！

噢,成家,噢,成家！噢,真坏！②

太　太　我看,我的第二个是"家",我的第一个是什么？

考考·克林今　我的第一个是"飞行",一个野蛮姑娘的名字。

外　塔　"飞行",你明白,是一个野蛮人,希望吃掉她所爱的对象。（笑)她一边哀哭,一边唱：

我饿得发昏！

考考·克林今　（打断)

我打不了仗——

外　塔　（一同唱着）

———————

① 法文,意思是"我的第二个"。
② 这种胡闹的诗谜根本就不可能译成另一种文字。谜底是"飞行家"aeronaut,这里几句是就"家"这个字谐音胡调出来的。

165

	我想吃一个人。
	我去寻找——
考考·克林今	
	找遍地方，
外　塔	
	找不到一个人。
考考·克林今	
	一条筏子驶来，
外　塔	
	上头有人，
	两位将军——
考考·克林今	
	两位将军是我们：
	受了命运的支配，
	我们朝这小岛飞。
	然后，叠句——
	受了命运的支配，
	我们朝这小岛飞。①
太　太	Charmant！②
外　塔	可是，想想，多瞎闹呀！
考考·克林今	哎，好就好在这上头。
太　太	谁做"飞行？"
外　塔	我做。我定了一套衣裳，可是妈说"放荡"。其实比起舞

---

① 这种诗谜有表演性质，所以外塔要饰这个叫做"飞行"的野蛮姑娘，而彼特芮实切夫饰演野蛮人和一位将军。根本无聊。

② 法文，意思是"可爱"。

会的衣裳一点儿也不见其放荡(向费奥道尔·伊万尼奇)布尔狄耶的人来了吗?

费奥道尔·伊万尼奇　来啦,他在厨房等着。

太　太　好,你们怎么样表现"飞行家?"

外　塔　噢,到时你看好啦。我不想减低你的乐趣。Au revoir!

太　太　再见!

〔她们鞠躬。太太下。

外　塔　(向考考·克林今)看妈去。

〔外塔和考考上楼。雅考夫从下房进来,端着一个盘子,上面是茶杯,饼,等等,喘着,走过舞台。

雅考夫　(向跟班们)你们好吗? 你们好啊?

〔跟班们鞠躬。

雅考夫　(向费奥道尔·伊万尼奇)您好不好告诉格芮高芮一声,帮个忙儿! 我眼看要摔——

〔奔上了楼。

第一个跟班　他倒是你们府上一个卖命的孩子。

费奥道尔·伊万尼奇　是啊,一个好小伙子。可是,现下——太太不满意他,说他外表不像样儿。现下他们又编他的坏话,说他昨儿放庄稼人到厨房。看样子要糟: 他们许辞掉他。他是一个好小伙子。

第二个跟班　什么庄稼人?

费奥道尔·伊万尼奇　打我们库尔斯克村子来的庄稼人,要买些地。赶着夜晚,又是我们的小同乡,其中一个是我们这位送酒菜的帮手的父亲。好,所以就把他们请到了厨房。不巧遇到了思想测验。有什么东西藏在厨房,上头人全下来了,太太就看见了那些庄稼人。她吵翻了天!"这是怎么的啦",她说,"这些乡下人就许有传染病,怎么好带到厨房!"——她怕透了传染病。

〔格芮高芮进来。

费奥道尔·伊万尼奇　格芮高芮,你去帮帮雅考夫。我待在这儿。他一个人办不了。

格芮高芮　他笨,所以他才办不了。

〔下。

第一个跟班　他们害的这种新狂病是个什么呀?传染病!——难道你也怕?

费奥道尔·伊万尼奇　她怕它呀,比怕火还怕!今儿我们主要的事就是消毒,洗呀喷的。

第一个跟班　我明白啦。原来这儿这种气闷味道是这么回子事。(激动)心里尽想着传染,我不知道我们会成个什么。简直可憎!他们像是忘了主。我们老爷的妹妹,冒扫劳娃王妃,她女儿在咽气,你信不信,父亲母亲都不肯到她跟前去!于是他们末一眼也不看她,她就死啦。女儿哭着,喊着,要他们来说一声再见——但是他们怎么也不去!因为大夫发见了传染病呀什么的!可是他们自己的丫头和一个受过训练的看妈跟她在一起,她们什么也没过到;她们照样儿活着!

〔瓦西里·列奥尼狄奇和彼特芮实切夫走出瓦西里·列奥尼狄奇的房间,吸着香烟。

彼特芮实切夫　你就来罢,不过我得带上考考——可可—壳儿,带在我身上。

瓦西里·列奥尼狄奇　你的考考活活儿是一个蠢蛋;我受不了他。一个没头没脑的人,一个闲混混儿!一点儿正经没有,成年闲晃荡！哎，什么？

彼特芮实切夫　好啦，不管怎么样，等一下，我得去说声再见。

瓦西里·列奥尼狄奇　成。我到车夫屋子看看我的狗去。我弄到一条狗，凶极啦，车夫说，差点儿吃了他。

彼特芮实切夫　谁吃谁？车夫当真拿狗吃啦？

瓦西里·列奥尼狄奇　你又来啦！

〔穿上出外的衣着，走出。

彼特芮实切夫　（思索地）马—金—陶实①，可可罐儿——我想想看。

〔上楼。

〔雅考夫跑过舞台。

费奥道尔·伊万尼奇　什么事？

雅考夫　薄面包跟牛油没啦。我早就说——

〔下。

第二个跟班　后来，我们的小少爷病啦，他们连忙把他送到一家旅馆，还有他的奶妈子，他在那儿死掉，没有他母亲在旁边看着。

第一个跟班　他们就像不怕犯罪！我想不管是哪儿，人逃不开上帝的。

费奥道尔·伊万尼奇　我也这样想。

〔雅考夫捧着面包和牛油跑上了楼。

第一个跟班　人也应当想想，我们像这样怕人的话，我们干脆还是拿自己关在四堵墙当中，就像坐牢监一样，一直待下来！

〔塔妮雅进来；她向跟班们鞠躬。

塔妮雅　下午好。（跟班们鞠躬）费奥道尔·伊万尼奇，我有一句话跟您讲。

---

① "马金陶实"是一种防雨布。

费奥道尔·伊万尼奇　好，什么话？

塔妮雅　庄稼人们又来啦，费奥道尔·伊万尼奇——

费奥道尔·伊万尼奇　怎么？我拿文件交给西蒙啦。

塔妮雅　我已经把纸给他们啦。他们可感激啦！我就学不来！他们现下请您把钱收下。

费奥道尔·伊万尼奇　他们在哪儿？

塔妮雅　这儿，门廊那边。

费奥道尔·伊万尼奇　好，我禀告老爷就是。

塔妮雅　亲爱的费奥道尔·伊万尼奇，我还有一桩事求您。

费奥道尔·伊万尼奇　什么事？

塔妮雅　可，您明白，费奥道尔·伊万尼奇，我不能够在这儿待下去啦。请他们放我走罢。

〔雅考夫进来，跑着。

费奥道尔·伊万尼奇　（向雅考夫）你缺什么？

雅考夫　还要一座茶炉，跟橘子。

费奥道尔·伊万尼奇　问管家的。

〔雅考夫下。

费奥道尔·伊万尼奇　（向塔妮雅）怎么会的？

塔妮雅　可，您明白，我的地位这样——

雅考夫　（跑进）橘子不够数儿。

费奥道尔·伊万尼奇　你有多少，端上去多少就是了。（雅考夫下）现下不是时候！单看看我们多忙。

塔妮雅　可是您知道，费奥道尔·伊万尼奇，这种忙呀就没个完没个子；等起来可有得等啦——您自己知道——这关系我一辈子——亲爱的费奥道尔·伊万尼奇，您帮过我一回大忙，现下就做我一回父亲罢，挑个合适时候对她讲，要不的话,她一生气,不会给我身份证的。①

费奥道尔·伊万尼奇 急个子什么?

塔妮雅 可,费奥道尔·伊万尼奇,现下全讲定当啦——我得到我干妈那儿去准备准备,等过了复活节,我们就好成亲的。千万回她一声,亲爱的费奥道尔·伊万尼奇!

费奥道尔·伊万尼奇 走开——这儿不是地方。

〔一位老年绅士走下楼梯,穿上大衣,走出,后面随着第二个跟班。

〔塔妮雅下。雅考夫进来。

雅考夫 想想看,费奥道尔·伊万尼奇,太糟啦!她现下要开掉我!她说:"你拿样样儿东西砸掉,忘记福芮斯克,你不听我的吩咐,放庄稼人到厨房!"您清楚我什么也不知道。塔杰雅娜告诉我,"带他们到厨房去";我怎么知道是谁的吩咐?

费奥道尔·伊万尼奇 太太对你讲来的?

雅考夫 她才讲的。替我说说情,费奥道尔·伊万尼奇您知道,我乡下的人才拿日子站稳了,假定我丢了事,我什么时候才找得到活儿干? 费奥道尔·伊万尼奇,千万,求您啦!

〔安娜·派芙劳夫娜送年老的伯爵夫人下楼。伯爵夫人是假牙假头发。第一个跟班帮伯爵夫人穿上出外的衣著。

安娜·派芙劳夫娜 啾,当然,一定的! 我真是感动极了。

伯爵夫人 不是我有病的话,我一定会更常来看你的。

安娜·派芙劳夫娜 你真应当请彼特洛·彼特洛维奇看看。他人粗,可

---

① 东家保留用人的身份证,以防万一。

|伯爵夫人|是没人能够像他那样儿顺人心的。他是这样清楚，这样简单。|

|伯爵夫人|噘，不成，我看惯了一个人，还是找他看下去。|

|安娜·派芙劳夫娜|请，你当心自己。|

|伯爵夫人|Merci, mille fois merci。①|

〔格芮高芮，蓬着头发，激动地，从下房跳出。西蒙在他后面门道出现。

|西　蒙|你哩顶好是别跟她吵!|

|格芮高芮|你浑蛋! 我要教教你怎么打架，你流氓，你是!|

|安娜·派芙劳夫娜|你们在骂什么? 你们以为自己是在酒馆儿啊?|

|格芮高芮|这个粗庄稼人叫我没法儿活下去。|

|安娜·派芙劳夫娜|（激怒）你昏了头。你没长眼睛?（向伯爵夫人）Merci, mille fois merci. A mardi! ②|

〔伯爵夫人和第一个跟班下。

|安娜·派芙劳夫娜|（向格芮高芮）是怎么回事?|

|格芮高芮|我的地位虽说是一个跟班，我不答应庄稼人个个儿揍我；我也有我的骄傲。|

|安娜·派芙劳夫娜|可，怎么的啦?|

|格芮高芮|可，您这位西蒙跟老爷们一坐，坐大了胆，居然要打架啦!|

|安娜·派芙劳夫娜|怎么会的? 为了什么?|

|格芮高芮|也就是天知道!|

|安娜·派芙劳夫娜|（向西蒙）是怎么回事?|

---

① 法文，意思是"谢谢"，一千倍谢谢。
② 法文，意思是"谢谢，一千倍谢谢。下星期二见!"

西　　蒙　　他凭个啥子欺负她?

安娜·派芙劳夫娜　　怎么的啦?

西　　蒙　　（微笑）好咧，您明白，他一来就揪住塔妮雅，太太使唤的丫头她不要那个样子。好咧，咱就拿咱这手往开里轻轻移了他一下子，就那么一下子。

格芮高芮　　轻轻一下子！他差不多捣断了我的肋骨，撕破了我的上衣，他说"昨儿有股子劲头儿给咱，现下咱又有咧"，他就使劲儿捏我。

安娜·派芙劳夫娜　　（向西蒙)你怎么敢在我家里打架?

费奥道尔·伊万尼奇　　太太，我好不好回您一声？我要禀告您的是，西蒙跟塔妮雅不比别人，订过婚的。格芮高芮——人得承认这个事实——对她不检点，不规矩。所以，我想，西蒙就这样跟他动了火儿。

格芮高芮　　根本不是！他怨恨我，因为我揭露了他们的把戏。

安娜·派芙劳夫娜　　什么把戏?

格芮高芮　　可，请灵的鬼把戏。昨天晚晌的事，不是西蒙做的，全是塔妮雅干出来的！我亲眼看见她打沙发底下钻出来。

安娜·派芙劳夫娜　　怎么？打沙发底下?

格芮高芮　　我撒谎不是人。是她拿纸丢到桌子上的。不是她的话，老爷不会签字，地也不会卖给庄稼人。

安娜·派芙劳夫娜　　是你自己看见的?

格芮高芮　　我亲眼看见的。我喊她来好罢？她不认账不成。

安娜·派芙劳夫娜　　对，喊她来。

〔格芮高芮下。

〔舞台后面起了喧哗。看门的声音："不成，不成，你们不能够。"看门的在正门那边露面，三个庄稼人从他前面冲过,第二个庄稼人领先;第三个庄稼人朝前一跌,险些摜了一跤。

看门的: 你们不许进去!

第二个庄稼人 有啥子祸害?咱们不捣乱哩。咱们也就是巴着缴钱哩!

第一个庄稼人 就是说哩;字签咧,事由儿定咧,咱们也就是把钱缴清,连带谢声子唻。

安娜·派芙劳夫娜 等一下,先别就谢。整个儿是诈骗!还不就是定局。还不就算卖——列奥尼德——喊列奥尼德·费道芮奇来。

〔看门的下。

〔列奥尼德·费道芮奇进来,但是看见他太太和庄稼人,打算退避。

安娜·派芙劳夫娜 别走,别走,过来,请!我对你讲过,地千万不要赊账卖掉,人人这样对你讲过,可是你呀,由人愚弄,就像顶傻的傻瓜!

列奥尼德·费道芮奇 怎么?我不明白。什么愚弄不愚弄的?

安娜·派芙劳夫娜 你羞也羞死!头发都灰啦,你还由人愚弄,由人取笑,像一个傻孩子。你儿子给你要三百卢布,他的社会地位需要,你偏不给,可是上千上千的叫人骗掉——像一个傻瓜!

列奥尼德·费道芮奇 好啦,安乃特①,想法子放安静。

第一个庄稼人 咱们来也就是拿钱缴上,譬方说——

第三个庄稼人 (取出钱来)就瞅基督的情分,拿事了结好咧!

安娜·派芙劳夫娜 等,等等!

---

① "安乃特"是"小安娜"的意思,亲爱的称呼。

〔塔妮雅同格芮高芮进来。

安娜·派芙劳夫娜 （发怒）昨天晚晌请灵的时候你在小客室吗？

〔塔妮雅朝四外看了一眼费奥道尔·伊万尼奇，列奥尼德·费道芮奇和西蒙，叹气。

格芮高芮 用不着装蒜；我自己看见你——

安娜·派芙劳夫娜 告诉我，你在那儿吗？我全知道，你就干脆招了罢！我不会拿你怎么样的，我也就是想揭破他（指着列奥尼德·费道芮奇），你的老爷——是你拿纸扔到桌子上的？

塔妮雅 我不晓得怎么回答。只有一桩事——放我回家好啦。

〔外塔进来，没有人注意到她。

安娜·派芙劳夫娜 （向列奥尼德·费道芮奇）好，你看！你叫人耍啦。

塔妮雅 放我回家，安娜·派芙劳夫娜！

安娜·派芙劳夫娜 没那么便当，我的亲爱的！你简直要让我们损失上千的卢布。地不应该卖也给卖啦！

塔妮雅 放我走，安娜·派芙劳夫娜！

安娜·派芙劳夫娜 不成；你逃不了！这种把戏骗不了人。我们要送你到官厅去！

外 塔 （向前）放她走，妈。不然的话，您要是希望治她，您就也得治我！她跟我一道儿搞的。

安娜·派芙劳夫娜 好，当然喽，事情你要是搭上了一手儿啊，除去最坏最坏的结局，人有什么好指望的！

〔教授进来。

教 授 安娜·派芙劳夫娜，你好？外塔小姐，你好？列奥尼德·费道芮奇，芝加哥第十三届关亡学者会议的报告，我给你带来啦。史米提有一篇惊人的演说！

列奥尼德·费道芮奇　噢，有意思！

安娜·派芙劳夫娜　我告诉你点儿事，还要有意思多啦！原来你同我丈夫全让这个女孩子骗啦！外塔一口承当下来，不过，也就是为了气我罢了。一个不识字的乡下姑娘骗了你们，你们还相信。昨天晚晌就没有媒介现象；是她（指着塔妮雅）干的！

教　授　（脱掉大衣）是怎么回事？

安娜·派芙劳夫娜　我是说，全是她，在黑地里，弹六弦琴，打我丈夫的头，做出你们全部胡闹的把戏——她方才招啦！

教　授　（微笑）这证明什么？

安娜·派芙劳夫娜　证明你们的媒介学是——胡说八道；这证明了这个！

教　授　因为这个年轻姑娘希望捣鬼，我们就下结论，媒介学是"胡说八道"，像你那样喜欢表现的？（微笑）一种奇怪的结论！很可能这个年轻姑娘希望欺骗：这种事常常发生。她甚至于就许干了点子什么；然而，即使如此，她做了的——她做了。但是媒介能的显示依然还是媒介能的显示！甚至于或许就是这个年轻姑娘的作为，唤起了媒介能的显示——给了它一种明确的形象。

安娜·派芙劳夫娜　又是演讲！

教　授　（严厉地）你说，安娜·派芙劳夫娜，是这女孩子做的，也许这位亲爱的小姐也做来的；可是我们全看见的亮光，体温起初往上升，其后往下降，格罗斯曼的激刺和颤动——难道这些事也是这女孩子干的？这都是事实，安娜·派芙劳夫娜，事实！是的安娜·派芙劳夫娜，有些事太严肃了，太严肃了，在没有谈论之前，先得加以考查，完全了解，然后——

列奥尼德·费道芮奇 　还有玛丽亚·瓦西列夫娜清清楚楚看见的小孩子呢？可不，我也看见来的——绝不会是这女孩子做得出来的。

安娜·派芙劳夫娜 　你以为你自己聪明，其实你是——一个傻瓜。

列奥尼德·费道芮奇 　好，我去啦——阿列克塞·夫拉狄米芮奇，你来好罢？

〔走进他的书房。

教　　授 　（耸耸肩膀，随着）噢，多远，多远，我们落在西欧后头！

〔雅考夫进来。

安娜·派芙劳夫娜 　（眼睛跟着列奥尼德·费道芮奇）他让人耍成了一个傻瓜，就什么也看不出来！（向雅考夫）你干什么？

雅考夫 　我预备多少份刀叉？

安娜·派芙劳夫娜 　多少份？——费奥道尔·伊万尼奇让他把银盘子递给你。马上滚！全是他的不是！这个人呀活活儿要拿我气死。狗没有得罪他，昨天晚晌他几乎拿狗饿死！好像这还不够，他放那些有传染病的庄稼人到厨房里头，现在他们又来这儿啦！全是他的不是！马上滚！停掉他，停掉他！（向西蒙）还有你，你这可恶的庄稼人，你要再敢在我家里吵闹，看我不整治你的！

第二个庄稼人 　好啡，他是一个可恶的庄稼人，留他做啥个子用？就干脆把他也停了好咧，一刀两断，不就结咧。

安娜·派芙劳夫娜 　（听他讲话，同时看着第三个庄稼人）看呀！可不得了，他鼻子上头有红点子——点子！他有病；他是传染病的养成所！昨天，我不是盼咐，他们不许到家里来的？怎么又来啦？撵他们出去！

费奥道尔·伊万尼奇　那么,我们就不收他们的钱啦?

安娜·派芙劳夫娜　他们的钱?嗷,对,收他们的钱;不过,马上得把他们赶出去,特别是这人!他简直烂啦!

第三个庄稼人　太太,这话可不公道。上帝做咱见证,这不公道!顶好问问咱媳妇子,好比说,咱是不是烂咧!咱呀跟水晶一样子亮扫,好比说。

安娜·派芙劳夫娜　有他讲话的!——滚,让他滚!全在恨我!——嗷,我受不下去,我受不下去!——请医生来!

〔呜咽着,跑开。雅考夫和格芮高芮下。

塔妮雅　（向外塔）叶丽莎外塔小姐,好人,我现下怎么办好?

外　塔　没关系,你跟他们走,有我安排。

〔下。

第一个庄稼人　好,老爷子,眼下咋个收这笔款子?

第二个庄稼人　咱们把事搞定当,好走咧。

第三个庄稼人　（拿着一捆钞票没地方放）咱要早知道哩,咱说啥也不来咧。比发场子烧还要命!

费奥道尔·伊万尼奇　（向看门的）把他们带到我屋子。那儿有一张算账的板子。我这就收他们的钱。走罢。

看门的　来呀。

费奥道尔·伊万尼奇　你们成功得谢谢塔妮雅。不是她,你们搞不到地的。

第一个庄稼人　就是说咧。说到做到,她行咧。

第三个庄稼人　咱们成人就仗着她咧。不然的话,咱们算个子啥呀?咱们就少个子地,没地方子放只母鸡出去,好比说,还不提牛咧。再见,亲爱的!你到了村子,到咱们家来,吃吃蜂蜜。

第二个庄稼人　咱回到了家哩,就造啤酒,办喜事!你来罢?

塔妮雅　是呀,我来,我来!(喊叫)西蒙,好,对不对?

〔庄稼人下。

费奥道尔·伊万尼奇　好,塔妮雅,等你成了家,我就看你来。你欢迎不欢迎我?

塔妮雅　亲爱的费奥道尔·伊万尼奇,我们欢迎你,就跟欢迎我们自己的亲爹一样!

〔吻抱他。

后　记

　　托尔斯泰头一个把真正的农民放到戏台子上。这位有良心的大地主，到了晚年，明白自己属于剥削阶级，带着一种赎罪进香的虔诚，尽可能在生活上，艺术上，道德上，任何一方面，为他熟悉的农民争取出头露面的机会。除去活尸，几乎没有一出戏他不是想拿他的笔触写进农民的灵魂的。他厌恶上流社会，他对人生要求的美德他发见只有农民还保存着：勤劳，淳朴，虔敬，特别是一种真挚的宗教情绪。这些唯一值得赞美的东西，到了自命不凡的上流社会，就全变成了懒惰，虚伪，浮夸，尤其是像我们在《文明的果实》看到的，根本无一是处。知识应当用来增加人类的友爱，然而在这出了不起的讽刺的喜剧里面，知识仅仅变成愚妄的一个说明。

　　托翁并不袒护他所宠爱的农民，他曾经在《黑暗的势力》里面赤裸裸地揭破了贪和欲的双重恶果，然而即使如此，农民的宗教情绪在最后还有力量把自己的面具揭破，赤子一般，把自己摆在上帝眼前。假如我们没有拿话说过分，他爱农民，由于他爱《福音》书里的启示，由于他爱自己的良心。但是拿农民来和剥削农民的上流社会一比，我们马上就看出真理在受压迫的这一边，未来的胜利属于他们。于是托翁紧接着就拿《文明的果实》指出这个即将到来的事实：上流社会的内心已经腐烂了，如今农民为了贫困还在苦苦哀求，但是日子也就不会远了，有日苦到不可再苦，他们造反，只要呐一声喊，这些虚有其表的高贵人物就要扑地不起了。他活在这些高贵人物中间，没有比他更认识这些纸老虎的了，于是他就毫不留连，毫不顾惜，狂风暴雨一般，大刀阔斧一般加以摧毁。在这一点上，契诃夫的杰作显得落后，显得软弱，《文明的果实》头一个在戏剧文学上将没落的吸血的贵族和消闲帮闲的知识分子的面目刻画出来。这不是最恶毒的喜剧，也不是最有诗意的喜剧，然而这是头一个把上流社会的腐尸丢给十九世纪观众的喜剧。

而且是一出完整的好喜剧。托翁懂得骂人，但是更懂得开心。一八八九年他写成了这出毒辣然而人情的喜剧，因为《黑暗的势力》被禁的教训，放在抽屉里头不打算拿给人看。他的子女无意之中发见这部底稿，感到一百二十分的热狂，得到父亲允许，便在乡间排演起来。十二月三十日，正始在大厅上演。成功把这出戏带到城市，一八九二年一月，著名的小剧院又把它献给莫斯科市民。

性格是真实的，意义是深长的，表现是正确的，所以，虽说道德和宗教往往妨害现代观众接近，然而由于艺术的卓绝的力量，这出伟大的喜剧把自己从时代的废墟之中挽救了出来。

· 光在黑暗里头发亮 ·

人物

尼考莱·伊万诺维奇·萨雷曹夫

玛丽亚·伊万诺夫娜·萨雷曹娃　他的夫人。

丽屋巴　他们的女儿。

米西　他们的女儿。

史泰潘　他们的儿子。

瓦尼雅　一个小儿子。

喀嘉　一个小女儿。

阿列克散德·米喀劳维奇·史塔尔考夫斯基　丽屋巴的未婚夫。

米特洛凡·叶尔米雷奇　瓦尼雅的家庭教师。

萨雷曹夫家的女管家。

阿列克散德娜·伊万诺夫娜·考号夫采娃（阿丽娜）　玛丽亚·伊万诺夫娜的姐姐。

彼特洛·谢米诺维奇·考号夫采夫　她的丈夫。

丽莎　他们的女儿。

切列穆斯哈诺娃　王妃。

包芮斯　她的儿子。

陶妮雅　她的女儿。

瓦西里·尼考诺雷奇神父　一位青年教士。

萨雷曹夫家的看妈。

萨雷曹夫家的男仆们。

伊万·日阿布赖夫　一个庄稼人。

一个庄稼女人　他的太太。

玛拉实喀　他的女儿，抱着她的娃娃兄弟。

彼特洛　一个庄稼人。

一个村警

皆辣西穆神父　一位教士。

一个证官

一个木匠

一位将军

他的副官

一位上校

一位随军文书

一个哨兵

两个兵士

一位宪兵官长

他的文书

随军牧师

一家士兵疗养院的医官

一位助理医生

看守医院的病人们

一位养病的军官

钢琴家

伯爵夫人

阿列克散德·彼特洛维奇　一个受过教育的人，完全被酒所害，一直受着萨雷曹夫的恩惠。

男女庄稼人

学生们

贵妇人们

成双跳舞的仕女

第 一 幕

　　一所华贵乡邸的阳台，前面是一个木球场，网球场和一个花畦。孩子们在和他们的女管家打木球玩儿。阳台上一张桌子，上面放着茶炉和咖啡杯子，四围坐着玛丽亚·伊万诺夫娜·萨雷曹娃，一位四十岁漂亮雅致的妇人；她姐姐，阿列克散德娜·伊万诺夫娜·考号夫采娃，一位四十五岁愚蠢坚定的妇人；和她丈夫，彼特洛·谢米诺维奇·考号夫采夫，一位虚肿的胖人，夏季服装，戴着一副夹鼻眼镜。他们在喝咖啡，彼特洛吸着烟。

阿列克散德娜　你要不是我妹妹，而是一个外人，尼考莱·伊万诺维奇不是你丈夫，单是一个相识，我就许以为这很新奇，说不定还会鼓励他的。J'aurais trouvé tout ça très gentil；①可是我一看是你丈夫在胡闹呀——可不，简直是胡闹——我怎么也忍不住不拿我的想法儿说给你听啦。而且我也要说给你丈夫尼考莱听的。Je lui dirai son fait, ma chère。②我是什么人也不怕。

玛丽亚　我倒是一点儿也不介意；难道我是瞎子，全没看见？不过

---

① 法文，意即"我会觉得这全挺好玩儿的"。
② 法文，意即"我的亲爱的，我要拿真话讲给他听的"。

我没想到就会这样重要。

阿列克散德娜 不见得。你没想到，不过，我告诉你，你要是尽着这样儿胡搞下去呀，你会变成叫化子的。Du train que cela va①……

彼特洛 看你也把话说的！成了叫化子！像他们那样儿收入，不会的。

阿列克散德娜 可不，叫化子！我的亲爱的，请你别打搅我！只要是男人做出来的，不管是什么事，你总觉得对！

彼特洛 啾！我不知道。我方才是说——

阿列克散德娜 可你呀，就永远不知道自己在说些什么，因为你们男人一胡闹起来了呀，il n'y a pas de raison que ça finisse。②我只是说，我要是你呀，我才不答应这个。J'aurais mis bon ordre à toutes ces lubies。③这算哪档子事啊？一个做丈夫的，一家之主，没个职业，什么也不要，什么全给人，et fait le généreux à droit et à gauche。④赶明儿怎么个结局呀，我知道！Nous en savons quelque chose。⑤

彼特洛 （向玛丽亚）可，玛丽亚，给我解释解释看，这新运动到底是个什么东西？当然喽，我明白自由主义，县参议会，宪法，学校，阅览室，和 tout ce qui s'en suit。⑥就是社会主义呀，罢工呀，八小时制呀，我也懂；可，这新玩艺儿又是个什么东西？给我解释解释看。

---

① 法文，意即"照这样子下去呀——"
② 法文，意即"就甭想有个完了。"
③ 法文，意即"这些时髦花样儿呀，我要不止住才怪"。
④ 法文，意即"拿钱四处送人"。
⑤ 法文，意即"我们心里不是没数儿"。
⑥ 法文，意即"其他等等"。

玛丽亚	可他昨天对你讲过了嘛。
彼特洛	我承认我没听懂。《福音书》呀,山上的训示①呀——还有教堂呀可以不要!可,这样一来,怎么做祷告呀什么的?
玛丽亚	说的是啊。这顶顶糟。他要破坏一切,可拿不出一样儿东西来替代。
彼特洛	这怎么开的头儿?
玛丽亚	去年,他妹妹死了以后。他非常欢喜她,所以她一死了呀,他受了很大的影响。他变得阴沉沉的,一来就说到死;过后儿,你知道,他自己害伤寒也躺下啦。他一病好,就另成了一个人啦。
阿列克散德娜	可,话说回来,他春天来到莫斯科,还看我们来的,非常懂事,还"过桥"②来的。Il était très gentil et comme tout le monde。③
玛丽亚	不过,没用,也就是这时候,他变了样子。
彼特洛	变成了什么样子?
玛丽亚	他对家庭完全冷淡,有也只有 l'idée fixe④,此外什么全没搁在心上。他整天读《福音书》,站着,觉也不睡。他一来就夜晚起床念书,做笔记,做择要,然后就去看主教们,隐士们——跟他们讨论宗教问题。
阿列克散德娜	他斋戒,也准备圣餐吗?
玛丽亚	从我们结婚那时候起——二十年前——到结婚为止,他从来没有斋戒过或者用过圣餐,可是在那时候,他在一家寺

---

① 山上的训示指耶稣布道,参阅《马太福音》第五章到第七章。
② 打扑克牌。
③ 法文,意即"他跟常人一样,很有礼貌"。
④ 法文,意即"固定的观念"。

院用过一会圣餐，在这以后，不久，他就决定一个人用不着圣餐或者到教堂去。

阿列克散德娜　这就是我说的——完全矛盾！

玛丽亚　是呀，一个月之前，他不会错过一次祷告，遵守每一个斋戒的日子；随后忽然他就决定全没必要。这样儿一个人，谁能够拿他怎么样？

阿列克散德娜　我同他谈过，我还要同他再谈一回。

彼特洛　好罢！不过，事情本身没什么了不起。

阿列克散德娜　没什么了不起？你觉得没什么，那是因为你们男人就没宗教！

彼特洛　让我说说我的理由。我是说那不关宏旨。这才是宏旨：假如他否认教堂，他要《福音书》干什么？

玛丽亚　好，那是因为我们应该按照《福音书》和山上的训示生活，把样样儿东西扔掉。

阿列克散德娜　他从山上的训示里头找得出那儿是：我们应当和底下人握手来的？那里头讲："温柔的人有福了"，可是握手呀，一个字儿没提！

玛丽亚　可不，当然喽，他向来是那样子，一来就走远啦。一个时候是音乐，另一个时候是打猎，另一个时候是学校。可是，换来换去，我没舒坦过一回！

彼特洛　他今天为什么到城里去？

玛丽亚　他没告诉我，不过我知道是关于我们有些树被斫了的事。庄稼人在我们林子里头斫树来的。

彼特洛　是在松林场吗？

玛丽亚　是的，说不定要把他们关到监牢，吩咐他们拿钱赔树。他们的案子今天开审；他同我讲起这个，所以我觉得他一定是做这个去了。

阿列克散德娜　他会饶恕他们的,明天呀,他们会到园子里头砍树的。

玛丽亚　是呀,总有这么一天的。真是这样子,他们掰掉苹果树,踩坏了绿茵茵的谷子地,他什么也原谅他们。

彼特洛　真不像话!

阿列克散德娜　所以我才讲,怎么也不许胡闹下去。可不,像这样儿胡闹下去,tout y passera。①我觉得这是你做母亲的责任,prendre tes mesures。②

玛丽亚　我好怎么着?

阿列克散德娜　你也真是的!拦住他呀!跟他说明白,不可以这样胡闹下去的。你有儿女!叫他们看起来,这算一个什么榜样呀?

玛丽亚　当然啦,不好受;不过,我忍受下去,希望总有完了的一天,跟他以往好些回瞎起劲儿一样。

阿列克散德娜　对,可是"Aide toi et Dieu t'aidera!"③你得让他明白光想自己不可以,一个人不好那样儿做的。

玛丽亚　顶糟的是,他不再关心孩子,样样儿事得我自己打主意。我有一个没断奶的宝宝,还不算大点儿的孩子:男的,女的,全得照顾,要人操心!我还得一个人来做,他一向是一个顶亲热顶关切的父亲,可是现在呀,他像一点儿也不摆在心上。昨天我告诉他,瓦尼雅不正经用功,要考试不及格的,他回答,干脆休学,对他再好不过。

---

① 法文,意即"整个儿完蛋"。
② 法文,意即"拿办法出来"。
③ 法文,意即"自助者,上帝助之",引自拉·封丹的寓言《陷在泥里的事夫》,原文是"自助者天助之"。

彼特洛　　　休了学往哪儿去？

玛丽亚　　　没地方儿去！顶可怕的就是这个；我们一做事，样样儿错，可是怎么样才对，他又不讲。

彼特洛　　　可真邪行。

阿列克散德娜　有什么邪行的？你平常还不就是这样子。样样儿事挑剔，自己呀，任么儿也不做！

玛丽亚　　　史泰潘如今读完了大学，该找事儿做啦；可他父亲呀，一句话也不出口。他想谋个文官儿做，尼考莱·伊万诺维奇说他不应当干这个。于是他想到进骑卫队，尼考莱·伊万诺维奇偏偏又不赞成。于是孩子就问他父亲："那我该怎么好——不会叫我去犁地罢？"尼考莱·伊万诺维奇就说："为什么不犁地？比在衙门里头当差好多了。"说到临了儿，他做什么好？他来问我，我得样样儿事打主意，可是权威统统捏在他父亲手里头。

阿列克散德娜　好，你就这样儿照直对尼考莱讲好啦。

玛丽亚　　　我还非这样儿不成！我势必要跟他谈谈。

阿列克散德娜　照直对他讲，你这样儿活不下去。你尽你的责任，他必须尽他的责任；他要是不的话——让他把样样儿东西交给你管。

玛丽亚　　　没比这再不开心的啦！

阿列克散德娜　你要是赞成的话，我跟他讲。Je lui dirai son fait。①

〔进来一位年轻教士，惶张，骚乱。他拿着一本书，同人人握手。

教　士　　　我来看尼考莱·伊万诺维奇。我来，说真的，是还一

---

① 法文，意即"我拿真话讲给他听"。

　　　　　　　本书。

玛丽亚　　　他进城啦，不过就会回来的。

阿列克散德娜　你还的是什么书?

教　士　　　啾，是罗朗先生的《耶稣传》。①

彼特洛　　　喝! 你看些什么书呀!

教　士　　　（十分心乱，燃起一枝香烟）是尼考莱·伊万诺维奇给我读的。

阿列克散德娜　（轻蔑地）尼考莱·伊万诺维奇给你的! 难道你同意尼考莱·伊万诺维奇和罗朗先生的见解?

教　士　　　不，当然不同意。我要真同意的话，说真的，人家也不会把我叫做教会的仆人啦。

阿列克散德娜　不过既然人家把你叫做教会忠心的仆人，你为什么不感化感化尼考莱·伊万诺维奇呢?

教　士　　　说真的，关于这种事，各人有各人的观点，尼考莱·伊万诺维奇有许多地方的确很对，仅仅说到要点，说到教会的时候，说真的，他走了岔路。

阿列克散德娜　（轻蔑地）尼考莱·伊万诺维奇有许多地方的确很对，都是哪些地方呢? 难道山上的训示要我们把我们的财产送给生人，由自己的家人去讨饭，也是对的?

教　士　　　教会，说真的，承认家庭，而且教会的圣父们，说真的，祝福家庭；可是最高境界的确要求放弃世俗的福利。

阿列克散德娜　当然喽，隐士们这样做，可是常人呀，就我看来，应当照着常人的路数去做，这才配得上所有的好基督徒。

---

① 罗朗 Ernest Renan(1823—1892)是法国一位宗教学者，以实证方法研究耶稣生平，一般教徒很憎恶他。

教　士　　没人说得出他要走什么路子。

阿列克散德娜　你当然是成过亲的喽?

教　士　　是的。

阿列克散德娜　有孩子吗?

教　士　　两个。

阿列克散德娜　那你为什么不放弃世俗的福利，到处走动不吸烟?

教　士　　因为我软弱，说真的，因为我不配。

阿列克散德娜　啊! 我看你不单不会说服尼考莱·伊万诺维奇，反而支持他的观点。这呀，我照直对你讲了罢，错啦!

　　　　　　〔进来看妈。

看　妈　　您没听见宝宝哭吗? 快来喂喂他罢。

玛丽亚　　我来啦，我来啦!

　　　　　　〔站起下。

阿列克散德娜　我真替我妹妹难受。我看得出她有多苦。七个孩子，一个还没断奶，还得应付这些应景儿文章。我看呀，他这儿(指着她的额头)，出了岔子，没别得说的。(向教士)说给我听，我问你，你发现的新宗教是个什么东西?

教　士　　我不明白，说真的——

阿列克散德娜　噘，你就别闪闪躲躲的啦。你清楚我在问你什么。

教　士　　不过，允许我——

阿列克散德娜　我问，你要我们跟个个儿庄稼人握手，许他们砍倒树木，给他们钱喝渥得喀①，扔了自己的家，这算哪家子信条?

教　士　　我不知道——

――――――――

①　渥得喀是俄国人喜爱的一种麦酒。

阿列克散德娜　他说这是基督教。你是希腊正教的一位教士①，所以你一定知道，也应当讲讲，基督教有没有要我们鼓励打抢来的。

教　士　　不过我——

阿列克散德娜　要不请问，你为什么当教士，为什么戴长头发，披法衣？

教　士　　不过没人问我们——

阿列克散德娜　没人问，看你把话说的！可，我不就在问你！他昨天告诉我，《福音书》上说："他问你要什么，给他什么。"可是这到底是什么意思？

教　士　　我想，就是寻常的意思罢。

阿列克散德娜　我可没照寻常的意思去想；人家一来就教你说，各人的地位都是上帝规定好了的。

教　士　　当然啦，不过——

阿列克散德娜　啾，是的。正跟人家告诉我的一样；你跟他站在一边儿，不对！我照直说了罢。要是什么年轻教员，或者什么年轻人巴结他，已经就够糟的啦——可是你呀，在你的地位，也该记住你应有的责任。

教　士　　我试来着——

阿列克散德娜　他不去教堂，不相信圣餐，这算哪门子宗教？你不把他说服过来，你倒跟他一道儿读罗朗，瞎按自己的心思讲解《福音书》。

教　士　　（激动地）我回答不来。我，说真的，心乱极啦，还是不开口的好。

---

① 俄国人信奉希腊正教，尊奉君士旦丁的教主做信仰领袖。

阿列克散德娜　哎！我要是你的主教也就好了；读罗朗，吸香烟，看我不教训你一顿的。

彼特洛　Mais cessez, au nom du ciel. De quel droit? ①

阿列克散德娜　你就别教训我。我相信尊敬的师父没生我的气。我说老实话有什么不好？我要是把我一肚子气闷住，那倒坏了。不是吗？

教　士　我要是没表白清楚我的意思，原谅我罢。

〔不舒服地一顿。

〔进来丽屋巴和丽莎。丽屋巴，玛丽亚的女儿，是一个二十岁的精力饱满的标致姑娘。丽莎，阿列克散德娜的女儿，比她大一点点。两个人头上全蒙着手帕，提着篮子，打算去拾香菌。她们问候阿列克散德娜，彼特洛和教士。

丽屋巴　妈哪儿去啦？

阿列克散德娜　喂宝宝去啦。

彼特洛　你们千万多带香菌回来。今天早响来了一个乡下小姑娘，拿了好些可爱的小香菌。我都想跟你们去，不过天太热啦。

丽　莎　来罢，爸爸！

阿列克散德娜　是呀，去罢，你越来越胖过头啦。

彼特洛　好，我也许去，不过，我先去取点儿香烟来。

〔下。

阿列克散德娜　年轻人都哪儿去啦？

丽屋巴　史泰潘骑脚踏车去了车站，家庭教师跟爸爸进了城。小家

---

① 法文，意即"可是，看上天的名义。别说啦。你凭什么？"

	伙们在打木球,瓦尼雅在门廊那边跟狗玩儿。
阿列克散德娜	好,史泰潘打定主意干什么了吗?
丽屋巴	定啦。他亲自去递进骑卫队的请求书。他昨天对爸爸撒野撒得简直不像话。
阿列克散德娜	当然喽,在他也不好受——Il n'y a pas de patience qui tienne。①年轻人眼看就得自立啦,叫他去犁地,什么话!
丽屋巴	爸爸不是这样子对他讲的;他说——
阿列克散德娜	没关系。反正史泰潘眼看就得自立啦,可是他随便提议什么。全是个反对。他自己来啦。
	〔教士闪到一边,打开一本书,开始看着。进来史泰潘,朝阳台骑脚踏车过来。
阿列克散德娜	Quand on parle du soleil on en voit les rayons。②我们正在讲起你。丽屋巴说你对你父亲撒野来的。
史泰潘	没得话。根本就没事。他说他的见解给我听,我说我的给他听。我们的观点不同,不是我错。丽屋巴,您知道,任么儿也不懂,偏好一来就插嘴。
阿列克散德娜	好,你们决定的是什么?
史泰潘	我不知道爸爸决定的是什么。我怕他自己都不清楚;我哪,我决定自愿参加骑卫队。在我们家,你就别想移移步子,立刻就有了话说;其实也没什么希奇。我念完了书,得找事做。进作战的部队,跟那些闹酒的下级军官搞在一起,恶心透了,所以我进骑卫队,这儿我有朋友。

---

① 法文,意即"忍也有个限度"。
② 法文,意即"说到太阳,就看见阳光"。等于中文"说到曹操,曹操就到"。

阿列克散德娜	对；可你父亲为什么就不答应？
史泰潘	爸爸！谈他做什么？他现下是一脑门子的 idée fixe。除掉他要看见的东西，他什么也看不见。他说当兵是顶下流的职业，所以一个人不好去当兵，所以他也不要给我钱。
丽　莎	不是这样的，史泰潘。他没说这个！你知道我当时也在旁边。他说，你要是逃不开兵役，等征到你的时候，你再去好了；可是自愿去当兵，就成了你自己自由意志的选择了。
史泰潘	可是现在是我去进军队，不是他。他从前也进过军队！
丽　莎	对，不过他并没确定说不给你钱；不过跟他信条相反的事，他不能够参加。
史泰潘	信条跟这毫不相干。一个人必须当兵——就是这个！
丽　莎	我也就是说说我听到的话。
史泰潘	我知道你一向跟爸爸意见一致。您知道，姨母，不管什么事，丽莎完全站在爸爸这边儿吗？
丽　莎	只要对——
阿列克散德娜	丽莎一来就爱瞎搞，我有什么不知道的？闻得出来。Elle flaire cela de loin。①

〔瓦尼雅跑进来，拿着一通电报，后面跟着几条狗。他穿着一件红衬衫。

瓦尼雅	（向丽屋巴）猜猜谁要来？
丽屋巴	猜个什么劲儿？拿来给我。

〔朝他伸过手去。瓦尼雅偏不给她电报。

| 瓦尼雅 | 偏不给你，也不告诉你是谁来的。那个人呀，你一听了就 |

---

① 法文，意为"老远她就有气味放出来"。

要脸红的。

丽屋巴　　瞎扯！是谁打来的电报？

瓦尼雅　　看，你脸红啦，姨姨，她脸红啦，是不是？

丽屋巴　　真正瞎扯！是谁打来的？姨姨，是谁的？

阿列克散德娜　　切列穆斯哈诺夫他们。

丽屋巴　　啊！

瓦尼雅　　都来看啊！你干么脸红？

丽屋巴　　姨母，我看看电报。（读）"三人，乘邮车来。切列穆斯哈诺夫。"这就是说，王妃，包芮斯，陶妮雅。好，我开心！

瓦尼雅　　都来听啊，你开心！史泰潘，看她脸多红呀！

史泰潘　　够劲儿啦——逗来逗去就没个完。

瓦尼雅　　当然喽，你这么说，因为你喜欢陶妮雅！你顶好还是抓抓阄儿；两个男人不许对娶的！①

史泰潘　　别讨厌！住口！你听这话听了多少回，还嫌少？

丽　莎　　他们要是坐邮车来，这就要到啦。

丽屋巴　　可不，我们不能够拾香菌去啦。

〔进来彼特洛，拿着他的香烟。

丽屋巴　　姨父，我们不去啦！

彼特洛　　为什么？

丽屋巴　　切列穆斯哈诺夫一家人这就要来。我们还是去打网球，等他们来。史泰潘，你来吗？

史泰潘　　行，有我。

丽屋巴　　瓦尼雅跟我对你跟丽莎。同意吗？那我就拿球去，喊孩子

---

① 俄国当时风习不许娘家兄弟再和夫家姊妹结婚。

们来。

〔下。

彼特洛　　临了儿,我还是在这儿待下来!

教　士　　(打算走)我的敬意。

阿列克散德娜　　别走,等一下,神父。我想跟你谈谈。再说,尼考莱·伊万诺维奇这就要来。

教　士　　(坐下,燃起又一枝香烟)他也许要好半天的。

阿列克散德娜　　那边儿有人来。我猜是他。

彼特洛　　这是那位切列穆斯哈诺娃?会不会是高里秦的女儿?

阿列克散德娜　　是呀,当然。就是这位切列穆斯哈诺娃,跟她姑母住在罗马。

彼特洛　　有她的,我喜欢看见她。从前在罗马,她一来就跟我合唱,打这以后,我就没见过她。她唱得美极啦。她有两个孩子,对不对?

阿列克散德娜　　是呀,他们也来。

彼特洛　　我就不知道他们跟萨雷曹夫一家人这么亲近。

阿列克散德娜　　并不亲近,不过,去年他们在外国住在一起,我相信 la princesse a des vues sur Lyuba pour son fils。C'est une fine mouche, elle flaire une jolie dot。①

彼特洛　　可是切列穆斯哈诺夫一姓从前也有钱。

阿列克散德娜　　那是从前。王爷还活着,可是他把家产花光了,喝酒,简直不成人样儿啦。她上书给皇帝,离掉她丈夫,所以总算还省下了一点点。不过她让孩子们受到挺好的教育。Il

---

①　法文,意为"王妃为她儿子看准了丽屋巴。她鼻子长着哪,早就闻出陪嫁多啦"。

faut lui rendre cette justice.① 姑娘是一位了不起的音乐家；儿子就要大学毕业，挺可爱的。可是我不敢说，玛丽亚就喜欢他们来。赶着这当口儿，客人碍眼。啊！尼考莱来啦。

〔进来尼考莱·伊万诺维奇。

尼考莱 你好，阿丽娜；你好，彼特洛·谢米诺维奇。（向教士）啊！瓦西里·尼考诺雷奇。

〔同他们握手。

阿列克散德娜 咖啡还有多余。我给你倒一杯？天气有点儿冷，不过喝点儿热的，也就容易热起来的。

〔揿铃。

尼考莱 不用啦，谢谢你。我已经喝过东西。玛丽亚在哪儿？

阿列克散德娜 喂宝宝哪。

尼考莱 她还好罢？

阿列克散德娜 挺好。你办完事啦？

尼考莱 办完啦。好罢。要是茶或者咖啡有多余，我喝点儿也好。（向教士）啊！你把书送回来啦。你看过没有？我回来路上一直想着你。

〔进来听差，鞠躬。尼考莱和他握手。② 阿列克散德娜耸耸肩膀，和她丈夫交换一下眼色。

阿列克散德娜 请，再热一下茶炉。

尼考莱 不必啦，阿丽娜。我实在是不需要，我就这样儿喝好啦。

〔米西看见她父亲，不打木球，跑了过来，吊在他的

---

① 法文，意为"得还她这个公道"。
② 俄国人一来就握手，但是和下人握手，究竟过分。尼考莱相信人全平等。

201

脖子上。

米　西　　爸爸！跟我来。

尼考莱　　（抚摸她）好，我这就来。先让我吃点儿东西。玩儿去，我就来。

〔米西下。

〔尼考莱坐在桌边，急急地吃着喝着。

阿列克散德娜　　怎么样，定罪了吗？

尼考莱　　是，定罪啦。他们自己讲自己有罪。（向教士）我想你不会就觉得罗朗非常有道理——

阿列克散德娜　　你不赞成判决罢？

尼考莱　　（烦恼）当然我不赞成。（向教士）站在你的地位，主要问题不是基督的神性，或者基督教的历史，而是教会——

阿列克散德娜　　这怎么会的？他们承认自己有罪，et vous leur avez donné un démenti？①难道他们没偷——只拿树搬走啦？

尼考莱　　（已经开始同教士谈话，决然转向阿列克散德娜）阿丽娜，我亲爱的，别直拿话刺我，暗示我。

阿列克散德娜　　一点儿也没——

尼考莱　　你要是真想知道，我为什么不肯告发那些庄稼人，就因为他们需要木料，砍掉——

阿列克散德娜　　我真还以为他们也需要这个茶炉哪。

尼考莱　　好，你要是希望我告诉你，我为什么不能够同意把这些人关到监牢，完全毁坏，就因为他们砍了树林子里头十棵树，树林子认为是我的——

阿列克散德娜　　人人这样认为。

---

① 法文，意为"你倒帮他们开脱？"

彼特洛	啾，天！又拌嘴啦。
尼考莱	即使我认为那片树林子是我的，这我办不到，我有三千亩的树林子，一亩有一百五十棵树。全部有四十五万棵树——数字对不对？好，他们砍了十棵树——这就是说，四万五千分之一。就为了这个，把一个人打家里死活揪出去，关在监牢，犯得上吗？也真好打这种主意吗？
史泰潘	啊！可是你要是不坚持这四万五千分之一，另外四万四千九百九十九分不久也要被砍啦。
尼考莱	不过我说这话，只是为了回答你姨母的问话。实际上，我没权利过问这树林子。地是人人的；或者不如说，不可能是任何人的。我们在这块地上从来没下过一点点苦力气。
史泰潘	不见得，你攒了钱来保全这树林子。
尼考莱	我怎么样攒得钱的？是什么让我可能攒钱的？而且也不是我亲自在保全树林子！不过，一个人打了别人，自己就不觉得害臊，可不，这种事没法儿跟他讲明白的——
史泰潘	可是根本没人打什么人！
尼考莱	一个人游手好闲，人家干了活儿，自己不觉得害臊，倒收别人的租，还不一样嘛，你就没法儿要他明白他应当害臊；你在大学念的哪门儿政治经济，目的只为我们虚伪的地位加以辩护而已。
史泰潘	正相反；科学破除一切偏见。
尼考莱	不管怎么说，在我看起来，全不重要。重要的是，我要是在叶菲穆的地位的话，我会跟他一样砍树，要是把我关进监牢，我也一定发疯。因为我希望我之于人，正如我希望人之于我——我不能够处罚他，反而要尽我的力量去救他。

彼特洛　　　可是，一个人那样一来，就什么东西也没啦。

阿列克散德娜　那呀，别干活儿啦，偷比干活儿好多啦。

史泰潘　　　（同时说话）您从来不回答别人的理论。我说一个人攒东西就有权利享受他攒下来的东西。

尼考莱　　　（微笑）我不知道我先回答谁好。（向彼特洛）对。一个人就不该占有任何东西。

阿列克散德娜　不过，要是一个人不该占有任何东西，一个人就不可能有衣服穿，就连一片面包也成了问题，样样儿东西都给了别人，自己就甭想活啦。

尼考莱　　　照我们这种活法儿，一定没法儿活！

史泰潘　　　换一句话说，我们就得死！所以，这种教训对于生存并不相宜——

尼考莱　　　不见得。这样一来，人才好活。是的。一个人应当把东西全送别人。不仅仅是我们用不着的树林子，看也不大去看的树林子，就是我们的衣服跟我们的面包也该送掉。

阿列克散德娜　什么！儿女也不要？

尼考莱　　　对，儿女也不要。不仅仅是我们的面包，连我们自己也在里头。基督的全部教训就是这个。一个人必须以自己的全部力量来舍弃自己。

史泰潘　　　这等于寻死。

尼考莱　　　对，你要是为你的朋友们舍掉性命，那在你在别人都会了不起的。不过，事实上，人光是一团精神，还是一团精神在身体里头，肉身子要他为肉身子活下去，可是光明的精神要他为上帝和别人活下去我们每一个人的生命不光是走兽，还是二者之间的均衡。可是，生命越为上帝越好；走兽自己会料理自己的。

史泰潘　　何必选一个中道而行：一个二者之间的均衡？要是这样做对的话——何不舍掉样样儿东西，死了拉倒？

尼考莱　　这一定好得不得了。试试看，对你对别人都会好的。

阿列克散德娜　　不见得。不清楚，也不简单。C'est tiré par les cheveux。①

尼考莱　　那，我没别的办法，理论是理论不明白的。无论如何，话是说够啦。

史泰潘　　是的，很够啦，我自己就不明白。

〔下。

尼考莱　　（转向教士）好，那本书给你些什么印象？

教　士　　（骚乱）我怎么说才好？好，历史那一部分写得相当充实，可是不见得就完全叫人心服，或者我们不妨说，十分可靠，因为就事论事，材料不够。基督有神性或者缺乏神性，都不能够从历史上加以证实；这儿只有一个证据推翻不了——

〔在这段谈话进行的时候，先是妇女们走掉，随后彼特洛走掉。

尼考莱　　你指教会？

教　士　　那，当然啦，是教会，还有，我们不妨说，可靠的人们——圣者们的证明，好比说。

尼考莱　　当然啦，要有一群推不倒的人来信托，那好极啦。这非常值得人心向往；但是人心向往并不证明他们存在！

教　士　　我相信这就是证据。事实上，主不能够拿他的大道信手一丢，招致损伤或者误会的可能，因之事实上，一定会给他

---

① 法文，意即"并不自然"。

	的真理留下一个看守,来防止真理受伤。
尼考莱	很好;但是我们先得努力证明真理本身,我们如今是在努力证明真理的看守可靠不可靠。
教　士	那,就事论事,我们在这上头需要信心。
尼考莱	信心——是的,我们需要信心。我们没信心就活不下去。不过,不是相信别人告诉我们的话,而是相信我们仗着我们自己的思想,我们自己的理智得到的结论——相信上帝,相信真正永在的生命。
教　士	理智可能欺骗。我们各人有各人的心思。
尼考莱	(热烈地)这,正是最可怕的诽谤!上帝也就是给了我们一个寻找真理的神圣工具——唯一可能结合我们全体的东西,我们偏偏就不相信!
教　士	矛盾百出,我们怎么能够相信?
尼考莱	什么地方矛盾?二二得四?一个人不该伤害别人好比自己不要伤害自己?样样儿东西有一个原因?这类真理我们全都承认,因为它们和我们的理智完全一致。可是上帝在西乃山对摩西现身,或者佛驾着一道阳光飞升,或者默哈穆德上天,或者基督也上天——说到这类事,我们就全议论纷纷了。
教　士	不,我们并不议论纷纷。我们和真理待在一起的人,全让一个信心连在一起,相信上帝,基督。
尼考莱	不见得,就是这儿,你们不但没连在一起,反而四分五裂;所以,我为什么要比一个佛家的喇嘛格外相信你们?仅仅因为我凑巧生在你们的信仰中间?

〔打网球的人们争论着:"出线啦!""没出线!"瓦尼雅:"我看见啦——"

〔谈话中间,男仆又往桌子上摆好茶和咖啡。〕

尼考莱　你说教会团结。可是,正相反,最坏的争端总是教会搞出来的。"多少回我愿意把你们聚在一起,好像母鸡聚起它的小鸡"①——

教　士　基督以前是这样子。可是基督的确把大家聚在一道儿的。

尼考莱　是的,基督团结;然而我们分裂:因为我们就没朝正路了解他。他摧毁所有的教会。

教　士　他可也说来的:"去,告诉教会。"②

尼考莱　这不是一个字面上的问题!再说,这些话不就指着我们所谓的"教会"而言。重要在教训的精神。基督的教训是普遍的,包括所有的宗教,不承认另外还有任何东西;也不承认复活,基督的神性,圣礼——任何东西分化人心。

教　士　这个,就事论事,假如我可以这样说的话,是你自己对于基督教训的解释。但是基督的教训完全建立在他的神性和复活上面。

尼考莱　这正是关于那些教会顶可怕的地方。它们宣称自己具有完整的毋庸置疑颠扑不破的真理,正因为这样,它们反而分裂了。它们说:"这让我们和圣灵欢喜。"这在第一次使徒大会的时候开始。他们当时开始坚持他们具有完整无二的真理。你看,要是我说这儿有一位上帝:宇宙的头一个原因,人人可以跟我同意;这样一承认上帝,我们就会连成一个;但是我要是说,这儿有一位上帝:婆罗门,或者耶和华,或者一位三位一体的真神,这样一位上帝就把

---

① 见于《马太福音》第二十三章。
② 见于《马太福音》第十八章。

我们分化了。人希望团结,为了这个目的,想出种种团结的方法,但是忽略了一个毋庸置疑的团结方法——寻找真理!就像在一间大极了的建筑里面,光从上面照到中央,人不朝正中光亮那边去,反而打算在各个角落就着灯光结成若干组合,其实只要来到正中,大家自然而然就团结成一个了。

教　士　　既然没有任何真正坚定的真理——人怎么样走得正路?

尼考莱　　这正是那可怕的地方!我们各人得救各人自己的灵魂,各人自己去做上帝的工作,然而我们不这样做,忙着去救别人,教训别人。可我们拿什么教训他们?而今十九世纪末叶啦,我们还教他们:上帝用六天创造世界,然后发下洪水,把动物全放进一只方舟,一切《旧约》上可怕无聊的东西。然后基督吩咐每一个人拿水领洗;我们叫他们相信:为了救世,必须赎罪的一切胡闹恶毒的把戏;然后他升到天上,坐在天父的右手,可是天呀,根本就没这个东西。我们过惯了这种生活,可是这呀,真才可怕!一个小孩子,一无所知,准备接受一切良善真实的东西,问我们世界是什么,它的法则是什么;我们曾经听到爱和真理的教训,可是不拿这个给他看,偏要小心在意,往他的脑袋壳里头,塞进种种要不得的胡闹恶毒的东西,还统统算到上帝的账上。这不可怕吗?人犯的罪没比这更大的啦。犯罪的正是我们——你跟你的教会!原谅我说!

教　士　　是的,要是单从一个唯理的观点来看基督的教训,是这样子。

尼考莱　　随便从哪一个观点来看,都是这样子。

〔一顿。

〔进来阿列克散德娜。教士鞠躬告辞。

阿列克散德娜　再见，神父。他要把你带入邪路的。别听他讲。

教　士　不会的。研讨《圣经》！就事论事，这太重要啦，我们不妨说，不该忽略。

〔下。

阿列克散德娜　真的，尼克莱，你就不可怜可怜他！他虽说是一位神父，只是一个小孩子，还没养成坚定的信条或者确立的观点——

尼克莱　给他时间在虚伪之中站牢，化成石头？才不！我为什么？再说，他这人良善，真挚。

阿列克散德娜　可是万一他相信了你，他该怎么才是？

尼考莱　他用不着相信我。可是万一他看见了真理，对他，对每一个人，都是好事。

阿列克散德娜　万一真这样好的话，人人会打定主意相信你的。事实上，没人相信你，你太太头一个就不。她不可能相信你。

尼考莱　谁告诉你这话的？

阿列克散德娜　好，冲她解释解释，试试看！一个人应当料理别人，舍弃自己的儿女：她永远也不会懂，我也不会，世上就没人会。拿这话跟玛丽亚解释解释，去试试看！

尼考莱　是的，玛丽亚一定会懂。原谅我说，阿列克散德娜，如果不是受了别人的影响，她顶容易受别人影响了，她会懂得我，跟我一道儿走的。

阿列克散德娜　一道儿饿着你们的儿女，为了叶菲穆那类醉鬼？决不！不过，我要是惹你生气的话，请原谅我。我憋不住，非说出来不痛快。

| 尼考莱 | 我没生气。我反而高兴你痛快说出来，给我这个机会——跟我挑战——把我对人生的全部论点跟玛丽亚解释。今天回家，我在路上还这样想来的，我马上就同她讲；你看好了，她会同意的，因为她聪明，良善。 |

阿列克散德娜　这呀，讲在前头，我不大相信。

| 尼考莱 | 可是我相信。因为你知道，这不是我编排出来的；这只是我们人人知道的真理，基督显示给我们的真理。 |

阿列克散德娜　是的，你以为基督显示这个，不过我以为他显示的是别的，不是这个。

| 尼考莱 | 不可能是别的东西。 |

〔网球场传来喊声。

丽屋巴	出线啦！
瓦尼雅	没，我看见的。
丽　莎	我知道。正好落到这儿！
丽屋巴	出线啦！出线啦！出线啦！
瓦尼雅	不对。
丽屋巴	记住，说"不对"呀，没礼貌。
瓦尼雅	没礼貌呀，是不对偏说。
尼考莱	等一下，别辩论，听听看。我们任何时辰会死的，不是不存在，就是去了上帝那边，他么希望我们照他的意思活着，对不对？

阿列克散德娜　怎么样？

| 尼考莱 | 怎么样，我这一辈子有什么好做的，除非是做我的灵魂里面最高的裁判，我的良心——上帝——要我做的？我的良心——上帝——要我对每一个人平等，爱每一个人，伺候每一个人。 |

阿列克散德娜　你自己的子女也算在里头?

尼考莱　自然,我自己的子女也算在里头,服从我的良心要求的一切。特别是,我应当明白我的生命并不属于我——你的生命也不属于你——而是属于上帝,他送我们到人世来,要我们照他的意思行事。他的意思就是——

阿列克散德娜　你以为你可以叫玛丽亚相信这个?

尼考莱　当然。

阿列克散德娜　她丢下孩子不正经教育?决不会的!

尼考莱　不单她明白,连你也会明白,唯一可做的事只有这个!

阿列克散德娜　决不会的!

〔进来玛丽亚。

尼考莱　好,玛丽亚!我今天早晌没叫醒你,是不是?

玛丽亚　没,我没睡。你今天办事儿办得如意?

尼考莱　是的,很顺当。

玛丽亚　嗜,你的咖啡简直冷啦!你干么要喝冷的?我们给客人一定得煮得有新鲜的。你知道切列穆斯哈诺娃跟她儿子女儿就要来。

尼考莱　好,你喜欢他们来,我就也喜欢。

玛丽亚　我喜欢她跟她的孩子们,不过他们挑的时候倒是有点儿不大方便。

阿列克散德娜　(站起)好,你跟他谈谈罢,我看打网球去。

〔下。

〔一顿。然后玛丽亚和尼考莱开始同时说话。

玛丽亚　不大方便,因为我们得谈一下子。

尼考莱　我方才正对阿丽娜讲——

玛丽亚　什么?

211

尼考莱	不,你先说。
玛丽亚	好,我想跟你谈谈史泰潘。总之,必须做一个决定。他,可怜的孩子,觉得难受,不知道他将来干什么好。他来问我,可是我有什么好决定的?
尼考莱	有什么难决定的?他自己就决定得了。
玛丽亚	不过,你知道,他想投效骑卫队,他要达到目的,先得请你帮他的文件签字,再说他也得有钱维持自己;你哪,偏偏什么也不给他。

〔激动起来。

尼考莱	玛丽亚,为了上天的缘故,听我讲,先别急。我不给什么东西,可也不留什么东西。自动去参军,我认为是一种愚蠢,无知,野蛮的行动,假如一个人不明白他的行动的害处的话,不然呀,就是一种卑鄙的行动,假如他抱着一种自私的动机去参军的话——
玛丽亚	可是今天呀,在你看起来,样样儿东西都像野蛮,愚蠢。说到临了儿,他得活着;你就那样活着来的!
尼考莱	(有些气了上来)我那样活着,因为我当时不明是非;因为当时没人给我好劝告。无论如何,一切在他,并不在我。
玛丽亚	怎么不在你?是你不给他津贴。
尼考莱	不是我的,我不能够随便给!
玛丽亚	不是你的?你这话什么意思?
尼考莱	别人的辛苦收获不好抢过来算成我的。给他钱呀,我先得打别人那边儿抢了过来。我没权利这样做,我也不能够这样做!我管理产业一天,我就得照我良心的盼咐来管理;我不能够拿拼命干活儿的庄稼人的劳苦果实送给那些皇家卫士们去瞎糟蹋。接过我的财产

	去,那我就没责任啦!
玛丽亚	你清楚我不要接过来的,再说,我也顾不过来。我得带大孩子,还不说喂他们,生他们。这可真叫残忍!
尼考莱	玛丽亚,亲爱的!要紧的不是这个。你方才打算谈的时候,我也直打算跟你坦白谈话来的。我们不该这样继续下去。我们在一起过日子,可是谁也不了解谁。有时候我们简直倒像有意你误解我,我误解你似的。
玛丽亚	我直想了解,可是我办不到。是呀,我不了解你。我不知道你怎么会这样子的。
尼考莱	那么,好,试试了解了解看!眼下不怎么相宜,不过,天晓得我们什么时候才相宜。先别了解我——先了解了解你自己:你自己的生命的意义!我们不能够这样活下去,老是不知道自己干什么活着。
玛丽亚	我们一直这样活着,而且活得非常快活。(注意到他脸上激烦的表情)好罢,好罢,我在听。
尼考莱	不错,我从前也这样活着——这就是说,不想想我为什么活着;但是等我仔细一想呀,我吓死了。可不,我们在这儿,靠别人的辛劳过活——让别人为我们做工——把子女养大了,送到社会再来上这么一套。眼看就要老啦,就要死啦,我问自己:"我为什么活着?"难道就为再养出一些跟我一样的寄生虫吗?而且,说来说去,我们根本就不怎么欣赏这种生活。你知道,你忍得了这个,就跟瓦尼雅一样,因为你还洋溢着生命力。
玛丽亚	可是人人都像这样儿活着。
尼考莱	他们全不快活。
玛丽亚	一点儿也不。

尼考莱	无论如何,我看到自己是一百二十分地不快活,让你和孩子们都不快活,我问自己:"上帝造下我们来就为了这个目的,可能吗?"我一想到这上头,我马上就觉得他造下我们来不是为了这个。我问自己:"那么,上帝造下我们来为了什么?"

〔进来男仆。

玛丽亚	(不听她丈夫,转向听差)拿开过的奶酪来。
尼考莱	我在《福音书》里头找到了答案,那就是,我们不应该为自己活着。有一回我细细一想那葡萄园雇工的比喻①,这个道理就清清楚楚在我眼前摊开。你知道罢?
玛丽亚	是的,雇工。
尼考莱	这个比喻比什么都像格外清楚,指出我过去错在什么地方。我像那些雇工,以为葡萄园是我自己的,我的生命是我自己的,样样儿东西都像可怕;但是我一明白我的生命不是我自己的,我来到世界为了执行上帝的意志——
玛丽亚	可是,又怎么着?这我们全知道!
尼考莱	好,我们既然知道,我们就不能够像我们这样儿活下去,因为我们整个儿生命——不但没有完成他的意志——反而是不断在跟它作对。
玛丽亚	可是我们活着就没害过任何人——怎么可以说是作对?
尼考莱	可是我们真就没有害人?这种人生观就跟那些雇工的看法儿一样。其实,我们——
玛丽亚	是的,我知道这个比喻——他付给他们一样的工钱。
尼考莱	(稍缓)不,不是这个。可是,玛丽亚,必须考虑一件

① 参阅《马太福音》第二十章。

	事——我们只有一个生命，活好了在我们自己，糟蹋了也在我们自己。
玛丽亚	我思想不来，辩论不来！我夜晚睡不着觉；我要喂奶；我得照料这一家子，你不但不帮我忙，反而冲我讲些我明白不了的话。
尼考莱	玛丽亚！
玛丽亚	还有这些客人。
尼考莱	不，我们要了解一下。（吻她）不吗？
玛丽亚	成，只要跟你先前一样就成。
尼考莱	我办不到，不过，现在，听我讲。
	〔铃铛的响声和一辆马车走近了的声音
玛丽亚	我现在不成——他们来啦！我得迎他们去。
	〔向房子犄角后面下。史泰潘和丽屋巴跟着她。
瓦尼雅	我们别就不打；我们回头把球打完。好，丽屋巴，现在怎么样？
丽屋巴	（严肃地）别捣乱，请。
	〔阿列克散德娜，她丈夫和丽莎来到阳台。尼考莱走上走下，沉沉在想。
阿列克散德娜	怎么样，你拿她说服啦！
尼考莱	阿丽娜，我们正在进行的谈话非常重要。开玩笑不是时候。不是我在说服她，是人生，是真理，是上帝：在说服她——所以，她不可能不被说服，假如不是今天，就是明天，假如不是明天——一个人老没时间，真正可怕。这才来的人是谁？
彼特洛	是切列穆斯哈诺夫一家子。喀提切·切列穆斯哈诺娃，我有十八年没遇见啦。我最后一回看见她，我们在一起唱：

　　　　　　　　"La ci darem la mano。"①

　　　　　　　〔唱。

阿列克散德娜　请，别搅我们。别以为我会跟尼考莱吵嘴。我说的是真话。(向尼考莱)我一点儿也没开玩笑，不过，我觉得奇怪的是，正赶着玛丽亚打定了主意跟你搞个明白的时候，你想说服她！

尼考莱　很好，很好。他们来啦。请告诉玛丽亚一声，我在我的房间待着。

　　　　　　　〔下。

---

① 意大利文，意即"我们手挽手"，引自两幕歌剧《塞维勒的理发师》，罗西尼作曲，一八一六年十二月在罗马公演。

第 二 幕

第 一 景

　　一星期之后，同一乡邸。舞台显出一间大饭厅。桌子上面摆着茶和咖啡，还有一个茶炉。墙边有一架大钢琴和一个乐谱架子。玛丽亚，王妃和彼特洛坐在桌子前边。

彼特洛　啊，王妃，日子就不觉得怎么久，当时你唱罗席娜那个角色，我——别瞧现在，我就是演一个党·巴席里奥也不适合①——

王　妃　现在该轮到我们的孩子唱啦，不过，时候儿变啦。

彼特洛　可不，现下讲究实际——不过，令嫒弹琴弹得又认真又好。年轻人都哪儿去啦？不见得还在睡觉罢？

玛丽亚　是呀，他们昨天晚晌出去到月光底下骑马，很晚才回来。我喂宝宝，听见他们的。

彼特洛　我的尊夫人什么时候回来？你打发车夫接她去了没有？

玛丽亚　去了，他们一早儿接她去的；我看她就快回来啦。

王　妃　阿列克散德娜·伊万诺夫娜真是专诚去接皆辣西穆神父

---

①　《塞维勒的理发师》歌剧里的人物。

217

玛丽亚	来吗?
玛丽亚	是呀,昨天她想到这上头,说去马上就去啦。
王 妃	Quelle énergie! Je l'admire。①
彼特洛	Oh, pour ceci, ce n'est pas ça qui nous manque。②(取出一枝香烟)我要带狗到园子散散步,吸口烟,等年轻人起来。 〔下。
王 妃	我不知道,亲爱的玛丽亚·伊万诺夫娜,我该不该说,不过,我觉得你太拿这搁到心上啦。我了解他。他正赶着一种非常兴奋的心境。好,就算假定他帮帮穷人又怎么样?说到归齐,我们想自己不也想得太多了点儿?
玛丽亚	是呀,就这样儿倒好啦,可是你不知道他,也不知道他搞些子什么。这不光是帮帮穷人,这根本是革命,破坏一切。
王 妃	我不希望干预你的家庭生活,不过假如你允许我的话——
玛丽亚	一点儿也不——我拿你当自己家里人看——特别是现在。
王 妃	我倒要劝你,干脆把你的要求摊给他看,达到一个协议,限制——
玛丽亚	(激动地)就没限制!他想拿东西全给人。我这大年纪了,他现下希望我做一个厨子,洗衣服女人。
王 妃	这怎么成?简直不像话。
玛丽亚	(从她的衣袋取出一封信)就是我们俩,我高兴拿话全告诉你。他昨天写这封信给我。我念给你听。
王 妃	什么!他跟你住在一所房子里头,给你写信?真是怪事!

---

① 法文,意即"真有劲儿!我景慕她"。
② 法文,意即"喔,说到这个呀,我们那口子真还不缺"。

玛丽亚	这呀,我倒明白他。他一说话,就激动得不得了。近来这些日子,我直担心他的身子。
王 妃	他信里写些什么?
玛丽亚	这个:(读)"你怪罪我弄乱了我们先前生活的方式,没有东西替换,也不说明我喜欢怎样安排我们的家务。我们一开始讲座,两个人就全激动上来,所以我写信给你。我已经常常对你讲起,我不能够照我们从前的样子继续过活下去;我不能够用一封信告诉你为什么要这样做,为什么我们必须按着基督的教训过活。你可以两样儿里头挑一样儿做:或者相信真理,自动同我走,或者相信我,拿你自己完全交给我,跟着我。"(停住读信)我是一样儿也办不到。我不认为必须照他所希望我们的样子过活。我得顾到孩子,我也不能够信赖他。(读)"我的计划是这个:我们把我们的地送给庄稼人,除去花园和菜园和河边的草地,只留一百三十五亩。我们要试着自己工作,不过,并不强迫孩子们或者任谁工作。我们留下的园地每年还好帮我们收五十镑左右的进项。"
王 妃	一年靠五十镑过活——七个孩子!这怎么成!
玛丽亚	好,接着下去就是他的整个儿计划;房子不要了,改办学校,我们住到花儿匠的两层楼草房子。
王 妃	是呀,现在我开始看出这有点儿反常啦。你怎么答覆的?
玛丽亚	我告诉他我办不到;要是我独自一个人的话,我可以跟着他随便什么地方去,不过我有孩子——想想看!我还有小尼考莱在喂。我告诉他我们不能够就这样儿把家拆了。说到临了儿,难道我出嫁的时候我同意这个来的?可是现在,我年纪不小,身子也不结实。想想看,生过九个孩

子，喂过九个孩子，是人受的。

王　妃　　我再也没想到事情会搞到这步田地。

玛丽亚　　现在已经成了这样子，赶明儿还不晓得出什么岔子。昨天他免了德米特洛夫喀庄稼人的地租；根本他就想拿地送给他们。

王　妃　　我觉得你不好答应这个的。保护子女是你的责任。他要是管不了产业，叫他交给你管。

玛丽亚　　可我不要管。

王　妃　　你应当为子女拿它过来。叫他拿财产过到你的名下。

玛丽亚　　我姐姐阿列克散德娜对他这样讲来的，可是他说，他没权利这样做；地是种地人的地，把地交给庄稼人是他的责任。

王　妃　　是呀，现在我明白啦，事情比我先前所想的严重得多。

玛丽亚　　还有教士！教士也跟他站在一起。

王　妃　　是呀，昨天我看出来啦。

玛丽亚　　所以我姐姐才去了莫斯科。她打算跟一位律师谈谈，不过主要还是去请皆辣西穆神父，他的影响许有分量的。

王　妃　　是呀，我不相信基督教感召我们，是要我们毁坏我们的家庭。

玛丽亚　　可是他呀，就是皆辣西穆神父也不相信。他才坚强；他一说起话来呀，你知道，我就没法子回答他。顶顶要命的是，我觉得他对。

王　妃　　那是因为你爱他。

玛丽亚　　我不知道，不过真可怕，样样儿事没个解决的办法——这叫基督教！

　　　　　〔看妈进来。

看 妈	您来好罢？小尼考莱醒啦，直哭着要您。
玛丽亚	就来！我一着急呀，他就肚子疼。来啦，来啦。

〔尼考莱从另一个门进来，拿着一张纸。

尼考莱	简直不像话！
玛丽亚	出了什么事？
尼考莱	可，为了我们几棵破松树，要把彼特洛下到监牢。
玛丽亚	怎么会的？
尼考莱	才叫简单！他把树砍啦，他们报告到局子，判了三个月的监禁。他女人来说的。
玛丽亚	那，有办法想没有？
尼考莱	现在没有。唯一的办法是什么树林子也不要。我就不打算要。还有什么法子？不过，我要去看看有没有方法挽救我们的错误。

〔朝阳台走出，遇见包芮斯和丽屋巴。

丽屋巴	早安，爸爸。（吻他）您哪儿去？
尼考莱	我才打村子回来，这又要去啦。他们硬要拉一个挨饿的人进监牢，因为他——
丽屋巴	我猜是彼特洛罢？
尼考莱	是呀，彼特洛。

〔下，玛丽亚跟在后头。

丽屋巴	（坐在茶炉前面）你要茶，还是要咖啡？
包芮斯	随便。
丽屋巴	总是这样子，就没个了没个完！
包芮斯	我不了解他。我知道人民穷苦，无知，需要援助，但是也犯不上鼓励盗贼。
丽屋巴	怎么会的？

包芮斯	占有我们的全部活动。把我们所有的知识用在他们身上,然而大可不必牺牲自己的生活。
丽屋巴	爸爸说,需要的正是这个。
包芮斯	我不了解。一个人可以为人民服务而不祸害自己的生活。这就是我要安排我的生活的方式。只要你——
丽屋巴	我要你所要的,此外,一无所惧。
包芮斯	那些耳环——那件衣服——怎么着?
丽屋巴	耳环好卖掉的,衣服好换一身的,但是也用不着把自己搞成一个奇形怪状的人。
包芮斯	我直想再跟他谈一回话。我要是跟他跟到村子,你看我会不会搅他?
丽屋巴	决不会的。我看他越来越喜欢你,昨天晚晌亲自找你谈话来的。
包芮斯	(喝完他的咖啡)好,那我就去。
丽屋巴	对,去,我去喊醒丽莎跟陶妮雅。

第 二 景

村里的道路。伊万·日阿布赖夫,身上盖着一件羊皮上衣,躺在一家茅草房旁边。

伊 万	玛拉实喀!
	〔一个小姑娘走出茅草房,胳膊抱着一个娃娃。娃娃在哭。
伊 万	给俺一口水喝。

〔玛拉实喀走进茅草房，里头传出娃娃的哭声。她拿来一碗水。

伊　万　　你做啥老捶小小子，号个没停？俺要翻给妈听。

玛拉实喀　告她好咧。他号呀，那是饿的！

伊　万　　（喝水）你就该到狄穆金那边儿走一趟，讨点儿牛奶。

玛拉实喀　俺去来的，可没，怎么着？家里就没个人。

伊　万　　啾！俺要是死咧就好咧！开饭铃铛响了没？

玛拉实喀　响过咧。大老爷来咧。

〔进来尼考莱。

尼考莱　　你做什么到外头来？

伊　万　　里头尽是蝇子，热得要命。

尼考莱　　怎么，你现下觉得热？

伊　万　　说的是哇，俺浑身滚烫。

尼考莱　　彼特洛哪儿去啦？在家吗？

伊　万　　在家，这辰光？可，他上地咧，运谷子去咧。

尼考莱　　我听说他们要把他下到监牢。

伊　万　　说的就是这个哇，警老爷到地里捉他去咧。

〔进来一个怀孕的女人，拿着一捆雀麦和一把耙。她立刻就照玛拉实喀的后脑勺子给了一记。

女　人　　你丢下娃娃存个啥子心？没听见他号！在外头野来野去的，你就知道这。

玛拉实喀　（哭）俺可才眨出来哇。爹爹想喝水哇。

女　人　　俺捶你个够。（看见地主尼考莱）好哇，老爷。娃娃多咧就烦人！俺是苦定咧，样样儿得俺自家来，就是那么一个干活儿的，眼下他们还要关他的牢，剩下这死鬼咧，就会在这搭爬。

尼考莱	你说些什么？他有病嘛！
女　人	他有病，俺可怎着？俺就没有？干活儿喱，他就病咧；可是寻个乐子喱，揪俺头发喱，他病不到那搭去。死好咧，俺才不把他当人！俺要他做啥？
尼考莱	你怎么好说这样儿恶毒的话？
女　人	俺知道这是罪过，可俺这个子心喱，捺不下去嘛。眼眨眨又要添娃娃咧，俺还得干俩人的活。人家粮食早打咧，咱家割雀麦喱，还割不到一角头。按说俺也该捆扎好了秆子，可办不了，怎着？俺得回来瞅瞅娃娃子们死活。
尼考莱	雀麦就割——我雇人来，也帮着捆秆子。
女　人	噢，捆喱算不了啥。俺自家就办得了，要赶紧割才成。尼考莱·伊万诺维奇，您看怎个着，他会不会死喱？他病着咧。
尼考莱	我不知道他会不会死。不过他的确病重。我想，我们应当送他到医院去。
女　人	噢，上帝！（哭了起来）别送他远地方去喱，死就死在这搭好咧。（向她丈夫，他在唧哝）啥子？
伊　万	俺要去医院嘛。俺在这搭还不及一条狗咧。
女　人	这呀，俺不知道。俺愁坏咧。玛拉实喀，饭搞好咧。
尼考莱	你们吃什么饭？
女　人	啥？可，土豆子呗，面包呗，还没得吃咧。

〔进了茅草房。一只猪在哼，里头传出孩子们的哭声。

伊　万	（呻吟）噢，主喱，俺死咧就好咧！

〔进来包芮斯。

包芮斯	我有什么事好做吗？

尼考莱	这儿谁也帮不了谁的忙。罪过扎根扎得太深啦。这儿,看见我们的幸福建筑在什么上面,我们只有对自己有用。这儿是一个人家:五个孩子,女人有孕,丈夫生病,吃的东西只有蕃芋,眼前要决定的问题是,他们明年有没有足够的东西吃。帮忙就不可能;怎么帮法儿?假定我雇一个下地的;谁来?还不又是那样一个人:一个人好酒呀怎么的,先就拿自己的地扔了不管。
包芮斯	对不住,不过,假如是这样子的话,您在这儿做什么?
尼考莱	我在学习我自己的地位。找出来谁修剪我们的花园,盖我们的房子,做我们的衣服,喂我们,穿我们。

〔庄稼人走过,鞠躬,男的拿着镰刀,女的拿着耙。

尼考莱	(止住一个庄稼人)叶尔米,你好不好帮这家子车车谷子?
叶尔米	(摇头)俺打心里头情愿,可俺办不了怎着?俺自家的还没车咧。咱眼下就是车去喂。可伊万在咽气。
另一庄稼人	这不是谢巴斯先,他好干这个活儿的。俺说,谢巴斯先爹爹!他们少个人手儿收谷子。
谢巴斯先	你自家干这个活儿呗。赶上这个年辰点儿,干一天活儿就是一年的粮食。

〔庄稼人们走出。

尼考莱	他们全饿了个半死;他们只有面包跟水,有病,许多人还上了年纪。好比说,那个老头子,闹疝气,直难过,可是他打早晨四点钟就干活儿,干到夜晚十点钟才歇手,别瞧他也就是活一半儿。我们呢?认识这一切,倒安安静静地活下去,把自己看做一个基督徒,行吗?干脆还是别叫基督徒了——就叫畜牲的好!

225

包芮斯	可是，一个人怎么做才是？
尼考莱	别参预这种罪过。别拿地当做自己的，别抢他们辛劳的果实。这该怎么安排，我还不大清楚。事实是——至少我是这样子——我一向活了下来，就不认识自己是怎么样活着的。我就不认识我是上帝的一个儿子，我们全是上帝的儿子——全是兄弟。可是，我一认识这个——认识我们全有相等的权利活着——我整个儿的生活从里到外翻了一个过。不过我现在不能够对你解释。我仅仅告诉你这个：我从前是瞎子，就跟我家里人现在一样，可是现在我的眼睛睁开了，我不看也就不成；既然全看见了，我就不能够那样继续活下去。无论如何，这留到以后再说。现在我们先得想个法子应付。
	〔进来警察，彼特洛，他女人和男孩子。
彼特洛	（跪在尼考莱脚前）放过俺罢，瞅主的份上，要不哩，俺就毁咧。老婆子怎收得了谷子？交俺对个保好咧。
尼考莱	我来帮你写一个呈文。（向警察）你这会儿先让他待在这儿成不成？
警　察	我们的命令是带他到局子上去。
尼考莱	（向彼特洛）那么，好，去罢，我尽我的力量搭救你就是。这明明儿是我搞的嘛。一个人这样子怎么好活得下去？
	〔下。

第 三 景

乡邸。外边在下雨。一间客厅，有一架大钢琴。陶妮雅正好弹完徐曼一个 sonata，坐在钢琴前边。①史泰潘站在钢琴一旁。包芮斯坐着。丽屋巴，丽莎，米特洛凡·叶尔米雷奇和年轻教士全被音乐感动了。

丽屋巴　　这个 andante！②真是好听！
史泰潘　　不对，是 scherzo③。其实整个儿都美。
丽　莎　　很好。
史泰潘　　我从前就没想到你是这样一位艺术家。表演的确成功。困难在你显然已经没了，你想到的只有感情，而感情表现得真是细致极了。
丽屋巴　　是的，还有尊严。
陶妮雅　　可是我呀，我想传达的意思我就觉不出有一点点像。许多就没表现出来。
丽　莎　　还要怎么好法子？已经好极了。
丽屋巴　　徐曼好是好，不过比起来萧班更抓得住一个人的心。④
史泰潘　　他更抒情。
陶妮雅　　不好比较的。
丽屋巴　　你记得他的《序曲》吗？
陶妮雅　　噢，那叫做《乔治·桑序曲》⑤的？

〔弹着开篇。

丽屋巴　　不，不是这个。这个很好，不过太滥啦。弹这个罢。

――――――――――
① 徐曼 Robert Schumann(1810—1856)，德国作曲家。Sonata 是音乐名词：长曲。
② 音乐名词：平调。
③ 音乐名词：轻快调。
④ 萧班 Frederic Chopin(1810—1849)，波兰作曲家。
⑤ 萧班流亡巴黎，有了肺病，女小说家乔治·桑 George Sand 陪他到地中海岛上休养，在这时间他写了一些动听的《序曲》Préludes，通常就叫《乔治·桑序曲》。

〔陶妮雅尽她所能地弹着，随即中断了。

陶妮雅　　啵，这是一个可爱的东西。有点儿原始味道——比宇宙还老。

史泰潘　　（笑）是呀，是呀。弹下去。别弹啦，你太累啦。我们过了一个有趣的早晨，真得谢谢你才是。

陶妮雅　　（站起，望着窗外）外头等着的庄稼人又比以前多啦。

丽屋巴　　所以音乐才那样可贵。我现在了解扫罗啦。我虽说没有魔鬼折磨，我照样儿了解他。①音乐能够叫人忘记一切，这一点什么艺术也比不了。（走到窗户跟前。向庄稼人们）你们在等谁？

庄稼人们　尼考莱·伊万诺维奇找俺们来讲话的。

丽屋巴　　他不在。你们等着罢。

陶妮雅　　包芮斯不懂音乐，你倒要嫁他。

丽屋巴　　啵，真还不懂。

包芮斯　　（心不在焉）音乐？啵，我是不懂。我喜欢音乐，或者不如说，我并非不喜欢。我只是喜欢简单点儿的——我喜欢歌。

陶妮雅　　难道这个 sonata 不可爱吗？

包芮斯　　主要一点是，它不重要：我一想到人们过活的生活，拿音乐看得这样重要，我反而难受。

〔他们全吃着桌上的糖果。

丽　莎　　当着一位未婚夫和安排好的糖果，人真开心！

包芮斯　　啵，不是我，是妈妈要这样办。

---

① 扫罗是以色列国王，见于《旧约·撒母耳记上》。第十六章叙述恶魔来到扫罗身上，于是找来放羊的少年大卫给他弹琴，恶魔便离开了他。

陶妮雅	也该这样做。
丽屋巴	音乐可贵,因为抓牢我们,占有我们,把我们打现实带开了。本来样样儿都阴惨惨的,等你忽然一弹起琴来,样样儿真就有了光彩。
丽　莎	萧班那些圆舞曲,滥归滥,然而——
陶妮雅	这个——

〔弹琴。

〔进来尼考莱。他问候包芮斯,陶妮雅,史泰潘,丽莎,米特洛凡·叶尔米雷奇和教士。

尼考莱	妈妈在哪儿?
丽屋巴	我想她跟宝宝在一起。

〔史泰潘喊男仆。

丽屋巴	爸爸,陶妮雅琴可弹得真好!您这半天上哪儿去啦?
尼考莱	在村子。

〔进来阿法纳西,一个听差。

史泰潘	再拿一个茶炉来。
尼考莱	(问候男仆,和他握手)好。

〔仆人反而窘住了。仆人下。尼考莱也走出。

史泰潘	可怜的阿法纳西!他真窘透了。我就不懂爸爸。倒像我们都犯罪来的。

〔尼考莱又进来。

尼考莱	我没告诉你们我的感觉,就回了我的房间。(向陶妮雅)我说的话万一得罪你的话——你是我们的客人——宽恕我,但是我还是非说不可。你,丽莎,说陶妮雅弹得好。你们这儿这些人,七八位健康的青年男女,一直睡到十点钟,吃过,喝过,还在吃着;你们弹琴,讨论音

229

乐：可是那边，我方才去的地方，他们早晨三点钟就爬了起来，那些夜晚喂马的人们根本就一夜不睡；老的，小的，病的，弱的，孩子们，喂奶的母亲们和有孕的妇女们，都拼了死命干活儿，好叫我们这儿消耗他们辛劳的果实。这还不算。就在眼下，他们中间的一个，家里唯一赚面包的，让拉到监牢关起来，因为他砍了十万棵松树的一棵，松树长在树林子里头，树林子说是我的。而我们这儿，洗干净了，穿着好了，丢下我们卧室的脏东西给底下人们收拾干净，吃着，喝着，讨论着徐曼和萧班，谁最感动我们，谁最治得了我们的无聊？①我方才走过你们的时候，心里想的就是这个。我现在把话说啦。想想看，样儿活下去成吗？

〔站着，非常激动。

丽　莎	对，真对！
丽屋巴	一个人要是往这上头一想，就甭想活了。
史泰潘	做什么？我就不明白这个事实，别人穷，我们做什么不好谈谈徐曼？二者并不相违的。假如一个人——
尼考莱	(怒)假如一个人没心肝，假如一个人是木头做的——
史泰潘	好，我住口就是。
陶妮雅	这是一个可怕的问题；这是我们的目前切身问题；我们不应该怕，倒是照直看过去，把问题解决了才是。
尼考莱	我们不能够尽等公共的程式来解决问题。我们人人都要死——今天不死，明天就死。我怎么能够忍受这种内心的参差，安安逸逸活下去？

---

① 托尔斯泰忘记方才讨论徐曼和萧班的时候，尼考莱并不在场。

包芮斯　　当然只有一条路走；这就是，根本不参预。

尼考莱　　好，我要是得罪了你们，宽恕我罢。我既然感觉到了，我就非讲出来不可。

〔下。

史泰潘　　不参预？可是我们整个儿的生活就让捆在里头。

包芮斯　　所以他说，第一步是别有财产；是改变我们整个儿生活方式，活着不叫人家伺候，而是伺候人家。

陶妮雅　　好，我看你简直倒到尼考莱·伊万诺维奇那边儿去了。

包芮斯　　是的，我现在是头一回懂了——在我到村子看过了以后——你只要摘掉那副我们经常观看人民生活的眼镜，马上就会认识他们的痛苦和我们的享乐之间的联系——这就够了！

米特洛凡　　是的，不过救他们不就等于毁坏自己的生活。

史泰潘　　米特洛凡·叶尔米雷奇跟我，我们平时虽说一个在南极，一个在北极，居然结论相同，实在可惊："不就等于毁坏自己的生活"，简直就是我要说的话。

包芮斯　　自然喽！你们两位全希望过着一种愉快的生活，所以愿意生活安排得妥妥帖帖，永远过着那种愉快的生活。（向史泰潘）你希望维持目前的制度，米特洛凡·叶尔米雷奇直想建立一个新的。

〔丽屋巴和陶妮雅在一起耳语。陶妮雅走向钢琴，弹着萧班一个夜曲。一片沉静。

史泰潘　　真好；这解决一切。

包芮斯　　这模糊，延迟一切！

〔陶妮雅弹琴的时候，玛丽亚和王妃静静走了进来，坐下来听着。在夜曲没完之前，外边传来马车铃铛的响声。

丽屋巴　　　姨妈来啦。

〔走去迎她。音乐继续着。进来阿列克散德娜和皆辣西穆神父（一位颈项挂着一个十字架的教士）和一位证官。全都起立。

皆辣西穆　　请，弹下去，很好听。

〔王妃走近接受他的赐福，同时年轻教士也这样做。

阿列克散德娜　我说我要做什么，我就一件一件做到了。我找到皆辣西穆神父，你们看，我把他劝来了——他本来要去库尔斯克——我这方面算是成功了；这儿是证官。他已经写好字据；就等签字啦。

玛丽亚　　　您用不用点心？

〔证官把他的文件放在桌上，走出。

玛丽亚　　　我十分感激皆辣西穆神父。

皆辣西穆　　我尽我的力量——虽说不在我的本职——不过，作为一个基督徒看，我认为拜访他是我的责任。

〔阿列克散德娜向年轻人们耳语着。他们在一起商量了一下，全朝阳台那边走出，除去包芮斯。年轻教士也想走出。

皆辣西穆　　不要出去。你是一位牧师，一位精神上的父亲，应该待在这儿才是！你自己会受益的，对别人也有用处。停在这儿，假如玛丽亚·伊万诺夫娜不反对的话。

玛丽亚　　　不，我喜欢瓦西里神父，就跟一家子人一样。我早先跟他商量过，不过他太年轻，没多少权威。

皆辣西穆　　自然，自然。

阿列克散德娜　（走近）好，现在，您明白，只有您一个人能够帮忙，把他的理性恢复过来。他是一个聪明人，念了许多书，不过

	学问，您知道，只会教人坏。他苦就苦在误入歧途。他以为基督的法则禁止一个人私有财产；可是哪儿会有这种事？
皆辣西穆	诱惑，精神上的骄傲，固执！教会的圣父们早已把问题圆满地解答了。不过，他怎么会起这种念头的？
玛丽亚	好，就全对您说了罢——我们结婚的时候，他对宗教一点儿也没什么，我们这样儿过活着，快快乐乐过活着，过掉我们最好的岁月——头二十年。之后，他开始思索了。也许他是受了他姐姐的影响，要不就是他读的东西的影响。总之，他开始在想，在读《福音书》，之后，忽然他就变得非常虔敬，开始上教堂，拜访伴侣。之后，他一下子就全放弃了，完完全全改变了他生活的方式。他开始做手工，不要听差伺候他，特别是，他现在要把他的财产给掉。昨天他送掉一座树林子——连树带地全不要了。我吓坏了，因为我有七个孩子。您同他谈谈。我去问他好不好见您。

〔下。

皆辣西穆	近来有许多人走进了歧途。地产是他的还是他太太的？
王　妃	他的！所以顶不幸的就是这个。
皆辣西穆	他的官级是什么？
王　妃	他的官级并不高。只是一个骑兵队长，我相信。他从前在军队待过。
皆辣西穆	有许多人就是这样子叛教的。在奥代萨，有一位夫人迷上了关亡术，惹了许多乱子。不过，最后，上帝还是让我们把她引回教会来啦。
王　妃	主要的是，请您明白，我儿子要娶他的姑娘。我已经答应

了，可是女孩子家过惯了奢华生活，所以必须有陪嫁过来，不好全靠我儿子的。虽说我承认他是一个勤奋、不同寻常的青年。

〔进来玛丽亚和尼考莱。

尼考莱 你好，王妃？你好？（向皆辣西穆神父）请你原谅。我不知道你的名字。①

皆辣西穆 你不愿意接受我的赐福？

尼考莱 是，我不愿意。

皆辣西穆 我的名字是皆辣西穆·谢道罗维奇。遇见你，我很欢喜。

〔男仆端来点心和酒。

皆辣西穆 天气晴和，对收成好。

尼考莱 我猜你来，受阿列克散德娜·伊万诺夫娜的请托，把我从我的过错当中救出来，领我走进真理的道路。如果是这样的话，我们就不必兜圈子了，还是马上就来的好。我不否认我对教会的教训并不同意。我从前同意，以后就丢下这一套不理了。不过，我以我的全心希望活在真理当中，你要是指得出真理给我，我一定马上接受。

皆辣西穆 你怎么可以说你不相信教会的教训？不相信教会，还有什么好相信的？

尼考莱 上帝和他的律法，《福音书》所给我们的律法。

皆辣西穆 教会教的正是这同一律法。

尼考莱 真要是这样子的话，我们也相信教会了，不幸是恰好相反。

---

① 尼考莱当然听得出他是皆辣西穆神父，不过他不愿意把他当做一位教士看，所以问他名字，和常人一样致意。

皆辣西穆	教会不可能有相反的教训,因为它是主自己创立的。"我给你权力",不是明明写着的,还有"我要在这块石头上建造我的教会;地狱的门挡不住它"。
尼考莱	这话根本就不是这个说法儿,证明不了什么。但是,即使我们承认基督创立教会,我怎么知道那就是你的教会?
皆辣西穆	因为说得好:"什么地方有三两个人以我的名义聚在一起,我就来在他们中间。"
尼考莱	这话呀,也不是这个说法儿,证明不了什么。
皆辣西穆	一个人怎么可以否认教会?只有它超度众生。
尼考莱	我原先并不否认教会,后来我发见它支持一切违反基督教的东西,我才否认的。
皆辣西穆	它就不可能犯错儿,因为真理只有它有。离开它的人们走进岔路,但是教会是神圣的。
尼考莱	我已经告诉了你,我不接受这个。我不接受,因为,《福音书》说得好:"你要从他们的行动认识他们,你要从他们的果实认识他们。"我发见教会颂扬起誓,暗杀和正法。
皆辣西穆	凡是上帝规定的权威,教会就加以承认,当做神圣看待。

〔谈话之中,史泰潘,丽屋巴,丽莎和陶妮雅在不同的时间进到屋内,或坐或立,静静听着。

尼考莱	我知道《福音书》说,不仅仅是"不要杀人",而且是"不要动怒",然而教会颂扬军队。《福音书》说,"千万不要起誓",可是教会宣誓。《福音书》说——
皆辣西穆	对不住。从前彼拉多说"我以永生的上帝问你",基督接受他的誓语,就回答"我是"。
尼考莱	天!你说什么?简直荒唐。

皆辣西穆	所以教会不许人人讲解《福音》,怕他会误入歧途,然而好比一位疼爱孩子的母亲,给他一种合乎他的程度的解释。不,让我把话讲完了!教会并不拿太重的分量压在它的子女身上,叫他们承受不了,仅仅要求他们遵守诫条:爱,不要暗杀,不要偷窃,不要奸淫。
尼考莱	对!不要杀我,不要偷我偷来的货物。我们全抢劫人民,偷他们的地,然后制定法律禁止他们再偷回去;而教会允许这一切,当做神圣看待。
皆辣西穆	你的话显出异端和精神上的骄傲。你应当克服你理智上的骄傲。
尼考莱	不是骄傲。我感到抢劫人民和拿田地奴使他们的罪过,所以我只是问你,按照基督的律法,我应该怎么样做才是。我怎么办?继续占有田地,利用饥饿人们的辛劳:让他们做这类活儿,(指着端进点心和酒的听差)还是我把祖先偷来的田地交还原主?
皆辣西穆	一个教会的儿子该怎么做,你就怎么做。你有一个家庭和儿女,你必须教养他们,合乎他们的地位。
尼考莱	为什么?
皆辣西穆	因为上帝把你放在这个地位。你要是想做善事的话,拿你财产给掉一部分,访问访问穷人也就成了。
尼考莱	可是,基督告诉那位阔少说,财主进不了天国,这话又怎么讲呢?
皆辣西穆	那是说:"你要做完人的话。"
尼考莱	可是我真心希望做完人。《福音书》说:"愿你们如你们的天父一样完善——"
皆辣西穆	可是我们必须了解这话原来的说法儿。

尼考莱	我试着了解来的,山上训示的话全是明明白白,可以了解的。
皆辣西穆	精神上的骄傲。
尼考莱	既然书里说,不给聪明人看的,吃奶的孩子倒看得见,骄傲又在哪儿?
皆辣西穆	给温柔的人看;然而不给骄傲的人看。
尼考莱	可是谁骄傲?是我把自己看做和其余人类一样的一个人,所以一个人必须跟别人一样,以自己的辛劳过活,和他的同胞一样贫穷,还是那些以为自己是天选的神人,知道全部真理,不可能再犯错误,而实际随意解释基督的话?是我,还是他们?
皆辣西穆	(恼怒)对不住,尼考莱·伊万诺维奇,我来这儿不是辩论我们俩谁对,也不是受你指摘来的,而是,受了阿列克散德娜·伊万诺夫娜的要求,来同你谈谈正经。不过,既然你样样儿知道的比我清楚,我们还是停止不谈顶好。我仅仅再度以上帝的名义,求你醒悟过来。你误入歧途到了残忍的地步,自己在毁灭自己。

〔站起。

玛丽亚	你不要吃点儿东西?
皆辣西穆	不,我谢谢你。

〔和阿列克散德娜下。

玛丽亚	(向年轻教士)现在怎么办?
教 士	这,依我看来,尼考莱·伊万诺维奇说了真理,皆辣西穆神父那边儿就没拿出论据来。
王 妃	他没机会说话,他不喜欢这种人人在听的辩论。他走因为他谦和。

237

包芮斯	根本就不是谦和。他说的话全假透了。显然是他没得话说。
王妃	对,你向来心性不定,我看你开始要处处同意尼考莱·伊万诺维奇的话了。你相信这个,就不该结婚。
包芮斯	我仅仅说真理是真理,我没法子不说。
王妃	人里头就是你呀,不该说这个话。
包芮斯	凭什么不该?
王妃	因为你穷,没东西给掉。无论如何,这不干我们的事。

〔下,统统跟她走出,除去尼考莱和玛丽亚。

尼考莱	(坐着,冥思,为自己的思想微笑)玛丽亚!这都是为了什么?你为什么邀那个可怜的失迷的人?为什么那些吵闹的女人跟那个教士要来挨进我们最亲密的生活?难道我们解决不了我们自己的事?
玛丽亚	你不想给孩子们留钱用,我可怎么办?这我说什么也受不下去。你知道我不贪钱,自己什么也不要。
尼考莱	我知道,我知道,我相信。不幸的是,你不相信真理。我知道你看见了,不过你打不定主意信赖它。你既不信赖真理,也不信赖我。可是你相信那些不相干的人——王妃和其余他们。
玛丽亚	我相信你,我过去总相信你;不过你现在要叫孩子们讨饭——
尼考莱	这就表示你不信赖我。你以为我没经过挣扎,没经过畏惧?可是事后,我深信走这条路不但可能,而且义不容辞,就是对孩子们也是一件必需的好事。你一来就说,不是为了孩子们的话,你会跟我走的,可是我说,我们要是没有孩子们,倒不妨像我们现在这样儿活着了;受伤的也

	就只是我们自己，可是现在，我们还连累了他们。
玛丽亚	不过，我要是不了解，我怎么办才是？
尼考莱	我怎么办才是？难道我不知道为什么叫那可怜家伙来——披着他的法衣，戴着那个十字架，为什么阿列克散德娜·伊万诺夫娜带证官来？你要我把地产交给你管，可是我呀，办不到。你知道这二十年我们活在一起，我一直爱你。我爱你，希望你好，所以我不能够签这个字，把地产过到你的名下。我要真是签字的话，也就只会送回原主——那些庄稼人。我不能够听他们就这样下去，我一定要交给他们。我高兴证官来；我正要这样做。
玛丽亚	不，那就糟啦！干么要这样残忍？就算你把这当做罪过，还是给了我罢。
	〔哭。
尼考莱	你不清楚你在说什么。我要是给了你，我就不会跟你再住下去啦；我就得走开。我不可能在这种情形下过活。挤掉庄稼人的活血，关进监牢，不出我的名义，也出你的名义，我说什么也看不下去。所以，挑好啦！
玛丽亚	你多残忍！这就是基督教？这是铁石心肠！无论如何，我不能够照你要我过活的样子过活。我不能够抢劫我的儿女，把东西全给了别人；你就是为了这个丢弃我，好——就这样子罢！我看你不爱我了，我也知道为什么。
尼考莱	那么，很好——我就签；不过，玛丽亚，你在要我做我做不到的事。（走向书桌，签字）你希望这个，可是我不会这样儿待下去的。

第 三 幕

第 一 景

莫斯科一所房子。一间大屋，放着一张木匠用的凳子；一张桌子，上面搁着纸张；一个放书放杯盏的橱；后墙挂着一面镜子和一些图画，上头倚着一些木板。一个木匠，和系着一件木匠围裙的尼考莱在凳子那边工作，刨木头。

尼考莱　（从钳子上拿起一块板子）这成了罢？

木　匠　（装刨子）还不成，您得放大胆子刨——像这样儿才成。

尼考莱　放大胆子，说起来容易，可是要我做呀，真还不成。

木　匠　可是，老爷，您干么不嫌麻烦，学这行子木匠？现下我们就有许多人，连赚两个钱活着都难。

尼考莱　（又在工作）闲着两只手过日子，我臊得慌。

木　匠　您这个身份用不着。上帝早拿财产给您啦。

尼考莱　说的就是这个。我不相信是上帝给的，而是我们前辈有人抢了来的，打我们同胞手里抢了来的。

木　匠　（惊退）是这样子的啊！不过，您也用不着干这个。

尼考莱　住在这种房子，到处全是多余东西，我会希望赚钱过活，我明白，你一定觉得怪气。

木　匠	（笑）那倒也不。人人知道，贵人要拿什么也学会了。好，现在拿刨子再往平里刨。
尼考莱	你不肯相信我的话，笑了，可是我还是要告诉你，从前我这样儿过活并不臊得慌，不过，眼下我相信基督的律法，这告诉我们说，我们都是弟兄——我这样儿过活，就臊得慌。
木　匠	你要是臊得慌，给掉你的财产好了。
尼考莱	我想这么做来的，不过失败了，给了我太太。
木　匠	不过，话说回来，你这么搞真还不成——你舒服惯啦。

〔门外有声音："爸爸，我好进来吗？"

尼考莱	好进来，你永远好进来。

〔进来丽屋巴。

丽屋巴	好啊，雅考夫！
木　匠	好，小姐！
丽屋巴	包芮斯去了他的队伍。我直担心他在那边儿说什么，做什么。您怎么想？
尼考莱	我有什么好想的？什么在他自然，他做什么。
丽屋巴	糟透啦。他服兵役也就是一个短极了的时期，可是看样子他会毁了他一辈子。
尼考莱	他不看我来，倒是他对。他明白，我没别的话对他讲，要讲的话他都知道。他告诉我，他递了一张要求免役的呈文，因为他知道世上没比这再不道德，无法无天，残忍野蛮的职业，唯一的目的是杀人，不仅仅这个，而且，绝对服从一位天南地北的高级军官，没比这再下流卑贱的了。他全知道。
丽屋巴	我怕的正是这个。他知道这个，就许惹出什么乱子来的。

241

尼考莱	他的良心——他心里的上帝——会帮他决定的。他要是来看我的话,我只有一个劝告给他:别做光只他的理智指导的事——没比这更坏的了——除非是他的整个儿存在要这样做,他才可以这样做。譬如,拿我来说,希望照着基督的指示做事:离开父亲,太太和儿女,单跟他走,于是我离开了家,可是临了儿怎么样?结果我还是回来,和你们在城里过着奢华的日子拉倒。因为我没那么大的力量,偏想往高里做,我就跌到这种羞辱无意义的地位:我希望日子过得简单,用我的手干活儿,可是和环境一比,又是听差又是门房的,真像在做假嘛。我看见的,甚至于眼下,雅考夫·尼考诺雷奇就在笑我。
木　匠	我笑什么?你给我钱,给我茶。我只有感激。
丽屋巴	我是不是顶好去看他一趟?
尼考莱	我的亲爱的,我的心爱的,我知道你难过,害怕,虽说你根本就用不着。话说回来,我是一个懂得人生的人。天下就没恶事。表面似乎恶,其实一个人遇到了,只有分外欢喜;你要明白,一个人走上了这条路,必须有所选择,然而有时候,上帝一方和魔鬼一方重量简直相等,秤盘摇摇不定,于是选择就有了重大的意义。遇到这种关头,外来的干涉是十分危险,苦恼。就像一个人拼了命拖着一个重东西,要拖过山脊,别人轻轻一碰,就会摔他一个头破血流。
丽屋巴	他何必一定要那样痛苦?
尼考莱	这就像问一个做母亲的,她何必一定要痛苦。生孩子就得受苦,同样是精神生活。我不妨告诉你一句话。包芮斯是一位真基督徒,可以为所欲为,假如你不可能跟他一样,

或者像他那样相信上帝，那么，通过他来相信上帝好了。

玛丽亚　（在门后）我好进来吗？

尼考莱　你永远好进来。我今天尽在这儿接见人啦！

玛丽亚　我们的教士，瓦西里·尼考诺雷奇，来啦。他要到主教那儿去，辞掉他的职务！

尼考莱　不会的！

玛丽亚　他在这儿！丽屋巴，去喊他来！他要见你。

〔丽屋巴下。

玛丽亚　我还有一个理由来。我要跟你谈谈瓦尼雅。他的行为坏透了，功课也糟透了，看样子不会及格；我跟他一说话，他就发挥。

尼考莱　玛丽亚，你知道，你们的全部生活方式，你给孩子们的教育，我不同情。这在我是一个可怕的问题：我有没有权利看他们在我眼面前毁灭——

玛丽亚　那你就应该建议，做一个具体的建议。可不，你是什么意见？

尼考莱　我说不上来。我只能够说，我们应当首先去掉这一切使人堕落的豪华生活。

玛丽亚　他们应该去做庄稼人！我不能够同意这个。

尼考莱　那就别跟我商量。叫你难受的事，是自然的，无从避免。

〔进来教士和丽屋巴。教士和尼考莱互相吻着。①

尼考莱　你整个儿不干啦，真有这档子事？

教　士　我再也受不下去啦。

---

① 男朋友互吻在俄国人本来平常，但是一位贵人和一位来访的乡村教士互吻，并不寻常，除非现在表示异常亲切和情绪激动。

尼考莱　　我没想到会这样快。

教　士　　不过，真憋不下去啦。我们在职务上，不可能漠不相关。我们得听人家忏悔，办理圣餐，可是，一个人打心里相信这全是假的——

尼考莱　　那，现在怎么着？

教　士　　现在我去受主教问询。我怕他要把我流放到扫劳外磁寺院去。有一时我想请你帮我逃到外国，不过，我又一想，未免示弱。不过，问题在我女人！

尼考莱　　她在什么地方？

教　士　　她回到她父亲那儿去啦。我岳母来把我们的儿子接走啦。这非常伤我的心。我满想——

　　　　　〔止住，忍住眼泪不流。

尼考莱　　好，愿上帝帮助你！你跟我们一起用饭？

王　妃　　（跑进房间）可不得了，出乱子啦。他拒绝服兵役，上头下令拘押他。我方才就在那边，他们不许我进去。尼考莱·伊万诺维奇，你得去一趟。

丽屋巴　　他拒绝啦？您怎么知道的？

王　妃　　我本人在那边儿的！瓦西里·安德列耶维奇，委员会的一位委员，一五一十告诉我的。包芮斯正好走进来，对他们讲，他不要服兵役，不要宣誓，说真的，尼考莱·伊万诺维奇教他的话，他全照直说啦。

尼考莱　　王妃！这种话也好教的？

王　妃　　我不知道。反正这不是基督教！您是什么意见，神父？

教　士　　我已经不是"神父"啦。

王　妃　　不过，反正——对，你同意他们的见解！对你根本就无所谓！不成，我不能够让事情这样下去的。叫人痛苦，毁灭，这算哪家子鬼基督教呀！我恨你这种基督教。你知道牵连不到你，你不在乎；可是我只有一个儿子，你把他害啦！

尼考莱　　王妃，放安静。

王　妃　　是呀——你，你把他害啦！你害得他，你得救他。去劝劝他，别瞎搞啦。阔人这样做没什么，我们呀不相宜。

丽屋巴　　（哭）爸爸，有没有救？

尼考莱　　我去一趟就是。也许我可以有点儿用。

　　　　　〔摘掉他的胸襟。

王　妃　　（帮他穿上衣）他们不肯放我进去，不过，我们现在一块儿去，我会进去的。

　　　　　〔一同下。

第 二 景

一间办公厅。文书坐在一张桌子前面，一个哨兵走上走下。进来一位将军和他的副官。文书跳起，哨兵敬礼。

将　军　　上校在哪儿？

文　书　　大人，看那个新入伍的学生去了。

将　军　　啊，很好。请他到我这儿来一下。

文　书　　是，大人。

将　军　　你在誊什么？不是这个新兵的口供？

文　书　　正是，大人。

将　军　　给我看。

〔文书拿公文呈上将军,下。将军递给他的副官。

将　军　　请念一遍。

副　官　　(读)"关于问我的问话,这里是我的回答,例如:一,为什么我不起誓。二,为什么我拒绝履行政府的要求。三,是什么使我说话不仅伤害军队,而且伤害最高当局。回答第一个问话:我不能够起誓,因为我接受基督的教训,教训直接地,清楚地禁止起誓,见于《马太福音》第五节第三十三到第三十七句,和《雅各书》第五节第十二句。"

将　军　　当然喽,他得辩白!拿他自己的意见解释一切!

副　官　　(读下去)"《福音》上说:'千万不要起誓,是就说是,不是就说不是,因为多过于这些的就是存心不良!'《雅各书》上说:'兄弟们,千万不要指天起誓,也不要指地起誓,随便什么誓都不要起;是就说是,不是就说不是,不要跌进诱惑的陷阱!'《圣经》给我们指示,不要起誓,是非常清楚的,即使撇下事实不谈——即使里面没有记载这种指示,我还是不能够服从人们的意志起誓,因为做了一个基督徒,我必须永远服从上帝的意志,上帝的意志不就常和人们的意志相合。"

将　军　　他得辩白嘛!要是依我的话,就没这个。

副　官　　(读)"我拒绝履行人们把自己叫做政府的要求,因为——"

将　军　　简直目无法纪!

副　官　　"因为这些要求恶毒,使人犯罪。他们要我入伍,学习准备杀人,虽说《新约》《旧约》都曾加以禁止,而且我的良心不许。说到第三种问话——"

〔进来上校,后随文书。将军同上校握手。

上　校　　您在看口供?

将　军　　是呀。句句犯上,不可宽恕! 好,念下去。

副　官　　"说到第三种问话: 是什么使我在法庭说话无礼,我的回答是: 我希望侍奉上帝,为了暴露那以他的名义进行欺诈的行为,所以才这样做。我希望到死保持这种欲望,所以——"

将　军　　得,够啦;满嘴胡话,人就听不下去。事实是,这类事必须根除,必须采取行动防止人民恶化。(向上校)你同他讲话来的?

上　校　　我一直在这样做。我试着唤起他的羞耻之心,而且使他相信,这对他只有更坏,他得不到好处。他很受刺激,但是坚持他的见解。

将　军　　你犯不上同他这样唠叨。我们队伍上人讲干不讲辩论。叫他这儿来!

〔副官带文书下。

将　军　　(坐下)是的,上校,这种做法儿不灵。像这种人呀,得换一个方式处置。四肢坏了什么的,干脆割掉。一只羊生蛆,整个儿羊群受害。遇到这类事,不必苛细。他是一位王爷,有母亲,有未婚妻,跟我们不相干。我们眼前是一个兵,我们必须服从沙皇的意志。

上　校　　我也就是心想我们拿话劝服他,也许更容易感化他。

将　军　　不会的——要坚决;只有坚决! 我从前对付过这类家伙。得叫他觉得自己算不了一个什么——车轮子底下一粒土,挡不在轮子不转的。

上　校　　好,我们可以试试!

将　军　　(有些激怒)用不着试! 我用不着试! 我侍奉了沙皇四十四

年，一生尽忠，过去现在都是这样子，如今这小子倒想教训我，对我做神学讲演！他可以对教士这样做，对我呀——他不是兵，就是犯人。就是这个！

〔进来包芮斯，两个兵押着，后随副官和文书。

将　军　　（拿一个指头指着）带他这儿。

包芮斯　　用不着带。我高兴在哪儿站，哪儿坐，就在哪儿站，哪儿坐，根本我就不承认你的权威。

将　军　　住口！你不承认权威？我要叫你承认。

包芮斯　　（坐在一个凳子上）你真不该这样嚷嚷！

将　军　　拉他起来，叫他站着！

〔兵拉起他。

包芮斯　　你可以这样儿做，你可以杀我；不过你没法子叫我依顺——

将　军　　住口，我告诉你。听我有话告诉你。

包芮斯　　我一点儿也不要听你讲。

将　军　　他疯啦！一定要送他到医院检查一下。只有这个好做。

上　校　　命令是送他到宪兵司令部受检查。

将　军　　好，那么，送他到那儿去。可得给他穿上制服。

上　校　　他拒绝穿。

将　军　　捆起他来。（向包芮斯）请你听听我对你讲的话。我没拿你的命搁在心上，不过为你的缘故，我劝你一句：你再考虑考虑。说不定你要在一座要塞里头烂掉，对谁都没什么好处。顺了罢。可不，你先前一激动，我也激动。（拍他的肩膀）去，起誓，别瞎搞啦。（向副官）教士在这儿吗？（向包芮斯）怎么样？（包芮斯不作声）你为什么不回答？真的，你顶好是照我的话做。你拿鞭子抽不断一根棍

	子的。你不妨保持你的意见,同时服服兵役!我们犯不上跟你使强。怎么样?
包芮斯	我没别的话讲。我要说的话,我都说啦。
将　军	这儿,你看,你引证了这样一节那样一节《福音书》。好,教士懂得这个。跟教士谈谈,然后考虑一过。这顶好。再见,回头你为沙皇服兵役,我能够冲你道喜了,希望说:au revoir。①请教士到这儿来。

〔下,后随上校和副官。

包芮斯	(向文书和押解的兵士)你们明白,他们也就是在骗你们。他们知道他们在骗你们。别依顺他们。放下你们的来复枪,走掉。由他们把你们送到军法处打一顿;比起伺候这些骗子手来不就坏到哪儿去。
文　书	不过,国家没军队怎么成? 不可能。
包芮斯	这用不着我们考虑。我们要考虑的是上帝要我们做什么;上帝需要我们。
一个兵	可是,他们一来就说"基督军",又是怎么回事?
包芮斯	《圣经》里头可没一个地方说起。是这些骗子手捏造的。

〔进来一位宪兵官长,带着文书。

宪兵官长	新入伍的王爷切列穆斯哈诺夫就关在这儿吗?
文　书	是,大人。他就是。
宪兵官长	过来,请。你就是拒绝起誓的王爷包芮斯·谢米诺维奇·切列穆斯哈诺夫吗?
包芮斯	我是。
宪兵官长	(坐下,指着对面一个座位)请坐。

---

① 法文,意即"回头见"。

包芮斯	我想我们的谈话根本就没用。
宪兵官长	我不这样想。至少不见得对你没用。你明白，是这样的。他们报告我，你拒绝兵役起誓，所以疑心你是革命党，这就是我要调查的对象。假如这是真的，我们就取消你入伍的资格，依照你图谋不轨的程度，监禁你或者放逐你。假如不是真的，我们就听凭军事当局办你。你看，我把话对你说得一明二白，希望你对我们同样坦白。
包芮斯	首先，我不能够相信穿这类东西的人们。（指着宪兵官长的制服）其次，根本你的职业我不能够尊敬，我对它起最大的厌恶。不过，我不拒绝回答你的问话。你希望知道什么？
宪兵官长	首先，告诉我你的名姓，你的职业和你的宗教？
包芮斯	这你全知道，我不必回答。问话只有一个对我十分重要。我不是通常所谓的一个正教基督徒。
宪兵官长	那么，你的宗教是什么？
包芮斯	我不标条子。
宪兵官长	不过，到底？——
包芮斯	好，那么，依照山上的训示，就是基督教。
宪兵官长	写下来。（文书在写。向包芮斯）不过，你承认你是哪一国人，或者哪一种身份。
包芮斯	不，我不承认。我承认自己是一个人，上帝的一个仆人。
宪兵官长	你为什么不拿自己当俄罗斯帝国的一份子看？
包芮斯	因为我不承认任何帝国。
宪兵官长	你说不承认是什么意思？你想推翻它们吗？
包芮斯	我当然希望推翻，而且在朝这方向工作。
宪兵官长	（向文书）拿这写下来。（向包芮斯）你怎么样一个工作

	方法？
包芮斯	暴露欺诈与谎话，传播真理。你进来的时候，我正告诉这些兵不要相信那种引他们上当的欺诈。
宪兵官长	不过，除掉这种暴露与劝说的方法，你还赞成别的方法吗？
包芮斯	不，我不仅不赞成，而且以为一切暴行是一种大的罪过；不仅仅暴行，而且一切隐瞒，狡诈——
宪兵官长	拿这写下来。很好。现在，请你告诉我，你同谁相好。你认识伊万沈考？
包芮斯	不认识。
宪兵官长	克列恩？
包芮斯	我听人说起过，不过从来没有遇见他。

〔进来一位教士，一位老年人，戴着一个十字架，拿着一本《圣经》。文书走向他，接受他的赐福。

宪兵官长	好，我想我可以收煞了。我认为你并不危险，不在我们管辖之内。我希望你很快就释放了。再见。

〔握包芮斯的手。

包芮斯	我有一句话想对你讲。原谅我，但是我不能够不讲。你干么挑这种恶毒残忍的职业做？我劝你就别干了罢。
宪兵官长	（微笑）谢谢你的劝告，不过我有我的道理。再见。（向教士）神父，我把我的位子让给您。

〔下，带着文书。

教　士	你怎么好把当道得罪下来，拒绝履行一个基督徒的责任，不去侍奉沙皇和你的祖国？
包芮斯	（微笑）正因为我要履行我做一个基督徒的责任，我才不希望当兵。

251

教　士	你为什么不希望？书里说得好，"为一位朋友献上自己的性命"才算得一个真基督徒——
包芮斯	对，"献上自己的性命"，然而不是杀害别人的性命。这正是我要做的，"献上我的性命"。
教　士	年轻人，你的道理不对。施洗约翰对教士说——
包芮斯	（微笑）这仅仅证明，就是在那时候，兵士一来就抢，他告诉他们别抢！
教　士	好，可是你为什么不希望起誓？
包芮斯	你知道《福音书》禁止这个！
教　士	没得话。你知道彼拉多说："我以永生的上帝问你，你是不是基督？"主耶稣·基督回答"我是"。这证明并不禁止起誓。
包芮斯	你说这话羞也不羞？你——这么大年纪。
教　士	听我的劝，别固执。你我改变不了这个世界。只要起誓，你就安逸了。什么是罪过，什么不是，教会知道，你就交给教会得啦。
包芮斯	交给你？你就不怕拿这么重的罪过搁在自己头上？
教　士	什么罪过？我在坚强的信仰中间长大，做教士做了三十年，头上不会有罪过的。
包芮斯	你骗了那么多人，请问，那是谁的罪过？这些可怜人头脑里头装了点子什么？

〔指着哨兵。

教　士	你我年轻人，永远解决不了这个。我们还是服从那些高高在上的人们为是。
包芮斯	由我自己去罢！我替你难过——我承认——听你讲话我恶心。可不，假如你跟那位将军一样——不过，你来到这

儿，带着十字架和《圣经》，拿基督的名义来劝我否认基督！走。（激动地）离开我——走。把我带回到囚房，我谁也不要见。我累啦，累得不得了！

教　士　好，既然如此，再见。

〔进来副官。

副　官　怎么样？

教　士　非常固执，极不服从。

副　官　那么，他拒绝起誓，服兵役？

教　士　说什么他也不肯。

副　官　那他得去医院。

教　士　报告他有病？自然，只有这样啦，不然的话，他的例子会把别人带进歪路的。

副　官　精神有病，送到医院加以查看。这是我的命令。

教　士　当然。再见。

〔下。

副　官　（走到包芮斯跟前）走，请。我的命令是送你到——

包芮斯　什么地方？

副　官　先到医院，那儿对你比较安静，你可以多一些时间想想。

包芮斯　我早已想过了。不过，走好啦。

〔一同下。

第 三 景

医院房间。医官，助理医生，一位穿着长袍的养病的军官。两个穿着罩裤的看守。

病　　人	我告诉你们，你们只有害我。我已经好几回觉得自己很好啦。
医　　官	千万别急。我倒高兴签一个字叫你离开医院，不过你自己知道，自由对你危险。只要我拿得稳有人照料你——
病　　人	你以为我还会喝酒？不，我教训受够啦，可是在这儿多过上一天，对我只有害处。（渐渐激动上来）你应当做的，恰好相反，你偏偏不做。你真残忍。这在你满好！
医　　官	别急。

〔做手势给看守；他们从后面过来。

病　　人	你自由，你辩论起来方便；可是把我们关在疯子当中，我们该怎么着？（向看守）你们在干什么？走开！
医　　官	我请你放安静。
病　　人	不过我请你，我要你放我出去。

〔嘶喊，冲向医生，但是看守抓住了他。挣扎；随即把他带出去了。

助理医生	真不得了！又犯病啦。他这回差点儿揍着您。
医　　官	酒毒——没法子治。不过，有进步。

〔进来副官。

副　　官	您好？
医　　官	早安！
副　　官	我给您带来一位有趣的人，一位王爷切列穆斯哈诺夫，应当入伍了，但是根据宗教的理由，拒绝服兵役。送他到宪兵司令部，不过他们说，他不是一个政治阴谋犯，不在他们管辖之下。教士劝了他半天，也不见效。
医　　官	（笑）所以，跟平常一样，你带他到我们这儿，我们成了最高法院。好，交给我们罢。

〔助理医生下。

医　官　据说他是一个受过高等教育的青年,未婚妻是一位有钱小姐。真叫怪气!我真还以为这儿跟他相宜!

医　官　是的,一种狂症。

〔带进包芮斯。

医　官　欢喜看见你。请坐,我们谈谈。(向副官)请便。

〔副官下。

包芮斯　可以的话,我倒想请教,你要是打算把我关在什么地方的话?请你快点儿这样做,让我休息休息。

医　官　原谅我,我们必须照规矩办。只是几句问话。你觉得怎么样?你什么地方难受?

包芮斯　不难受。我好得很。

医　官　对,不过你做事不跟别人一样。

包芮斯　我照我良心的要求做事。

医　官　好,你知道,你拒绝执行军役。你根据什么理由这样做?

包芮斯　我是一个基督徒,所以不能够杀人。

医　官　但是一个人必须保护自己的国家,不受敌人侵犯,而且监视那些要破坏社会秩序的人们作恶。

包芮斯　没人攻打我们的国家;就破坏社会秩序来说,官家比起那些受他们欺压的人民来,只有更坏。

医　官　是吗?不过,你这话是什么意思?

包芮斯　我的意思是这样:罪恶的主因——渥得喀——是政府卖出来的;虚伪和诡诈的宗教也是政府扶持长大的;这种军役,他们要我做——正是败坏人民的主要方法——也是政府的要求。

医　官　那么,就你看来,政府和国家是不必要的喽。

包芮斯	那我不知道;不过我清楚的是,我千万不要参加恶行。
医 官	可是,世界该怎么办?难道我们有了理智,不是为了使我们朝前观看?
包芮斯	我们同样有了理智,是为了使我们注意社会秩序不应当以暴力维持,应当以良善维持;一个人拒绝参加罪恶,根本不会有什么危险。
医 官	好罢,我来检查检查你看。(开始摸他)你这儿觉得难过吗?
包芮斯	不难过。
医 官	这儿不难过吗?
包芮斯	不难过。
医 官	深呼吸,请。现在,不必呼吸。现在让我——(取出一管尺,量前额和鼻子)现在请你闭住眼,走路。
包芮斯	你干这个,不臊得慌?
医 官	你是什么意思?
包芮斯	简直是胡闹!你知道我身子很好,我被送到这儿,因为我拒绝参加他们的恶行,因为他们回答不出我告诉他们的真理;所以他们才算我疯了。你呀,跟他们合作。可怕,可耻。别搞啦!
医 官	那么,你不希望走路?
包芮斯	不,我偏不走路。你可以折磨我,但是你自己动手好了,我不会帮你的。(热烈地)走开!
	〔医官捺铃。进来两个看守。
医 官	别急。我十分明白你神经紧张。请你去你的病房,好罢?
	〔进来助理医生。
助理医生	有人来看望切列穆斯哈诺夫。

包芮斯	谁？
助理医生	萨雷曹夫和他女儿。
包芮斯	我喜欢见见他们。
医　官	没理由你不喜欢。请他们进来。你可以在这儿接见。

〔下，后随助理医生和看守。

〔进来尼考莱和丽屋巴。王妃在门边往里看，说："进去，我随后来。"

丽屋巴	（一直走向包芮斯，捧住他的头吻他）可怜的包芮斯。
包芮斯	不，别可怜我。我觉得很好，很快活，很轻适。你好。

〔吻尼考莱。

尼考莱	我来主要是跟你说一句话。遇到这种事，顶要紧的是，做过火儿比做得不够还坏。你做这种事，应当像《福音书》里讲的，别事前就想，"我要说这话，或者做那事"："他们把你们扭到官府，别考虑你们怎么说，说什么：因为说话的不是你们，是天父之灵藉你们说话。"这就是说，别因为你事前考虑过你应当这样做才做，而是仅仅你整个儿生命觉得你不可能换一个样子做才做。
包芮斯	我这样做来的。我没想我应当拒绝服兵役；但是，我一看见那种欺诈，那些公道的典型，那些公文，警察和官吏吸烟，我就不由自己说了我说的那些话。起先我还害怕，不过也就是刚开头的时候，后来就全非常简单，快活了。

〔丽屋巴坐下，哭着。

尼考莱	特别是，别为人家夸奖才做，别为贪图那些你尊重他们见解的人们的称赞而做。就我自己来说，我可以说得明确的是，你要是立刻起誓，去服兵役，我爱敬你的心不但不减轻，反而比从前加重；因为有价值的不是外在世界发生的

事情，而是灵魂里头的变动。

包芮斯　　当然，因为发生在灵魂里头的东西一定可以改变外在世界。

尼考莱　　好，我已经把话说完啦。你母亲在这儿。她苦得不得了。你要是能够照她的话做，做罢——这就是我希望对你讲的话。

〔外面过道传来歇斯底里的哭泣。一个疯子冲进来，后边跟着看守，又把他拖了出去。

丽屋巴　　怕死人啦！难道你就关在这地方？

〔哭。

包芮斯　　我并不怕，我现在什么也不怕！我觉得快乐极啦，我唯一怕的是你怎么感觉。帮帮我；我相信你一定会帮我！

丽屋巴　　难道我会喜欢这个？

尼考莱　　不会喜欢的，根本不可能。我自己就不喜欢。我为他难受，我倒喜欢替他做，不过，尽管痛苦，我知道这好。

丽屋巴　　好归好，可是他们什么时候放他？

包芮斯　　没人知道。我不想未来。现在就好，你还可以让它更好——

〔进来王妃，他母亲。

王　妃　　我等不下去啦！（向尼考莱）怎么样，你说动他了没有？他同意吗？包雷雅，我心爱的，你明白我多痛苦，难道不？我三十年来就单单为你活着；把你带大，为你开心。现在全好啦，完啦——忽然你全不要啦。监狱，羞辱！噢，不包雷雅！

包芮斯　　妈妈！听我讲。

王　妃　　（向尼考莱）你怎么不说一句话？你害了他，该你劝说他。

	在你是称心啦。丽屋巴,跟他说说!
丽屋巴	我不能够!
包芮斯	妈妈,你得明白,有些事不可能呀,就跟我不会飞一样;我不能够服兵役。
王 妃	你以为你不能够!胡说八道。人人服兵役,还在服兵役。你跟尼考莱·伊万诺维奇发明了一种新基督教,根本就不是基督教,是也就是让人吃苦受罪的邪说罢了!
包芮斯	《福音书》里说的基督教!
王 妃	没那宗事,就算有罢,照样儿不通。心肝,包雷雅,可怜可怜我。(搂住他的脖子,哭着)我这一辈子什么也没,有也就是忧患。只有一道阳光,你还直在折磨。包雷雅——可怜可怜我!
包芮斯	妈妈,真难为死我啦。不过,我对您解释不来。
王 妃	来,别拒绝——说你要服兵役!
尼考莱	说你要想想看——千万想想看。
包芮斯	就这么着罢。不过,妈妈,你也该可怜可怜我。我也为难。(过道又传来哭声)您知道我是在一所疯人院,真就许疯了的。
	〔进来医官。
医 官	夫人,这可能引起很坏的结果。你儿子正在一种极度激动的情形。我想我们必须结束今天的会面。你可以在见客的日子来——星期四和星期日。请在十二点以前来看他。
王 妃	很好,很好,我这就走。包雷雅,再见!想想看。可怜可怜我,下星期四看见我,带着好消息!
尼考莱	(和包芮斯握手)上帝帮助你,想想看。就像你知道你明天会死的样子。只有这样子,你才会往对里决定。再见。

259

包芮斯　　（走到丽屋巴跟前）你有话对我讲吗?

丽屋巴　　我不会撒谎；我不明白你为什么一定要折磨自己，折磨人人。我不明白——我没别的话说。

〔走出，哭着。除去包芮斯，全下。

包芮斯　　（一个人）啾，苦死我啦! 啾，真苦，主帮帮我!

〔祈祷。

〔进来看守，拿着长袍。

看　守　　请换衣服。

〔包芮斯穿上长袍。

第 四 幕

第 一 景

莫斯科。一年后。萨雷曹夫城里的房子，一间客厅，做跳舞布置。听差们围着大风琴安排花木。进来玛丽亚·伊万诺夫娜，穿着一件高贵的缎袍，阿列克散德娜一同进来。

玛丽亚 舞会？不是的，跳跳舞就是了！就像他们常常讲的：一个"青年们的茶会"。我的孩子们在马考夫票戏，到处有人请他们跳舞，所以我得回请一下。

阿列克散德娜 我怕尼考莱不喜欢这个。

玛丽亚 我没办法。（向听差）放到这儿！（向阿列克散德娜）上帝知道我多喜欢不给他惹麻烦。不过我想他这一向变好了，不大强人所难啦。

阿列克散德娜 才不哪！他也就是不太摊到外头罢了。用过饭他回到自己房间，我看得出他多心烦。

玛丽亚 要我怎么着？说到临了儿，人得活着。我们有七个孩子，他们要是不觉得家里好玩儿，天晓得他们搞出什么花样儿景来。无论如何，我现在真为丽屋巴快活。

阿列克散德娜 那么，他求婚啦？

玛丽亚	跟求婚差不到哪儿去。他对她讲啦，她也答应下来。
阿列克散德娜	这对尼考莱又是一个可怕的打击。
玛丽亚	噢，他知道。他没法子不知道。
阿列克散德娜	他不喜欢他。
玛丽亚	（向听差）水果放到树上头。喜欢谁？阿列克散德·米喀劳维奇？当然不喜欢；因为尼考莱心爱的那些道理，他就活活儿来了个否定。一位社会人物，和气，和式，有趣。可是噢！真是一场怕梦——包芮斯·切列穆斯哈诺夫那桩事。他这一向怎么样？
阿列克散德娜	丽莎看他来的。他还在那儿。她说他瘦了许多，医生们直怕他死，要不也得疯。
玛丽亚	是呀，他就是上了尼考莱的见解的当，可怕的牺牲的一个。何苦害他呢？我说什么也不希望这个。
	〔进来钢琴家。
玛丽亚	（向钢琴家）你来弹琴啊？
钢琴家	是的，我是弹琴的。
玛丽亚	请坐，等一下。要喝一杯茶吗？
钢琴家	（走向钢琴）不必，谢谢您啦！
玛丽亚	我说什么也不希望这个。我喜欢包雷雅，不过，他跟丽屋巴算不得一门顶好的亲事——特别是从尼考莱·伊万诺维奇的见解把他打动了以后。
阿列克散德娜	可是，他的信心真也叫强！看他多能够忍！他们告诉他，他拒绝服兵役，他坚持下去，他就永远待下去，要不就送到要塞关起来；但是他的回答总是那样子。可是丽莎倒说他挺快活，简直开心！
玛丽亚	疯子！可是，阿列克散德·米喀劳维奇来啦！

〔进来阿列克散德·米喀劳维奇·史塔尔考夫斯基,一位漂亮人物,穿着晚礼服。

史塔尔考夫斯基 我怕我来得太早啦。

〔吻两位太太的手。

玛丽亚 早了好。

史塔尔考夫斯基 丽屋包芙·尼考莱耶芙娜没在?①她提议要多跳一阵子舞,补足她白白丢掉的时间,我答应下了帮她。

玛丽亚 她在为跳四对舞的配礼物。

史塔尔考夫斯基 我去帮帮她忙,好罢?

玛丽亚 好嘛。

〔史塔尔考夫斯基正要出去,遇到丽屋巴,穿着一件晚礼服,但是领子不低,捧着一个摆满了星星和绦带的软托。

丽屋巴 啊!你在这儿。好!你正好帮帮我忙。客厅里头还有三个托子。去全拿来。

史塔尔考夫斯基 我飞着去拿!

〔出去。

玛丽亚 好,丽屋巴;朋友们就来啦,他们一定会拿话儿试的,问的。我们就宣布了罢,好不好?

丽屋巴 不,妈妈,不。何必?由他们问去!爸爸不喜欢的。

玛丽亚 可是他知道,要不,也猜出来啦;迟早总得告诉他。我想还是今天宣布的好。可不,c'est le secret de la comédie。②

---

① 丽屋包芙·尼考莱耶芙娜意即"爱情,尼考莱的女儿",丽屋包芙是全文,丽屋巴是昵称。
② 法文,意即"这是喜剧里头的秘密",瞒不了人的。

丽屋巴　　　不，不，妈妈，请，别就宣布。我们这一夜要过不好的。不，不，千万别。

玛丽亚　　　好，由你。

丽屋巴　　　那么，这样罢：跳过舞，用饭前。

〔进来史塔尔考夫斯基。

丽屋巴　　　怎么，拿到啦？

玛丽亚　　　我去看看小孩子们。

〔和阿列克散德娜一同下。

史塔尔考夫斯基　（捧着三个软托，拿下领顶住，一路直落东西）别麻烦，丽屋包芙·尼考莱耶芙娜，我会拣起来的。好，你预备了许多礼物。我能够把跳舞带好了就好了！瓦尼雅，过来。

瓦尼雅　　　（拿进更多的礼物）全在这儿。丽屋巴，阿列克散德·米喀劳维奇和我打了个赌，看谁赢得礼物顶多。

史塔尔考夫斯基　你容易，因为你在这儿人人熟，自然就容易赢了，可是我要想赢点子什么呀，先得讨小姐们欢心。这就是说我要输给你四十点。

瓦尼雅　　　可你是一位未婚夫，我是一个孩子。

史塔尔考夫斯基　没得事，我还算不得一位未婚夫，比一个孩子还糟。

丽屋巴　　　瓦尼雅，请你到我房间去一趟，到架子上把胶水和针插儿拿来。就是一样儿，千万别砸坏什么东西。

瓦尼雅　　　我呀，样样儿砸！

〔跑出。

史塔尔考夫斯基　（握着丽屋巴的手）丽屋巴，我可以吗？我真快乐。（吻她的手）我陪你跳马苏尔喀①，不过这还不够。跳

---

①　马苏尔喀 Mazurka 是一种波兰舞，非常繁复。

	马苏尔喀,说不了多少话,可是我得说话。我好不好打电报给我家人,说我快乐,亲事成啦?
丽屋巴	好罢,就今天晚晌。
史塔尔考夫斯基	还有一句话:尼考莱·伊万诺维奇是什么意见?你告诉他了没有?告诉啦?
丽屋巴	还没,不过我要告诉的。他要答应的,他现在对家里事大大小小总是答应。他会说:"你怎么样想,就怎么样做。"可是他心里头难受。
史塔尔考夫斯基	因为我不是切列穆斯哈诺夫?因为我是一位贵族军官?
丽屋巴	是呀。不过我为他跟自己挣扎来的,是骗自己来的;不是因为我不怎么爱他,所以我现在才反着他的意思做,而是因为我不会撒谎。他自己这样说来的。我是真想活着!
史塔尔考夫斯基	活是唯一真理!好,切列穆斯哈诺夫怎么着?
丽屋巴	别跟我谈他!我想责备他,趁他吃苦的时候责备他,我知道这是因为我觉得自己对不住他。我知道的只是,我觉得这儿有一种爱——我想是一种真爱——从前我就没为他感到过。
史塔尔考夫斯基	丽屋巴,这话当真?
丽屋巴	你希望我说我以这种真爱在爱你——不过,我不会说的。我以另一种爱在爱你,不过,也不就是真的!这也不真,那也不假——除非是拼在一起就对了!
史塔尔考夫斯基	不,不,我满足于我自己的爱。(吻她的手)丽屋巴!
丽屋巴	(推开他)得啦,我们把东西拣好。他们就要来啦。
	〔进来王妃,后随陶妮雅和一个小女孩子。
丽屋巴	妈妈一会儿就来。

王　妃	我们来在头里啦？
史塔尔考夫斯基	总得有人赶在头里！我本来建议做一个胶皮人儿充头一个到的！

〔进来史泰潘，还有瓦尼雅，拿着胶水和针插儿。

史泰潘	我以为昨儿晚晌会在意大利歌剧那儿见到你。
陶妮雅	我们是在我姑姑家，给慈善市场缝东西。

〔进来学生们，贵妇人们，玛丽亚和一位伯爵夫人。

伯爵夫人	我们见不到尼考莱·伊万诺维奇吗？
玛丽亚	是呀，他从来不离开他的书房，参加我们的聚会。
史塔尔考夫斯基	喀坠叶①，请！

〔指着他的手。跳舞男女站好了，跳舞。

阿列克散德娜	（走到玛丽亚跟前）他激动得不得了。他去看包芮斯，回来，看见家里举行舞会，现在他要出远门！我走到他的房门口，听见他跟阿列克散德·彼特洛维奇在讲话。
玛丽亚	怎么？
史塔尔考夫斯基	Rond des dames。Les Cavaliers en avant！②
阿列克散德娜	他打定了主意，这样子他待不下去，要出远门。
玛丽亚	这人真叫磨人！

〔下。

第 二 景

尼考莱的房间。远远传来跳舞的音乐。尼考莱穿着一件大

---

① 一种对舞，分成四组。
② 法文，意即"夫人们，圆圈子。先生们，向前！"

衣。他往桌子上放下一封信。阿列克散德·彼特洛维奇同他在一起，衣著褴褛。

阿列克散德·彼特洛维奇　操什么心，我们不用一个钱可以走到高加索，你可以在那边好好儿待下去。

尼考莱　我们不妨坐火车坐到杜拉，从那儿再步行过去。好，我齐全啦。(信放在桌子当中，走向门口，遇着玛丽亚)啾！你来这儿干嘛？

玛丽亚　干嘛！拦着你做一件狠心的事。这算个什么？你为什么要这样做？

尼考莱　为什么？因为我不能够这样儿活下去。我不能够忍受这种可怕，堕落的生活。

玛丽亚　可不得了。我的生活——我全部献给你和孩子们——忽然一下子变成"堕落"。(看见阿列克散德·彼特洛维奇) Renvoyez au moins cet homms. Je ne veux pas qu'il soit témoin de cette conversation。①

阿列克散德·彼特洛维奇　Comprenez。Toujours moi partez。②

尼考莱　在外头等我一下，阿列克散德·彼特洛维奇，我这就来。

　　　　〔阿列克散德·彼特洛维奇下。

玛丽亚　你跟这样儿一个人哪点儿一样来的？为什么他就比你自己女人还离你近？简直莫明其妙！你到哪儿去？

尼考莱　我给你留下了一封信。我不想说话；太难啦；不过，假如你希望的话，我试着往安静里说就是了。

---

① 法文，意即"至少，打发这人走开，我不希望他听我们讲话"。
② 不成文法的法文，意即"懂。总是我走"。

玛丽亚	不,我简直不明白。你女人拿样样儿东西给了你,为什么你倒恨她,折磨她?告诉我,我还是上跳舞会来的,打扮来的,对谁飞眉眼儿来的?我一辈子就是伺候这一家大小。我亲自喂他们奶;我把他们带大了,到了去年,他们的教育,料理我们的家务,整个儿担子朝我压了下来——
尼考莱	(打断)可是整个儿朝你压了下来,因为你不希望照我的建议过活。
玛丽亚	可那就不可能嘛!问问任何人看!照你希望,孩子大了叫他们变成文盲,我么洗衣服烧饭,是不可能。
尼考莱	我从来没那样儿想过!
玛丽亚	好,反正跟这也差不到哪儿去!可不,你是一个基督徒,你希望行善,你说你爱世上的人;那么,你为什么折磨这伺候了你一辈子的女人?
尼考莱	我怎么折磨你来的?我爱你,不过——
玛丽亚	可是,离开我,远走高飞,不是折磨我?人家要怎么说?两个里头总有一个,不是我是一个坏女人,就是你疯啦。
尼考莱	好,我们就说我疯了好啦;不过我不能够这样儿活下去。
玛丽亚	可是,这有什么了不起,就算一冬我举行一回茶会——也就是一回,因为我怕你不喜欢——而且还是一种顶简单的茶会——问问玛妮雅和巴尔巴娜·瓦西莉耶芙娜,是不是这样子!人人说我起码也得开一次——有绝对的必要。现在好啦,倒像犯了罪,我为这个得挨人笑骂。还不光只笑骂。顶糟的是,你不再爱我啦!你爱每一个人——全世界,连那个醉鬼阿列克散德·彼特洛维奇也在内——可是我照样儿爱你,没你我就活不了。你为什么这样做?为什么?

〔哭。

尼考莱　可是你连我的生活都不希望了解；我的精神生活。

玛丽亚　我真希望了解来的，可是我了解不来。我看见你的基督教使你恨你的家庭和我；可是我不明白为什么！

尼考莱　你看见别人明白！

玛丽亚　谁？阿列克散德·彼特洛维奇，冲你要钱的这个醉鬼？

尼考莱　他和别人：陶妮雅和瓦西里·尼考诺雷奇。不过，即使没人了解，也没关系。

玛丽亚　瓦西里·尼考诺雷奇已经反悔啦，恢复了他的职位，陶妮雅就在这时候跟史泰潘在跳舞做眉眼儿。

尼考莱　我听了难过，不过，这拿黑变不了白，也改变不了我的生活。玛丽亚！你不需要我。放我走！我试着分担你的生活，把我认为组成生活全部的东西带了进来；但是，不可能。结局只是折磨我自己和你。我还不仅折磨我自己，而且毁了我试着完成的工作。每一个人，包括那个阿列克散德·彼特洛维奇在内，有权利告诉我，我是一个伪君子；光说不作！我传布贫穷的福音，自己过着豪华的生活，说是把财产全给了我女人！

玛丽亚　那么，你为外人的话难为情？真的，你还拿这在意？

尼考莱　我不是难为情——虽然难为情，而是我在毁坏上帝的工作。

玛丽亚　你自己常常说，尽管人反对，工作总会完成的；不过，我来不是为了这个。告诉我，你要我怎么着？

尼考莱　难道我没告诉你？

玛丽亚　可是，尼考莱，你知道这不可能。只要想想看，丽屋巴要嫁人；瓦尼雅要进大学；米西和喀嘉在念书。我怎么能够甩得开？

尼考莱 那我该怎么着？

玛丽亚 照你说的做：忍，爱。难道这在你就那么难？也就是耐着我们，别丢下我们走！得啦，你有什么别扭？

〔进来瓦尼雅，跑着。

瓦尼雅 妈妈，他们在叫你！

玛丽亚 告诉他们我不能够来。去，去！

瓦尼雅 来罢！

〔他跑掉。

尼考莱 你不希望亲眼看见——也不希望了解我。

玛丽亚 不是我不希望，而是我不能够。

尼考莱 不，你不希望，我们是越离越远啦。你只要打进我的感觉也就成了；拿你放在我的地位，你就了解啦。首先，这儿全部生活是完全堕落。你气我这句话，可是我拿不出别的名字称呼一种完全建筑在打抢之上的生活；因为你过日子的钱是你打庄稼人那儿偷来的地搞来的。而且，我看见这种生活在败坏孩子们的道德："谁使一个小孩子跌跤"①，而我就亲眼看着他们在毁灭，在走堕落的路。我也不能够忍受成人穿着燕尾服伺候我们，就像他们是奴隶。我们用一顿饭，我上一次刑。

玛丽亚 可是以前就是这样子。难道别人不是这样子——到处不全一样？

尼考莱 可是我做不来。既然我明白我们全是兄弟，我看到眼里就不可能不痛苦。

---

① 见于《马太福音》第十八章。

玛丽亚	这也只得由你啦。人全好造事由儿的。
尼考莱	(热烈地)顶可怕的正是这种了解的缺乏。就拿今天一个例子来看！我今天早晌是到穷人堆里列日哈诺夫那边过的；我看见一个小孩子活活儿饿死；一个男孩子中了酒毒；一个害痨病的女打杂儿的在冷天外头洗衣服。随后我回到家，一个打白领带的听差给我开门。我看见我儿子——一个小孩子——吩咐听差给他取水；我看见结队的下人为我们干活儿。随后我去看望包芮斯——一个为了真理的缘故献上他的生命的人。我看见他，一个纯洁、强壮、刚毅的人，怎样被人一步一步逼到疯狂和毁灭的道路，替政府把他除了！我知道，他们知道，他的心脏衰弱，所以他们偏拿话激他，把他拉到一家疯人院。太可怕，太可怕。回到家，我听见家里一位——原来了解——不是了解我，而是了解真理——把真理和她心爱的未婚夫扔掉，去嫁一个下流人，一个说谎的人——
玛丽亚	真是一位基督徒！
尼考莱	是的，我错，该怪罪我，不过，我只要你拿你放在我的地位。我的意思是说，她摔掉真理——
玛丽亚	你说"摔掉真理"，可是别人——大多数人——说，摔掉的是"一种过错"。你看，瓦西里·尼考诺雷奇从前以为自己错啦，可是如今回到教会这边儿。
尼考莱	不可能——
玛丽亚	他有信给丽莎！她会拿信给你看的。这种改变顶不牢靠啦。陶妮雅也是这种情形；像阿列克散德·彼特洛维奇那家伙，我说也不要说他，根本就唯利是图！
尼考莱	(怒)好，没关系。我只请你了解我。我依然认为真理是真

	理！这整个儿非常伤我的心。我在家里看见一棵圣诞树，一个舞会，几百卢布在开销，同时人们在饿死。我不可能这样儿活下去。可怜可怜我，我难过死啦。放我走！再见。
玛丽亚	你走，我跟你走。要是不跟你走，我就拿自己扔在你乘的那辆火车底下；随他们毁去——还有米西和喀嘉，随他们去。噢，我的上帝，我的上帝！活受罪！我为什么得受这个？到底是为什么？
	〔哭。
尼考莱	（在门口）阿列克散德·彼特洛维奇，回家去罢！我不走啦。（向他太太）很好，我停下。
	〔脱掉大衣。
玛丽亚	（拥抱他）我们没多少年活啦。我们在一起过了二十八年，犯不上样样儿毁掉。好，我不再举行茶会啦；可也别再这样儿治我啦。
	〔进来瓦尼雅和喀嘉，跑着。
瓦尼雅和喀嘉	妈妈，快——来呀。
玛丽亚	来啦，来啦。我们就这样儿互相饶了罢。
	〔同喀嘉和瓦尼雅下。
尼考莱	一个小孩子，一个寻常小孩子；还是一个狡诈的女人？不对，一个狡诈的小孩子。是的，是的。好像您不希望我做你的仆人，干您这个工作。[①]您希望我受到羞辱，每一个人好指着我说，"他传道，可是自己不作。"好，由他们说罢！您最知道您在要求什么：顺从，谦虚！啊，我要是

---

① "您"字指上帝而言。

能够高到这个地步也就好啦!

〔进来丽莎。

丽　莎	对不住。我给您带来一封瓦西里·尼考诺雷奇的信。信是写给我的,不过他让我告诉您一声。
尼考莱	这会是真的?
丽　莎	真的。我念信好吗?
尼考莱	念罢。
丽　莎	(读)"我写信给你,请你拿话转给尼考莱·伊万诺维奇知道。我从前犯了过错,公然叛离神圣的正教教会,非常懊悔,所以现在回到教会,极其欣喜。我希望你和尼考莱·伊万诺维奇也朝这条路走。请饶恕我!"
尼考莱	可怜人,他们活活儿把他逼到这一步。不过,可怕还是可怕。
丽　莎	我来还为了告诉您,王妃在这儿。她来到楼上看我,激动得不得了,一定要见见您。她才看包芮斯来的。我想您还是不见她的好。她见您有什么用?
尼考莱	不。请她来。今天显然注定了是一个苦难的日子。
丽　莎	那我去请她来。

〔下。

尼考莱	(一个人)是的——只要我能够记住,生命只是用来伺候您的,就成了;假如您要试验我,那是因为您以为我能够受得了,知道我的力量抵得住;不然的话,也就不会是试验了——天父,帮助我——帮助我执行您的意志。

〔进来王妃。

王　妃	你接见我?你赏我这个脸?我问候你。我不拿我的手给你,因为我恨你,看不起你。

273

尼考莱　　出了什么事？

王　妃　　就是这个，他们把他移到军纪处去啦；都是你的缘故。

尼考莱　　王妃，你要是有话讲，告诉我好啦；可是你要是来这儿单单为了骂我，你也就是伤害自己。你就不可能气我，因为我全心全意同情你，可怜你！

王　妃　　慈悲心肠！什么样儿值得表扬的基督教！不，萨雷曹夫先生，你骗不了我！我们现在领教啦。你害了我儿子，可是你不在乎；你还开舞会；你女儿——我儿子的未婚妻——要改嫁啦，要结一门你赞成的好亲事啦；同时你呀，装做过一种质朴的生活，成天儿刨木头。我真厌恶你跟你这种毒蛇一般新法利赛人的调调儿！①

尼考莱　　王妃，你别急成这样子。告诉我你有什么事来——一定不光是为了骂我才来罢？

王　妃　　是呀，也为这个！我苦够了，得出出气。不过，我要的是这个：他移到军纪处去啦，我受不了这个。是你搞的。你！你！你！

尼考莱　　不是我，是上帝。上帝知道我多为你难过。别抵抗他的意志。他想试试你。你就和和气气受试验罢。

王　妃　　我不能够和和气气受试验。我一辈子就活在我儿子身上；你把他拿走，把他害了。我静不下来。我来看你——这是我最后一回试着告诉你，你害了他，你得救他。去劝他们把他放了。去看总督，皇帝，或者随便谁。你的责任要你这样做。你要是不做，我清楚我怎么做。你得给我交代明白！

---

① 法利赛人是犹太教的正统支派，反对耶稣，成了基督教诅咒的伪君子。

尼考莱　　　告诉我怎么做。我没不乐意的。

王　妃　　　我再说一回——你得救他！你要是不的话——当心！再见。

〔下。

〔只有尼考莱一个人。躺在沙发上。静。门开了，跳舞的音乐更高了。进来史泰潘。

史泰潘　　　爸爸没在这儿，进来！

〔进来大人和小孩，成双跳舞。

丽屋巴　　　(发现尼考莱)啊，您在这儿。原谅我们。

尼考莱　　　(起来)没关系。

〔成双的跳舞仕女下。

尼考莱　　　瓦西里·尼考诺雷奇反悔。我害了包芮斯。丽屋巴就要结婚。难道我有什么地方错了不成？错在相信您？不！天父，帮助我！

幕

第 五 幕

托尔斯泰不写第五幕,下面是他留下的笔记。

第 一 景

军纪处。一个地窖。囚犯坐着躺着。包芮斯一边读《福音书》,一边讲解。一个挨过打的人被带进来。"啊,只要出来一个浦嘎切夫,帮我们报你们这种仇也就好啦。①"王妃冲了进来,但是被轰出去。和一位军官挣扎。领导囚犯祷告。包芮斯送到悔罪监:"他要挨打!"

第 二 景

沙皇的会议室。纸烟;玩笑;宠幸。王妃要求晋见。"等着好啦。"进来请愿的人们,谄媚,随后王妃。拒绝她的要求。下。

---

① 浦嘎切夫是十八世纪俄国著名的农民革命领袖,失败之后,被沙皇捉去杀掉。

第 三 景

　　玛丽亚和医生谈着病情。"他变啦，变得更柔顺啦，可是没有生气。"尼考莱进来，同医生谈起医治没用。但是为了太太的缘故，他同意了。陶妮雅和史泰潘进来。丽屋巴和史塔尔考夫斯基。谈论土地。尼考莱试着不惹他们生气。全下。尼考莱和丽莎。"我一直在怀疑我有没有做对了。我是一无所成。包芮斯毁了，瓦西里·尼考诺雷奇反悔。我成了一个软弱的实例。上帝显然不希望我做他的仆人。他另有许多仆人——没有我，可以完成他的意志，他明白这种情势，所以心平气静。"丽莎下。他祷告。王妃冲进来，开枪打他。人人跑进屋子。他说是他偶然打了自己。他给皇帝写了一封请求书。瓦西里·尼考诺雷奇和杜号包宗派①进来。教会的欺诈终于被暴露了，了解他生命的意义，欢欢喜喜死掉。

幕

---

① 杜号包宗派是俄国一个教派，拒绝军役，遭受迫害，流亡各地，很受托尔斯泰注意。

后　记

　　托尔斯泰远在一八八〇年就想到了要写《光在黑暗里头发亮》这样一出悲剧，但是直到他死(一九一〇年)，没有勇气拿它写完。他在这悠长的年月中间，几次想到他这个自己看得很重要然而没有完成的工作，一九〇二年十月他最后料理了一下子，但是照样儿留下第五幕没有写。他给后人仅仅留下一个第五幕的纲要。他把这出戏看得很重要，写信给一位朋友就说，"这要含有我自己的经验，我的挣扎，我的信心，我的痛苦——一切紧靠着我的心的东西。"或许正因为靠心太近了，他写不出那个中心人物最后让人枪杀了的场面，这太痛苦，太谴责自己，因为实际上，这出悲剧就是他的自传。

　　因为等于自传，所以虽说戏里换了名姓，我们要想彻底了解这出杰作，(萧伯纳把它看做托尔斯泰的杰作"但是托尔斯泰的杰作是他的《光在黑暗里头发亮》。他在这里拿他致命的笔触自杀地打击自己。祸害无情地落在他身上。《塞瓦司托波尔》(Sevastopol)的英雄变做一条次货独木船也无所谓啦。《安娜·卡列尼娜》(Anna Karenina)的列文变做一个常见的闹家务的人也不大引得起人注意啦。"无论是了解戏或者了解人，我们都得注意这出悲剧)，必须回到他的生活寻找印证。假如回到他的生活，我们立刻就要看出剧情所加于中心人物的祸害，真还不如托尔斯泰亲身受到的打击。一九〇一年二月，东正教会正式拿他从教会除名。政府支持教会，希望通过这次重大的举动打击他对人民的影响。老早他就不高兴写戏了，因为他写的戏并不多，还一来就被禁演。这也就是为什么他即使写了戏，也不高兴公之于世。但是教会的打击不但没有摧毁他的声望和信心，反而增多了他的信徒，坚强了他的意志。他一再用文字宣扬他对基督的信心："我相信上帝，在我的理解上，他是精神，是爱，是万物的根源。我相信他在我的身子里头，我在他的身子里头。"他在戏里头一再拿良心和上帝交换着使用。他相信《福音书》，然而，他不相信教会，因为它始终在违反《福音书》的训示的愚言愚行之中炫耀着。同时，一个远比这个更重要的因素在折磨他，更重要也更尖锐，因为近在身边，因为天天如此： 太太苏菲雅。别人不了解他，打击他，和他没有直接的生活上的联系，然而太太不了解他，无形之中加重了外来的打击在打击他。就在同年六月，托尔斯泰病了下来，他在病床上告诉远道看他的女儿玛莎，玛莎记道："他不大埋怨人的，但是大大埋怨了起来，说他没法子再跟母亲待下去，世上没人比她离他更远更见外的了，特别是她离他比任何人都近，所以也就更可怕了。说到这里，他指着他们的床，一边一张，面对面两张床。"他病了，几次想到死，事实上离死也就近了。然而这个女人爱她，她接受他的荣誉，拒绝他的天才。高尔基在这期间会见托尔斯泰，记道"就我看来，他看妇女，带着难以克服的敌意"。

　　教会是现世罪恶的帮凶，太太是他献身真理的障碍。《光在黑暗里头发亮》告诉我们的正是这个交相为用的事实。他重新拾起这出悲剧，就在他大病初愈之后。但是，一个更可贵的事实，是他鞭挞自己。假如他对别人不假辞色，对自己却也分外凶狠： 他安排好了他在第五幕被一位信徒的母亲开枪打死。他是一个理想家，这位理想家随地宣扬他的真理，但是徒托空言，他的作为正好廉价出卖他的真理。信徒关进疯人院，他平安无事。他明白他这种近乎无耻的行径："我是一个伪君子，光说不做！我传布贫穷的福音，自己过着豪华的生活，说是把财产全给了我女人！"这是一出理想家献身的悲剧，从头到尾发出一股真挚的气息，正因为剧作者的良心在强烈地跳动。中心人物的失败由于在实际上一再向感情让步。太太同他吵闹实际只是怕他把家产送给穷人，改变生活方式。他的信徒，特别是他那位未婚女婿，在行动上帮他传布真理，结局是关进疯人院，未婚妻改嫁一个浮浪之徒！

现在让我们钻进问题的核心，做一番深度的认识。托尔斯泰是一位虔诚的基督教徒，所有他的教会改革方案都是他信从《福音书》里训示的实施。戏里的中心人物要把地分给佃户，认为地是祖先从穷人手里抢来的，所以必须还给穷人。他反对儿子自动参军，因为"不可以杀人"是基督的教条之一。于是他的未婚女婿接受他的真理，拒绝兵役，短期的兵役。一切站在宗教立场。他的未婚女婿就用的是不抵抗主义。我们不妨看看下面一段对话：

"宪兵官长　你为什么不拿自己当俄罗斯帝国的一份子看？

"包芮斯（那位未婚女婿）　因为我不承认任何帝国。

"宪兵官长　你说不承认是什么意思？你想推翻它们吗？

"包芮斯　我当然希望推翻，而且朝这方向工作。"

我们讲到这里可以想像宪兵官长的紧张和喜悦：他捉到了一个暴徒。但是，且慢，包芮斯在解释他的工作方法："暴露欺诈与谎话，传播真理。"这种甘地式的破坏和建设方法，我们明白，完全属于宗教观点。于是宪兵官长大失所望，只好把他丢了不管。另外一个观点，使托尔斯泰成为托尔斯泰，使他戏里的理想主义者成为理想主义者的，我们明白，是他出身的贵族阶级。高尔基在《俄国文学史序言》里面曾经留下一句正确的指示："他的任务——是给贵族寻找生活上应有的地位。"良心变成上帝，显然是觉醒者站在本阶级上张眼四望的不安结果。生活和思想之间的矛盾永远成为一位理想家或者艺术家最初遇到的难关。"这些思想是与集团和阶级底狭隘的目的敌对着的"，高尔基接下去加以点定。托尔斯泰站在贵族阶级的宗教立场为贵族找寻一条出路，作用和他地位的崇高成为比例，但是就自己来看，如他所表现于戏里中心人物的，作用不就等于推翻现成的罪恶制度。于是言行不一的生活和思想矛盾的失败结局，自然而然就成了注定的悲剧。托尔斯泰明白先知者的担负。而且他有所恨于他失败的过程，所以他给自己在想像上安排了一个被枪杀的可能归宿——还有比这更谴责自己的？更知识分子地勇敢的？更是悲剧的？"显然上帝不要我做他的仆人。"他创造的中心人物在死前甚至于捣毁了自己思想上最后的堡垒。上帝也像放弃了他！

列宁一眼看出了这位社会改革巨灵的致命所在："托尔斯泰对罪恶的不抵抗主义是第一次革命战役失败的最严重的原因。"托尔斯泰的矛盾观点在精神上对一九〇五年的革命起了恶劣影响。对于人人厌恶的腐旧秩序只有阶级觉醒的社会主义的无产阶级可以摧毁。托尔斯泰承认旧制度的罪恶，然而不肯积极地加以消灭，是基督教殉难者的态度，然而决不就是社会革命者的态度。他反对任何暴力。所以社会主义者问他："一位革命家杀人如一位巡警杀人，难道其中没有区别？"托尔斯泰回答："猫尿和狗尿也有区别。不过随便哪一种尿的气味，我都不喜欢。"那么，理想主义者除去必然失败之外，还有什么可以昭示千古？

最后，让我们引证列宁一九〇八年发出的总结性批判作为这篇后记的结果："作为俄罗斯革命的一面镜子来看，托尔斯泰一方面是一位天才艺术家，不仅提供俄罗斯生活的无可比拟的描绘，而且提供属于世界文学的第一流的文学作品。另一方面，一位地主，以基督的名义戴着殉难者的荆棘冠。一方面，一种反对虚伪社会的非常有力的直接真诚的抗议，另一方面，一位托尔斯泰主义者，这就是说，一位叫做俄罗斯知识分子的疲倦而有历史的涕泣者，公开地搥胸嚷道：'我是坏人，我是恶人，但是我用力在追寻自我完美的精神境界；我已经不吃大块肉了，现在吃也就吃米粉肉。'一方面，不休不歇地批评资本主义的剥削，暴露政府的暴力和公道与行政机构的喜剧，泄露财富增加与文化成就之间的全部矛盾深度，贫穷的增加，劳工群众的粗暴化和痛苦。另一方面，心灵软弱地宣扬不用武力抵抗罪恶。一方面，最朴素的现实主义，撕去任何种类的面具。另一方面，提倡人世存在的最腐恶的事物之一，这就是，宗教——试着想拿精神上有信心的牧师代替正式的官方教士，这就是，培植一种最精致因而也就是最可憎的教士制度。"

这样，我们才可以更深入地了解这一出自传式的大悲剧：《光在黑暗里头发亮》。

契诃夫独幕剧集

[俄] 安东·契诃夫　著

目 次

序 ·· 287
大路上 ·· 291
论烟草有害 ·· 321
天鹅之歌 ·· 329
熊 ·· 341
求婚 ·· 361
塔杰雅娜·雷宾娜 ·· 381
一位做不了主的悲剧人物 ··· 403
结婚 ·· 413
周年纪念 ·· 433
契诃夫自传(附录) ·· 453

序

这里是九出独幕剧，契诃夫的独幕剧全部包括在内。每出都是一个小小杰作，正如他的短篇小说在世界文学之中称雄一般。我们现在依照写作次序，稍稍加以注释：

（一）《大路上》 这是根据他的小说《秋天》改编的。小说是一八八三年在《闹钟》第五十五期发表。剧本在一八八五年初秋送给官方审查，用了一个笔名契孔特（Chekonte），从此石沉大海，失去音信，直到剧作者逝世若干年后，才又从检查机关找了出来。审查的案语是："一出阴沉的肮脏的戏——不得通过。"

（二）《论烟草有害》 初稿在一八八六年二月写成，当即发表于《彼得堡日报》，其后在一九〇二年九月，契氏重写一过，增厚心理成分，滑稽而有悲感。

（三）《天鹅之歌》 这是根据他的小说 Kalkhas 改编的，所以最早就用 Kalkhas 作为标题。一八八七年写好，次年二月十九日上演于莫斯科 Korsha 剧院，同年十一月稍加修改，题做《天鹅之歌》，副题仍是 Kalkhas，一八八九年在《演剧季丛刊》第一辑和《艺术家》发表。一八九〇年一月十九日上演于彼得堡 Alexandrinsky 剧院。

（四）《熊》 一八八八年八月写成，同年十月二十八日上演于 Korsha 剧院，先后在《新时代日报》，《艺术家》与《闹钟》等刊物上发表。

（五）《求婚》 一八八八年十一月写成，先后在《新时代日报》和《艺术家》发表。

（六）《塔杰雅娜·雷宾娜》 一八八九年用一天工夫写成，献给友人苏渥乐 Souvorin。这原是苏氏的同名长剧，当时正在莫斯科上演，契氏写信向他讨一本法文字典，说有一件礼物交换。苏氏不久收到这出独幕剧，印了两册，一册留给自己，一册送给契氏做纪念。苏氏的故事是：一位女演员（塔杰雅娜·雷宾娜）爱上了一位风流少年（莎毕宁），他骗到她的爱情，另外爱上了一位薇娜·奥林兰娜夫人。听到不幸的消息，雷宾娜服毒自尽了。他的人物大都又在契氏的独幕剧出现。

（七）《一位做不了主的悲剧人物》 一八八九年五月写成，从他的一八八七年的小说《许多人中间的一个》改编过来的。

（八）《结婚》 一八八九年十一月写成，根据他的一八八七年的小说《和将军结婚》和其他小说的材料改编的。

（九）《周年纪念》 这是根据他的一八八七年的小说《一个毫无保护的生物》改编的，在一八九一年十二月写成。

关于来源事实和年月，这里根据的是 Balukhaty 和 Petrov 的《契诃夫戏剧》Chekhov's Dramaturgy，一九三五年出版，后面附有 Muratova 编的契氏年表，感谢戈宝权先生，为我译出使用。

我们可以把这九出独幕剧分成两类：一类属于悲剧型，例如《大路上》，《天鹅之歌》和《塔杰雅娜·雷宾娜》；一类属于"渥德维勒"型，其他都是。所谓"渥德维勒"Vaudevile，原是一种乡下小东西，歌唱多于对话，在法国很是流行。到了十八世纪，走歌剧那条路的叫做"歌喜剧"opéra-comique，走对话这条路的仍然叫做"渥德维勒"——"渥"是山谷的意思，"德"是属于的意思，"维勒"是维耳 Vire 一个小地名的变音，其实就是"维耳山谷"罢了。品格不高，算不了什么正经之作，从民众来，因而也就最是接近民众。契氏从小就爱好这类胡闹的小喜剧，好像一张一张的浮世绘，没有任何抱负，谦虚坦诚，让观众为自己的愚昧大笑一阵。有名的作家往往以"渥德维勒"为耻，契氏不这样想，认为："这是最高贵的工作，不见得人人能写。"

无论是现实生活的俗浅也好，无论是抒情境界的质朴也好，契氏有力量在光影匀适的明净之中把真纯还给我们的心灵。萧伯纳有太多的姿态，不够朴素，所以只好对自己表示绝望："我每回看到契诃夫一出戏，我就想把自己的戏全部丢到火里。"朴素是一种最高的美德，然而并不就是单纯。契氏是一个复杂的谐和的存在，太单方面看他，我们可能丧失许多欣赏的机缘。高尔基明白："契诃夫一辈子活在自己的灵魂当中；他永远是自己，永远内在地自由。"

・大路上・

人物

提洪·叶甫斯杰格尼耶夫　大路上一座小店的东家。

塞萌·塞尔格耶维奇·包耳曹夫　一个败了家的地主。

玛丽亚·叶高罗夫娜　他的太太。

萨瓦　一位上了年纪的香客。

纳查罗夫娜
叶菲莫夫娜　} 女香客。

费嘉　一个农夫。

叶高尔·麦芮克　一个流浪汉。

库兹玛　一个车夫。

邮差

包耳曹夫太太的马车夫

香客、家畜贩子等等

事情发生在俄国南部一个省份。

景是提洪的小店。右边是柜台和酒瓶架子。后边是一个通外的门。门外靠上，挂着一盏肮脏的红灯。地板和贴墙的长凳全挤满了香客和过路人。许多人没有空地就坐着睡。夜深了。幕起时，雷声在响，隔门可以看见电光。

提洪站在柜台后面。费嘉蜷成一团，半躺在一条长凳上，静静地拉着一架手风琴。靠近他的是包耳曹夫，披着一件夏天的破烂大衣，萨瓦，纳查罗夫娜和叶菲莫夫娜躺在板凳近边的地板上。

叶菲莫夫娜　（向纳查罗夫娜）亲爱的，推推老头子！别想得到他一句答话。

293

纳查罗夫娜　（掀起一幅蒙着萨瓦的脸的布的犄角）你上香的,你是活着还是死啦?

萨　　瓦　我干吗死?老婆婆,我活着!（仰身拄着肘子）行行好,盖上我的脚!对啦。往右脚上面拉过来点儿。老婆婆,对啦。上帝保佑我们。

纳查罗夫娜　（盖好萨瓦的脚）睡罢,老爷子。

萨　　瓦　我也好能够睡?老婆婆,我只要有耐心烦儿忍得了这个疼,也就成了;睡不睡倒也罢了。一个有罪的人不配有安息。女上香的,那是什么响?

纳查罗夫娜　上帝送了一阵暴风雨来。风在号哭,雨在往下喷,往下喷。全下到房顶,流进窗户,像干豌豆。你没有听见?天上的窗户打开了,……（雷声）天呀,天呀,天呀……

费　　嘉　吼着,响着,发着怒,就轰隆轰隆个没有完!唿……就像一座树林子在响……唿……风哭得像一只狗……（缩过去）还有冷!我的衣服湿了,门开着,全进来了……我倒好搁在架子里头往干里绞……（轻轻地弹琴）我的手风琴发潮了,所以你们呀,别想听音乐啦,我的信正教的兄弟们,要不然呀,真的!我会拉一段好的给你们听!真正呱呱叫的!你们可以来四对舞,或者随你们高兴,来波兰舞,或者两个人跳的什么俄罗斯舞……我全拉得来。在城里头,我在大饭店当侍者,我赚不了钱,可是我的手风琴才叫拉得好。我还会拉六弦琴。

角落里发出一个声音　　一个蠢东西的一段蠢话。

费　　嘉　我满不搁在心上。

〔稍缓。

纳查罗夫娜　（向萨瓦）老头子,现在暖和了,只要你躺下去,暖暖你的

|费　嘉|脚。(停)老头子！上香的！(摇萨瓦)你要死了吗？
老爷子，你应当喝点儿渥得喀。①喝酒，烧，在你的肚子里烧着，你的心就暖和了。喝罢！

纳查罗夫娜　年轻人，别乱吹啦！老头子也许正在把他的魂灵儿还给上帝，或者正在为他的罪过忏悔，你像那样子讲话，拉你的手风琴……放下来！你就没有臊！

费　嘉　你缠他有什么好处？他帮不了你什么，你……你那老婆婆的话……他没有一句话回答，你倒喜欢，快活，因为他在听你瞎白磕……老爷子，你睡你的罢，别理她！由她说去好了，你就当没有她这人。女人的舌头是魔鬼的扫帚——把好人和聪明人全扫到房屋外头。别睬理……(挥手)你这人可真瘦，哥儿们！真可怕！像一架死骷髅！没有血肉！你真在死吗？

萨　瓦　我为什么死？噢，主，救救我，别白白死掉……我疼上一会儿，上帝帮我，我就好起来了……上帝的母亲不会让我死在一个生地方的……我要死在家里。

费　嘉　你打远地方来的？

萨　瓦　从伏洛格达，城里头……我住在那儿。

费　嘉　这伏洛格达在什么地方？

提　洪　莫斯科的那边……

费　嘉　可不得了……老头子，你这趟路真不近！走来的？

萨　瓦　走来的，年轻人。我来到顿河的提洪，我到神山去……从那边，假如上帝愿意，到奥代萨……他们讲，从那边到耶路萨冷便宜，二十一个卢布，他们讲……

---

① 渥得喀：俄国人最爱饮的麦酒。

费 嘉	你也去过莫斯科？
萨 瓦	那还用说！五次……
费 嘉	那是一个好城市？（吸烟）发达吗？
萨 瓦	年轻人，那儿有许多教堂……教堂多的地方总归是一个好城市……
包耳曹夫	（走近柜台，向提洪）求你了，再一回！为了基督的缘故，倒给我！
费 嘉	关于一个城市，主要的事是他应当干净。假如尘土多，必须拿水冲；假如肮脏，必须弄干净。应当有大建筑……一个戏院子……巡警……马车……我呀，我在城市里头住过，我懂。
包耳曹夫	一小杯也就成了。我过后儿给你钱。
提 洪	够数儿啦。
包耳曹夫	我求你啦！可怜！可怜我！
提 洪	走开！
包耳曹夫	你不明白我……傻瓜，要是你乡下人的木头脑壳有一点点头脑的话，你就明白不是我问你要，是我内里头，用你明白的字眼儿，问你要！问你要的是我的毛病！明白罢！
提 洪	我们是什么也不明白……走开！
包耳曹夫	因为假如我不马上有酒喝的话，你听明白了，假如我满足不了我的需要，我会犯什么罪的。只有上帝知道我会干出什么来！你开这店也有日子了，浑蛋，你就没有看到一堆醉鬼，你就没有想法子搞清楚他们像什么样子吗？他们有毛病！你愿意怎么样他们就怎么样他们，可是你得给他们渥得喀！好啦，现在，我求你啦！求求你！我低头下气地求你！只有上帝知道多低头下气！

提　洪	只要你出得起钱，你就有渥得喀喝。
包耳曹夫	我到什么地方找钱去？我全喝光了！连地也光了！我有什么好给你的？我只有这件大衣，可是，我不能够给你。我里头是什么也没有……你要不要我的便帽？

　　　　　　　（摘下它来，递给提洪。

提　洪	（看了一遍）哼……便帽的种类多了……看这些洞眼儿，倒是一个筛子……
费　嘉	（笑）一顶绅士的便帽！到了小姐们面前，说什么你也得取下来。一向好，再见！近况如何？
提　洪	（把便帽还给包耳曹夫）这发臭。我什么东西也不给。
包耳曹夫	假如你不喜欢它，那么，让我欠欠你这杯酒钱罢！我从城里过来的时候，给你带五分钱来。那时你就有了，拿钱噎死你自己！噎死你自己！我希望它堵住你的喉咙！（咳嗽）我恨你！
提　洪	（拿拳砸柜台）你为什么要这样死气白咧的？还像人！你在这儿干些子什么，你这骗子手？
包耳曹夫	我要一杯酒！不是我，是我的毛病！听明白！
提　洪	你别逗我光火，把你连人扔在外头！
包耳曹夫	我怎么办好？（离开柜台）我怎么办好？

　　　　　　　〔他思索着。

叶菲莫夫娜	恶魔在折磨你。先生，别理睬他。打下地狱的恶魔总在耳边讲："喝酒！喝酒！"你回答他："我偏不喝！我偏不喝！"他就走开了。
费　嘉	你的头里头在响……他的肚子带着他跑！（笑）老爷是一个快活人。躺下，睡去罢！站在店当中，像一个稻草人儿，有什么用！这不是花园！

包耳曹夫	（发怒）闭嘴！驴子，没有人对你讲话。
费　嘉	来下去，来下去！我们以前看够了你这种人！像你这样在大路上闲晃荡的人有的是。说到驴呀，等我打你个一重耳刮子，你嚷嚷起来要比风还凶。你自己是驴！傻瓜！（停）废物！
叶菲莫夫娜	老头子也许在祷告，也许在把他的魂灵儿交给上帝，这儿么，这些腥鲲东西乱吵乱闹，讲种种……你们就不臊的慌！
费　嘉	得啦，白菜秆子，你就安静着点儿罢，你这是在公共地方。学着跟别人一样。
包耳曹夫	我怎么办好？我要变成什么？我怎么才能够叫他明白？我还能够有什么话对他讲？（向提洪）血在我的胸膛滚！提洪叔叔！（哭）提洪叔叔！
萨　瓦	（呻吟）我的腿揪心疼，像火球……老婆婆，香客。
叶菲莫夫娜	什么事，老爷子？
萨　瓦	谁在哭？
叶菲莫夫娜	那位绅士。
萨　瓦	请他为我流一滴泪，我好在渥劳达死。有眼泪的祷告才灵。
包耳曹夫	老公公，我不是在祷告！这些不是眼泪！是汁子！我的魂灵儿在挨挤，汁子在往外流。（靠近萨瓦坐）汁子！可是你不明白！你，你的黑暗的头脑，不会明白。你们老百姓全在黑暗里头！
萨　瓦	你在什么地方找到那些活在光明里头的？
包耳曹夫	老公公，他们的确有……他们会明白的！
萨　瓦	是的，是的，亲爱的朋友……圣者们活在光明里头……他

	们明白我们所有的苦难……你用不着告诉他们……他们就明白了……只看一下你的眼睛就成了……于是你得到平静,就像你从来没有受过苦难——就全去了!
费　嘉	可你从来见过什么圣者吗?
萨　瓦	年轻人,的确有……这地上各色各式多的是。有罪的人们,上帝的奴仆们。
包耳曹夫	我不会明白这个……(迅速站起)既然不明白,说来说去有什么用?我现在头脑是怎么了?我只有一个本能,那就是渴!(迅速走向柜台)提洪,拿我的大衣抵!明白了吗!(打算脱掉它)我的大衣……
提　洪	你大衣底下有什么?(往它底下看)你光光的身子,别脱,我不要……我还不想要我的魂灵儿担当罪过。
	〔麦芮克进来。
包耳曹夫	好罢,有罪过,我担当!你同意了罢?
麦芮克	(静静地脱下它的外套,穿着一件背心。腰带插着一把斧子)一只狗熊挨冻的地方,一个流浪汉子会出汗。我热透了。(把斧子放在地板上,脱掉背心)从泥里拖出一条腿,你可以弄掉一桶的汗。可是才拖出一条,另一条又陷进去了。
叶菲莫夫娜	是呀,话是对的……亲爱的,雨停了吗?
麦芮克	(瞥了一眼叶菲莫夫娜)我不跟上了年纪的女人讲话。
	〔稍缓。
包耳曹夫	(向提洪)有罪过,我担当。你听见还是没有听见我的话?
提　洪	我不要听你讲话,走开!
麦芮克	外头黑得就像天抹了地沥青。你就看不见你自己的鼻子。雨打着你的脸,就像一阵暴风雪!

〔拾起他的衣服和斧子。

费 嘉 对我们这帮子做贼的,倒是一桩好事。老猫不在,老鼠跳灶。

麦芮克 谁讲这个话?

费 嘉 看仔细……赶着没有忘记。

麦芮克 我们随后看罢……(走向提洪)一向好,你这宽脸家伙!你不记得我了。

提 洪 你们这些跑大路的醉鬼们,我要是一个一个来记的话,我看,我额头得添十个窟窿。

麦芮克 认认我看……

〔稍缓。

提 洪 噢,是啦,我记起来啦。我一看你的眼睛我就认识你啦!(伸手给他)安德来·泡里喀耳泡夫?

麦芮克 我一直是安德来·泡里喀耳泡夫,不过现在我是伊高耳·麦芮克。

提 洪 为什么?

麦芮克 上帝给我什么身份证,我就叫什么名字。我做了两个月的麦芮克。(雷声)唿噜噜……响罢,我不怕!(向四外看)这儿没有巡警?

提 洪 你小题大做,讲到哪儿去了? ……这儿的人没有问题……巡警这辰光在他们的羽毛床上睡熟了……(高声)信正教的兄弟们,当心你们的口袋和你们的衣服,不然呀,懊悔在后头。这小子是无赖!他会抢了你们的!

麦芮克 叫他们当心他们的钱好了,说到他们的衣服呀——我碰也不会碰一碰的。我没有地方搁。

提 洪 恶魔带你到什么地方去?

麦芮克　　库班。

提　洪　　有这事！

费　嘉　　库班？当真？（坐起）那是一个好地方。兄弟，你要是睡上三年，做三年梦，别想看得见那样一个地方。他们讲，鸟在这儿，还有牲口——我的上帝！草一年四季在长，人民好，地多得不得了，他们就不知道拿地干什么好！他们讲……前天有一个兵告诉我……官家派给一个人一百代席阿亭。①这叫幸福，上帝砸我！

麦芮克　　幸福……幸福走在你后头……你没有看见就是了。近在你的肘子旁边，可是你咬不了它。这叫废话……（看着长凳和所有的人）活像一群囚犯……一群可怜虫。

叶菲莫夫娜　什么样生气的大眼睛！年轻人，你身子里头有一个仇敌……别看着我们！

麦芮克　　是的，你们这儿是一群可怜虫。

叶菲莫夫娜　转开身子！（推萨瓦）萨瓦，好人，一个恶人在看我们。亲爱的，他会害我们的。（向麦芮克）我告诉你，转开身子，蛇！

萨　瓦　　老婆婆，他碰不到我们，他碰不到我们……上帝不许他的。

麦芮克　　好罢，信正教的兄弟们！（耸肩）安静着罢！你们倒不睡，弯弯腿的傻瓜！你们为什么不讲点儿吗的？

叶菲莫夫娜　挪开你的大眼睛！把那恶魔的骄傲挪开！

麦芮克　　安静着罢，弯弯背的老婆子！我没有带恶魔的骄傲来，我带的是和和气气的话，满想安慰安慰你们这群苦人！你们

---

① 代席阿亭：等于二又十分之七英亩。

	因为冷，挤在一块像苍蝇——我觉得你们可怜，对你们说些好话？哀怜你们贫穷，你们倒叽里咕噜个没了没完！原本用不着么！（走向费嘉）你打什么地方来？
费　嘉	我住在这一带。我在喀蒙耶夫斯基砖窑做活。
麦芮克	起来。
费　嘉	（起来）什么？
麦芮克	起来，站起来。我要在这儿睡。
费　嘉	这叫什么……这不是你的地方，是吗？
麦芮克	是的，我的。去睡到地上！
费　嘉	流浪汉子，你滚开这地方。我不怕你。
麦芮克	你的舌头倒挺快……起来，没有什么好说的！蠢东西，你要后悔的。
提　洪	（向费嘉）年轻人，别拿话顶他。别搁在心上。
费　嘉	你有什么权利？你瞪着你的鱼眼睛，以为我怕！（拾起他的东西，躺到地上）恶魔！
	〔睡下去，全身盖好。
麦芮克	（在板凳上挺直了）我敢说你从来没有见过一个恶魔，要不然，你也不会叫我恶魔。恶魔不是这样子。（躺下，斧子放在旁边）躺下，斧子小兄弟……让我把你盖好。
提　洪	你打什么地方弄到那把斧子？
麦芮克	偷来的……偷来的，现在，我为它瞎忙活，好像一个小孩子有一个新玩具；我不喜欢去掉它，可又没有地方放它。好像一个浑账太太……是的……（盖好自己）兄弟，恶魔不是这样子。
费　嘉	（露出他的头）他们像什么？
麦芮克	像水汽，像空气……往空里吹的气。（吹）就像这个，你看

不见。

角落里发出一个声音　你看得见,假如你吃苦受难。

麦芮克　我试来的,可是我什么也没有看见……老太婆的故事,也是蠢老头子的故事……你看不见一个恶魔,或者一个鬼,或者一具尸首……我们的肉眼,不是什么全看得见的……我是一个小孩子的时候,我时常夜晚在树林子里走路,故意要看树林子的鬼怪……我喊了又喊,这儿也许有什么妖精,我喊叫树林子的鬼怪,眨也不眨一下眼睛:我看见各种各样的小东西动弹,就是没有鬼怪。我夜晚常到教堂坟地走动,我想看看鬼——可是老太婆们撒谎。我看到种种走兽,就是没有可怕的东西——连个表记也看不到。我们的肉眼……

角落里发出一个声音　没有关系,的确你会看见……我们村子有一个人在挖一头野猪的肚肠……他正在把胃分开,就见……有东西朝着他跳!

萨　瓦　(起来)小孩子们,别讲这些肮脏事了!亲爱的,这是一种罪过!

麦芮克　啊……灰胡子!骷髅架子!(笑)你用不着到教堂坟地去看鬼,从地板底下爬起来帮他们的亲戚出主意……一种罪过!……别拿你愚蠢的见解教训别人罢!你们是一群无知无识的人,活在黑暗里头……(燃起他的烟斗)我父亲是一个种地的,时常喜欢教训别人。有一夜晚,他偷了村里牧师一口袋苹果,一边扛着,一边告诉我们:"孩子们,看呀,当心别在复活节前吃苹果呀,那是一种罪过。"你就是这样子。……你不晓得恶魔是什么,可是你逢人乱叫恶魔……就拿这弯弯背的老婆婆来说罢。(指向叶菲莫夫娜)

303

　　　　　　她看见我身子里头有一个仇敌，但是在她年轻时候，依着女人莫明其妙的胡闹劲儿，她起码有五回拿她的魂灵儿给了恶魔。

叶菲莫夫娜　唿，唿，唿……老天爷！（盖起她的脸）好萨瓦！

提　洪　你吓唬她们干什么？寻开心！（门在风中响动）耶稣我主……风，风！

麦芮克　（挺直）哎，显显我的力量！（门又砰达在响）我要是能够跟风比拼比拼倒也罢了！我是把门刮下来呢，还是譬如说，把店连根拔掉呢！（起来，又躺下）多闷得慌！

纳查罗夫娜　你邪教徒，还是祷告罢！你为什么这样烦？

叶菲莫夫娜　别跟他说话，随他去罢！他又在看我们了。（向麦芮克）恶人，别看着我们！你的眼睛就像鸡叫以前一个恶魔的眼睛！

萨　瓦　香客们，让他看好了！你们祷告，他的眼睛也就害不到你们。

包耳曹夫　不成，我受不了。这太为难我的力量！（走向柜台）提洪，听我讲，我这是末一回求你……只要半杯也就成了！

提　洪　（摇头）钱！

包耳曹夫　我的上帝，难道我没有讲给你听！我全喝光了！我到什么地方弄钱去？可你就是赊我喝一口渥得喀，你也不会关店。一杯酒不过破费你两个铜钱，我哪，可就不难受了！我在难受！听明白！我在痛苦，我在难受！

提　洪　去对别的什么人讲，别对我讲……去问信正教的，也许为了基督的缘故，他们万一高兴，会给你钱的，可是我呀，为了基督的缘故，只给面包。

包耳曹夫　你可以抢那些可怜人，我办不到……我不要那样做！我不

		要！听明白了吗？（拳头打着柜台）我不要。（停）哼……等等看……（转向女香客）说起来，倒也是一个主意，信正教的人们！捐五分钱！我的内里头问你们要。我有毛病！
费 嘉	噢，你这骗子手，居然也"捐五分钱"。你就不会喝水吗？
包耳曹夫	我怎么可以这样下流！我不要钱！我什么也不要！我在说笑话！
麦芮克	先生，你打他那儿搞不出钱来的……他是一个有名的吝啬的人。……等等，我什么地方有一块五分钱……我们俩分一杯——一人一半。（在口袋摸索）家伙……在什么地方了……我才刚还以为听见我的口袋滴零响……是，是，是不在这儿，兄弟，你真不走运！

〔稍缓。

包耳曹夫	不过我要是喝不到嘴，我会犯罪，或者弄死我自己的！我的上帝，我怎么办！（看向门外）那么，我到外头去？去到黑暗里头，由着我的脚走……
麦芮克	你们这些上香的，你们为什么也不朝他讲讲道，还有你，提洪，你为什么不赶他出去？他没有钱给你做夜晚开销。丢他出去！哎，现在人是残忍的。不温和，也不仁慈……野蛮人！一个人淹死了，他们朝他喊叫："起来呀，要不淹死了，我们没有辰光尽照管你，我们还得干活儿去。"至于丢给他一根绳子——犯不上往那上头想……一根绳子要花钱的。
萨 瓦	好人，别讲啦！
麦芮克	老狼，就安静点儿罢！你们是一个野蛮民族！希罗！① 出

---

① 希罗：犹太国王，圣约翰和耶稣都死在他的治下。

	卖灵魂!(向提洪)这儿来,脱掉我的靴子!要用心!
提　洪	哎,他使性子哪!(笑)怪,是不是?
麦芮克	来呀,我叫你干什么,你干什么!快呀,嗐!(稍缓)你听见我,还是没有听见我?我是对你讲话,还是对墙讲话?
	〔站起。
提　洪	好,……算数。
麦芮克	发横财的,我要你给我脱掉靴子,一个可怜的流浪汉子。
提　洪	好,好……别发气。这儿,来一杯……哼,喝酒来!
麦芮克	家伙,我要的是什么?我是要他给我倒酒喝,还是给我脱靴子?我难道没有交代清楚?(向提洪)你没有听我讲明白?我就等一时罢,也许你过会儿就明白了。
	〔香客和流浪汉激动了,抬起一半身子,观看提洪和麦芮克。他们在静默之中等待。
提　洪	恶魔把你带到这儿!(从柜台后边走出)什么样一位老爷!来罢,好。(拔下麦芮克的靴子)你这该隐的子孙……①
麦芮克	这就对了。把它们靠着放好……像这样子……现在你好去了!
提　洪	(回到柜台)你太喜欢卖弄聪明了。你再来一回,我把你丢出店去!是的!(向走过来的包耳曹夫)你,又来啦?
包耳曹夫	看这儿,假定我给你一点金子做的东西……我会给你的。
提　洪	你在摇什么?说正经!
包耳曹夫	在我这方面,也许是卑鄙恶毒,可是我怎么办?我是在做坏事,以后出什么乱子也顾不得了……人家要是为了这个审问我,一定放我走的。拿去好啦,唯一的条件是我从城

---

① 该隐:旧约人物,亚当的长子,曾经杀死他的兄弟。

里回来,你以后要还我。我当着这些证人拿它给你。你们是我的证人!(从他的胸口大衣底下,拿出一个金牌)这儿是……我应当把相片儿取下来,不过我没有别的地方搁;我全身都是湿的……好罢,连相片儿也拿去罢!不过要当心……别叫你的手指头碰那张脸……当心……我对你粗鲁,亲爱的朋友,我是一个傻瓜,不过,原谅我,千万不要拿你的手指头碰它……别拿你的眼睛看那张脸。

〔拿相匣给提洪。

提　洪	(查看)偷来的东西……好,那么,喝……(斟涅得喀)好不了你。
包耳曹夫	千万别拿你的手指头……碰它。

〔慢慢地喝着,停顿,像发烧。

提　洪	(打开相匣)哼……一位太太!……你什么地方搞来这东西的?
麦芮克	让我们也开开眼。(走向柜台)给我们瞻仰瞻仰。
提　洪	(推开他的手)你到什么地方去?到别的地方张望去!
费　嘉	(起来,走向提洪)我也想看!

〔好几个流浪汉,团团一群,来到柜台前边。麦芮克用两只手抓牢提洪的手,静静地端相着匣里的肖像。稍缓。

麦芮克	一个挺好看的女恶魔。一位真正夫人……
费　嘉	一位真正夫人……看看她的脸,她的眼睛……打开你的手,我看不见。头发垂到她的腰……跟活的一样!看样子简直要说话……

〔稍缓。

麦芮克	对于一个软弱人,这是毁灭。像这样儿女人迷住了人

		呀……（摇手）你就完了！
		〔库兹玛的声音传来："嗐噫……停住，畜牲！"库兹玛进来。
库兹玛	路上开着一家店。说呀，我真就吃喝过去，走过去吗？你可以走过你自己的父亲，没有注意到他，可是黑地里一家店，离一百维耳司特你就看见了。①闪开，你们要是相信上帝的话！哼，这儿！（往柜台上放下一枚五分钱辅币）一杯真正马代辣！②快呀！
费 嘉	噢！恶魔！
提 洪	别乱摇你的胳膊，你要打着别人的。
库兹玛	上帝给我胳膊摇晃。可怜的甜东西，你们有一半儿化了。你们怕雨，可怜的脆东西。
		〔饮酒。
叶菲莫夫娜	像这样的夜晚，你要是路上赶着了，好人，你会害怕的。现在，谢谢上帝，不成问题了，有许多村子和房子给你避风避雨，可是在这以前呀，就什么也没有。噢，主，那才叫坏！你走了一百维耳司特，不但没有一个村子，一所房子，你简直看不见一根干干的棍子。你只好睡在地上……
库兹玛	老婆婆，你在世上活了多久了？
叶菲莫夫娜	小公公，过七十了。
库兹玛	过七十了！眼看你就要活到老鸹的年纪了。（看包耳曹夫）这又是一块什么料？（盯着看包耳曹夫）老爷！（包耳曹夫认出库兹玛，慌忙缩到一个角落，坐到长凳上）塞萌·塞

① 维耳司特：等于三分之二英里。
② 马代辣：白葡萄酒。马代辣是产酒的地名，在大西洋，是一个岛。

	尔格耶维奇！是你，不是吗？哎？你在这地方干什么？这不是你待的地方，对不对？……
包耳曹夫	安静着罢！
麦芮克	（向库兹玛）他是谁！
库兹玛	一个可怜的伤心人。（在柜台前，激动地走动）哎？在一个小店里头，我的天！一身破烂！烂醉！我太想不到了，兄弟们……想不到……（向麦芮克，低着声）他是我的主子……我们的地主。塞萌·塞尔格耶维奇·包耳曹夫先生……你从来见过一个人，沦落到这种地步吗？看他成了什么样子？简直……喝酒把他喝到这个地步……再给我添点儿！（喝酒）我打他的村子来，包耳曹夫喀；你们也许听说过，离这儿二百维耳司特远，在叶耳朗夫司基区。我们从前一直是他父亲的佃奴……真丢人呀！
麦芮克	他有钱吗？
库兹玛	很有钱。
麦芮克	全叫他喝光了？
库兹玛	不是的，我的朋友，是一点别的事……他从前一直是伟大，阔绰，严肃……（向提洪）可不是，你不也常常看见他骑着马，一向都是这样子，走过你这家店，到城里去，什么样勇敢高贵的马！一辆弹簧马车，好的材料！兄弟，他平常总有五辆三匹马拉的车……五年以前，我记得，他到这儿，从米基新司基。带着两匹马来，一出手就是一块值五卢布的洋钱……他说，我没有时候等找零头……那就是他！
麦芮克	我猜，他的脑筋不灵了。
库兹玛	他的脑筋倒灵……毛病是因为他懦！脂肪太多了。头一

个，孩子们，因为一个女人……他爱上了一个城里女人，他觉得世上没有比她更美的女人了。一个傻瓜爱了起来正跟一个聪明人一样入迷。女孩子的亲眷全不差……可是她本人呀，不就是放荡，不过是……轻浮……总是三心二意的！总在飞眼儿！总在笑，笑……简直不像话。上等人喜欢这个，说那可爱，可是咱们乡下人呀，恨不得马上把她丢出去……是呀，他爱上了她，他的运气就吹了。他就这么陪她，一件……又一件……常常整天在外头划船，弹钢琴……

包耳曹夫　库兹玛，别告诉他们！你何苦来？我这一辈子跟他们有甚么关系？

库兹玛　老爷原谅我，我不过对他们讲上一点儿……没有关系，其实……我浑身打抖擞。再来点儿酒。

〔喝酒。

麦芮克　（捺低声音）女的爱他吗？

库兹玛　（捺低声音，慢慢回到寻常声音）她凭甚么不？他是一个有产业的人……一个人有钱花，有一千代席阿亭，当然你要爱他了……他是一位坚强，庄重，为人尊严的绅士……总是一个样子，就像这样子……把你的手给我（握麦芮克的手）"一向好，再见，辛苦。"对啦，有一天黄昏，我路过他的花园——兄弟，那才像个花园，好几维耳司特大——我靠着安安详详地走，我一抬头，就看见他们俩坐在一张凳子，彼此在亲嘴。（模仿声音）他香了她一回，她呀还他两回……他握着她的雪白小手，她真叫火热，越贴越近活……她说："我爱你。"他呀，倒霉蛋儿，从这一个地方走到另一个地方，活活一个懦夫，逢人夸耀他的幸福。……给这个人一卢布,送那个人两卢布……送我钱买一匹马。替人人把债了清。

包耳曹夫 噢,干吗对他们讲这个?这些人没有同情……反而伤人!

库兹玛 老爷,没有甚么!他们问我!我何必不讲给他们听?不过,假如你生气,我当然不……当然不……他们管我甚么事……

〔传来驿车铃铛。

费 嘉 别叫唤;静静地告诉我们……

库兹玛 我这就静静地告诉你们……他不要我讲,可是,那挡不住……不过也没有甚么好讲了。一句话,他们结婚了。没有事了。给铁石心肠的库兹玛再来一杯!(喝酒)我不喜欢人往醉里喝!说的是呀,婚礼举行了,客人们在事后入席了,她坐了一辆马车走了……(耳语)去了城里,去了她的爱人那边,一个律师……哎?你们现在想想看?正在那要紧点儿上!她叫人杀了,还算便宜了她哪!

麦芮克 (思维)怎么……后来又怎么样?

库兹玛 他疯了……你们看得见,就像大家讲的,他开头和一个苍蝇在一起,后来它长成了一只大马蜂。当初是一个苍蝇,现在——它变成了一只大马蜂了……可是他还爱着她。看看他呀,他爱她!我想,他现在到城里去想法子偷偷看她一眼。……他看她一眼,再回来……

〔驿车来到店前。车夫进来喝酒。

提 洪 今天驿车晚啦。

〔车夫不做声,付了账,走了。驿车出发,铃铛在响。

角落里发出一个声音 像这种天气,很好把驿车抢了——跟唾痰一样

	容易。
麦芮克	我活了三十五年,还没有抢过一次驿车……(稍缓)现在走远了,……太迟啦,太迟啦……
库兹玛	你打算闻闻监牢里头的味道?
麦芮克	你抢,不见得就进监牢。就算我去又怎么样!(忽然)后来?
库兹玛	你是说那倒霉蛋儿?
麦芮克	还有谁?
库兹玛	兄弟们,他败家的第二个原因是由于他的妹夫,他妹妹的丈夫……他答应给他的妹夫在银行担保三万卢布。那妹夫是个贼……这骗子早知道他的面包那边抹了牛油,死赖着,动也不肯一动……他当然不付了……于是我们这位先生只得付出三万。(叹息)这傻瓜在为他的胡闹受罪。他太太如今生了孩子,是那律师的,他妹夫在泡耳塔瓦附近买了一份产业,我们这位先生兜着小店儿乱转悠,像一个傻瓜,向我们这群人嘀咕:"兄弟们,我没了信心!我现在甚么人也不相信了!"活活一个懦夫!人人有忧愁,一条蛇在咬他的心,那意思不就是说他必须喝酒?拿我们村子那位长辈来说罢。他女人在大白天跟校长调情,把他的钱花在喝酒上,可是那位长辈走来走去,还冲自己微笑。他也就是有点儿瘦……
提 洪	(叹息)上帝给人力量……
库兹玛	世上有各种各样力量,不错……怎么着?那又济得了甚么事?(付账)拿去你的一磅肉![①]孩子们,再见啦!晚安,

---

① 一磅肉:指酒钱。典故出在《威尼斯商人》。库兹玛挖苦店家是犹太人。

　　　　　　做好梦！我得赶路啦。我打医院给我们太太接了一个产婆……可怜虫，等了这半天，她一定淋湿了……

　　　　　　〔驰出。稍缓。

提　洪　　噢，你！不快活的人，来，喝这杯酒！

　　　　　　〔斟酒。

包耳曹夫　（迟迟疑疑走向柜台，喝酒）这是说，我现在欠你两杯酒钱。

提　洪　　你欠我钱？算啦，喝罢，解解你的愁闷！

费　嘉　　老爷！也喝，喝我的！噢！（扔下一枚五分钱）你喝，你死；你不喝，你也是死。喝渥得喀是不好的，可是，上帝，你喝上点，你舒服多了！渥得喀消愁解闷……那热！

包耳曹夫　可不！热！

麦芮克　　给我看！（从提洪那边接过相匣，端相她的照相）哼。成亲以后跑掉。什么样一个女人！

角落里传出一个声音　提洪，再给他倒一杯。让他把我的也喝了罢。

麦芮克　　（把相匣摔在地上）该死！

　　　　　　〔快步走到他的地方，躺下，脸朝墙。全吃一惊。

包耳曹夫　怎么，你干甚么？（拾起相匣）畜牲，你怎么敢？你有什么权利？（充满了眼泪）你打算弄死我？乡下人！蠢猪！

提　洪　　老爷，别生气……那不是玻璃，那没有碎……再喝一杯，去睡罢。（斟酒）我这儿听你们讲话，忘了辰光点儿，早就该关门了。

　　　　　　〔去关外门。

包耳曹夫　（喝酒）他怎么敢？傻瓜！（向麦芮克）你明白吗？你是一个傻瓜，一头驴！

萨　瓦　　孩子们！好不好，住住嘴！吵闹有甚么意思？让大家睡

313

才是。

提　洪　躺下，躺下……安静着罢！（走到柜台后面，锁了铁屉）是睡觉的辰光啦。

费　嘉　是辰光啦！（躺下）兄弟们，做好梦！

麦芮克　（起来，把他的短皮筒子和上衣铺在板凳上）老爷，来，躺下。

提　洪　你睡到甚么地方？

麦芮克　噢，甚么地方全成……地板上就好……（拿一件上衣铺在地板上）对我全一样。（把斧子放在近旁）睡在地板上，对他等于是受刑。他睡惯了丝呀绒的……

提　洪　（向包耳曹夫）老爷，躺下！你看了老半天那张相片，也该看够了。（吹熄一枝蜡烛）扔掉它！

包耳曹夫　（摇摇晃晃）我有什么地方好睡？

提　洪　睡到流浪汉子那儿！你没有听见他让地方给你吗？

包耳曹夫　（走向空板凳）我有点儿……醉……喝了那许多……不是吗？……我睡在这儿吗？哎？

提　洪　是呀，是呀，躺下，别怕。

〔在柜台上躺直了。

包耳曹夫　（躺下）我是……醉了……四围东西全在转悠……（打开相匣）你没有一枝小蜡烛吗？（稍缓）玛莎，你是一个小怪女人……在匣子里头看着我笑……（笑）我喝醉了！难道一个人喝醉了，你就应该笑他吗？你往外看，就像沙斯特里夫柴夫说的……爱这醉鬼。

费　嘉　风直在吼。多凄凉！

包耳曹夫　（笑）什么样一个女人……你为什么直在转悠？我就逮不着你！

麦芮克	他在说胡话。看照片儿看得太长久啦。(笑)什么样一种怪事！受教育的人发明了种种机器和医药，可是就还没有一个十足聪明人发明一种制女人的医药……他们想法子医治种种的病，他们就没有想想，为女人死的男人比害病死的男人多多了……狡猾，吝啬，残忍，没有头脑……婆婆欺负儿媳妇，儿媳妇骗男人出气……就没有一个完……
提　洪	女人们弄乱他的头发，所以就直了起来。
麦芮克	不仅仅是我……自从年月开始，世界有了以来，人就在埋怨……在歌儿和故事里头，把恶魔跟女人放在一道，不是没有原由的……不是没有道理的！说什么也有一半真……(稍缓)这儿，这位老爷成了傻瓜，可是我离开爹娘，变成一个流浪汉子，不倒懂事多了吗？
费　嘉	为了女人？
麦芮克	就跟这位老爷一样……我走来走去，家伙，像一个受到上天处罚的人，中了邪的人……白天夜晚发狂，直到末了我睁开了眼睛……那不是爱情，只是诱骗罢了……
费　嘉	你拿她怎么办？
麦芮克	不管你的事……(稍缓)你以为我弄死她？……我才不干……你要是杀人，你就糟了……她倒地活下去！只要我从来没有看见你，或者只要我能够忘掉你，毒蛇的种！

〔有人叩门。

提　洪	恶魔带谁来了……谁在那儿！(叩门)谁敲门？(起来，走向大门)谁敲门？走开，门上了锁啦！
声　音	提洪，放我进来。马车的弹簧坏了！行行好，帮帮我忙！我只要有一根绳子把它捆好，我们好歹也就蘑菇到那边了。

315

提 洪		你是谁？
声 音		我们太太从城里到瓦耳扫脑费耶夫去……只有五维耳司特远了……做做好人，帮帮忙！
提 洪		去告诉那位阔太太，她肯出十卢布，她就可以有那根绳子，修好弹簧。
声 音		你是疯啦，还是怎么的啦？十卢布！疯狗！在我们的灾殃上打主意！
提 洪		随你的便……你不肯，就算了。
声 音		好，等等。（稍缓）她讲，成。
提 洪		这我喜欢听！

〔开门。车夫进来。

车 夫		信正教的人们，晚安！好，给我绳子！快！孩子们，谁去帮我们的忙？你们忙活一阵子会有好处的！
提 洪		没有什么好处……还是让他们睡罢，我们两个人就办啦。
车 夫		家伙，我累啦！天冷，泥里头没有一块干地……亲爱的，还有一件事……你这儿有没有个小间儿，给太太取取暖？马车倒在一边，她不好在里边待……
提 洪		她要一间房干什么？她要是冷，这儿她满好取暖……我们帮她找一个地方。（清理出一个地方靠近包耳曹夫）起来，起来！在地板上也就是躺一点钟，让太太取取暖。（向包耳曹夫）老爷，起来！坐起来！（包耳曹夫坐起来）这儿有你一个地方。

〔车夫下。

费 嘉		你来了一位贵客，恶魔带她来！这下子好了，天亮以前别想睡得成。
提 洪		我后悔我没有要十五卢布……她会答应的……（站在门口

迎候)我说呀，你们这群人可真娇脆！（进来玛丽亚·叶高罗夫娜，后边跟着车夫。提洪鞠躬。）请，太太！我们的屋子很不像样儿，全是蟑螂！不过，赏赏脸罢！

玛丽亚　　我什么也看不见……我打哪边儿走？

提　洪　　这边，太太！（把她带到包耳曹夫近旁的空地）这边，请！（吹干净地方）对不住，我另外没有屋子，不过，太太，您别怕，这儿这些人全是好人，全很安静……

玛丽亚　　（坐在包耳曹夫身旁）闷气极了，打开门，请啦！

提　洪　　是，太太。

〔跑过去，把门敞开。

麦芮克　　我们冻死了，你把门打开！（起来，啪地一声关了门）你是什么东西也吩咐人？

〔躺下。

提　洪　　对不住，太太，我们这儿待着一个傻瓜……有点儿糊涂……不过，您别怕，他不会妨碍您的……不过，太太，对不住，十个卢布我搞不来……得十五个。

玛丽亚　　好罢，可得快。

提　洪　　马上……马上就好。（从柜台底下抽出一根绳子）马上就好。

〔稍缓。

包耳曹夫　（看着玛丽亚）玛丽……玛莎……

玛丽亚　　（看着包耳曹夫）这是什么？

包耳曹夫　玛丽，……是你？你打什么地方来的？（玛丽亚认出是包耳曹夫，叫唤，跑到屋子中央。包耳曹夫跟着）玛丽，是我……我（高声笑）我的女人！玛丽！我在什么地方？来人呀，掌灯！

317

玛丽亚	离开我！你撒谎，这不是你！不能够！（手盖住脸）是撒谎，全是胡闹！
包耳曹夫	她的声音，她的走动……玛丽，是我！我这就停……我喝醉了……我的头在打转悠……我的上帝！停住，停住……我简直搞不清楚。（嘶喊）我的女人！

〔倒在她的脚边，哭泣。一群人聚在夫妇四周。

玛丽亚	靠后站！（向车夫）代尼斯，让我们走！我说什么也不能够再在这儿待！
麦芮克	（跃起，盯着她的脸）照片儿！（抓住她的手）就是她本人！嗐，大家看呀，她就是这位先生的女人！
玛丽亚	坏蛋，走开！（打算抽出她的手）代尼斯，你干什么站在那儿瞪眼睛？（代尼斯和提洪奔向她，扳住麦芮克的两臂）这是贼窝子！放开我的手！我不怕！……离开我！
麦芮克	等等，我会松手的……让我对你讲一句话，也就是一句……一句，你就明白了……等等……（转向提洪和代尼斯）滚开，浑账，松手！我不讲完话，我不会放你走的！停住……等一下子。（拿拳头打他的额头）不成，上帝没有给我才分！我就想不出对你这种人讲什么好！
玛丽亚	（抽开了手）滚开！醉鬼……我们走罢，代尼斯！

〔她打算走出，但是麦芮克关了大门。

麦芮克	你看他一眼，行行好，也就是一眼，一眼也就成了！要不，对他讲一句短短的好话！也就是一句，为了上帝的缘故！
玛丽亚	弄走这……傻瓜。
麦芮克	那么，该死的女人，恶魔送你上路！

〔他摇起他的斧子。全体骚动。人人跃起，乱嚷嚷，

发出恐怖的叫喊。萨瓦站在麦芮克和玛丽亚中间……代尼斯把麦芮克逼到一边,拖走他的主妇。经过这么一闹,大家站直了,全像石头。一阵长久的沉默。包耳曹夫忽然在空中挥动他的手。

包耳曹夫 玛丽亚……你在什么地方,玛丽亚!

纳查罗夫娜 我的上帝,我的上帝!你们这些杀人犯,简直撕烂了我的魂灵儿!这一夜,怕死人!

麦芮克 (垂下手,他仍然握着他的斧子)我杀了她,还是没有杀?

提 洪 谢谢上帝,你的头牢靠啦!……

麦芮克 那么,我没有杀她……(蹒跚向他的床位)因为这是一把偷来的斧子,命运没有把我打发到死路上去……(倒下,哭泣)唉!我呀,唉!可怜可怜我,信正教的人们!

·论烟草有害·

一出舞台独白独幕剧

人物

伊万·伊万奴维奇·牛兴 一个怕老婆的丈夫,太太主持一家女子音乐学校和一所寄宿学校。

景是一家外省俱乐部的讲台。

牛 兴　（络腮长胡须,上嘴唇剃得干干净净,穿着一件旧得发光的大礼服,十分尊严地走来,鞠躬,整理他的背心)太太们,先生们,就这么说罢!(往下理齐胡子)内人建议,为一个慈善的目的,我应当到这里做一篇通俗的讲演。好罢,假如我必须演说,我必须——这在我绝对没有关系。当然,我不是一位教授,也没有得过学位,然而,可是,近三十年来,不停不息,我简直可以说是有害于自己的健康等等,我一直在研究完全属于科学的性质的问题。我是一个用脑筋的人,想想看,有时候我甚至于写些科学文字;我的意思是,不恰好就是科学,然而,原谅我这样说,差不多也就在科学范围以内。好譬说罢,前些日子我写了一篇长论文,题目是"若干昆虫有害论"。我的女孩子们非常喜欢这篇文章,特别是讲到臭虫的地方;不过读过一遍之后,我就撕掉了。说实话,你就是写得再好,可是不用波斯粉,你办不到。①甚至于我们的钢琴都有臭

---

① 波斯粉即臭虫粉。

虫……关于我现下所讲的主题,不妨这样说罢,吸食烟草所招致于人类的伤害。我自己吸烟,不过内人吩咐我今天讲讲烟草的害处,所以,不讲也就不成了。烟草,好罢,就算是烟草——这在我绝对没有关系;不过,诸位先生,我建议,你们应当以全副应有的严肃听我现下讲演,不然的话,有什么意外发生,那就不妙了。然而有些位如果怕听干燥的科学讲演,也不在乎那些事,用不着听,根本可以离席。(整理他的背心)我特别要求出席的做医生的会员们注意,他们从我的讲演可以得到许多有用的资料,因为烟草,不提它有害的效果,也当药用的。所以,举例来看,你假如把一只苍蝇放在一个鼻烟盒里面,它就许因为神经错乱而死。烟草其实是一种植物……每逢我讲演的时候,总爱眨我的右眼睛,不过,你们用不着注意:那完全由于神经紧张的缘故。就一般而言,我是一个神经非常紧张的人;我开始眨我的右眼睛,远在一千八百八十九年,往正确里讲,在九月十三那一天,就在内人给我们添巴尔巴辣,不妨这样说罢,第四个女儿的那一天。我的女儿全生在十三那一天。虽然,(看表)时间不长,我离题不好太远,我必须顺便声明,内人主持一家音乐学校和一所私立的寄宿学校;我的意思是说,不就完全是一所寄宿学校,可是性质上有些相似。不瞒诸位说,内人动不动就讲经济拮据;可是她在一个平安的角落存了有四五万卢布;至于我自己,我连一个铜板也没有福气有,一个镏子也没有——不过,算啦,老谈这个又有什么用处?在寄宿学校,我的责任是料理家务。我置备伙食,管理仆役,登记账目,缝好练习簿,清除臭虫,领内人的小狗散步,捉老鼠……昨天晚饭是我拿面粉牛油给厨子,因为我们今天要做糕饼。好,往简单里说,今天糕饼做好了,内人下到厨房讲,她有三个学生扁桃腺肿,没有糕饼吃。这样一来,我们多出了几块糕饼。你们看应当怎么办?内人先吩咐把这些糕饼收到柜橱;可是后来,她想了想,有心事的样子道:"你可以吃那几块糕饼,你这纸扎人……"每逢她不高兴的时候,她总像这样骂我:"纸扎人",要不就是"毒蛇",要不就是"魔鬼"。你们看得出我是个什么样的魔鬼。她一来就不高兴。可是我没有细嚼糕饼,我一口囫囵咽下去,因为我一来就饿。昨天,举例来看,她就不给我饭吃。她讲:"喂你呀,没有那个必要,你活活儿一个纸扎人……"无论如何,(看表)我离题远了,我有点儿话不对头。让我们接着讲下去。虽说,当然喽,你们现下也许爱听一段儿小故事,或者大段儿合奏,或者什么小调儿……(唱)"战火离炽足不移……"我不记得这是哪儿来的了……再说,我忘记告诉你们,在内人的音乐学校,不算料理事务,我的责任还包括有教数学、物理、化学、地理、历史、声音、文学等等。关于舞蹈、歌唱和绘画,内人另加一笔费,虽说我就是舞蹈和歌唱的先生。我们的音乐学校就在五狗巷,门牌十三号。这也许就是为什么我的生活是这样不幸,由于住在一所门牌十三号的房子的缘故。再说,我的女孩子们生在十三那一天,我们的房子有十三个窗户……不过,算啦,老谈这个有什么好处?内人任何时间在家里会见事务上的来客,学校一览这里门房就有,六毛钱一本。(从衣袋取出几本)假如诸位欢喜,本人可以奉让几本。每本六毛钱!有谁要买一本吗?(稍缓)没有人？好罢，四毛钱一本。（稍缓）真够叫人厌烦的！是呀，房子是十三号。我样样事失败，我变老了，笨了。现在，我在讲演，看外表，我挺高兴的样子，可是我倒真想扯破了嗓子嚷嚷，要不然呀，跑到天涯海角也好……就没有一个人我好诉苦，我简直想哭……诸位也许说，你有你的女孩子们。……可是女孩子们又算个什么呀？我讲给她们听，她们只是笑……内人有七个女儿……不对，对不住，我相信只有六个……（活泼地）不错，是七个！老大，安娜，二十七岁，老小儿，十七岁。先生们！（向四围看）我是一个可怜虫，我变成了一个傻瓜，一个无足轻重的东西，不过，话说回来，站在诸位眼前的是最幸福的父亲。说到临了，应当是这样子，我也不敢说不。可是，诸位只要知道也就好了！我和内人在一起过了三十三年，我可以说，是我一生最好的岁月；我的意思不就说最好，只是就一般而言。一句话，过去了，就像快乐的一瞬；不过，严格地讲，滚它妈的蛋。（向四围看）我想，可不，她还没有来；她不在这儿，所以，我还可以说说我喜欢说的话……我极其害怕……我害怕她盯着我看。好，我方才讲的，我的女孩子们嫁不出去，也许因为她们怕羞，也许因为男人们永远没有一个机会看到她们，内人不肯开茶会，也从来不请客吃饭，她是一位顶啬刻，脾气坏，好吵嘴的太太，所以没有人到家里来，不过……我可以悄悄儿告诉你们（来到脚灯前面）……内人的女孩子们可以在大宴会的日子看到，在她们的姨妈家里，娜塔丽·赛明劳芙娜，就是那位害风湿症的太太，总穿着一件黑点儿黄袍子，好像爬满了一身黑甲虫。那儿有好饭吃。假如内人凑巧不在那儿，那你们还可以……（抬起臂）我必须声明，我有一杯酒就醉，由于这个缘故，我觉得非常幸福，同时也非常忧愁，我就没有法子向诸位形容。于是我想起我的青春，一心巴着跑开，往远里跑……噢，只要诸位知道我多巴着往远里跑也就好了！（兴奋）跑开，样样丢在后头，看也不朝后看一眼……到哪儿去？随便哪儿都成……只要我能够远远离开这愚蠢，卑鄙，廉价的生活，把我变成一个可怜的老傻瓜，一个可怜的老白痴的生活就成；远远离开这愚蠢，琐碎，坏脾气，可憎，恶毒的吝啬鬼，折磨了我三十三年的太太就成；远远离开音乐，离开厨房，离开内人的银钱事项，离开一切细微和凡庸……远远离开，然后，在什么地方停住，在田里，静静地站着像一棵树，像一根柱子，像一家园子的纸扎人，在光天化日之下，一整夜望着头上亮晶晶的静静的月亮，忘记，忘记……噢，我多巴着什么也不记在心里！……我多巴着脱掉这件三十三年前结婚时候穿的破烂旧礼服……（脱掉大礼服）为了慈善的目的，我总穿着这件礼服讲演……看我踏不烂你！（跺着礼服）看我踏不烂你！我穷，我老，我一副可怜相，就像这件背心，背后补了又补，破破烂烂，高低不平……（露出他的背）我什么也不需要！我比这个还好，还干净；我从前也年轻过，我在大学读过书，我做过梦，把自己当做一个男子汉……我现在什么也不需要！就是需要休息……休息！（向后看，急忙穿好大礼服）内人在讲台后头……她来了，在那儿等我……（看表）时间到了……假如她问起诸位的话，我求求诸位，告诉她讲演的人是……那个纸扎人，我的意思是说我自己，举止挺尊严。（看向一旁，咳嗽）她往这方向看……（提高声音）根据前提，烟草含有一种可怕的毒药，方才我已经讲过，吸烟在任何情形之下是不应该的，同时我斗胆希望，就这么说罢，我的讲演"论烟草有害"对于诸位有若干用处。我讲完了。Dixi et animam levavi! ①

〔鞠躬，尊严地走开。

---

① 拉丁文，意思是："我讲完了，心为之一松。"

・天鹅之歌①・

① 传说天鹅于死前唱歌,通常借指诗人艺人。

人物

瓦希里·瓦华里叶奇·史威特洛维多夫　一位喜剧演员，六十八岁。

尼基塔·伊万尼奇　一位提示，一位老年人。

　　景是乡间剧院的舞台，夜晚，散戏以后。右手是一排粗糙没有上漆的门，通到化装室。左手和后方，舞台上堆满了种种乱七八糟的东西。舞台中央有一张翻转的凳子。

史威特洛维多夫　（穿着 Kalkhas 的衣服，拿着一枝蜡烛，走出化装室，笑）好呀，好呀，这才滑稽哪！这个玩笑开大发啦！戏完的时候，我在我的化装室睡着了，个个儿都离开戏园子了，我还安安静静地在里头打呼儿。嘻！我是一个傻老头子，一个可怜的老糊涂！我又喝酒来的，所以才在那儿，坐着坐着就睡着了。这手儿可真漂亮！老孩子，有你的！（呼唤）叶高耳喀！彼特鲁希喀！家伙那儿去啦？彼特鲁希喀！浑账东西一定睡了，现在就是地震也别想他们醒得过来！叶高耳喀！（拾起凳子，坐下，蜡烛放在地板上）没有一点点声音！只有回声答应我。今天我给叶高耳喀和彼特鲁希喀每人一份儿赏钱，现在他们倒连个后影儿也不见了。两个坏小子全走了，说不定把戏园子锁了哪。（向四外转他的头）我喝醉了！噢！今天晚饭是为我演的义务戏，为了这千载难逢的机会，我往喉咙里头灌了许多啤酒，许多酒，现在一想，真还肉麻！老天爷！我的浑身发烫，我觉得我嘴里好像有二十条舌头。真可怕！简直发痴！这可怜的老荒唐又喝醉了，简直就不知道他在庆祝什么！噢！我的头在裂，我浑身在打抖擞，我觉得又黑又冷，就像待在一座地窖里面！就算我不在乎自己的身体，我起码也应当记住自己的年纪才是，我真是一个老白痴！是呀，活到我这把子年纪！简直没用！我有本事扮丑角儿，吹牛，装年轻，可是我的生命呀，如今真是完了，我也好跟我的六十八岁告别了！永远看不见它们了！我把瓶子喝干了，瓶底儿也就是一些渣子了，除去渣子什么也没有了。是呀，是呀，瓦希里，老孩子，就是这个话。现在是你排练一个木乃伊那样角色的时候了，喜欢也好，不喜欢也好，你得演。死在朝你走哪。（朝前凝视）说起来，可也真怪，我在台子上混了四十五年，这还是头一回看到一个熄了灯的黑夜的戏园子。头一回。（走向脚灯）多黑呀！我什么也看不见！噢！是呀，我也就是影影绰绰看见提示人的小地方，和他的桌子；此外是漆黑一片，一个无底的黑的正厅，像一座坟，死也许就藏在那里头……家伙……多冷呀！风在空园子吹，就像打一个石头烟筒吹出来。什么样一个鬼地方！我的背从上到下打冷战。（呼唤）叶高耳喀！彼特鲁希喀！你们俩在哪儿？我怎么会想到这些可怕的东西上头？我喝不得酒；岁数大了，我没有多少日子好活了。活到六十八岁，人也就是走走教堂，准备死了，可是我在这儿——天！一个渎神的老醉鬼，穿着这丑角儿衣服——我就没有脸子叫人看。我得马上把它换下来——这地方太怕人，我在这儿待一整夜，吓也吓死了。（走向他的化装室；同时尼基塔·伊万尼奇穿着一件白衣上身,从舞台最远端梢的化装室走出。史威特洛维多夫看见伊万尼奇——吓得直叫,往后退)你是谁?什么?你要什么?(跺脚)你是谁?

伊万尼奇　先生,是我。

史威特洛维多夫　你是谁?

伊万尼奇　(慢慢向他走来)先生,是我,提示的,尼基塔·伊万尼奇。是我,师傅,是我!

史威特洛维多夫　(软软地倒在凳子上,呼吸粗重,强烈颤索)天!你是谁?是你……你尼基陶希喀?什么……你在这儿干什么?

伊万尼奇　我在化装室过夜。先生,求您千万别讲给阿历克塞·佛米奇知道。我没有别的地方去过夜;真的,我没有。

史威特洛维多夫　啊!是你,尼基陶希喀,是吗?想想看,观众叫我出去,叫了十六次之多;他们又送了我三只花冠,还有好些别的东西;他们全热狂得不得了,可是等到事完了,就没有一个人来叫醒可怜的醉老头子,把他送回家去。尼基陶希喀,可我是上了年纪的人呀!我六十八岁了,还直闹病。我没有心再干下去了。(抱住伊万尼奇的颈项,哭)尼基陶希喀,别走开;我老了,没用了,我觉得该是我死的时候了。噢,真可怕,可怕!

伊万尼奇　(温柔地,尊敬地)亲爱的师傅!该是你回家的时候了,先生!

史威特洛维多夫　我不要回家;我没有家——没有!没有!——没有!

伊万尼奇　噢,亲爱的!你忘记你住在什么地方了吗?

史威特洛维多夫　我不要去那儿。我不要!我在这儿就是一个人。尼基陶希喀,我没有亲人!没有太太——没有儿女。我像在寂寞的田野吹过去的风。我死了，没有一个人记得我。孤单一个人是可怕的——没有一个人鼓舞我，没有一个人忠心我，喝醉了酒也没有一个人帮我上床。我是谁的？谁需要我？谁爱我？尼基陶希喀，没有一个人。

伊万尼奇　　　（哭）师傅，你的观众爱你。

史威特洛维多夫　我的观众回家去了。他们全睡了，忘记他们的老丑儿了。不，没有人需要我，没有人爱我；我没有太太，没有儿女。

伊万尼奇　　　噢，亲爱的，噢，亲爱的！别为这个不开心。

史威特洛维多夫　不过我是一个人，我还活着。我的血管响着热的红血，高贵的祖先的血。尼基陶希喀，我是一个贵族；在我跌到这样低的地位以前，我在军队，在炮队服务，当时我是一个什么样翩翩美少年！漂亮，勇敢，热诚！全到哪儿去了？那些老日子都变成了什么？就是那座正厅，把它们全吞下去了！我现在全记起来了。我有四十五年活活儿在这儿埋掉，尼基陶希喀，什么样一种生活！我清清楚楚看见它，就像看见你的脸：青春的酩酊，信仰，热情，女人们的爱情——女人们，尼基陶希喀！

伊万尼奇　　　先生，是你去睡的时候了。

史威特洛维多夫　我第一次上台子的时候，正当热情的美好年月，我记得有一个女人爱我的演技。她又美又年轻，像白杨树那样优雅，天真，纯洁，像夏天的黎明那样照耀。她的微笑能够化除最黑的夜晚。我记得，我有一回站在她前头，就像我现在站在你前头。我觉得她从来没有像这时候那样美丽，她拿她的眼睛跟我谈话，那样美丽——那种眼神！我永远不会忘记，就是到了坟里也忘记不掉，那样温存，那样柔和，那样深沉，那样明亮和年轻！我丢魂了，我沉醉了，我跪在她前头，我求她把幸福给我，她讲："扔掉戏台子！"扔掉戏台子！你明白吗？她可以爱一个戏子，可是嫁给他——永远不成，我记得，我那天在演——我演一个愚蠢丑角儿，就在我演的时候，我觉得我的眼睛睁开了；我看见我所视为神明的艺术的崇拜，是一种幻象，一个空洞的梦；我是一个奴才，一个傻子，生人们的懒惰的玩具。我终于了解我的观众了，从那天起，我不相信他们的彩声，他们的花冠或者他们的热衷。是呀，尼基陶希喀！别人夸赞我，买我的相片，不过我对他们是一个生人。他们不认识我，我就像他们脚底下的烂泥。他们喜欢和我相会……可是让一个女儿或者一个妹妹嫁给我，一个不入流的人，永远不成！我不相信他们，（倒向凳子上）不相信他们。

伊万尼奇　噢，先生！你的脸色才叫苍白怕人！你把我吓死了！好，回家去罢，可怜可怜我罢！

史威特洛维多夫　那天我全看穿了，这点子智识是花了大价钱买下来的。尼基陶希喀！这以后……那女孩子……好，我就开始漂泊，没有目的，一天一天混下去，不朝前看。我演小丑儿，低级喜剧人物，听凭我的精神破产也不管。啊！可是我从前也是一位大艺术家，其后我一点一点扔掉我的才分，专演那花花绿绿的丑角儿，丢掉我的脸相，丢掉表现自己的能力，最后变成一个丑儿，不成其为一个人了。那个大而黑的正厅活活把我吞了。我从前一直没有觉到，可是今天晚饭，我一醒过来，我朝后一看，后头有六十八年，我这才懂得什么叫做年老！全完了……（呜咽）全完了。

伊万尼奇　　　好啦，好啦，亲爱的师傅！放安静——老天爷！（呼唤）彼特鲁希喀！叶高耳喀！

史威特洛维多夫　　可是，我是一个什么样的天才！你想像不出我有什么样的能力，什么样的口才；我有多优雅，有多温存；有多少根弦（打着他的胸膛）在这胸脯里面颤索！我想到这上头就出不来气！你现在听，等一下，让我换一口气，好啦：现在听这个：

"伊万在天之灵把我认做他的儿子，

给我起了一个名字其米特里，

为我激起人民的义愤，

指定波里斯来做我的牺牲。

我是太子。够啦！我冲一个

骄傲的波斯女人低头就是羞侮。"①

坏吗，嗯？（很快）现在，等一等，这儿是一段《李耳王》。天是黑的，看见没有？雨在下，雷在吼，电——哗，哗，哗——掰开整个的天。好，听：

"刮罢风，炸开你的腮帮子！发怒！刮罢！

往下倒呀，瀑布与飓风，你们

就索性泡掉我们的教堂，淹掉风鸡！

你硫磺一样的火，思想一样快，

劈开橡树的雷电的前驱，

烧干我的白头！还有你，雷，

震撼一切，把鼓肚皮的世界打平！

炸开自然的模型，立刻把那制造

---

① 普希金的史剧《包芮斯·戈都诺夫》Boris Godunov 之《夜》。

忘恩负义的人的精虫全部流光！"

（焦急）现在，轮到傻子了。（跺脚）来演傻子的角色！快呀，我等不及了！

伊万尼奇 （饰傻子）

"噢，老伯伯，在干房子领圣水比在门外头淋雨水好多了。好老伯伯，进去罢；求您的女儿们赐赐福罢；这个大夜晚呀，不心疼聪明人，也不心疼傻瓜。"

史威特洛维多夫

"你就轰轰隆隆响个痛快罢！喷呀火！
倒呀雨！雨，风，雷，火统不是我的女儿。
我不怪你们大自然反脸无情；
我从来没有给你们国土，叫你们儿女。"①

呀！这才是力量，这才是才分！我是一位大艺术家！现在，好啦，这儿还有点儿东西，属于同类，把我的青春还给我。譬方说罢，念念这一段《汉穆莱提》，我开始……让我看，是怎么样来的？噢，是了，这就是。（饰汉穆莱提）

"噢，风笛！给我一管看。你们这边来，——你们为什么直想兜着我转，像要把我赶进陷阱？"

伊万尼奇

"噢，殿下，假如我的忠心太过分，是因为我的爱太欠礼貌。"

史威特洛维多夫

"不大明白你的意思。你吹吹这笛子怎么样？"

---

① 《李耳王》第三幕第二景。

伊万尼奇

  "殿下，我不会。"

史威特洛维多夫

  "求你了。"

伊万尼奇

  "相信我，我真不会。"

史威特洛维多夫

  "我真求求你。"

伊万尼奇

  "殿下，我是一窍不通。"

史威特洛维多夫

  "这跟撒谎一样容易：拿你的手指和大拇指按住这些洞眼，拿你的嘴往里吹气，就会发出最动听的音乐。你看，这些是调音器。"

伊万尼奇

  "可是我不能够叫它们发出谐和的音响：我没有这份儿本领。"

史威特洛维多夫

  "好啊，可你看，你把我看成一个什么样不值钱的东西！你倒会作弄我；你倒像知道我的调音器；你倒想挖出我的神秘的心；你倒要从我的最低的音调试到最高；可是在这小玩艺儿里面，有的是音乐，你不能够叫它开腔。家伙，你真以为我比一管笛还容易作弄吗？随你叫我什么乐器，由你摸呀按的，你作弄不了我。"①

---

① 《汉穆莱提》第三幕第二景。

(笑，拍手)好！再来一遍！好！家伙，什么地方看得出年纪老来？我不老，全是胡说八道，有一大股子力量冲过我；这是生命，新鲜，青春！老年和天才不能活在一起的。尼基陶希喀，你好像惊到说不出话来了。等一分钟，让我定定心看。噢！老天爷！好啦，听！你从来听过这种柔情，这种音乐？哒！轻轻的：

"月亮下去了。没有一点点亮，

除非是天外一群寂寞的守望，

苍白的星星；还有萤火虫，一时

照亮浓浓的夹竹桃在红红的山谷，

小小的闪烁明了又灭，

仿佛热情的含羞的希望。"

(传来开门的响声) 什么响？

伊万尼奇 彼特鲁希喀和叶高耳喀回来了。是的，你有天才，天才，我的师傅。

史威特洛维多夫 (呼唤，转向响声)孩子们，这边儿来！(向伊万尼奇)让我们去换好衣服。我不老！全是瞎扯，胡说八道！(快快活活地笑)你哭做什么？可怜的老爸爸，你，到底怎么的啦？这不像话！好啦，好啦，这简直不像话！来，来，老头子，别死瞪眼睛！什么让你这样儿瞪眼睛？好啦，好啦！(流着眼泪，拥抱他)别哭啦！有艺术跟天才的地方，就决不会有什么老年，寂寞，生病那类事的……就是死本身也是一半……(哭)不，不，尼基陶希喀！现在我们全算完了！我算哪一类天才呀？我倒像一只挤干了的柠檬，一只裂口的瓶子，你呀——你是戏园子的老耗子……一个提示！走罢！(他们走)我不是天才，我顶多也就是做做佛亭布辣斯的跟随①，就是这个，我也太老了……是呀……尼基陶希喀，你记得《奥赛罗》里面那几句话吗？

"永别了心平气静；永别了知足！

永别了激发野心的大战

和戴羽盔的队伍！噢，永别了！

永别了长嘶的骏马，锐厉的号角，

激励的鼙鼓，刺耳的横笛，

庄严的旗帜，和所有的特征，

光荣的战争的骄傲，夸耀和仪式！"②

伊万尼奇　噢！你是一位天才，一位天才！

史威特洛维多夫　再听听这个：

"走开！旷野在月光下面发黑，

快云喝去黄昏最后一线白光；

走开！风这就要聚在一起喊去黑暗，

深深的子夜裹住晴天的亮光。"

〔他们一同走出，幕慢慢下落。

---

① 《汉穆莱提》的剧中人物，挪威太子。
② 《奥赛罗》第三幕第三景。

・熊① ・

① "熊"在这里做"野人","粗人"或者"浑人"解释:出言无状,举止粗鲁,没有礼貌。

人物

莱兰娜·伊万诺夫娜·波波娃　一位有地产的小寡妇，脸上有酒涡。

格利高里·史杰潘诺维奇·史米耳诺夫　一位中年地主。

鲁喀　波波娃的老马夫。

景：

波波娃家里一间客厅。

波波娃一身丧服，眼睛盯着一张照片。鲁喀对她发议论。

鲁　喀　　太太，这不成……你简直是在毁自己。丫头跟厨子拣果子去了，活着的人个个在享福，就是猫也明白怎么样寻开心，在院子走来走去捉小蚊子玩儿；只有你一个人整天坐在这屋子，好像这是一座道院，一点儿玩儿乐的兴子也没有。是呀，真的！我看足有一年了，你就没有离开这所房子！

波波娃　　我说什么也不出去……为什么我要出去？我这一辈子已经活到头儿了。他在坟里头，我把自己埋在四堵墙当中……我们两个人全死了。

鲁　喀　　得啦，看你把话说的！尼古拉·米哈伊洛维奇死了，好，那是上帝的意思，愿他的灵魂得到和平……你为他守丧——也是对的。不过你不能够哭呀守丧的闹一辈子。我的老婆子也死了，时候到了么。怎么样？我伤心，我哭了一个月，对她也就够了，可是我要是死心眼儿哭上一辈子的话，嘻，老婆子不配。（叹息）你忘了你的四邻。你什么地方也不去，什么人也不看。好比这么说罢，我们活着像蜘蛛，从来看不见亮儿。老鼠啃了我的号衣。也不是附近没有好人家，这一区有的是。里布诺夫驻扎了一团兵，军官才叫帅——你看他们呀就看不够。每星期五，营盘开一回跳舞会，军乐队每天吹打一回……哎，太太！你么年轻，俊俏，脸蛋儿红润润的——你只要肯出来玩玩儿就好了。你知道，花无百日红。过上十年，你想要到军官里头做母孔雀了，那就太晚了，人家正眼看也不看你。

波波娃　（决然）我请你啦，别再跟我讲这种话！你知道，尼古拉·米哈伊洛维奇死的时候，人生对于我丢掉一切意义。我发誓，到我死的那一天止，不脱我的丧服，也不看看亮光儿，……你听见了没有？让他的阴云儿看看我多么爱他……是的，我知道你清楚他待我常常不公道，残忍，还……简直还不忠心，可是我呀忠心到死，让他看看我呀和我在他死前一样……

鲁　喀　你还是别讲下去罢，你应当到花园散散步，要不然呀，盼咐套上陶毕或者大块头，坐了车看看哪一位邻居去。

波波娃　噢！

〔哭了。

鲁　喀　太太！好太太！你怎么啦？上天保佑你！

波波娃　他那样喜欢陶毕！他常常骑着他去考耳沙金司和夫拉扫夫司。他骑得真叫好！他使劲儿抖着缰绳，脸上的神情才叫美！你记得吗？陶毕，陶毕，盼咐他们多给他一份儿荞麦吃。

鲁　喀　是，太太。

〔铃声乱响。

波波娃　　（震动）那是谁？告诉他们我不见人。

鲁　喀　　是，太太。

　　　　　〔下。

波波娃　　（看着照片）你看，尼古拉斯，我多能够爱，多能够饶恕……我的爱要是死呀，除非这可怜的心停住不跳，和我一道儿死。（带着眼泪笑）你就不害臊？我是一个守节的小贤妻。我把自己关了起来，对你一直忠心，直到进了坟，你……你这坏孩子，你就不害臊？你骗我，跟我吵闹，一连好些星期丢下我一个人不管……

　　　　　〔鲁喀惶惶张张上。

鲁　喀　　太太，有人问起你。他看见你……

波波娃　　可是你没有告诉他，自从我丈夫去世以来，我就不见客了吗？

鲁　喀　　我告诉他了，不过他简直不听；讲他有很着急的事。

波波娃　　我不见——客！

鲁　喀　　我这样对他讲，不过……恶魔……诅咒，推他进来了……他如今在饭厅。

波波娃　　（厌烦）很好，叫他进来……什么样儿礼貌！（鲁喀下）这些人多惹我烦！他要见我做什么？他干么要搅乱我的和平？（叹息）是的，我看我最后还非进道院不可。（思索）是的，进道院……

　　　　　〔鲁喀带史米耳诺夫上。

史米耳诺夫　（向鲁喀）蠢东西，你太喜欢讲话了……驴！（看见波波娃，恭恭敬敬说话）太太，我有光荣晋见，我叫格利高里·史杰潘诺维奇·史米耳诺夫，地主，退役的炮军中尉！我有很着急的事，不得不打搅你。

波波娃 （不把手给他）你有什么事？

史米耳诺夫 你过世的丈夫，我有光荣认识，临死欠我一千二百卢布，写了两张期票。我因为明天必须还清一件抵押品的利息，我来请你，太太，今天把欠我的钱还清。

波波娃 一千两百……我丈夫做什么欠下你的？

史米耳诺夫 他常常向我买荞麦。

波波娃 （叹息，向鲁喀）你别忘记，鲁喀，多给陶毕一份儿荞麦。（鲁喀下）尼古拉·米哈伊洛维奇临死欠下你钱，我当然还你，不过你今天必须原谅我，我手里没有多余的现钱。后天我的管家就从城里回来了，我吩咐他把你的账结清了，不过眼下我没有办法照你的话做……再说，自从我丈夫去世以来，今天正好七个月，我的心境绝对不许我过问银钱事务。

史米耳诺夫 可是我的心境是呀，明天我不还掉到期的利息，我就必须漂漂亮亮离开人生，两脚朝前。我的房产就成人家的了！

波波娃 你后天会有钱的。

史米耳诺夫 我不要后天有钱，我要今天。

波波娃 你必须原谅我，我办不到。

史米耳诺夫 可是我没有办法等到后天。

波波娃 可我明明现在没有钱，我有什么办法！

史米耳诺夫 你是说，你不能够还我的钱。

波波娃 我不能够。

史米耳诺夫 哼！这是你想得到的最后的话？

波波娃 是的，最后的话。

史米耳诺夫 最后的话？绝对你的最后？

波波娃　　　　绝对。

史米耳诺夫　多谢之至。我要拿笔记下来。(耸肩)大家叫我安静着!我路上碰见一个人,他问我:"格利高里·史杰潘诺维奇,你为什么常常那样生气?"可是我怎么能够不生气?我要钱要得要死。我昨天跑了一天,一大清早儿,拜访所有我的债户,没有一个人还账!搞了这一天,人都发僵了,老天爷晓得我睡在什么破小店,犹太人开的,渥得喀桶就在我的头旁边。临了我赶到这儿,离家有七十维耳司特,希望弄点儿钱回去,可是你接见我,有一种"心境!"我怎么能够不生气。

波波娃　　　　我想我清清楚楚说过,我的管家从城里回来就还你的账。

史米耳诺夫　我来看你,不是看你的管家!我跟你的管家,原谅我这样讲,有什么屁事商量!

波波娃　　　　先生,原谅我,我没有习惯听这种粗话,或者,这种腔调。我不要再听了。

〔急下。

史米耳诺夫　好啊,家伙!"心境"……丈夫"七个月以前死掉!"我该还利息,还是不该还?我问你:我该不该还?假定你丈夫死了,你有一种心境,那类鬼把戏……你的管家去了别的地方,鬼跟着他,你要我怎么办?你以为我能够躲开我的债主,驾气球飞掉,还是怎么怎么吗?还是你巴着我拿脑袋壳儿撞砖墙?我去看格路斯代夫,不在家。雅罗谢维奇躲起来了,我跟库里秦大吵了一场,几乎把他丢到窗户外头,马醋高的肚子出了毛病,这女人有"心境"。没有一头猪肯还我钱!这因为我待他们太温和,因为我是他们手里一块破布,一块软蜡!我跟他们真是太温和了!好罢，等着我！倒要你看看我像个什么！家伙，我不会叫你兜着我耍巴的！她不给钱，我在这儿住他下去！妈的！……我今天真生气了，气大发了！我气得心呀肝的全在打抖擞，气都出不来了……夫，家伙，我简直觉得我生病了！（喊叫）来人！

〔鲁喀上。

鲁　喀　　　什么事？

史米耳诺夫　给我点儿刻瓦司，要不就水也成！（鲁喀下）讲理有这样讲法儿的！人家等着要自己的钱，急得要命，她不肯给，因为，你看，她不适于过问银钱事务！……那真是愚蠢的女性的逻辑。所以我过去从来不喜欢，现在也不喜欢，跟女人谈话。我宁可坐在一桶火药上头，也不跟一个女人谈话。家伙！……我简直觉得自己发冷——全为了那个小媳妇儿！我呀，一生气，就是离得远远的，看见这样一个有诗意的小玩艺儿，也会出一身冷汗的。我就没有法子看她们一眼。

〔鲁喀捧水上。

鲁　喀　　　太太有病，不见客人。

史米耳诺夫　滚开！（鲁喀下）有病，不见客人！好，就这么着罢，你不见我……我在这儿待下去，一直坐到你拿钱给我才走。你高贵，你可以病一个星期，我呀，我在这儿待一个星期……你病一年——我呀，我待一年。亲爱的，我有本事把我的弄到手！你呀你那守寡的衣服，你那酒涡儿，赚不了我去！我晓得那些酒涡儿！（隔着窗户喊）西字，卸牲口！我们不马上就走！我在这儿待下去了！告诉他们槽头上给马吃荞麦！蠢东西，你又把左边的马腿搞到缰绳里了!(挑逗)"没有关系……"我会给你的。"没有关系。"(离开窗户)噢,糟透了……烧发得厉害,没有人还钱。睡不好,这都不算,这儿还有一个丧服的小媳妇儿,有一种"心境"……我的头疼……我喝点儿渥得喀,什么的?是的,我想我应该喝。(喊叫)来人!

〔鲁喀上。

鲁　喀　　什么事?

史米耳诺夫　一杯渥得喀!(鲁喀下)噢夫!(坐下,检查自己)我这样子可真叫好啦!一身土,脏靴子,脸不洗,头不梳,背心上全是草……这位亲爱的太太满可以把我当做一个强盗。(呵欠)这样打扮来到一家客厅,的确没有礼貌,不过,没有办法避免……我到这儿来不是做客人,是讨债来的,向来就没有专为债主设计的衣服……

〔鲁喀捧渥得喀上。

鲁　喀　　先生,你可真不客气……

史米耳诺夫　(生气)什么?

鲁　喀　　……我……哎……没有什么……我真……

史米耳诺夫　你对谁讲话?闭嘴!

鲁　喀　　(旁白)恶魔守住这儿不走了……坏运气带了他来……

〔下。

史米耳诺夫　噢,我真叫生气!气到我想我能够把全世界磨成灰……我简直觉得病了……(喊叫)来人!

〔波波娃上。

波波娃　　(眼睛向下)先生,我过着孤寂的生活,听不惯男性的声音,受不了人家嚷嚷。我必须请你不要搅扰我的和平。

史米耳诺夫　给我钱,我就走。

波波娃	我老早全对你讲清楚了；我没有一点多余的钱；等到后天就成了。
史米耳诺夫	我老早全对你讲清楚了，我后天不需要钱，单单今天需要。你要是今天不还我钱，我明天就得上吊。
波波娃	可我没有钱你叫我怎么办？你也真怪！
史米耳诺夫	那你现在不给我钱？哎？
波波娃	我没有……
史米耳诺夫	既然这样，我在这儿待下了，一直等到我把钱讨到手。(坐下)你后天给我钱？好极了！我在这儿一直待到后天。我就一整天在这儿坐着……(跳起)我问你：我明天该付不该付利息？还是你以为我这样做是寻开心？
波波娃	请你别嚷嚷！这不是马房！
史米耳诺夫	我不是在问你马房，我是在问我明天该不该付利息？
波波娃	你就不懂得当着女人应当怎么样做！
史米耳诺夫	不对，我懂得当着女人应当怎么样做！
波波娃	不对，你不懂！你是一个没有受过好教育的粗人！有规矩的人不像这样同一个女人谈话的！
史米耳诺夫	什么样儿生意！你要我怎么样同你谈话？说法文，还是别的？(脾气发作，嗫嚅而道)Madame je vous prie……你不给我钱，我快活极了……啊，对不住。我吵扰你了！今天天气这样好！你穿着丧服真好看！①
	〔鞠躬。
波波娃	你这叫蠢，粗。
史米耳诺夫	(激她)蠢，粗！我不懂得当着女人应当怎么样做！太太，

---

① Madame, je vous prie 是"夫人，我请你"的意思。法文。

我往常看见的女人比你看见的麻雀还要多！我有三回为女人决斗。我拒绝了十二个女人，九个女人拒绝我！是呀！从前有一个时候，我做傻瓜，抹香水，说甜话，戴珠钻，鞠躬也有样式……我时时做爱，痛苦，冲月亮叹气，人乖戾了，溶解了，冻僵了……我时时做爱，热情地，发狂地，鬼迷了心，花样十足；我时时唧哩呱啦讲解放，像一只喜鹊，一半家产让感伤糟蹋掉，可是现在——你必须原谅我！你现在要我再那样子呀，你叫做梦！我尝够了！黑眼睛，多情的眼睛，红嘴唇儿，脸有酒涡儿，月亮，细声，细气——太太，全加在一起，别想我出一个制钱儿！眼前的人永远不算，女人不分大小，全不诚恳，欺骗，背后说坏话，妒忌，好虚荣，琐碎，心狠，不讲理，从里到外爱撒谎，就这来讲，（打他的额头）原谅我的直爽，一个怕老婆的哲学家，随你举一个好了，单一只麻雀也好干他十回！你看一眼这有诗意的小玩艺儿：一身洋纱，一位天仙，你魂销魄散，看进她的灵魂——看见了一条平常的鳄鱼！（他抓住一只椅背；椅子响，裂了）可是顶恶心的还是这条鳄鱼，想歪了心，以为它的"杰作"，它的特权和专制，是它的柔情。家伙，你愿意的话，你可以把我倒挂在那钉子上头，可是你什么时候遇见过一个女人，除掉小狗狗以外，还能够爱别人的？她做爱的时候，除掉流鼻涕，流口水以外，还能做得出什么来？就在一个男人难受，一趟一趟牺牲自己的时候，她的全份儿爱情表现在耍巴她的围巾，计算怎么样更牢牢实实钓住他的鼻子。你不幸是一个女人，你自己叫你知道女人的性格是什么。告诉我老实话，你可从来见过一个女人诚恳，忠心，有长性的？你没有！水性杨花，也就是老太婆忠心，有长性！你遇得见一只有犄角的猫，一只白山鹬，也看不到一个有长性的女人！

波波娃 那么，依你说，谁在爱情上忠心，有长性？是男人吗？

史米耳诺夫 对啦，是男人！

波波娃 男人！（苦笑）男人在爱情上忠心，有长性！亏你想得出！（激昂）你有什么权利讲这种话？男人忠心，有长性！我们现在谈到这上头，我也不妨告诉你，在过去跟现在我认识的男人当中，最好的男人是我丈夫……我热情地爱他用我全个儿存在，也就是一个有想像的年轻女人能够这样爱，我呀，我把我的青春，我的幸福，我的生命，我的财产全给了他，我活在他的身子，我膜拜他，就像自己是一个信邪教的，可是……可是怎么样？这位最好的男人寡廉鲜耻，走一步骗我一步！他死了以后，我从他的书桌找到一整抽屉的情书，他活着的时候——我想起来就难受！——他时时离开我，一回就好几个星期，跟别的女人做爱，当着我的眼睛出卖我；他糟蹋我的钱，拿我的感情开玩笑……可是，再比这坏，我爱他，对他忠心……不但是这个，现在他死了，我依然对他的记忆忠心，有长性。我永远把自己关在这四堵墙里头，守服一直守到末一天……

史米耳诺夫 （蔑视地笑）守服！……我不明白你把我当做什么？好像我不知道你为什么穿黑袍子，把自己埋在这四堵墙当中，我说了罢，我懂！这是那样神秘，那样富有诗意！有什么贵公子或者什么诗人走过你的窗户，他要想了："这儿活着神秘的塔玛辣，为了爱她丈夫把自己埋在四堵墙当中。"

	我们懂得这些把戏！
波波娃	（爆发）什么？你怎么敢对我讲这些话？
史米耳诺夫	你把自己活埋了，可是你没有忘记往你脸上扑粉！
波波娃	你怎么敢那样对我讲话？
史米耳诺夫	别嚷嚷成不成，我不是你的管家！你必须允许我用原来名字叫原来东西。我不是一个女人，我想的话呀，我照直说惯了！你也别嚷嚷！
波波娃	嚷嚷的是你，不是我！请你离开我！
史米耳诺夫	给我钱，我就走。
波波娃	我才没有钱给你！
史米耳诺夫	噢，不成，你得给。
波波娃	我气你，偏偏一个制钱也不给。你离开我！
史米耳诺夫	我没有那种快乐做你丈夫，或者做你未婚夫，所以，请你别吵。（坐下）我不喜欢。
波波娃	（气噎住了）怎么，你坐下来啦？
史米耳诺夫	坐下来啦。
波波娃	我要你走！
史米耳诺夫	拿我的钱给我……（旁白）噢，我气死了！我气死了！
波波娃	我不要跟不要脸的流氓讲话！滚出去！（稍缓）你不走？真不走？
史米耳诺夫	不。
波波娃	不？
史米耳诺夫	不！
波波娃	那么，好罢！（捺铃，鲁喀上）鲁喀，带这位先生出去！
鲁　喀	（走到史米耳诺夫面前）先生，好不好请你出去，这边儿问你啦！你犯不上……

史米耳诺夫	（跳起）闭嘴！你在跟谁讲话？我把你剁个粉碎！
鲁　喀	（捧住他的心）小父亲们！……什么样儿人！……（倒入椅内）噢，我病了，我病了！我喘不出气！
波波娃	达夏在什么地方？达夏！（喊叫）达夏！巴来嘉！达夏！

〔捻铃。

鲁　喀	噢！他们全出去拣果子……家里就没有人！我病了！水！
波波娃	好啦，出去。
史米耳诺夫	你就不能够再礼貌点儿啦？
波波娃	（握拳顿足）你是一只熊！一只野熊！一个布尔崩！一个妖怪！①
史米耳诺夫	什么？你说什么？
波波娃	我说你是一只熊，一个妖怪！
史米耳诺夫	（走到她前面）我可不可以问你，你有什么权利侮辱我？
波波娃	假定我侮辱你，怎么样？你以为我还怕你？
史米耳诺夫	你真就以为你是一个有诗意的小玩艺儿，你就好侮辱我，不受惩罚？哎？我们决斗来解决！
鲁　喀	小父亲们！……什么样儿人！……水！
史米耳诺夫	手枪！
波波娃	你还以为我怕你，就因为你拳头大，喉咙像公牛一样粗？哎？布尔崩！
史米耳诺夫	我们决斗来解决！我不能够白白叫人侮辱，我也不管你是不是女人，是不是"娇滴滴的！"
波波娃	（试着打断他）熊！熊！熊！
史米耳诺夫	只有男人侮辱人才交代清楚，这种偏见也是我们该废除的

---

① 布尔崩 Bourbon 是法国往昔的王室，意思是"落伍的专制皇帝"。

　　　　　　时候了。家伙，你需要权利平等，你就权利平等。我们决斗来解决！

波波娃　　拿手枪？好极了！

史米耳诺夫　马上。

波波娃　　马上！我丈夫有手枪来的……我去拿来。（走，转回）把子弹打进你的厚脑袋壳，我才叫开心！鬼抓了你走！

　　　　〔下。

史米耳诺夫　我会像提小鸡儿一样把她放倒了！我不是一个小孩子，也不是一个爱感伤的花花公子；我不管什么"娇滴滴"不"娇滴滴"。

鲁　喀　　慈悲的小父亲们！……（跪下）可怜可怜一个穷老头子，离开这儿好啦！你把她吓死了，现在你还要放枪打她！

史米耳诺夫　（不听他）她想打，好，那是权利平等，解放，新花样儿！男女这时平等了！我根据原则来放枪打她！可是，什么样儿女人哟！（摹仿她）"魔鬼带你走！把子弹打进你的厚脑袋壳。"哎？她的脸真红，脸蛋儿直发亮！……她接受我的挑战！家伙，我这一辈子还是头一回看见……

鲁　喀　　先生，走罢，我永远对上帝为你祷告！

史米耳诺夫　她是一个女人！我所能够了解的那类女人！一个真女人！不是一个怪脸儿的果子酱口袋，是火，火药，火筒子！我真还不忍心杀死她！

鲁　喀　　（哭）亲爱……亲爱的先生，离开这儿！

史米耳诺夫　我十分喜欢她！十分！虽说她有酒涡儿，我也喜欢她！我差不多想不要这笔账了……我的气也消了……出奇的女人！

　　　　〔波波娃拿手枪上。

| 波波娃 | 这儿是手枪……不过，在我们决斗以前，你先得教我怎么样放枪。我手里头还从来没有拿过手枪。 |
| 鲁 喀 | 噢，主，慈悲，救救她……我去找车夫跟花儿匠来……我们怎么会遭到这个…… |

〔下。

史米耳诺夫	（检查手枪）你看，手枪有好些种类……有一种莫提麦耳手枪，专为决斗做的，好放雷管的。这些是司密斯和魏逊的连响手枪，三道机关，有拨出的家伙……是很好的货色。这一对起码要值九十卢布……你一定要这样拿手枪……（旁白）她的眼睛，她的眼睛！什么样启发灵感的女人！
波波娃	就像这样？
史米耳诺夫	是的，就像这样……然后你扳这个机子，这样瞄准……头靠后一点点！胳膊伸好……像这样……然后你拿手指捺这个东西——就成啦。顶要紧的是冷静，往准里瞄……胳膊别跳动。
波波娃	很好……在房间里头开枪不方便，我们到花园儿去。
史米耳诺夫	那么去罢，不过我警告你，我朝天放枪。
波波娃	你太欺人了！为什么？
史米耳诺夫	因为……因为……那是我的事。
波波娃	你怕吗？是吗？啊！不成，先生，你撒不了手！你跟我来！我要是不在你的额头打一个窟窿，我就别想心平得下来……我恨极了那额头！你怕吗？
史米耳诺夫	是呀，我怕。
波波娃	你撒谎！你为什么不决斗？
史米耳诺夫	因为……因为你……因为我喜欢你。

波波娃	（笑）他喜欢我！他居然敢说他喜欢我！（指着门）那边是路。
史米耳诺夫	（静静地装手枪，拾起便帽，向门走去。他在这里停了半分钟，彼此静静地看了看，然后迟疑地，走到波波娃跟前）听我讲……你还在生气吗？我也是腻得不想活了……不过，你明白……我怎么才能说出我的心思？……事实是，你看，是像这样的，好比说……（喊叫）好罢，我喜欢你，难道是我的过错？（他抓起一只椅背，椅子响，裂了）家伙，我直在毁你的家具！我喜欢你！你明白吗？我……我几几乎爱你了！
波波娃	离开我——我恨你！
史米耳诺夫	上帝！什么样儿女人！我这一辈子没有见过一个像她这样的女人！我完啦！毁啦！跌进了捕鼠机，像一只老鼠！
波波娃	靠后站，不然，我放枪了！
史米耳诺夫	那么，放好了！你就不能够明白。死在那些美丽的眼睛前面，让那天鹅绒一样小手拿着的手枪打死，是什么样儿幸福……我简直丢魂失魄了！想想，马上就下决心，因为我一出去，我们就再也别想谁见得着谁了！现在，决定罢……我是一位地主，性情一向受人敬重，一年有一万收入……一个铜钱扔在空里头，就在落下来的时候，我能够放一个子弹穿过去……我有好些匹骏马……你愿意做我太太吗？
波波娃	（恼怒地摇着她的手枪）决斗好啦！让我们出去！
史米耳诺夫	我疯了……我什么也不明白了：（嘶喊）来人！来人！
波波娃	（嘶喊）让我们出去，决斗！
史米耳诺夫	我头脑不清了，我像一个小孩子，像一个傻子着迷！（捉

她的手，她由于疼喊叫）我爱你！（跪下）我爱你，我从前没有这样爱过！我拒绝了十二个女人，九个女人拒绝了我，可是她们中间没有一个人我爱，像我今天爱你……我没有力气，我像蜡，我融解了……我站在这儿像一个傻子，把我的手献给你……难为情，真难为情！我有五年不做爱了，我发过誓，现在就这么一下子我又着了迷，像一条出了水的鱼！我把我的手献给你。答应还是不答应？你不需要我？好极了！

〔站起，迅速走向门。

波波娃　　站住。

史米耳诺夫　（站住）什么？

波波娃　　没有什么，走开……不，站住……不，走开，走开！我恨你！不……别走开！噢，你要是知道我多生气，我多生气！（把手枪扔在桌上）为了这一切，我的手指头也肿了……（气得把她的手绢也撕了）你在等什么？滚开！

史米耳诺夫　再见。

波波娃　　是的，是的，走开！……（嘶喊）你到什么地方去？站住……不。走开。噢，我真生气！别走近我，别走近我！

史米耳诺夫　（走到她前面）我真生我自己的气！我像一个学生在做爱，我居然下跪……（粗声粗气）我爱你！我跟你做爱图个什么？明天我得付利息，开始割草，这儿你……（拿胳膊围住她）我永远不会原谅我自己这个……

波波娃　　离开我！拿开你的手！我恨你！决斗去！

〔一个延长的吻。鲁喀拿着一把斧，花匠拿着一把耙，车夫拿着一把干草叉，工人们拿着棍上。

鲁　喀　　（发见一对男女在亲吻）小父亲们！

〔稍缓。

波波娃 （低着眼睛）鲁喀，告诉他们槽头上，陶毕今天没得荞麦吃。

（幕）

・求　婚・

人物

史杰潘·史杰潘诺维奇·丘布考夫　一位地主。
娜塔里雅·史杰潘诺夫娜　他的女儿，二十五岁。
伊万·瓦席里耶维奇·劳莫夫　丘布考夫的邻居，一位宽大，诚恳然而非常可疑的地主。

景：
丘布考夫的乡会。
丘布考夫家的客厅。
劳莫夫进来，穿着礼服，戴着白手套。丘布考夫站起欢迎他。

丘布考夫　我亲爱的人，我看见谁啦！伊万·瓦席里耶维奇！我真高兴极啦！（紧握他的手）我的亲爱的，简直意想不到……你好呀？

劳莫夫　谢谢你。你这一向可好？

丘布考夫　我的天使，我们也就是那样好，谢谢你的祷告，还有什么的。请，坐下……现在，你知道，我的亲爱的，你可真不应该忘记你的邻居。我亲爱的人，你今天打扮得来像做客，怎么的啦？晚礼服，手套儿，还有什么的。我的宝贝人儿，你出门到什么地方去？

劳莫夫　不是的，我就是来看看你，尊敬的史杰潘·史杰潘诺维奇。

丘布考夫　那么，我的贵重人儿，你为什么穿晚礼服？活活像你辞岁

363

	来啦！
劳莫夫	可不，你看，是像这样的。（拿起他的胳膊）尊敬的史杰潘·史杰潘诺维奇，我来有事求你。我请你帮忙，成了专利了，也不止一次两次，你也常常，好比说……我必须请你原谅，我越来越心乱。我先喝点儿水，尊敬的史杰潘·史杰潘诺维奇。
	〔饮水。
丘布考夫	（旁白）他借钱来了！一个钱也不给！（高声）我的漂亮人儿，是什么事？
劳莫夫	你看，昂勒·史杰潘尼奇……对不住，史杰潘·昂勒里奇……我是说，我心乱得不得了，你看得出来……总之，只有你能够帮我的忙，虽说我不配，当然啦……也没有任何权利求你帮忙……
丘布考夫	噢，亲爱的，你就别兜圈子啦！吐出来好了！怎么样？
劳莫夫	等一下……这就说。事情是，我来请求你的女儿。娜塔里雅·史杰潘诺夫娜，嫁给我。
丘布考夫	（大喜）好啊！伊万·瓦席里耶维奇！再说一遍——我还没有听全！
劳莫夫	我感到光荣请求……
丘布考夫	（打断）我亲爱的人……我真喜欢，还有什么的。……是呀，真的，还有那类什么的。（拥吻劳莫夫）我盼了好久了。我一直就这么巴望。（流下一滴泪）我的天使，我一向就爱你，好像你是我的儿子。愿上帝爱你，也帮你的忙，还有什么的。我真还这样盼望……我这傻样儿算什么呀？我一高兴就失了张致，完全失了张致！噢，我的整个魂灵儿……我去喊娜塔霞来，还有什么的。

劳莫夫	（大为感动）尊敬的史杰潘·史杰潘诺维奇，你以为她会同意吗？
丘布考夫	那，当然了，我的亲爱的……好像她不会同意！她才叫爱你；真的，她像一只春天的猫，还有什么的。……不会让你久等的！

〔下。

劳莫夫	真冷……我浑身在打抖擞，就像我要进考场考试。顶重要的是，我必须有决心。我要给我时间想，迟疑，说废话，追寻理想，或者真正的爱情，那我就永远结不了婚了……夫！……真冷！娜塔里雅·史杰潘诺夫娜是一个出名儿的女管家的，不难看，也受过教育……我还指望什么？不过我这一急，耳朵直在叫唤。（饮水）我不结婚也不成……第一，我已经三十五岁了——譬方说，一种危险的年龄。第二，我应当过一种安静有规律的生活……我有心跳的毛病，容易受刺激，一来就心惶……就说眼前罢，我的嘴唇就在打抖擞，我的右眉毛就在扭动……可是顶顶坏的还是我睡觉的式样。我一上床，困着了，马上我的左边就有什么东西——那么一抽抽，我觉得它就在我的肩膀跟我的脑袋壳里头……我跳了起来，像一个疯子，溜达半天，回来再躺下，不过，我一要困着了，马上就又是一抽抽！一连二十回……

〔娜塔里雅·史杰潘诺夫娜上。

娜塔里雅	好啊，看！是你。爸爸说："去，那儿有个生意人来买货物。"你好啊，伊万·瓦席里耶维奇！
劳莫夫	你好啊，尊敬的娜塔里雅·史杰潘诺夫娜？
娜塔里雅	你别见怪我穿围裙，Négligé……我们在剥豆皮往干里晒。

365

	你怎么许久不到这儿来啦?坐下……(他们坐下)要不要来点儿点心?①
劳莫夫	不啦,谢谢你,我已经用过了。
娜塔里雅	那么,抽抽烟罢……这儿是火柴……现在天气是真好,不过,昨天就那么湿,工人们一整天没有做活。你堆起了多少干草?想想看,我觉得贪心得不得了,割了整整一田的草,现在我可一点儿也不开心,因为我怕我的草烂掉。我应当多等一等就好了。可是,这是怎么回事?什么,你穿着晚礼服!好,我做梦也想不到!你是去跳舞会,还是别的什么地方?——我猜你去的地方一定还要好。……告诉我,你这样打扮干什么?
劳莫夫	(心惶意乱)你看,尊敬的娜塔里雅·史杰潘诺夫娜……事情是我打定了主意请你听我……当然了,你会吓一跳,也许还要生气,不过……(旁白)冷得怕人!
娜塔里雅	怎么的啦?(稍缓)怎么样?
劳莫夫	我想法子把话说短。你一定知道,尊敬的娜塔里雅·史杰潘诺夫娜,我从做小孩子起,说实话,老早就有特权和你们家熟识。我过世的姨妈跟她丈夫,你知道,我承受的就是他们的财产,一向对你父亲跟你过世的母亲尊敬到了万分。劳莫夫跟丘布考夫两姓一向就友情最好,我简直可以说,彼此异常关切。你知道,我的地跟你的地是近邻。你一定记得我的老牛草地连着你的桦木林子。
娜塔里雅	对不住,我打断你的话。你说,"我的老牛草地……"那是你的吗?

---

① négligé是"随便"的意思。法文。

劳莫夫	是呀，我的。
娜塔里雅	你说什么呀？老牛草地是我们的，不是你们的！
劳莫夫	不对，我的，尊敬的娜塔里雅·史杰潘诺夫娜。
娜塔里雅	可，我从来没有听说过。你怎么可以这么讲？
劳莫夫	怎么？我说的是那老牛草地，夹在你的桦木林子跟烧塘当中的。
娜塔里雅	是呀，是呀……那是我们的。
劳莫夫	不对，你弄错了，尊敬的娜塔里雅·史杰潘诺夫娜，那是我的。
娜塔里雅	你倒想想看，伊万·瓦席里耶维奇！那多久是你的？
劳莫夫	多久？打我记得的那天起就是。
娜塔里雅	别瞎掰了，你也好叫我信这个！
劳莫夫	可是你看文件就知道了，尊敬的娜塔里雅·史杰潘诺夫娜。不错，老牛草地有一时是争论的原因，不过现在，人人知道那是我的。没有什么理好讲了。你看，我姨妈的祖母拿这块草地送给你父亲的祖父的农夫永久自由使用，为了报答她的好意，他们帮她做砖。你父亲的祖父的那些农夫自由使用草地，使用了四十年，成了习惯，当做他们自己的了，后来发生……
娜塔里雅	不对，不是那样子的！我的祖父跟我的曾祖父一直认为他们的田地打烧塘往外伸——那就是说，老牛草地是我们的。我看不出这有什么理好讲。简直是胡闹！
劳莫夫	我有文件给你看，娜塔里雅·史杰潘诺夫娜！
娜塔里雅	不对，你简直在说笑，要不然呀，就是在拿我开玩笑……多邪门儿！那块地我们有了快三百年了，忽然人家告诉我们，不是我们的！伊万·瓦席里耶维奇，我简直信不过我

	自己的耳朵……这些草地我一点看不上眼。也就是五代帝阿亨，或许值三百卢布，不过，我受不了不公道。你爱怎么讲就怎么讲，可是我呀，我受不了不公道。
劳莫夫	我求你了，听我把话讲完！你父亲的祖父的农夫，我方才已经有光荣向你解释，常常为我姨妈的祖母烧砖。所以，我姨妈的祖母，希望帮他们一桩好……
娜塔里雅	什么姨妈呀，祖父呀，祖母呀，我就别想搞得清楚。一句话，草地是我们的，完了。
劳莫夫	我的。
娜塔里雅	我们的！你可以一连两天去证明，你可以穿十五套礼服串门子，不过我告诉你呀，那是我们的，我们的，我们的！你家的东西我不要，我也不要把我家的东西给人。就是这个话！
劳莫夫	娜塔里雅·史杰潘诺夫娜，我不要那草地，不过，我照原则做事。你高兴的话，我送你。
娜塔里雅	我自己可以送你，因为那是我的！伊万·瓦席里耶维奇，你的行为，干脆讲了罢，真叫出奇！在这以前，我们总以为你是一个好邻居，一位朋友：去年我们借你我们的打麦机，虽说那么一来，我们自己不得不延到十一月打麦子，可是你现在对我们的行为，就像我们是吉卜赛。把我自己的地给我，好说！不，说真话，做邻居也没有这样做的！就我看来，简直是不要脸皮，你要是愿意听的话……①
劳莫夫	那么，你认为我霸占了你家的地？小姐，我这一辈子没有

---

① 吉卜赛是"流浪人"的意思。

霸占过任何人的地，我也不许任何人说我霸占人家的地……(迅速走向水瓶，饮水)老牛草地是我的！

娜塔里雅　不对，是我们的！

劳莫夫　我的！

娜塔里雅　不对！我有证据！我今天就叫人到草地割草去！

劳莫夫　什么？

娜塔里雅　今天我就叫人割草去！

劳莫夫　我扭掉他们的脖子！

娜塔里雅　你敢！

劳莫夫　(捧住他的心)老牛草地是我的！你明白吗？我的！

娜塔里雅　请别嚷嚷！你在你家嚷哑了嗓子由你，可是这儿呀，我必须要请你收敛收敛自己！

劳莫夫　小姐，要不是为了心跳得厉害，疼得难受，要不是我里头翻了过儿，我会换一个样子跟你讲话！(嘶喊)老牛草地是我的！

娜塔里雅　我们的！

劳莫夫　我的！

娜塔里雅　我们的！

劳莫夫　我的！

〔丘布考夫上。

丘布考夫　什么事？你们嚷嚷什么？

娜塔里雅　爸爸，请告诉这位先生，老牛草地是谁家的，我们的，还是他的？

丘布考夫　(向劳莫夫)亲爱的，草地是我们的！

劳莫夫　不过，我说，史杰潘·史杰潘尼奇，那怎么能是你们的？你也得讲理呀！我姨妈的祖母把草地暂时送给你祖父的农

	夫自由使用。农夫用地用了四十年，成了习惯，以为是他们自己的，后来发生……
丘布考夫	对不住，我的贵重人儿……你单单忘记了这个，农人没有交过你祖母租钱，还有什么的，因为大家在争这块草地，还有什么的。现在，人人知道这是我们的了。那就是说，你没有看到图样。
劳莫夫	我有证据给你看，那是我的!
丘布考夫	我的亲爱的，你拿不出证据。
劳莫夫	我有!
丘布考夫	亲爱的人，干么那样叫唤？你再叫唤也证明不了什么。你的东西我不要，我的东西也没有意思送人。我凭什么送人？你知道，我的亲爱的，你要是提议讲理的话，我宁可把草地给农人，也不给你。我就是这话!
劳莫夫	我不明白！你有什么权利拿别人的产业送人？
丘布考夫	你听着好了，我知道我有没有权利。因为，年轻人，我听不惯那种对我讲话的声调，还有什么的。我，年轻人，大你两倍，请你对我讲话要心平气静，还有什么的。
劳莫夫	不成，你以为我是傻瓜，由着你要！你把我的地叫做你的，然后你指望我平心静气，恭恭敬敬，对你讲话！好邻居不这样做的，史杰潘·史杰潘尼奇！你不是一个邻居，倒是一个强盗!
丘布考夫	什么？你说什么？
娜塔里雅	爸爸，马上就叫人到草地去割草!
丘布考夫	先生，你说什么？
娜塔里雅	老牛草地是我们的，我不给人，不给人，不给人!
劳莫夫	看好了，我告到法庭，那时候我会让你明白的!

丘布考夫	法庭?你会告到法庭的,还有什么的!你会的!我知道你;你正在找一个机会跟人打官司,还有什么的……你吃官司饭的!你一家子人全喜欢那个!没有一个不!
劳莫夫	我一家人不劳你操心!劳莫夫一姓全是规矩人,没有一个为了偷东西吃官司,跟你祖父一样!
丘布考夫	你们姓劳莫夫的一家人害疯癫症,全家人害!
娜塔里雅	全家,全家,全家!
丘布考夫	你的祖父是一个酒鬼,你的小姑妈,娜丝泰西雅·米哈伊洛娜夫,跟一个工程师跑掉,还有什么的……
劳莫夫	还有你的母亲是驼背。(捧住他的心)我这一边有东西抽抽……我的头。……救命!水!
丘布考夫	你的祖父是酒鬼、赌鬼!
娜塔里雅	还有背后说坏话,谁也比不上你的姨妈!
劳莫夫	我的左脚麻木了……你是一个阴谋家……噢,我的心!……这是一个公开的秘密,前几回选举你买……我看见星星……我的帽子在哪儿?
娜塔里雅	下贱!不老实!卑鄙!
丘布考夫	你自己就是一个存心不良,阴阳脸的阴谋家!是的!
劳莫夫	这儿是我的帽子……我的心!……哪边是路?门在哪儿?噢!……我怕我是要死了。……我的脚简直麻木不灵了……

〔走向门。

丘布考夫	(随着他)别再踏进我的门!
娜塔里雅	打官司好了!看谁输!

〔劳莫夫蹒跚而下。

丘布考夫	鬼抓了他去!

〔贫贫然，走来走去。

娜塔里雅 什么样儿流氓！这样一来，谁还能够相信自己的邻居！

丘布考夫 恶棍！草札人儿！

娜塔里雅 妖怪！先拿走我们的地，末了居然老起脸皮来骂我们。

丘布考夫 还有，这瞎眼的老母鸡，是呀，这萝卜鬼，居然涎着脸来议婚，还有什么的！什么？议婚！

娜塔里雅 什么议婚？

丘布考夫 是呀，他到这儿冲你求婚来啦。

娜塔里雅 求婚？冲我？你为什么不早告诉我？

丘布考夫 所以他才穿了晚礼服呀。塞满的香肠！瘦脸的丑婆子！

娜塔里雅 冲我求婚？啊！（倒进一只扶手椅，哭）喊他回来！回来！啊！请他这儿来！

丘布考夫 请谁这儿来？

娜塔里雅 快，快呀！我病啦！叫他来呀！

〔歇斯底里。

丘布考夫 什么事？你怎么的啦？（挠头）噢，我这不幸的人！我要打死自己！我要吊死自己！她把人折磨死！

娜塔里雅 我要死啦！叫他来呀！

丘布考夫 夫！这就去。别嚷嚷！

〔驰下。稍缓。娜塔里雅哭泣。

娜塔里雅 他们活活害了我！叫他回来呀！叫他来呀！

〔稍缓。丘布考夫驰上。

丘布考夫 他来了，还有什么的，鬼抓了他去！噢夫！你自己同他讲罢；我可不要……

娜塔里雅 （哭泣）叫他来呀！

丘布考夫 （嘶喊）他来了，我告诉你。噢，主，姑娘长大了，这父亲

		可真不好当呀！我要割我的喉咙！真的，我会的！我们咒他，我们骂他，赶他走，现在你又……你！
娜塔里雅	不对，全是你！
丘布考夫	我告诉你，那不是我的过错。（劳莫夫在门口出现）现在你自己同他讲罢。

〔下。

〔劳莫夫上，疲乏透顶。

劳莫夫	我心跳得才叫怕人……我的脚麻木了……我这一边儿一直有东西抽抽……
娜塔里雅	原谅我，伊万·瓦席里耶维奇，我们全有点儿过火……我现在想起来了：老牛草地的确是你的。
劳莫夫	我的心才叫跳得怕人……我的草地。……我的眼眉毛全在扭动……
娜塔里雅	草地是你的，是呀，你的……请坐……（他们坐下）我们全错了……
劳莫夫	我方才是照原则做事……我的地对我并不值钱，不过原则……
娜塔里雅	是呀，原则，就是呀……现在，我们谈谈别的。
劳莫夫	我有凭据，所以就更得认真了。我姨妈的祖母把地送给你父亲的祖父的农人……
娜塔里雅	是呀，是呀，不必提了……（旁白）我希望我有法儿让他开口……（高声）你这就快要打猎去吗？
劳莫夫	我想过了收成，尊敬的娜塔里雅·史杰潘诺夫娜，去打松鸡。噢，你听说了没有？想想看，我倒霉到什么程度！我的狗盖斯，你知道的，瘸子。
娜塔里雅	真可惜！怎么来的？

劳莫夫	我不知道……一定是扭了筋，要不就是叫别的狗咬了……（叹息）我的最好的狗，还不说买的价钱。买它的时候我给了米罗诺夫一百二十五卢布。
娜塔里雅	给的也太多了，伊万·瓦席里耶维奇。
劳莫夫	我以为是很便宜的。它是头等狗。
娜塔里雅	爸爸买他的史奎色，花了八十五卢布。史奎色可比盖斯好得多了！
劳莫夫	史奎色比盖斯好？亏你怎么想的！（笑）史奎色比盖斯好！
娜塔里雅	当然比盖斯好！当然啦，史奎色年轻，可以再大着点儿，可是就优点和家谱来讲，它比什么狗都好，就是渥尔切来磁基的那条狗也不成。
劳莫夫	对不住，娜塔里雅·史杰潘诺夫娜，可是你忘记它上嘴唇比下嘴唇长啦，上嘴唇比下嘴唇长，表示它是一条坏猎狗！
娜塔里雅	上嘴唇比下嘴唇长，它？我还是头一回听见！
劳莫夫	我告诉你，它的下嘴唇的确比上嘴唇短。
娜塔里雅	你量过来的？
劳莫夫	是的。当然啦，让它追是可以的，不过你要是叫它逮东西……
娜塔里雅	第一，我们的史奎色是一个纯种，哈耳米斯和切塞耳斯的儿子，可是你的狗根本就甭想有家谱……又老又丑，就像累透了的拉街车的马。
劳莫夫	它是老，可是五条史奎色换它一条，我也不干……是呀，那怎么成？……盖斯是一条狗；至于史奎色，可不，太可笑了，不值得争执……随便你说什么人罢，也有一条狗像史奎色那样好……差不多每堆小树底下，你都找得到。买

	它呀,二十五卢布就是大价钱了。
娜塔里雅	伊万·瓦席里耶维奇,你今天怎么的了,一个劲儿驳人,鬼附身了。你先以为草地是你的;现在是盖斯又比史奎色好。我不喜欢人不说自己要说的话,因为你完全知道,史奎色一百倍比你那条蠢狗好。你为什么偏要说不呢?
劳莫夫	我看,娜塔里雅·史杰潘诺夫娜,你把我当做瞎子,或者当做疯子。你自己明白,史奎色的上嘴唇长!
娜塔里雅	不对。
劳莫夫	是的。
娜塔里雅	不对!
劳莫夫	小姐,你嚷嚷什么?
娜塔里雅	尽说蠢话干什么?成什么体统!你的盖斯上嘴唇不长,所以呀,你才拿来跟史奎色比!
劳莫夫	对不住;我不能够继续讨论下去了,我的心在跳。
娜塔里雅	我反正看出来了,越懂得少的猎户越争得厉害。
劳莫夫	小姐,请你静着点儿……我的心快要裂了……(嘶叫)住嘴!
娜塔里雅	要我住嘴呀,除非你承认史奎色一百倍比你的盖斯好!
劳莫夫	一百倍坏!吊死你的史奎色!它的头……眼睛……肩膀……
娜塔里雅	你那条蠢狗倒用不着吊死;它已经有一半是死的了!
劳莫夫	(哭)住嘴!我的心在裂!
娜塔里雅	我偏不。
	〔丘布考夫上。
丘布考夫	现在又怎么回事?
娜塔里雅	爸爸,告诉我们真话,哪条狗顶好,是我们的史奎色,还

375

	是他的盖斯。
劳莫夫	史杰潘·史杰潘诺维奇,我只请你告诉我一件事:你的史奎色是不是上嘴唇长?是还是不?
丘布考夫	就算是,又怎么样?那有什么关系?就算上嘴唇长,也是区里最好的狗,还有什么的。
劳莫夫	可是我的盖斯是不是更好?说真话,是不是?
丘布考夫	我的贵重人儿,别发急……让我把话说完……当然了,你的盖斯有它的优点。……种纯,脚劲儿足,肋骨饱满,还有什么的。不过,我亲爱的人!你要是愿意知道真话呀,那条狗有两个缺点:年纪大,嘴短。
劳莫夫	对不住,我的心……让我们就事实看……你总该记得,在马鲁辛司基打猎,我的盖斯跟伯爵的狗平着跑,可是你的史奎色,落在整整一维耳司提后头。
丘布考夫	它落在后头,因为伯爵的管狗的拿鞭子抽它。
劳莫夫	抽也有抽的道理。狗在追一只狐狸,可是史奎色呀,去跟一只羊闹。
丘布考夫	不对!……我亲爱的人,我这人顶容易冒火,所以,就为了这关系,我们不必谈下去了。你有道理,因为人总是妒忌别人的狗的。是的,我们全是这样子!先生,你也不是没有错处!你就不看看,有的是狗比你的盖斯好,比你说的这个,那个……还有别的……还有什么的……我样样记得!
劳莫夫	我也记得!
丘布考夫	(激他)我也记得……你记点子什么?
劳莫夫	我的心……我的脚麻木了……我不能够……
娜塔里雅	(激)我的心……你算哪一类打猎的呀?你应该躺到厨房的

	灶头，捉捉蟑螂，不去打狐狸！我的心！
丘布考夫	是呀，真的，你倒说呀，你算哪一类打猎的？你真应该在家里守着你的心跳，不去追野兽。你可以打猎，可是你就会跟人争执，管人家的狗，还有什么的。我们换别的话谈罢，免得我光火。干脆，你就算不上一个打猎的！
劳莫夫	你算得上一个打猎的？你去打猎就是为了凑近伯爵，使阴谋……噢，我的心！……你是一个阴谋家！
丘布考夫	什么？我是一个阴谋家？（嘶叫）住嘴！
劳莫夫	阴谋家！
丘布考夫	毛孩子！小狗！
劳莫夫	老耗子！假正经！
丘布考夫	住嘴，要不呀，我枪毙你像枪毙一只鹁鸪！傻东西！
劳莫夫	人人知道——噢，我的心！——你过世的女人尽打你……我的脚……太阳穴……发亮……我倒，我倒啦！
丘布考夫	你自己呀，尝够了你的管家的拖鞋！
劳莫夫	这儿，这儿，这儿……我的心炸啦！我的肩膀脱啦……我的肩膀在哪儿？……我死啦。（倒进一只扶手椅）一个医生！
	〔晕过去了。
丘布考夫	毛孩子！小胆子！傻东西！我病啦！（饮水）病啦！
娜塔里雅	你算得了一个什么打猎的？你连马背都坐不稳！（向她的父亲）爸爸，他怎么的啦？爸爸！看呀，爸爸！（呼喊）伊万·瓦席里耶维奇！他死啦！
丘布考夫	我病啦……我喘不出气！……空气！
娜塔里雅	他死啦。（拉劳莫夫的袖管）伊万·瓦席里耶维奇！伊万·瓦席里耶维奇！看你把我害成什么样啦？他死啦。（倒进

　　　　　　　一只扶手椅）一个医生,一个医生!

　　　　　　　〔歇斯底里。

丘布考夫　　噢!……什么事?怎么的啦?

娜塔里雅　　(哭泣)他死啦……死啦!

丘布考夫　　谁死啦?(看着劳莫夫)是他呀!我的妈!水!一个医生!(举起一只杯子,凑近劳莫夫的嘴)喝掉这个!……不成,他不喝……这是说,他是死啦,还有什么的……我是顶不幸的人了!我为什么不拿枪打死自己?我为什么不抹脖子?我还等着什么?给我一把刀子!给我一把手枪!(劳莫夫有了动静)他像活过来了……喝点水!这就对喽……

劳莫夫　　我看见星星……雾……我在什么地方?

丘布考夫　　快点儿结婚拉倒——家伙,鬼跟着你!她愿意嫁你!(他把劳莫夫的手放进他女儿的手)她愿意嫁你,还有什么的。我祝福你们,还有什么的。我只求你们给我安静!

劳莫夫　　(站起)哎?什么?跟谁?

丘布考夫　　她愿意!怎么样?亲亲,死不掉的!

娜塔里雅　　(哭泣)他活啦……是的,是的,我愿意……

丘布考夫　　两个人亲亲罢!

劳莫夫　　哎?亲谁?(他们相吻)真甜,可不。对不住,这为什么?噢,我明白过来了……我的心……星星……我快活。娜塔里雅·史杰潘诺夫娜……(吻她的手)我的脚麻木了……

娜塔里雅　　我……我也快活。……

丘布考夫　　我的肩膀可算轻了……噢夫!

娜塔里雅　　不过……你现在该承认了,盖斯比史奎色坏。

劳莫夫　　好!

娜塔里雅　　坏!

丘布考夫　　好呀,这是一个开始你们家庭的幸福的方法!喝点儿香槟!

劳莫夫　　好!

娜塔里雅　　坏!坏!坏!

丘布考夫　　(试想把她比下去)香槟!香槟!

(幕)

• 塔杰雅娜·雷宾娜 •

人物

薇娜·奥兰林娜夫人　新娘子。

彼得·莎毕宁　新郎。

柯杰里尼柯夫

伏耳金　一位年轻军官　｝男家傧相。

学生

皇家检察官　｝女家傧相。

马特维耶夫　演员。

巴特隆尼柯夫

柯柯希金夫人

柯柯希金先生

松能希坦

一位年轻妇人

一位穿黑衣服的妇人

男女演员

伊万神父　礼拜堂的大牧师，七十岁。

尼古拉神父

阿历克塞神父　｝年轻牧师。

一位教堂管事

一位助理

库兹玛　司杖。

时间：

黄昏，六点钟敲过不久。礼拜堂。烛光全部燃起。正对圣坛的几座大门敞开。两个合唱班——大主教的和礼拜堂的——全在。教堂里面全是人。挤到气也出不来。一个结婚典礼正在进行。莎毕宁娶奥兰林娜夫人。莎毕宁的傧相是柯杰里尼柯夫和伏耳金;奥兰林娜夫人的傧相是她的兄弟,一个学生,和皇家检察官。当地的知识阶层全体出席。衣着入时。司仪的教士是:伊万神父,披着一件褪色的白袈裟;尼古拉神父,年轻而须发蓬茸;阿历克塞神父,戴着深颜色眼镜;高而瘦的管事,捧着一本书,站在他们后面,伊万神父的右手。人群之中有本地的剧团,领头是马特维耶夫。

伊万神父 (读着)愿上帝记住他们的父母,是他们把他们教养成人:因为由于父母赐福,这才扎下房屋的基础。愿主记住您的仆人男女傧相,他们一同来到这里做成这件喜事。愿主我们的上帝,记住您的仆人彼得和您的侍婢薇娜,并且赐他们福。应许他们生儿养女,有好的后裔,灵魂与身体一致;提高他们像利巴嫩的杉树,像一架果实累累的葡萄。应许他们富有,让他们一切够用,他们就会做好您所喜欢的件件良好的工作和件件事;让他们看见他们的儿子们的儿子们,像年轻的橄榄树环绕他们的桌子;而且在您眼前得到欢喜,他们就会熠耀像星宿在天上,在您——我们的主的身体。让光荣,权力,名誉和崇拜属于你,现在,永远,无边无涯。

大主教的合唱班 (歌唱)阿门!
巴特隆尼柯夫 真气闷。松能希坦先生,你的脖子戴的是什么勋章?
松能希坦 比利时的。这儿为什么这么多人?谁放他们进来的?家伙!简直是洗俄罗斯蒸汽澡。
巴特隆尼柯夫 是那个混账巡警。
管　事 让我们祈祷上帝!

礼拜堂的合唱班　（歌唱）愿主慈悲！

尼古拉神父　（读书）上帝从前用土造成男人，再用他的肋骨造成女人，让她成为他的伴当，因为上帝不喜欢男人独自活在地上，所以如今，愿主从您的居所伸下您的手，把您的仆人彼得和您的侍婢薇娜连合在一起，因为由于您，女人才和男人结合起来。让他们连成一心，合成一体，应许他们生儿养女，把儿女贤孝的欢悦赐给他们。因为权力属于您，王国、能力和光荣属于您，天父、圣子和圣灵，现在，永远，无边无涯。

礼拜堂的合唱班　（歌唱）阿门！

年轻妇人　（向松能希坦）王冠马上就要放到新娘子、新郎官的头上了。看呀，看呀！

伊万神父　（从圣坛拿起王冠，把脸转向莎毕宁）彼得，上帝的仆人，以天父、圣子、圣灵的名，娶薇娜，上帝的侍婢。阿门。

　　　　　　〔他把王冠递给柯杰里尼柯夫。

群　　众　男傧相跟新郎官恰好一样高。这人没有意思。他是谁？是柯杰里尼柯夫。另一个男傧相，那位军官，也很没有意思。

　　　　　　先生们，对不住，让这位太太过去。

　　　　　　太太，我怕你没有法子走过去！

伊万神父　（转向奥兰林娜夫人）薇娜，上帝的侍婢，以天父、圣子和圣灵的名，嫁给彼得，上帝的仆人。

　　　　　　〔他把王冠递给那位学生。

柯杰里尼柯夫　王冠够重的。我的手在发麻。

伏耳金　没有关系；就该轮到我了。我倒想知道，谁在这儿有巴树味道！①

皇家检察官 是柯杰里尼柯夫。

柯杰里尼柯夫 你瞎扯。

伏耳金 呸！

伊万神父 主我们上帝，让光荣和名誉做他们的王冠！主、我们上帝，让光荣和名誉做他们的王冠！主、我们上帝，让光荣和名誉做他们的王冠！

柯柯希金夫人 （向她的丈夫）现在瞧薇娜有多好看呀！我真羡慕她。她一点儿也不心惶。

柯柯希金先生 她惯了。她这是第二回干这个！

柯柯希金夫人 是呀，可不是么。（叹息）我诚心诚意希望她快活！……她这人心眼儿满好。

助 理 （来到教堂的中央）您已在他们头上戴好宝石王冠。他们问您要生命，您已赐给他们。

大主教的合唱班 （歌唱）您已在他们的头上……

巴特隆尼柯夫 我希望我现在可以吸烟。

助 理 使徒保罗的语录。

官 事 大家听好。

助 理 （属于一种悠长的第八音）凡事要奉我们主、耶稣基督的名，常常感谢父、上帝。又当存敬畏上帝的心，互相依顺。你们做妻子的，当依顺自己的丈夫，如同依顺上帝。因为丈夫是妻子的头，如同基督是教会的头；他是教会全体的救主。教会怎样依顺基督，妻子也要怎样凡事依顺

---

① 巴树 patchouli 是产在亚洲热带的一种植物，从枝叶提出香油，凝成樟脑一样的东西。

丈夫……

莎毕宁　　（向柯杰里尼柯夫）你在拿王冠压我的头。

柯杰里尼柯夫　没有，我没有压你。我举着王冠，离你的头有七吋高。

莎毕宁　　我告诉你，你是在压我的头。

助　理　　你们做丈夫的，要爱你们的妻子，正如基督爱教会，为教会舍弃自己；他要用水借着道把教会洗净，成为圣洁；他要献给自己一个荣耀的教会，不带玷污皱纹一类的毛病；而是应当圣洁，没有瑕疵……

伏耳金　　他是一个很好的低音……（向柯杰里尼柯夫）你现在要不要我来举？

柯杰里尼柯夫　我还不累。

助　理　　所以丈夫应当爱他们的妻子，如同爱自己的身子。爱妻子便是爱自己了。从来没有人恨自己的身子，总是保养顾惜，正像基督对待教会一样：因为我们是他身体的四肢，他的肉，他的骨。为了这个缘故，一个人离开他的父母……

莎毕宁　　（向柯杰里尼柯夫）把王冠再举高些。你在压我。

柯杰里尼柯夫　瞎掰！

助　理　　与妻子连合，二人成为一体。

柯柯希金先生　总督在这儿。

柯柯希金夫人　你看见他在那儿？

柯柯希金先生　在那边，靠近右翼，和阿耳土柯夫先生站在一起。便装，怕人认识。

柯柯希金夫人　我看见，我现在看见了。他在跟小玛丽·汉森讲话。他爱疯了她。

助　理　　这是一个大秘密：我指基督和教会而言。无论如何，你

　　　　　　们各人应当爱妻子，如同爱自己一样，同时妻子也要敬畏自己的丈夫。①

礼拜堂的合唱班　（歌唱）阿来路伊阿，阿来路伊阿，阿来路伊阿……

群　　众　　娜塔里·塞耳格耶夫娜，你听见了没有？妻子要敬畏自己的丈夫。

　　　　　　　别烦我。

　　　　　　　咝！安静！

助　理　　大家听福音。

伊　万　　愿大家和平！

礼拜堂的合唱班　（歌唱）愿您的精神和平。

群　　众　　他们在念《福音》，《新约》。……真是太长了！他们也好念完了。

　　　　　　　我出不来气。我必须走开。

　　　　　　　你穿不过去。等等，一会儿工夫就完了。

伊万神父　　读的是《约翰福音》。

助　理　　大家听好。

莎毕宁　　（望着群众）把王冠再举高点儿……

伊万神父　　（脱下袈裟以后）当时在加利利的迦拿有娶亲的筵席，耶稣的母亲在那里，耶稣和他的门徒也被请去赴席。酒用尽了，耶稣的母亲对他说：他们没有酒了。耶稣说：妇人，我与你有什么相干？我的时候还没有到。……

莎毕宁　　（向柯杰里尼柯夫）是不是马上就完?

柯杰里尼柯夫　　我不知道。我对这种事不在行。不过，也许就快完了罢。

---

①　见于《新约·以弗所书》第五章。

伏耳金　　　你还得围着圣坛转一匝才算数。

伊万神父　　他母亲对用人说：他告诉你们做什么，你们就做什么。照犹太人洁净的规矩，有六口石缸摆在那里，每口可以盛两三桶水。耶稣对用人说：把缸倒满了水。他们就倒满了，直到缸口。耶稣又说，现在可以舀出来，送给管筵席的……

〔传来一声呻吟。

伏耳金　　　Qu'est-ce que c'est?①有谁让压倒了吗？

群　众　　　哐！安静！

〔一声呻吟。

伊万神父　　他们就送了去。管筵席的尝了尝那水变的酒，不知道是哪里来的，只有舀水的用人知道。管筵席的便叫新郎来，对他说……

莎毕宁　　　（向柯杰里尼柯夫）谁方才在哼唧？

柯杰里尼柯夫　（望着群众）那边有人在动……一位穿黑衣服的妇人……她也许在闹病……他们把她带出去了……

莎毕宁　　　（望着群众）把王冠再举高点儿……

伊万神父　　人都是先摆上好酒，等客喝足了，才摆上次的，你倒把好酒留到如今。这是耶稣在加利利的迦拿行的头一件神迹，显出他的荣耀，他的门徒信服他……②

群　众　　　我不明白他们为什么放有神经病的女人们进来！

大主教的合唱班　（歌唱）荣耀归于主，荣耀归于主！

巴特隆尼柯夫　松能希坦先生，别嗡嗡跟个大马蜂一样，也别拿背朝着圣坛。还没有完。

---

① 法语，意思是"什么事？"
② 见于《约翰福音》第二章。

松能希坦　　是那年轻女人跟个马蜂一样在嗡嗡，不是我……哈哈哈！

助　　理　　让我们大家用全部灵魂来讲，用全部心灵来讲……

礼拜堂的合唱班　（歌唱）愿主慈悲。

〔管事。读着长的祷告，同时发生下面的谈话。①

群　　众　　咂！安静！

不过我也是叫人挤的！

合唱班　　（歌唱）愿主慈悲！

群　　众　　咂！咂！

谁晕过去了？

〔一声呻吟。群众之中起了骚动。

柯柯希金夫人　（向邻近的夫人）什么事？你看，亲爱的，简直受不了。

他们只要把门打开也就好了……我热死了。

群　　众　　把她领出去了，可是她偏不肯……她是谁？——咂！

莎毕宁　　噢，我的上帝……

群　　众　　昨天，在欧罗巴旅馆，一个女人服毒自尽了。

是呀，他们讲，她是一个医生的太太。

她为什么寻死，你知道吗？

伏耳金　　我听见有人在哭……看热闹的人可真不识体面。

马特维耶夫　合唱班今天唱得不坏。

喜剧演员　　萨哈耳·伊里齐，你我应当把这些合唱班雇下来才是！

马特维耶夫　什么脸蛋儿呀，你这畜牲脸！（笑）咂！

群　　众　　是呀，他们讲，她是一个医生的太太……在旅馆……有雷宾娜小姐做好榜样，现在这是第四个女人服毒了。亲爱的，解释给我听，服毒服毒，到了儿有什么意义？

---

① 稿本有祷告文，发表时被剧作者的兄弟删掉。

这是传染病。没有什么。

你的意思是，一种摹仿？

自杀过人的！

现下有精神病的女人可真多！

安静！别乱走动！

请别嚷嚷！

雷宾娜小姐一死，把毒过给空气。所有女人受到传染，想到伤心处，全疯了。

就是在教堂里头，空气也中毒了。你觉不出这儿有多紧张吗？

〔管事同时读完祷告。①

大主教的合唱班	（歌唱）愿主慈悲！
伊万神父	因为您是仁慈的上帝，爱人类，所以我们把光荣归与天父、圣子和圣灵，现在，永远，无边无疆。
合唱班	（歌唱）阿门！
莎毕宁	我说，柯杰里尼柯夫！
柯杰里尼柯夫	什么事？
莎毕宁	现在……噢，伟大的上帝！……塔杰雅娜·雷宾娜在这儿……她在这儿……
柯杰里尼柯夫	你疯啦！
莎毕宁	穿黑衣服的妇人……就是她。我认得出来是她。……我看见她……
柯杰里尼柯夫	世上没有人相貌一样的……除非她也是一头的褐色头发，那就奇了。

---

① 稿本有祷告文，发表时被剧作者的兄弟删掉。

管　　事　　大家求主怜悯！

柯杰里尼柯夫　别跟我交头接耳，还没有完。人在望你……

莎毕宁　　为上帝的爱……我简直站不直了。那是她。

　　　　　　〔一声呻吟。

合唱班　　（歌唱）愿主慈悲！

群　　众　　安静！呸！谁打后头推人？呸！

　　　　　　他们把她领到柱子后头去了……

　　　　　　随你到什么地方，丢不开那些女人……她们为什么不在家里待着？

一位看客　（嚷着）你们放安静！

伊万神父　（读着）主、我们上帝，您曾施展法力，在加利利的迦拿……（向四围看）人真多！（继续读着）以您的出现，应许婚姻得有荣誉（提高声音）……我求你们，大家在那边保持安静！你们妨害我们完成典礼。别在教堂转悠，别谈话，别吵闹，好好儿站着祷告，这样才好！你们应当在心里畏惧上帝。（读下去）主、我们的上帝，您曾施展法力，在加利利的迦拿，以您的出现，应许婚姻得有荣誉，现在求您也在和平谐和之中维持您的仆人，彼得和外辣，因为您已经愿意把他们互相结合在一起。让他们的婚姻得有荣誉；让他们的床不受玷污；答应他们的谈话永远璧洁无瑕，应许他们活到高寿，心地纯洁，完成您的吩咐。因为您、我们的上帝是慈悲普渡的上帝，我们把光荣归与您不曾降生的在天之父，神圣的精灵，良善，拿生命给人，现在，永远，无边无疆。

大主教的合唱班　（歌唱）阿门！

莎毕宁　　　（向柯杰里尼柯夫）叫人喊巡警来，告诉他们不要放人进来……

柯杰里尼柯夫　他们会放谁进来？教堂眼下简直挤满了人。放安静……别交头接耳的。

莎毕宁　　　她……塔杰雅娜在这儿。

柯杰里尼柯夫　你说呓语。她埋在坟地。

管　事　　　上帝，愿您慈悲为怀，救救我们，可怜可怜我们，保护我们长久！

礼拜堂的合唱班　（歌唱）愿主慈悲！

管　事　　　让我们求主，赐我们长日完美，神圣，平静，无罪。

礼拜堂的合唱班　（歌唱）愿主允许！

〔管事继续读着短的祷告，同时发生下面的谈话。①

群　众　　　那管事的永远是"愿主慈悲"，"愿主救我们"，就没完没了。

　　　　　　我站不住了。

　　　　　　又起了杂乱的声音。人真多！

奥兰林娜夫人　彼得，你全身在抖擞……你出气也显得艰难……你不舒服吗！

莎毕宁　　　那穿黑衣服的妇人……是她……是我们错。

奥兰林娜夫人　哪个妇人？

莎毕宁　　　塔杰雅娜在哼唧……我在用力撑持自己，我试着在用力撑持自己……柯杰里尼柯夫拿王冠在压我的头……我没有什么……

柯柯希金先生　薇娜脸才叫白，跟死人一样。看呀，她眼睛里头有眼

---

① 稿本有祷告文，发表时被剧作者的兄弟删掉。

泪。还有他……看他呀！

柯柯希金夫人　我对她讲过，看热闹的人不会识体面的！我就不明白，她为什么一死儿要在这儿结婚。她为什么不到乡下去？我们应当求求伊万神父快点儿了结。她受惊了。

伏耳金　请你给我来捧。

〔他接过柯杰里尼柯夫的王冠。管事同时读完他的短暂的祷告。

合唱班　（歌唱）一切归与主！

莎毕宁　薇娜，撑着点儿，学我……这样就好……仪式马上就要完了。我们这就要走……是她……

伏耳金　哑！

伊万神父　主，应许我们斗起胆，坦白地，擅自把您在天的上帝唤做父亲，并且说……

大主教的合唱班　（歌唱）我们在天之父，天以上帝之名神圣，上帝的王国来……

马特维耶夫　（向他的全体演员）孩子们，朝前移移；我想下跪。（他跪下去，伏在地上）愿您的意欲完成；在上天如在地上。给我们面包，让我们活下去；饶恕我们的债，如我们饶恕我们的债主……

大主教的合唱班　（歌唱）愿您的意欲完成，在上天如在地上……面包，让我们活下去……

马特维耶夫　愿主记住您的死去的侍婢塔杰雅娜，饶恕她有心无心的过失，也饶恕我们，怜恤我们……（他站起）真热！

大主教的合唱班　（歌唱）不让我们……们……们……陷入诱惑，从罪恶……恶……恶把我们救出！

柯杰里尼柯夫　（向皇家检察官）一定有一只苍蝇叮了我们新郎官一口。

394

	看呀，他直打抖擞！
皇家检察官	他怎么的啦？
柯杰里尼柯夫	他以为方才犯神经病的那个穿黑衣服的妇人，就是塔杰雅娜。一种幻觉。
伊万神父	因为王国、能力和光荣属于您，天父、圣子和圣灵，现在，永远，无边无涯！
合唱班	阿门！
皇家检察官	当心他别半路出岔子！
柯杰里尼柯夫	他要挺到底的。他不是那种人！
皇家检察官	是的，够他受的！
伊万神父	一切和平！
合唱班	您的精灵和平。
管　事	让我们向主低下我们的头！
合唱班	一切归与主！
群　众	他们就要围着圣坛转一匝了。

　　呸！呸！

　　医生的太太有没有验过？

　　还没有：他们讲，丈夫弃了她了。不过他们讲，莎毕宁也弃了雷宾娜小姐。是真的吗？

　　是——的！

　　我记得雷宾娜小姐验尸的事了。

管　事	让我们哀求主！
合唱班	愿主慈悲！
伊万神父	（读着）上帝，您以权力创造万物，建立世界，以所创造的万物装璜王冠，愿您也赐福这寻常的杯子，答应把它交给他们结婚的夫妇。因为您的名有福，您的王国有光荣，天

父、圣子和圣灵，现在，永远，无边无涯。

〔伊万神父端酒杯给莎毕宁和奥兰林娜夫人饮。

合唱班　　阿门！

皇家检察官　当心他晕倒！

柯杰里尼柯夫　他是走兽，结实着哪。他可以熬完的，没有问题！

群　众　　看呀，孩子们，别散开。我们回头儿一道走。席坡闹夫在这儿吗？

我在这儿！我们回头围着车，吹五分钟口哨。

伊万神父　把你们的手给我。（他拿手帕捆牢莎毕宁和奥兰林娜夫人的手）紧吗？

皇家检察官　（向那位学生）年轻人，给我王冠，你举着后襟。

大主教的合唱班　欢喜罢以赛亚；圣母怀孕……

〔伊万神父围着圣坛走了一匝，后面随着新婚夫妇和傧相。

大主教的合唱班　……生下圣子，以马内利，上帝与人同在：东方是他的名……①

莎毕宁　　（向伏耳金）是不是这就完啦？

伏耳金　　还没有。

大主教的合唱班　……我们颂扬他，也喊着圣母有福。

〔伊万神父围着圣坛走第二匝。

大主教的合唱班　（歌唱）神圣的殉教者们，你们曾打胜仗，夺到王冠，愿你们在主前说情，怜恤我们的灵魂……

伊万神父　（转第三匝，歌唱着）我们的灵魂……

莎毕宁　　我的上帝，简直就没个完！

---

① 见于《旧约·以赛亚书》第七章。

大主教的合唱班 （歌唱）光荣归与基督、我们的上帝，使徒们的夸耀，殉教者们的欢乐，他的道是三位一体。

群众之中一位军官 （向柯杰里尼柯夫）警告一下莎毕宁，正科和预科学生等在外头嘘他。

柯杰里尼柯夫 谢谢。（向皇家检察官）真够磨蹭的！就甭想他们停住不烦文缛礼。

〔拿手绢拭脸。

皇家检察官 可是你的手直在抖擞……你们这群人可也真娇气！

柯杰里尼柯夫 我一直在想塔杰雅娜。我有一个感觉，好像莎毕宁在唱歌，她哪在哭。

伊万神父 （由伏耳金接过新郎的王冠。向莎毕宁）愿新郎宏大如亚伯拉罕，有福如以撒，繁殖如雅各，在和平之中行走你的道路，在正直之中完成上帝的吩咐。

一位年轻演员 什么样美丽的词句送给浑蛋。

马特维耶夫 上帝一视同仁。

伊万神父 （由皇家检察官接过新娘的王冠。向奥兰林娜夫人）愿新娘宏大如撒拉，欢乐如利百加，繁殖如拉结，喜爱自己的丈夫，遵守律令，因为这是上帝的兴会。

群　众 （看见有人奔向出口）安静！仪式还没有完。

哟！别推！

管　事 让我们哀求上帝！

合唱班 愿主慈悲！

阿历克塞神父 （摘下他的黑眼镜；读着）上帝，我们的上帝，您曾在加利利的迦拿出现，赐福婚姻，愿也赐福您的仆人，上天拿婚礼把他们连合在一起，赐福他们的进进出出；在好物事里面繁殖他们的生命，把他们的王冠接入您的王国，保持他们没有瑕疵，没有过失，不受污秽，无边无涯。

合唱班	（歌唱）阿门！
奥兰林娜夫人	（向她的兄弟）叫他们给我一把椅子。我要晕。
皇家检察官	薇娜·亚力山大夫娜，就快要完啦！也就是一会儿……亲爱的，撑一下子！
奥兰林娜夫人	（向她的兄弟）彼得不听我说话……他好像吓呆了。噢，亲爱的，亲爱的，亲爱的！……（向莎毕宁）彼得！
伊万神父	一切和平！
合唱班	您的精灵和平！
管　事	向主低下你们的头！
伊万神父	（向莎毕宁和奥兰林娜夫人）天父、圣子和圣灵，三位一体，一体神圣，创造生命，一个神，一个君主，赐你们福，答应你们长寿，贤子孝孙，增加生命和信仰，拿地上所有的好物事给你们！也使你们经过上帝的圣母的说情，还有诸圣的说情，有资格享受许下的好物事，阿门！（向奥兰林娜夫人，微笑）吻你丈夫！
伏耳金	（向莎毕宁）你愣着做什么？吻她！

〔新婚夫妇互相吻抱。

伊万神父	我向你们道喜！愿上帝……
柯柯希金夫人	（走近新娘）我亲爱的，我的心肝儿。……我真喜欢！我向你道喜！
柯杰里尼柯夫	（向莎毕宁）我向你道喜，这个差事……好啦，哩哩啰啰了这半天总算完啦，你现在脸色也好转过来了……
管　事	智慧！

〔朋友纷纷过来向新婚夫妇道喜。

合唱班	（歌唱）我们颂扬您，上帝的真母亲，怀着道、上帝，璧洁无瑕，噎喀啪不及您荣耀，撒拉弗无可比拟地不及您光荣！①

〔群众拥出教堂。司杖库兹玛熄掉烛火。〕

伊万神父	基督、我们的真上帝，在加利利的迦拿出现，使婚姻得有荣誉，愿他经过他无瑕的母亲的说情，神圣、光荣和名声远扬的使徒的说情，上帝加冕和使徒认可的君主康斯旦丁和海莱纳的说情，神圣伟大的殉教者浦罗考皮屋斯的说情和所有圣者的说情，可怜我们，救救我们，因为他慈悲，而且爱人类。②
合唱班	（歌唱）阿门。愿主慈悲！愿主慈悲！愿主慈悲！
妇人们	（向奥兰林娜夫人）我亲爱的，恭喜……但愿你活一百岁……
松能希坦	（向奥兰林娜夫人）莎毕宁夫人，假如我可以这样说，用纯粹俄罗斯语言来讲……
大主教的合唱班	（歌唱）长寿！长寿！长寿！
莎毕宁	薇娜，对不住！（他揪着柯杰里尼柯夫的胳膊，把他挽到一旁；颤索，结结巴巴）跟我马上到坟地看看！
柯杰里尼柯夫	你疯啦！现在天都黑啦！你到那儿有什么好干的？
莎毕宁	为上帝的爱，去罢！我求你啦……
柯杰里尼柯夫	你现在应当送你的新娘子回家去！你这疯子！
莎毕宁	我才不放在心上，咒它，一千回咒它！我……去……叫他

---

① 噎喀啪 Cherubim 是上帝的武侍卫，见于《旧约·创世记》第三章。撒拉弗 Seraphim 是上帝的天使，有六个翅膀，见于《以赛亚书》第六章。
② 康斯旦丁大帝是罗马皇帝，海莱纳是母后，基督教在他们治下开始得到保障。浦罗考皮屋斯是耶路撒冷人，在三〇三年殉教。

们给死人做一回弥撒！……噢，我是疯啦……我险点儿死了……噢，柯杰里尼柯夫，柯杰里尼柯夫！

柯杰里尼柯夫　走，走……（把他带到新娘前面）

〔过了一时，街上传来一阵尖锐的呼哨。人逐渐离开教堂。只有助理和司杖库兹玛留着。

库兹玛　有什么用……无聊。

助　理　什么？

库兹玛　这场子结婚。天天我们忙喜事，命名，丧事，其实一点意思也没有。

助　理　你倒要想怎么着？

库兹玛　不怎么着。我也就是说说……一切无聊……全无聊。

助　理　哼……（穿上他的套鞋）满嘴的大道理，你发昏啦。（走出，他的套鞋发出通通的响声）再见！

〔下。

库兹玛　（独自一人）今天下午我们埋了一位先生，方才我们来了一回结婚，明天早晌我们要来一回命名。一直下去，就没个完……就是这样子，没有意思……

〔传来一声呻吟。

〔伊万神父和戴黑眼镜的阿历克塞神父在圣坛后面出现。

伊万神父　我猜，他一定弄到一票大嫁妆……

阿历克塞神父　当然要弄到……

伊万神父　想想看，这就叫人生！从前有一回，我也跟一位姑娘求婚，我也有一回结了婚。弄到一笔嫁妆，可是时间长悠悠的，现在也就全忘了。（高声）库兹玛！你做什么把蜡烛全弄灭啦？我会在黑地里跌跤的。

库兹玛　　　我以为你已经走啦。

伊万神父　　阿历克塞神父，怎么样？去跟我喝一杯茶？

阿历克塞神父　大牧师神父，多谢你了，我没有时间。我还得去写一篇报告。

伊万神父　　随你便儿。

穿黑衣服的妇人　（从柱后走出，摇摇欲坠）谁在这儿！领我出去……领我出去。

伊万神父　　什么事？那儿是谁？（惊惧）太太，你在这儿做什么？

阿历克塞神父　上帝，饶恕我们这些有罪的人……

穿黑衣服的妇人　领我出去……领……（呻吟）我是军官伊万闹夫的妹妹……他的妹妹……

伊万神父　　你在这儿做什么？

穿黑衣服的妇人　我服毒了！由于恨！因为他害了她……为什么他就应当幸福？上帝……（呼喊）救救我，救救我！（倒在地板上）她们全得服毒……全得服毒！天下就没有公道……

阿历克塞神父　（恐怖）什么样渎神的话！主，什么样渎神的话！

穿黑衣服的妇人　由于恨！……他们全得服毒……（呻吟，在地板上打滚）她在坟里头，他……他……害女人才是污渎上帝……糟蹋一个女人……

阿历克塞神父　什么样污渎宗教的话！（握着手）什么样污渎人生的话！

穿黑衣服的妇人　（撕开她的衣服，嚷着）救救我！救救我！救救我！

(幕下)

· 一位做不了主的悲剧人物 ·

人物

伊万·伊万诺维奇·陶尔喀乔夫　家长。
阿历克塞·阿历克塞耶维奇·摩辣希金　他的朋友。

景：
圣彼得堡，摩辣希金的楼房。

摩辣希金的书房。舒适的家具。摩辣希金坐在他的书桌前。陶尔喀乔夫进来，手里拿着一个玻璃灯罩，一架自行车玩具，三个帽匣，一个大衣包，一个啤酒箱和若干小捆东西。他蠢蠢地向周围望了望，疲倦地倒在沙发上。

摩辣希金	好呀，伊万·伊万诺维奇？看见你我很高兴！什么风儿把你带到这儿来的？
陶尔喀乔夫	（沉重的呼吸）我亲爱的朋友……我问你要点儿东西……我求你……借我一把手枪，明天还你。行行好！
摩辣希金	你要手枪做什么？
陶尔喀乔夫	我一定要……噢，小父亲们！……给我点儿水喝……水，快呀！……我一定要……今天晚晌我得穿过一个林子，万一有意外……真的，请你借给我。
摩辣希金	噢，你撒谎，伊万·伊万诺维奇！家伙，你有什么事要到一座黑林子去？我猜你心里有事。我一看你的脸，就知道你心里有事。到底怎么啦？你不舒服吗？
陶尔喀乔夫	等一等，让我喘一口气……噢，小母亲们！我累死了。我一身的难受，头也晕晕的，好像我在肉叉子上烤了一趟。

	我再也挨受不下去了。行行好，别老盘问我；给我一把手枪好了！我求你！
摩辣希金	好啦，伊万·伊万诺维奇，到底怎么？——你是一家之长，一位公家服务的人员！使不得！
陶尔喀乔夫	我算哪一种家长呀！我是一个殉难者，我是一个牲口，一个黑奴，一个奴才，一个流氓，一死儿在人世等着事情发生，就别想做下一世的打算。我是一块破布，一个糊涂虫，一个傻瓜。我干吗活着？有什么用？(跳起)对呀，请问，我干吗活着？心里苦，身子苦，老是这样儿活下去，为的是什么？做一个观念的殉难者，是的，我懂得！可是做一个鬼知道什么东西的殉难者，裙子，灯罩，不！承当不起！不，不，不？我受够了！
摩辣希金	别喊叫，街坊会听见的！
陶尔喀乔夫	让你的街坊听好了，我才不在乎！你要是不给我手枪，有的是人给，反正我会有一个法子了结的！我已经横了心！
摩辣希金	瞧你的，你揪下一个钮子。安静点儿讲话。我还不明白是什么岔儿跟你过不去。
陶尔喀乔夫	什么岔儿？你问我什么岔儿？好罢，我告诉你！好极了，我一五一十告诉你，说完了，我的心或许要轻点儿。我们坐下讲。现在你听着……噢，小母亲们，我简直喘不过气来！……就让我们拿今天做个例子来罢。就说今天好了。你知道，从十点钟到四点钟我得到政治部上差。天热，闷得很，蝇子多，而且，我亲爱的朋友，事情是乱糟糟的。次长请了假，郝辣波夫娶媳妇儿去了，小职员们大多在乡下，不是做爱，就是玩儿票唱戏，人人发困，疲倦，没有神儿，你就别想他们干点活儿。次长的事交给一位先生代

理，左耳朵是聋子，自己也在做爱，衙门失掉了记性；人人跑来跑去，生气，发脾气，乱哄哄一片，你就别想听得见你自己说话。什么地方都是乱，都是烟。我的活儿可要人命：永远是那样子，——先是一下修改，再是一下参考，接着又一遍修改，又一遍参考：就像海里的水浪一样单调。你明白，仅仅是眼睛爬出脑壳罢了。给我点儿水喝……走出头门，你就成了一个晕头晕脑的软家伙。你满想吃晚饭，睡觉，可是办不到！——你记得你在乡下——这就是说，你是一个奴才，一块破布，一段绳子，一块坏肉，你得跑腿，四处张罗事去。不管我们住到什么地方，就有了一种写意的风俗：一个男子一进城，不提自己的太太，个个糟女街坊都有权利和力量给他一大堆事做。太太吩咐你到女裁缝那儿，去骂她把一件衣服靠胸的地方做得太宽，肩膀的地方做得太窄；小宋妮雅要一双新鞋，你的小姨子要一些大红绸子，和样子货一样，二十分钱的价码，要三阿森长。①你等一等；我念给你听。（由衣袋取出一张备忘录读）一个灯罩；一磅猪肉；五分钱的丁香和肉桂；密夏用的蓖麻子油；十磅砂糖。你打家里带去：一个铜罐装糖；碳酸；十分钱的杀虫药粉；二十瓶啤酒；醋；尚叟小姐的里肚，八十二号大小……噢夫！把密夏的冬大衣和木鞋带回家。这是我太太和家里人的吩咐。另外还有我们亲爱的朋友和街坊的事由儿——死了也不嫌多！明天是伏洛嘉亚·傅拉幸的命名日；我得给他买一辆自行车。文赫令团长的太太快要分娩了，所以我每天得去看收

---

① 一阿森等于二十八英寸。

生婆,把她请过来。等等,等等。我衣袋里面有五张备忘录,我的手帕打满了结。就是这样子,我的亲爱的朋友,你把时间用在你的公事房和你的火车之间,在城里跑来跑去,舌头搭拉着,跑着,诅咒着人生。从药房跑到女裁缝那儿,从女裁缝那儿跑到猪肉铺,然后再回到药房。在这个地方你摔了一跤,另一个地方你丢了钱,第三个地方你忘记付账,人家在你后面喊骂,第四个地方你踩了一位贵夫人的后摆……呼!整天这样奔波,一夜你骨头痛,梦见的也就是鳄鱼。好,东西全买下了,可是你怎么好把这些东西捆扎起来呀?举个例,你怎么好把一个重铜罐子和一个灯罩摆在一起,或者把碳酸和茶叶摆在一起?你怎么好把啤酒瓶子和这辆自行车放在一起呀?这简直是海耳库里斯的苦活儿①,一锅粥,一个猜不破的谜!你想尽了诡计,临了你还是碰碎了东西,弄散了东西;在车站,在火车里,你站着总得胳膊分开,下巴底下顶着东西;拥着一捆一捆东西,什么硬纸盒子哪,一身全是那种乱七八糟的东西。火车开了,旅客把你的大小行李碰了一地;你还得打别人座儿上拾东西。人家叫唤了,把卖票的喊了来,一定要把你轰出去,可是我能够怎么着?我只好傻站着,像挨打的驴子一样直眨眼睛。现在你听我讲。我到了家。我辛苦了一场,你以为我一定欢喜喝几杯好酒,用一顿好饭——不也应当吗?——可是我命里没有注定下这个。我女人出去等我回来,出去有了些时候了。你刚才坐下来喝

---

① 海耳库里斯 Hercules 是希腊神话里面最伟大的英雄。他在一个国王下面做奴才。派他去做十二样苦差事。他全做好了。

汤，她就一爪子把你抓起来，你这倒霉蛋儿——你不欢喜去看票友儿演戏，或者跳舞去吗？你就不能够说一个不字。你是丈夫，丈夫这个字，译成乡下过夏的语言，意思就成了一条哑巴牲口，随你往它身上搁多少重东西，你不必害怕动物保护会干涉。于是你去了，蒙眬着眼睛看什么《家丑记》这类东西，太太叫你拍手的时候你就拍手，你越来越觉得难受，难受，难受得要死，最后你简直随时有瘫痪的可能，你要是去跳舞的话，你得给太太找好对手，要是没有对手，你就得奉陪跳完这场对舞，过了半夜，你打戏园子或者跳完舞回来，你已经不成人了，只是一块没有用的松软的破布，总算好，你临了得到你想要的东西，你脱掉衣服，上了床。好极了——你能够闭上眼睛睡了……你明白，一切是非常温柔，暖和，富有诗意，没有小孩子在墙后头乱嚷嚷，太太不在跟前，你的良心是安宁的——你还能够要什么？你睡着了——忽然之间……你听见嗡的一声响……蚊子！（跳起）蚊子！三倍该死的蚊子！（摇拳）这是一种埃及的灾难①，一种宗教审判的苦刑！嗡嗡嗡！响得十分可怜，十分悲伤，好像一直就在求你饶恕，可是坏家伙咬你一口，你得抓挠一点钟。你吸烟，你跟它们干，你连头带脚蒙住，全没有用，临了你只好牺牲自己，由这些该死的东西吞掉你。你刚和蚊子对付下来，别的灾难又开始了：你太太在楼下和她唱高音的男朋友开始练习那些哀伤的歌了。他们白天睡觉，夜晚玩儿他们的票友乐队。噢，我的上帝！这些唱高音的人才叫折磨人，地上就

---

① 耶稣小时候，犹太的藩王希律要杀他，父母带他逃到埃及避难。

没有蚊子能够跟他们比。（他唱着）"噢，告诉我不是我的青春害你""在你面前我入了魔"。噢，这些粗东西！他们简直要弄死我！没有办法，我只好叫自己的耳朵聋：我拿手堵着耳朵。这一直闹到四点钟。噢，再给我点儿水喝，兄弟！……我不能够……好啦，一夜没有睡，早晨六点钟你就得起来，奔到车站。你拼着命跑，唯恐误了车，然而一路泥泞，又冷又有雾——噗！你于是到了城里，一切从头再来一遍。就是这个，兄弟。一种可怕的生活；连我的敌人我都不希望他过这种日子。你明白——我病了！我得了气喘病，胃火症——我总害怕自己有了什么毛病。我得了不消化症，什么吃食我全觉得厚……我变成了一个正常的精神病患者……（四顾）可是，你却对人讲，我想去看一下契乔特或者梅尔谢耶夫斯基。兄弟，我有点儿中邪。在绝望和痛苦的时候，蚊子咬我或者高音先生们歌唱的时候，马上一切变模糊了；你跳起来，像一个疯子围着全所房子跑，喊着："我要血！血！"真的，你这时候真还想拿一把刀子砍谁，或者用一把椅子砸他的头。夏天在别墅过活，就会过成这个样子的——没有人同情我，人人认为是理所当然。大家甚至于笑你。可是你明白，我是一个活人，我想活着！这不是滑稽戏，这是悲戏——我说，你要是不拿你的手枪给我，无论如何你也应当同情我。

摩辣希金 我当真同情你。

陶尔喀乔夫 我看得出你多同情我……再会。我还得去买些鲲鱼和肠子……还有牙粉，然后到车站去。

摩辣希金 你住在什么地方？

陶尔喀乔夫 在喀芮永河那边。

摩辣希金　　（欣喜）当真？那么你知道奥妮嘉·巴甫洛夫娜·芬拜尔格罢？她住在那边。

陶尔喀乔夫　我知道她。我们还认识哪。

摩辣希金　　那真是再好没有了！这太方便了，只要你肯……

陶尔喀乔夫　什么事？

摩辣希金　　我亲爱的人。你不替我做点儿事吗：行行好！答应我罢。

陶尔喀乔夫　什么事？

摩辣希金　　那你就太够朋友了！我求你，我亲爱的人。第一，你为我好好向奥妮嘉·巴甫洛夫娜致意。第二，这儿有点儿小东西，我愿意你带给她。她问我要一架缝纫机，可是我没有人给她送去……你拿着它，我亲爱的！同时你还可以把这个金丝雀连它的笼儿一块儿带去……可是你得小心，别碰坏了门……你那样死钉着我做什么？

陶尔喀乔夫　一架缝纫机……金丝雀连笼儿……金丝雀，碛鹨……

摩辣希金　　伊万·伊万诺维奇，你怎么啦！你怎么连脸也紫啦？

陶尔喀乔夫　（跺脚）拿缝纫机给我！鸟笼子在什么地方？现在你拔了尖儿！吃了我！把我撕得粉碎！弄死我！（握拳）我要血！血！血！

摩辣希金　　你疯了！

陶尔喀乔夫　（跺脚）我要血！血！

摩辣希金　　（恐怖）他疯了！（呼喊）彼得！玛丽亚！你们在什么地方？救命呀！

陶尔喀乔夫　（围着屋子追他）我要血！血！

　　　　　　　　　　　　　　　　　　　　　　　　　　　（幕）

·结 婚·

人物

叶甫多基穆·查哈罗维奇·季嘎洛夫　一位退休的文官。

娜丝泰霞·杰莫费耶夫娜　他的太太。

达申喀　他们的女儿。

叶巴米龙德·马克塞莫维奇·阿勃洛穆包夫　达申喀的新郎。

费多耳·雅考武莱维奇·赖吾诺夫·喀拉乌洛夫　一位退休的船长。

安德莱·安德莱耶维奇·牛宁　一位保险捐客。

安娜·马尔丁洛夫娜·史麦由金娜　一位产婆，三十岁，穿着一件亮红袍子。

伊万·米哈伊洛维奇·雅契　一位电报生。

哈耳兰波·斯波利道洛维奇·狄穆巴　一位希腊点心商。

德米特里·史杰潘诺维奇·莫兹高伏伊　一位帝国海军水手（义勇舰队）。

男傧相，宾客，侍仆，等等

　　景：

　　安德隆劳夫酒店的一个房间。

　　一个灯火辉煌的房间。一张大餐桌，穿着礼服的侍仆围着桌子忙乱。景后有乐队在奏四组对舞曲的末节。

　　安娜·马尔丁洛夫娜·史麦由金娜，雅契和一位男傧相走过舞台。

史麦由金娜　　不成，不成，不成！

雅　契　　（跟着她）可怜可怜我们！可怜可怜！

史麦由金娜　　不成，不成，不成！

男傧相　　（追着他们）你们不能这样下去！你们到什么地方？Grand

415

ronde 怎么办？Grand ronde, 请啦！①

〔全下。

〔娜丝泰霞·杰莫费耶夫娜和阿勃洛穆包夫，上。

娜丝泰霞 你还是去跳舞罢，比拿话尽跟我捣乱好多了。

阿勃洛穆包夫 我不是一个司皮劳萨，或者那一类人，拿我的腿去凑四个对子。我是一个严肃的人，我有一个性格，我对于空洞的快乐不感到兴趣。不过，这也不是一个跳舞问题。你必须原谅我，Maman，你的作为有好些地方我不懂。举例来看，除去家庭应用的重要东西，你答应另外给我两张奖券，跟你女儿一道儿过门。它们在哪儿？②

娜丝泰霞 我的头有点儿疼……我想是天气的缘故……天只要解冻也就好了！

阿勃洛穆包夫 你这样做，脱不了身。我直到今天才发觉那些奖券进了当铺。你必须原谅我，Maman，只有骗子才这样做。我这样做，不是出于唯我主义——我不需要你的奖券，——那是原则问题；我不许任何人欺骗我。我一向让你女儿幸福，你今天要是不给我奖券，我可就撒开手不管她了。我是一个体面人！

娜丝泰霞 （看着桌子，数着刀叉）一份，两份，三份，四份，五份……

一个仆人 厨子问您，是喜欢冰掺甘蔗酒，马代辣，还是单上冰？③

---

① grand ronde 是"大圆舞"的意思。法文。
② 司皮劳萨 Spinoza 是荷兰的哲学家，一六三二年——一六七七年。他的推衍方式相当机械，例如推论上帝，他开门见山，提出四个定义，所以剧中人物阿勃洛穆包夫才这样说："拿我的腿去凑四个对子。"音乐奏的正是四组对舞曲。
Maman 是"妈妈"的意思。法文。
③ 马代辣 Madeira 是一种葡萄酒，产于马代辣岛。

阿勃洛穆包夫　掺甘蔗酒。告诉管事的，酒不够用。告诉他再多准备些 Haut Sauterne。（向娜丝泰霞）你还答应，也还同意，请一位将军到这儿用饭，他在什么地方？①

娜丝泰霞　我的亲爱的，那不是我的错。

阿勃洛穆包夫　那么，谁的错？

娜丝泰霞　那是安德莱·安德莱耶维奇的错……昨天他来看我们，答应带一位真正地道的将军来。（叹息）我想他四处去找偏偏没有找到，要不然他会带来的……你以为我们不介意吗？我们不会在女孩子身上克扣的。一位将军，当然喽……

阿勃洛穆包夫　可是还有……人人明白这件事实，Maman，你也算在里头，那个电报生雅契，在我求婚以前，追求达申喀。你为什么要请他？难道你还不知道，我不喜欢这个？

娜丝泰霞　噢，你这人怎的啦？叶巴米龙德·马克塞莫维奇前天才成了亲的，你对我跟达申喀还是絮絮叨叨个没完没了。一年下来，你要怎么办呀？你也太难了，真是太难了。

阿勃洛穆包夫　那么，你不喜欢听真话。啊，哈，噢，噢！那么，事情做得体面些。我只求你一件事：要体面！

〔成双的舞对跳着 grand ronde，从一个门进来，从另一个门出去。第一对是达申喀和一位男傧相。最后一对是雅契和史麦由金娜。他们两个停在后头。季嘎洛夫和狄穆巴进来，走向餐桌。

男傧相　（呼喊）Promenade!　Messieurs, promenade!（在后台

---

① Hant Sauterne 是一种上等白葡萄酒，产于法国东南叟太恩。法文。

Promenade! ①

〔舞客全下。

雅　契　　　（向史麦由金娜）可怜可怜！可怜可怜！我膜拜的安娜·马尔丁洛夫娜。

史麦由金娜　噢，什么样一个人！……我已经告诉你了，我今天没有嗓子。

雅　契　　　我求你唱唱！只要一个音节！可怜可怜！只要一个音节！

史麦由金娜　我讨厌你……

〔坐下，扇扇。

雅　契　　　可不，你简直没有心肝！这样残忍——假如我可以这样说的话——偏偏就有这样美的，美的嗓子！这样一个嗓子，假如你原谅我这样说，你不应该做产婆，应该在音乐会在公共场所唱歌！举个例罢，你唱那段 fioritura 唱得多妙呀……那段……（唱）"我爱你；枉费心力……"好极了！②

史麦由金娜　（唱）"我爱你，或许再爱。"对不对？

雅　契　　　就是它！真美！

史麦由金娜　不成，我今天没有嗓子……这个，替我扇扇这个扇子……天真热！（向阿勒洛穆包夫）叶巴米龙德·马克塞莫维奇，你为什么这样忧郁？新郎官不作兴这样子的！那副可怜样子，你也不害臊？说呀，你一脑门子什么官司？

阿勒洛穆包夫　结婚是一个严重的步骤！事事必须加以考虑，详细考虑。

史麦由金娜　你们男人全是十足的怀疑派！你们站在四围，我觉得简直

---

① 法文。意思是"散步！先生们，散步！散步！"
② Fioritura 是歌者随意加给所唱的乐器的"花腔"。意大利字。

透不过气来……给我空气！听见了没有？给我空气！

〔唱了几个音节。

雅　　契　　美呀！美呀！

史麦由金娜　扇呀，扇呀，要不然，我觉得，我马上就要晕过去的。告诉我，请啦，我为什么这样透不过气来？

雅　　契　　那是因为你出汗……

史麦由金娜　夫！你这人多俗呀！可别敢说那种话！

雅　　契　　对不住！当然啦，假如我可以这样说的话，你过惯了贵族社会，所以……

史麦由金娜　噢，让我一个人在这儿！给我诗，给我喜悦！扇呀，扇呀！

季嘎洛夫　　（向丁巴）我们再来一杯，怎么样？（斟酒）酒总好喝的。哈耳兰波·斯波利道洛维奇，只要不耽搁正经。喝罢，快活罢……喝别人的酒，不花钱，为什么不喝？你能喝的……你的健康！（他们饮酒）你们希腊有老虎吗？

狄穆巴　　　有的。

季嘎洛夫　　还有狮子？

狄穆巴　　　也有狮子。俄罗斯样样没，希腊样样有——我父亲，叔叔，兄弟——这儿样样没。

季嘎洛夫　　哼……希腊有鲸鱼吗？

狄穆巴　　　是呀，样样有。

娜丝泰霞　　（向她的丈夫）他们那样吃那样喝，倒是为了什么呀？现在是大家坐下来用饭的时候了。别拿你的叉子往龙虾里头扎……那是给将军预备的。他也许要来的……

季嘎洛夫　　希腊也有龙虾吗？

狄穆巴　　　有呀……那儿是样样有。

季嘎洛夫　　哼……还有文官。

史麦由金娜　　空气在希腊是什么样子,我想像得出来!

季嘎洛夫　　那儿一年有许多骗人的事。希腊人简直就跟阿耳麦尼人一样,跟吉卜赛人一样。他们卖你一块海绵,或者一条金鱼,可是同时呀,他们找机会多弄你点儿钱去。我们再来一杯,怎么样?

娜丝泰霞　　你想再来一杯干什么?现在是大家坐下来用饭的时候了。十一点都过了。

季嘎洛夫　　既然是时候,那么就是时候。太太们,先生们,请!(嚷嚷)用饭!年轻人!

娜丝泰霞　　亲爱的客人,请坐!

史麦由金娜　　(坐在桌边)给我诗。

"于是他,叛徒,寻找暴风雨,
好像暴风雨能够给他和平。"

给我暴风雨!

雅　契　　(旁白)了不起的女人!我陷入爱情!一直陷到耳朵!

〔达申喀,莫兹高伏伊,男傧相,男女宾客,等等,上。大家乱哄哄围桌而坐。静了一分钟,乐队演奏进行曲。

莫兹高伏伊　　(起立)太太们,先生们!我必须告诉你们这个……我们要喝许许多多酒道喜,要有许许多多话演说。不必等下去了,这就开始罢。太太们,先生们,庆贺新婚夫妇!

〔乐队演奏一段花腔。喝彩。杯子碰着。阿勃洛穆包夫和达申喀相吻。

雅　契　　美呀!美呀!我必须说,太太们,先生们,赞美要得当,这间屋子和一般的布置是华贵的。非常好,好得不得了!只是你们知道,我们这儿缺一件东西——电灯,假如我可以说的话！别的国家老早就有了电灯，只有俄国落（读如拉）在后头。

季嘎洛夫　（思维地）电灯……哼……就我看来，电灯完全是一种骗术……放进一块烧好的炭，自以为你们看不见！不成，假如你需要灯亮，千万不要用炭，应当用一种真实的，一种特殊的，你抓得住的东西！你必须有一种火，你们明白，是自然的，不是一种发明！

雅　契　你假如看见一具电池，明白电池是怎么样做成的，你就两样想法了。

季嘎洛夫　我不想看。那是一种骗术，欺诈公众……他们想抢出我们最后一口气……所以我们知道，这些……而且，年轻人，你与其为骗术辩护，你顶好还是注意一下你有没有再来一杯，给别人斟斟酒——那就好了！

阿勃洛穆包夫　岳父，我完全同意。做这种专门讨论干什么？我本人不反对谈论种种可能的科学发见，然而现在不是时候！（向达申喀）Ma chère，你觉得怎么样？①

达申喀　他们想表示他们多有教育，所以他们永远谈着我们听不懂的东西。

娜丝泰霞　谢谢上帝，没有教育，我们也活过来了，我们如今把我们的第三个女儿嫁给一位正人君子。假如你以为我们没有受过教育，那么，你何必到这儿来呢？到你有教育的朋友那儿去！

雅　契　娜丝泰霞·杰莫费耶夫娜，我一向尊敬你的家庭，假如我谈到电灯，并不是说我骄傲。我喝酒，表示我的

---

① Ma chère 的意思是"我的亲爱的"。法文。

诚恳。我一向真心希望达里雅·叶甫多基穆夫娜有一位好丈夫。娜丝泰霞·杰莫费耶夫娜，眼下不大容易找到一位好丈夫。现在，人人物色一种有利可图，有钱可得的婚姻……

阿勃洛穆包夫 这是一种暗示！

雅　契　（勇气消失）我没有暗示什么。……在座的人一向不算在内的……我是……就一般而论……听明白！人人知道你是为了爱情而结婚的……嫁妆是不足道的。

娜丝泰霞 不对，不是不足道！你当心你讲点子什么。除掉一千崭新的卢布不算，我们陪过去三件衣服，床，和所有的家具。赶着办嫁妆办到这样，你怕找不出第二份来！

雅　契　我不是说这个。家具是华贵的，当然啦，还有，还有衣服，不过，他们生气的地方，我从来就没有暗示一句。

娜丝泰霞 你就别再暗示了罢。我们敬重你，看你父母的面子，我们请你来吃喜酒，可是你在这儿闲话三千。假如你知道叶巴米龙德·马克塞莫维奇结婚为了图利，你为什么不在事前讲？（流泪）我带大她，我喂她，我养她……我宝贵她，赛过她是一颗绿玉，我的小女儿……

阿勃洛穆包夫 难道你还真就相信他？多谢之至！我非常感激你！（向雅契）至于你，雅契先生，你虽说和我相熟，我不许你在别人家这样胡闹。请，出去！

雅　契　你这是什么意思？

阿勃洛穆包夫 我要你跟我一样干脆！一句话，请走！

〔乐队演奏一段花腔。

来　宾　随他去罢！坐下！犯不上！由他去罢！别闹下去啦！

雅　契　我一点不……我……我简直闹不清……好罢，我走……不

	过，你先还我去年你向我借的五个卢布，拿一件 piqué 背心做抵，假如我可以这样说的话。然后，我再喝一杯酒就……走，不过，先还我钱。①
若干来宾	坐下！够啦！犯得上吗，为了这点子小事？
一位男傧相	（嚷嚷）新娘的父母健康，叶甫多基穆·查哈罗维奇和娜丝泰霞·杰莫费耶夫娜！
	〔乐队演奏一段花腔。喝彩。
季嘎洛夫	（激动地，向各方鞠躬）谢谢！亲爱的来宾！我十分感激你们不但不嫌弃，没有忘记我们，还把这种光荣给了我们。你们千万不要以为我是一个坏蛋，或者我打算骗谁。我说这话，出于我的衷心——我的灵魂的纯洁！我对于好人没有什么会拒绝的！我们十分谦卑地感谢你们！
	〔接吻。
达申喀	（向母亲）妈妈，你为什么哭？我快活极了。
阿勃洛穆包夫	Maman 想着要和你分离，所以难过。不过我劝她还是想想我们最后的谈话。
雅契	别哭啦，娜丝泰霞·杰莫费耶夫娜！想想看，人类的眼泪又算什么？也就是无谓的精神病学而已。
季嘎洛夫	希腊有红头发人吗？
狄穆巴	是呀，样样有。
季嘎洛夫	不过，你们没有我们这种香菌。
狄穆巴	是呀，我们有，样样有。
莫兹高伏伊	哈耳兰波·斯波利道洛维奇，轮着你说话了！太太们，先生们，一篇演说！

---

① piqué 是"花点儿"的意思。法文。

全　体	（向狄穆巴）演说！演说！轮着你！
狄穆巴	为什么？我不明白……怎么搞的？
史麦由金娜	不，不成！你不能够拒绝的！轮着你啦！站起来！
丁　巴	（起立，惶乱）我不能够说……这儿是俄罗斯，这儿是希腊。这儿是俄罗斯人，这儿是希腊人……这儿有人驾着喀辣夫泗海，喀辣夫就是船，还有人乘着火车在陆地走。我明白。我们是希腊人，你们是俄罗斯人，我什么也不需要……我可以告诉你们……这儿是俄罗斯，这儿是希腊……

〔牛宁上。

牛　宁	等等，太太们，先生们，不要吃！等等！只一分钟，娜丝泰霞·杰莫费耶夫娜！假如你不介意，到这儿来！（挽娜丝泰霞到一旁，气喘吁吁）听我讲……将军来了……我总算找到了一位……我简直累坏了……一位真的将军，地道的将军……上了年纪，你知道，也许八十岁了，也许就九十岁了。
娜丝泰霞	他什么时候来？
牛　宁	这就来。你会感激我一辈子的。①
娜丝泰霞	安德莱好人儿，你没有骗我？
牛　宁	可是，说呀，我是一个骗子？你用不着担心思！
娜丝泰霞	（叹息）安德莱好人儿，人可不喜欢白花钱呀！
牛　宁	你就别担心思啦！他不是一位将军，他是一个梦！（高声）我对他讲："将军，你简直忘记我们啦！将军忘记了老朋友，可不应该呀！娜丝泰霞·杰莫费耶夫娜"，我对他

---

① 这儿有几句话形容"将军"的头衔，英译本缺乏适当字句，未译。

讲,"她为了你忘记很不高兴来的!"(走到桌边坐下)他就对我讲:"不过,朋友,我不认识新郎官,怎么好去?""噢,将军,这算得了什么,执着礼儿还行,新郎官",我对他讲,"是一位漂亮先生,很开达,很和气。他在法院",我就说,"当估价员,将军,你不要以为他是一个坏蛋,一个拐骗女人的流氓。现下",我对他讲,"甚至于规矩女人也在法院作事。"他拍我的肩膀,我们各人吸了一枝哈瓦纳雪茄,现在他来了……稍稍等一等,太太们,先生们,不要吃……①

阿勃洛穆包夫　他什么时候来?

牛　宁　马上。我离开他的时候,他已经穿好套鞋了。稍稍等一等,太太们,先生们,先别就吃。

阿勃洛穆包夫　应当告诉乐队奏进行曲才是。

牛　宁　(嚷嚷)乐师!进行曲!

〔乐队演奏了一分钟进行曲。

一位侍仆　赖吾诺夫·喀拉乌洛夫先生!

〔季嘎洛夫,娜丝泰霞和牛宁跑过去欢迎。赖吾诺夫·喀拉乌洛夫上。

娜丝泰霞　(鞠躬)请进来,将军!您能来,我们高兴极了!

赖吾诺夫　一百二十分!

季嘎洛夫　将军,我们不是名门,我们不是显要,十分平常,不过不要因为这个便以为这儿有什么诈局。我们把好人放在最好的伴次,我们什么也不吝惜。请!

赖吾诺夫　一百二十分高兴!

---

① 哈瓦纳是古巴的京城,以雪茄知名。

牛　宁	将军，让我给您介绍新郎叶巴米龙德·马克塞莫维奇·阿勃洛穆包夫，和他新生的……我是说他新婚的太太！伊万·米哈伊洛维奇·雅契，在电报局做事！一位希腊国民，外国人，点心商哈耳兰波·斯波利道洛维奇·狄穆巴！奥西浦·鲁基奇·巴拜尔曼代布斯基！等等，等等……其余都无所谓了。将军，请坐！
赖吾诺夫	一百二十分！对不住，太太们，先生们，我只跟安德莱说两句话。（挽牛宁到一旁）我说，老家伙，我有点儿窘……你为什么直喊我将军？我不是一位将军！我连上校都够不上。
牛　宁	（耳语）我知道，不过，费多耳·雅考武莱维奇，你就做一回好人，让我们喊你将军。你明白，这家子人讲究来历：敬老，喜欢头衔。
赖吾诺夫	噢，既然这样子，好罢……（走向餐桌）一百二十分！
娜丝泰霞	将军，请坐！将军，请您赏脸用点儿这个！您可得原谅我们不懂礼节；我们老实人家！
赖吾诺夫	（没有听见）什么？哼……是。（稍缓）是……往时，家家人过着简单的生活，挺幸福的。别看我头衔高，我就是一个老老实实过日子的人。安德莱今天来看我，要我来参加婚典。我说："我不认识他们，我怎么好去？这不合礼貌的。"可是他说："他们是有来历的心地简单的好人，欢迎任何人。"好罢，假如是这样的话……为什么不去？我非常喜欢来。对于我，一个人在家里头，也怪闷的，假如我参加婚典能够让人人快活，那我是高兴到这儿来的……
季嘎洛夫	将军，您这话当真，不是吗？我尊敬这个！不骗人，我自己就是一个老实人，我尊敬别人也是这样子。将军，

用菜!

阿勃洛穆包夫　将军,您退休久吗?

赖吾诺夫　哎?是呀,是呀……一点不错。是呀……不过,对不住,这怎么的?鱼发酸……面包发酸。我吃不来这个!(阿勃洛穆包夫和达申喀互相亲吻)嘻,嘻,嘻……庆祝你们健康!(稍缓)是呀……往时,事事简单,人人喜欢……我爱简单……我是一个老人。我在一千八百六十五年退休。我现在七十二岁。是呀,当然啦,我年轻时候,事情是两样的,不过——(看见莫兹高伏伊)你在这儿……你是一个水手,不对吗?

莫兹高伏伊　是呀,是一个水手。

赖吾诺夫　啊哈,那么……是呀。干海军是一个苦活儿。好些事你得仔细想,想了不算,还得头疼。譬方说罢,每一个无所谓的字有它特殊的意义!举个例看,"拉中索,扯大帆!"这是什么意思?一个水手就懂!嘻,嘻!——像数学一般正确!

牛　宁　庆祝费多耳·雅考武莱维奇·赖吾诺夫·喀拉乌洛夫将军健康!

〔乐队演奏一段花腔。喝彩。

雅　契　将军,您方才谈起海军事业的艰难困苦。不过,电报就容易吗?现下,将军,一个人不识字,不会写法文、德文,就别想进得了电报局。打电报是世界上顶难的事。一百二十分难!听听看。

〔拿他的叉子敲着桌子,仿佛一架发电机。

赖吾诺夫　这有什么意思?

雅　契　这就是说:"我尊敬将军的人品。"您以为这容易吗?听听看。

〔敲。

赖吾诺夫　再高点儿；我听不见……

雅　契　　这就是说："太太，把你搂在怀里，我要多幸福哟！"

赖吾诺夫　你说的是那位太太呀？是呀……（向莫兹高伏伊）是呀，要是船头那边起风，你就得……让我想想看……你就得拉前桅绳跟中桅绳！命令是："上横绳，拉前桅绳跟中桅绳……"就在同时，帆松开了，你在下前帆跟上前帆绳底下拿牢支桅绳跟甲板绳。

一位男傧相　（起立）太太们，先生们……

赖吾诺夫　（打断）是呀……有许多命令喊。"收上前帆跟高前帆！！"好呀，这是什么意思？简单极了！这是说，假如中桅跟高桅帆把绳子带起来，他们就得在拉的时候放平上前帆跟高前帆绳子，同时高桅的甲板绳就一定得照着风向放松……

牛　宁　　（向赖吾诺夫）费多耳·雅考武莱维奇，季嘎洛夫太太请您谈点儿别的。客人们听不懂，太闷了……

赖吾诺夫　什么？谁闷？（向莫兹高伏伊）年轻人！现在，假定风力在右舷，船挂满了帆，当着风你得让船走。命令是什么？好呀，你先在上头打胡哨儿！嘻，嘻！

牛　宁　　费多耳·雅考武莱维奇，够啦。吃点儿东西。

赖吾诺夫　人一到甲板，你就下令："归位！"那个忙劲儿！你发令，同时你还得拿眼睛看着水手，他们跑来跑去，把帆跟甲板绳弄好，就跟电闪一样。最后，你再也忍不住了，你嚷嚷："孩子们好！"

〔他噎了气，咳嗽。

一位男傧相	（慌忙利用这停顿的机会）好比说罢，在这种盛会，在这一天，我们聚在一起，庆贺我们亲爱的……
赖吾诺夫	（打断）是呀，这些你全得记住！譬方说，"扯中帆绳。收高帆！"
男傧相	（腻烦）他怎么老打岔？这样下去，我们就别想有一段话说完了！
娜丝泰霞	将军，我们没有知识，像您那些话是一个字也听不懂，不过，假如您对我们讲点儿什么相关的……
赖吾诺夫	（不听）谢谢你，我用过晚饭了。你说这儿有鹅，是吗？谢谢……是呀。我想起往时来了……年轻人，挺快活的！你在海上航船，无忧无虑，还有……（声调激越）你记得转篷有多开心吗？想起那桩活儿，哪一个水手会不兴高采烈？命令一下，胡哨儿一吹，水手就往上爬——就像电光在他们中间一闪。从船长到听差，人人兴奋。
史麦由金娜	真无聊！真无聊！
	〔全在唧哝。
赖吾诺夫	（没有听准）谢谢你，我用过晚饭了。（热情地）人人准备好了，个个儿看着长官。他下令了："站开，高桅跟中桅的甲板绳移到右舷，大桅跟平衡的甲板绳移到左舷！"一眨眼就全好了。拉中索跟三角帆索……拉到右舷。（起立）船在风前头，帆最后鼓胀胀的了。长官下令："甲板绳。"自己的眼睛看着大帆，最后这挂帆也鼓胀胀的了，船开始旋转，他拼了命喊："丢下甲板绳！放松大桅绳！"样样东西在飞，一时乱到不能再乱……样样事做好了，不出岔子。船转篷了！
娜丝泰霞	（爆发）将军，您的态度……亏你活了这把年纪，羞也羞

死了!

赖吾诺夫　你说香肠？不！我没有用过……谢谢你。

娜丝泰霞　（高声）我说，亏你活了这把年纪，羞也羞死了！将军，你的态度真也太难啦！

牛　宁　（窘）太太们，先生们，犯得上吗？真的……

赖吾诺夫　头一桩，我不是一位将军，只是一个二级海军船长，依照品级来算，等于一个准上校。

娜丝泰霞　你既然不是一位将军，那么你干吗拿我们的钱？我们给你钱，没有叫你这样乱搞！

赖吾诺夫　（急）什么钱？

娜丝泰霞　你知道什么钱。你知道你打安德莱·安德莱耶维奇那儿拿了二十五卢布……（向牛宁）安德莱，你倒是看呀！我从来没有给你钱，叫你雇这样一个人！

牛　宁　那是……算了罢。犯得着吗？

赖吾诺夫　给钱……雇……这怎么讲？

阿勃洛穆包夫　让我就问你一句话。你有没有打安德莱·安德莱耶维奇那儿收到二十五卢布？

赖吾诺夫　什么二十五卢布？（忽然明白过来）原来是这么一回事呀！我现在可明白了……真下流，真下流！

阿勃洛穆包夫　你拿钱了没有？

赖吾诺夫　我什么钱也没有拿！离我远点儿！（离开餐桌）真下流！真卑鄙！侮辱一位老年人，一个水手，一个忠心耿耿，服役很久的军官！你们要是规矩人的话，我还好点一两个人出来比比，不过，现在，我有什么办法？（心不在焉）门在哪儿？打哪边儿走？听差，带路给我！听差！（走）真下流！真卑鄙！

〔下。

娜丝泰霞 安德莱,那些卢布哪儿去啦?

牛　宁 犯得上糟蹋辰光谈这些小事吗?那有什么关系!这儿人人快活,这儿你们……(呼喊)新娘和新郎健康!来一段进行曲!进行曲!(乐队演奏进行曲)新娘和新郎健康!

史麦由金娜 我出不来气!给我空气!你们这些人围着我,我就别想出得来气!

雅　契 (欣然色喜)我的美人!我的美人!

〔乱嚣。

一位男傧相 (试着大声压下别人)太太们,先生们!假如我可以说的话,在这种盛会……

(幕)

• 周年纪念 •

人物

安德莱·安德莱耶维奇·石坡钦　某合股银行的董事长,一位中年人。戴着一只单眼镜。

塔杰雅娜·阿莱克塞耶夫娜　他的夫人,二十五岁。

库兹玛·尼古拉耶维奇·希临　银行的老会计。

娜丝泰霞·费多罗夫娜·麦耳丘特金娜　一位老太太,披着一件旧式大衣。

银行的董事们

银行的行员们

景:

事情发生在银行。

董事长的私人办公室。左首有门,通公共房间。两张书桌。家具有意追求奢华的效果,盖着绒的扶手椅,花、雕像、地毯、一架电话。中午。希腊一个人,穿着长筒呢靴,隔着门在嚷嚷。

希　临　　到药房去买一角五分的穿心排草汁,告诉他们送水到董事室!我说了有一百回了!(走向书桌)我是累透,累透了。今天是第四天了,为了赶活儿,我连闭闭眼的机会都没有。从早到晚我在这儿赶活儿!从晚到早我在家里。(咳嗽)我全身都在发炎。我是又烫又冷,我咳嗽,我的腿疼,我的眼睛前面有东西跳舞。(坐下)我们的坏蛋董事长,那浑小子,要在董事会读一篇报告。"我们的银行，今日与未来。"你会以为他是一位刚拜塔①……（工作）二……一……一……六……零……七……另一个，六……零……一……六……他打算拿沙子迷大家的眼睛，我呀就坐在这儿，像流犯一样替他干活儿！他这篇报告呀，谎话连篇，可我这儿还得一天又一天坐了下来加数字，鬼捉了他的魂灵儿去！（摇他的算盘）我简直受不了！（写）那是，一……三……七……二……一……零……他答应为了我的工作奖赏我。假如今天事事顺利，公众可以正正经经骗过，他答应送我一个金坠儿和三百卢布红利……回头看好啦。（工作）是的，不过，万一我的工作没有成效，那么，你还是多加小心罢。……我是非常紧张……我要是脾气一发作，我可能犯罪的，所以，多加小心……是的！

〔景后喧嚣和彩声。石坡钦的声音："多谢！多谢！我是一百二十分地感激。"石坡钦上。他穿着一件燕尾服，打着一条白领带；他拿着一本纪念簿，方才送给他的。

石坡钦 （在门边，向外演说）我亲爱的同人，这件礼物我要一直保留到我去世那一天，作为我一生最幸福的时日的纪念！是的，诸君！再一次，我谢谢你们！（往空中抛了一个吻，转向希临）我亲爱的，我尊敬的库兹玛·尼古拉耶维奇！

〔每逢石坡钦来在台上，书记便时来时去，拿着文件要他签字。

希　临 （起立）安德莱·安德莱耶维奇，恭逢我们的银行五十周年

---

① 刚拜塔 Gambetta 是法国政治家，一八三八年——八八二年。普法之役，法国方面多亏有他撑持。

石坡钦	（和他热烈地握手）我亲爱的先生，谢谢你！谢谢你！我想，今天是周年纪念，非同寻常，我们可以互相亲吻！……（他们亲吻）我是非常，非常喜欢！谢谢你的勤劳……你的一切！自从我有光荣做本行的董事长以来，在这期间要是有点儿什么贡献，不是由于别人，全仗着我的同人。（叹息）是呀，十五年，十五年，就像我的名字叫石坡钦！（换了声调）我的报告呢？在写吗？
希 临	是；只有五页了。
石坡钦	好极了。那么，三点钟可以好了罢？
希 临	假如没有事情搅混我，我可以做好的。现在留下的没有什么重要了。
石坡钦	顶好。顶好，就像我的名字叫石坡钦！董事会四点钟开。你忙好了，我亲爱的朋友。给我前一半，我念一遍看……快……（拿起报告）我把最大的希望放在报告上。这是我的 profession de foi，或者，干脆说了罢，我的 firework。我的 firework，就像我的名字叫石坡钦！（坐下，读报告给自己）我累到不能再累……昨天晚饭我的寒腿一直跟我闹别扭，一早晨我又跑来跑去，后来又是这些紧张，欢迎，忙乱……我累极了！①
希 临	一……零……零……三……九……二……零。这些数字搞得我头昏眼花……三……一……六……四……一……五……

———

① profession de foi 的意思是"信仰宣言"，文豪卢骚曾经为他的想像人物安排过一篇著名的"信仰宣言"。法文。
firework 的意思是"烟火"。英文。

〔打算盘。

石坡钦　还有一桩不愉快的事……你太太今天早晨来看我,又在埋怨你。说你昨天晚饭拿一把刀子恐吓她。跟她妹妹。库兹玛·尼古拉耶维奇,你那是什么意思?噢,噢!

希　临　(粗声粗气)今天是周所纪念,安德莱·安德莱耶维奇,我破例要求一次恩惠。哪怕只为尊重我的辛劳,请你不必过问我的家庭生活。不必!

石坡钦　(叹息)库兹玛·尼古拉耶维奇,你这人性子真叫格别!你是一个受人尊敬的好人,不过你对待好人的行径,活活就像坏蛋。是呀,真的,我不明白你为什么那样恨她们?

希　临　我希望我能够明白你为什么那样爱她们!

〔稍缓。

石坡钦　行员们方才送了我一本簿子;我听说,董事们回头要对我来一篇演说,送我一只大银杯……(玩弄他的单只眼镜)好极了,就像我的名字叫石坡钦!那不算过分。银行的名誉需要一点辉煌,鬼抓了它去!当然,什么事你都知道……演说词是我自己做的,杯子也是我自己买的……还有,演说词的封面要花四十五卢布,不过,你少不了它。他们自己呀,说什么也想不到这上头。(向四外张望)看看家具,你就看一眼呀!他们讲我吝啬,说我要的也就是门上的锁擦擦亮,行员们应当打一个时髦领结,门口应当站一个胖胖的传达。先生们,不对,不对。亮晶晶的锁,一个胖胖的传达表示许多意义。我在家里高兴怎么样就怎么样,吃呀睡的像一头猪,喝得醉醺醺的……

希　临　请你别暗示。

石坡钦　没有人暗示!你这人性子怎么这么格别……我说的是,在家里我可以随便，像一个买卖人，一个 parvenu，高兴玩儿什么就玩儿什么，可是这儿呀，样样儿得 en grand。这是一家银行！这儿譬方说罢，随便一件小事得 inponiren，外表得庄严。（他从地板上拾起一张纸，扔进火炉）我这多年对于银行的操劳就是这个——我抬高它的名誉。色调有广大的重要！广大，就像我的名字叫石坡钦！（望着希临的上空）我亲爱的人，一位股东代表随时会到这儿来，你哪，穿着呢靴子，搭着一条围巾……衣服的颜色也是岂有此理……你应当穿一件燕尾服，或者起码也应当穿一件黑上身……①

希　临　对于我呀，我的健康比你的股东要紧多了。我全身都在发炎。

石坡钦　（兴奋）可是你必须承认你不干净！你毁坏 ensemble！②

希　临　代表来的话，我可以走开躲起来。那不成问题……七……一……七……二……一……五……零。我自己也不喜欢肮脏……七……二……九……（打算盘）我看不惯肮脏！今天周年纪念的宴会，你要是不请女客，你聪明多了……

石坡钦　噢，那没有关系。

希　临　我知道你今天晚饭要拿她们塞满了大厅，显摆显摆，可是你当心呀，她们样样儿祸害。她们引起种种不便和紊乱。

石坡钦　正相反，她们提高兴趣。

希　临　是的……你太太像是懂事了，可是上一个星期礼拜一，她说出了点儿东西，害得我两天不舒服。她当着一大堆人，

---

① parvenu 是"暴发户"的意思。en grand 是"有谱儿"。法文。
　　imponiren 是"像样儿"。拉丁文。
② ensemble 是"整体"。法文。

忽然问:"德雅斯基·浦里雅斯基银行的股票在交易所跌了价,我丈夫倒在银行买了许多,是真的吗?我丈夫为了这个烦得不得了!"这话当着许多人。我真不懂,你为什么事事告诉她?你要她们给你惹出严重的麻烦吗?

石坡钦 好,够了,够了!周年纪念讲这个太无聊了。不过,我倒想起来了。(看表)我太太就快要来啦。按说我真应该到车站去接小可怜儿,不过,时间没有……我又累极啦。我必须说,我不喜欢她!这是说,我喜欢,不过她要是跟她母亲再待上两天,我就更喜欢了。她一定要我今天晚饭陪她一整夜,偏偏我们已经计划好了一趟小小的旅行……(打冷战)噢,我的神经已经在兜着我跳了,紧张透了,我想,芝麻大的小事就够打发我流眼泪的!不成,我得抖擞抖擞精神,就像我的名字叫石坡钦!

〔塔杰雅娜·阿莱克塞耶夫娜·石坡钦上,穿着一件雨衣,肩头挑着一只小旅行袋。

石坡钦 啊!正对点儿!

塔杰雅娜 心肝儿!

〔奔向丈夫:一个悠长的吻。

石坡钦 我们方才正在谈你!

〔看着他的表。

塔杰雅娜 (喘气)我不在跟前,你很无聊吗?你好?我还没有回家,我打车站就一直到这儿来了。我有许多,许多话告诉你……我不能够等……我不脱衣服,我只待一分钟。(向希临)早安,库兹玛·尼古拉耶维奇!(向丈夫)家里全好吗?

石坡钦 是的,都好。你知道,你这个星期胖多了,好看多了……

	好,你这趟去得开心吗?
塔杰雅娜	好极啦!妈妈和开提雅问候你。瓦希里·安德莱奇送你一个吻。(吻他)姑妈送你一罐果子酱,你不写信,她直怪你。兹纳送你一个吻。(亲吻)噢,你再也想不到出了什么事。你怎么也想不到!我连讲给你听我都怕!噢,你怎么也想不到!不过,我一看你的眼睛,我就知道你不高兴我来!
石坡钦	正相反……心肝……
	〔吻她。
	〔希临咳嗽。生着气。
塔杰雅娜	噢,可怜的开提雅,可怜的开提雅,我真为她难受,为她难受。
石坡钦	心肝,今天是银行周年纪念,我们随时就有股东代表来,你还没有换衣服。
塔杰雅娜	噢,是呀,周年纪念!先生们,我给你们道喜。我希望你们……原来今天就是开会,宴会的日子……那好。那篇讲给股东听的漂亮演说,你花了许多时间写出来的,你背得下来吗?今天要念吗?
	〔希临咳嗽,生着气。
石坡钦	(窘)我亲爱的,我们不要谈这些事。你真是顶好回家。
塔杰雅娜	等一分钟,一分钟。我在一分钟里头样样事全讲给你听,我这再走。我从开头讲起。好……你看着我们动身,你记得我坐在那位结结实实的太太旁边,我开始看书。我不喜欢在火车里头聊天儿。我看书看了三站,一句话也没有对人讲……好,黄昏到了,我觉得阴沉极了,你知道,一脑门子的忧愁思想!一个年轻人坐在我的对面——不难看,

褐色头发……好，我们就谈起话来了……当时来了一位水手，后来还有学生，什么的……（笑）我告诉他们我还没有嫁人……他们就直对我献殷勤！我们一直聊到半夜，那个褐色头发的人讲了好些最最滑稽的笑话。水手一直唱歌。我的胸口因为笑也疼了起来。这时候那水手呀——噢，那些水手！——等他晓得了我的名字叫塔杰雅娜，你猜他唱着什么？（用一种低音唱着）"奥尼金不要我掩藏，我爱疯了塔杰雅娜！"

〔狂笑。

〔希临咳嗽，生着气。

石坡钦 塔尼雅，亲爱的，你在搅乱库兹玛·尼古拉耶维奇。亲爱的，家去罢……过后儿……

塔杰雅娜 不，不，他想听，让他听下去好了，太有趣味了。我只一分钟就完了。塞莱夏到车站来接我。还有什么年轻人什么的，一位税局稽查员，我想是罢……十分漂亮，特别是他的眼睛……塞莱夏介绍我，我们三个人就一同上车走了……天气才叫好！

〔台后有声音："你不能够，你不能够！你做什么？"麦耳丘特金娜上，乱摇动她的胳膊。

麦耳丘特金娜 你拉我做什么？怎么样！我要见他本人！（向石坡钦）老爷，我有光荣……我是一位文官的太太，娜丝泰霞·费多罗夫娜·麦耳丘特金娜。

石坡钦 你有什么事？

麦耳丘特金娜 好，老爷，你看，我丈夫病了五个月，他在家里，眼看病就要好了，老爷，忽然没有理由就把他解职了，等我去拿他的薪水，你看，他们扣掉二十四卢布三角六分。为什么？我问。他们讲："好，他借了雇员的钱，别人得替他弥补。"那是怎么回事？我没有答应，他怎么会借钱的？老爷，不会的！我是一个穷女人……我就仗着我的房客过活……我是一个孤苦人儿，少人照应……人人欺负我，没有一个人帮我讲一句好话。

石坡钦　　　对不住。

〔从她那里取了一份请愿书，站着读。

塔杰雅娜　　（向希临）是呀，不过第一我们……上星期我忽然收到我母亲一封信。信里讲有一位格兰狄莱夫斯基向我妹妹开提雅求婚。一位温文尔雅的年轻人，不过本人没有财产，也没有可靠的职业。不幸的是，你倒想想看，开提雅完完全全着了他的迷。怎么办好？妈写信叫我立刻去，劝劝开提雅……

希　临　　　（生气）对不住，我一听你的，我找不到我的地方了！你一个劲儿地讲着你的妈妈和开提雅，我听不懂，地方可找不到了。

塔杰雅娜　　那有什么关系？反正你是在听一位太太对你讲话！你今天为什么这样爱光火？你在闹恋爱吗？

〔笑。

石坡钦　　　（向麦耳丘特金娜）对不住，这是什么东西？我简直搞不清楚这是怎么回事……

塔杰雅娜　　你在闹恋爱吗？啊哈！你脸红啦！

石坡钦　　　（向他的太太）塔尼雅，亲爱的，你到外头等一等。我不会久的。

塔杰雅娜　　好罢。

〔下。

石坡钦　　　我简直搞不清这是怎么回事。太太，你显然走错了地方。你的请愿书跟我们完全不相干。你应当去你丈夫做事的那个地方才是。

麦耳丘特金娜　　这五个月我去那边去了好些趟了，他们连我的请愿书看也不看。我已经什么也不指望了，不过，谢谢我的姑爷，包里斯·麦特维耶奇，我想到了看你。他讲："你去，母亲，求求石坡钦先生，他是一位有力量人，什么也成。"老爷，帮帮我罢！

石坡钦　　　麦耳丘特金娜太太，我们一点儿帮不了你忙。你必须明白，就我所能理解的来讲，你丈夫是在陆军医院做事，这儿是一家私人的商业机关，一家银行。你明白了没有。

麦耳丘特金娜　　老爷，我拿得出一张我丈夫生病的医生证明书。这就是，你看一看……

石坡钦　　　（厌烦）好罢，好罢；我完全相信你，不过那跟我们不相干。（听见塔杰雅娜在台后的笑声，随后一个男人的笑声。石坡钦望望门）她在搅和行员们。（向麦耳丘特金娜）你这人真怪，也真蠢。不用说，你丈夫知道你应当到哪儿求去？

麦耳丘特金娜　　老爷，我什么也不叫他知道。他就是嚷嚷："那跟你不相干！少管闲事！"还有……

石坡钦　　　太太，我再说一遍，你丈夫是在陆军医院做事，这儿是一家银行，一家私人的商业机关……

麦耳丘特金娜　　是呀，是呀，是呀……我的亲爱的，我明白。老爷，既然是那样的话，你吩咐他们给我十五卢布！再有什么的，我也不放在心上了。

石坡钦　　　（叹气）噢夫！

希　临　　安德莱·安德莱耶维奇,这样下去,我的报告别想做得完了!

石坡钦　　马上就好。(向麦耳丘特金娜)不过,你必须明白,你到这儿来搞这件事,那个可笑呀,就跟你拿一张离婚请愿书到一位化学家那儿,或者走进一所化验金子的公事房一样。(叩门。传来塔杰雅娜的声音,"我好进来吗?安德莱?"石坡钦喊着)亲爱的,等一分钟!(向麦耳丘特金娜)你没有拿够钱,那跟我们有什么关系呀?太太,太不凑巧了,今天这儿赶着周年纪念,我们全忙……随时这儿可能有人来……对不住……

麦耳丘特金娜　老爷,可怜可怜我,一个孤儿!我是一个没人照应的孤苦女人……我累得要死……我的房客跟我闹意见,还不是为了我丈夫,整个房子我得操心,我的姑爷又找不着事……

石坡钦　　麦耳丘特金娜太太,我……不,对不住,我没有话跟你讲!我的头简直在打漩……你搅和我们,糟蹋我们的时间……(叹气,旁白)什么样的事,就像我的名字叫石坡钦!(向希临)库兹玛·尼古拉耶维奇,可否请你解释给麦耳丘特金娜太太……

〔摇着他的手,走向外厅。

希　临　　(走近麦耳丘特金娜发怒)你要什么?

麦耳丘特金娜　我是一个没人照应的孤苦女人……看外表我像还好,可是你要是把我分成一小块儿一小块儿呀,你不会找到一点点健康的东西!我的两条腿几几乎站也站不起来,我的胃口也坏了。今天我喝咖啡,就一点儿味道没有。

希　临　　我问你,你要什么?

麦耳丘特金娜 我的亲爱的,告诉他们给我十五卢布,一个月以后再给下余的也就成了。

希　　临 可是人家没有清清楚楚讲给你听了么,这是银行!

麦耳丘特金娜 是呀,是呀……你要是愿意的话,我有医生证明书给你看。

希　　临 你肩膀上头有没有长着脑袋壳什么的?

麦耳丘特金娜 我的亲爱的,我要的是法律上我应该有的东西,我不要别人家的东西。

希　　临 我问你,太太,你肩膀上面有没有长着脑袋壳什么的?家伙,鬼抓了你去,我没有时间跟你烦叨!我忙着哪……(指门)那边,请!

麦耳丘特金娜 (惊)钱在哪儿?

希　　临 你没有长着脑袋壳,不过……

〔拍桌子,然后指着他的前额。

麦耳丘特金娜 (恼怒)什么?好罢,没有关系,没有关系……你可以那样对付你太太,可是我呀,我是一位文官太太……你不能够那样对付我!

希　　临 (不克自制)出去!

麦耳丘特金娜 偏不,偏不,偏不……偏不出去!

希　　临 假如你不马上出去,我就喊传达了!出去!

〔跺脚。

麦耳丘特金娜 没有关系,没有关系,我不怕!你们这种人我以前看多了!吝啬鬼!

希　　临 我相信我一辈子也没有见过一个更可怕的女人……噢夫!我的头都疼了……(出气粗了)我再讲一次给你听……你听见了没有?你假如不是出去,老鬼,我要把你磨成粉!我

　　　　　　　这人天生的性子，我有本事打折你的腿，瘸你一辈子！我不怕犯罪的！

麦耳丘特金娜　我从前听见过狗汪汪。我不怕。你们这种人我以前看多了。

希　　临　（绝望）我受不了！我病了！我毁定了！（坐在他的书桌前）他们让银行塞满了女人，我的报告就别想完得了！我完不了！

麦耳丘特金娜　我要的不是别人的钱，是法律上我自己的钱。你应当活活羞死才是！坐在政府机关，穿着呢靴子……

　　　　　　　〔石坡钦和塔杰雅娜上。

塔杰雅娜　（随着她的丈夫）我们在拜莱石尼司基过的夜。开提雅穿着一件天青绸大衣，敞领儿……头发是做的，她好看极了，她的头发是我做的……她那样子才叫迷人……

石坡钦　（已经听够了）是呀，是呀……迷人……他们随时可能到这儿来……

麦耳丘特金娜　老爷！

石坡钦　（茫然）怎么样？你有什么事？

麦耳丘特金娜　老爷！（指着希临）这位先生……这位先生拿手指敲桌子，随后又敲头……你吩咐他当心我的事，可是他呀侮辱我，说着种种怪话。我是一个没人照应的孤苦女人……

石坡钦　好罢，太太，我留意就是……采取必需的步骤……现在你走罢……以后再谈！（旁白）我的寒腿又犯了！

希　　临　（向石坡钦低声）安德莱·安德莱耶维奇，喊传达来，把她轰出去！我们还有什么办法？

石坡钦　（畏惧）不，不！她会大吵大闹的，这所房子不光是我们。

447

麦耳丘特金娜　老爷。

希　临　（声音含着泪）可是我得弄完报告！我没有时间！我没有！

麦耳丘特金娜　老爷，什么时候我可以有钱？我现在就要。

石坡钦　（旁白，垂头丧气）真是一个蠢透了，蠢透了的女人！（有礼貌地）太太，我已经告诉你了，这是一家银行，一个私人的商业机关。

麦耳丘特金娜　老爷，开开恩罢……假如医生的证明书还不够，我可以再到警察局弄一张。吩咐他们把钱给我！

石坡钦　（喘吁）噢夫！

塔杰雅娜　（向麦耳丘特金娜）太太，你没有听见人家讲，你搅乱他们吗？你有什么权利？

麦耳丘特金娜　太太，漂亮的太太，漂亮的太太。没有人帮我忙，我除去吃就是喝，方才我喝咖啡就没有味道。

石坡钦　（厌倦）你要多少？

麦耳丘特金娜　二十四卢布三角六分。

石坡钦　好罢！（从衣袋取出一张二十五卢布纸币给她）这儿是二十五卢布。拿去……给我走！

〔希临咳嗽，生着气。

麦耳丘特金娜　老爷，我打心里感谢你。

〔把钱藏起。

塔杰雅娜　（坐在丈夫一旁）该是我回家的时候了……（看表）不过我还没有讲完……我拿一分钟讲完，讲完了就走……我们玩儿得才叫开心！是呀，真叫开心！我们在拜莱石尼司基司过夜……平平常常，挺好玩儿，不过也没有什么特别……开提雅崇拜的格兰狄莱夫斯基，当然喽，也在那儿……好，我跟开提雅谈话，我哭，我要她

	告诉格兰狄莱夫斯基，拒绝他。好，我以为就这样解决了，样样事称心如意；我让妈放了心，我救下开提雅，自己也放了心……你猜怎么样？开提雅跟我在吃饭以前，沿着林道散步，忽然……（紧张）忽然我们就听见一声枪响……不成，我不能够安安静静地谈这个！（摇她的手绢）不成，我不能够！
石坡钦	（叹气）噢夫！
塔杰雅娜	（哭）我们跑到凉棚底下，就在这儿……这儿，可怜的格兰狄莱夫斯基躺着……手里拿着一管手枪……
石坡钦	不成，我不能够忍受这个，我不能够！（向麦耳丘特金娜）你还有什么事？
麦耳丘特金娜	老爷，我丈夫能不能够回来做事？
塔杰雅娜	（哭）他照准了心打自己……这儿……可怜人倒下去，失了知觉……他让自己给吓坏了，躺在那儿……要人去请医生。医生不久就来了……救下不幸人的性命……
麦耳丘特金娜	老爷，我丈夫能不能够回去做事？
石坡钦	不成，我不能够忍受这个！（哭）我不能！（向希临绝望地伸出两手）轰她出去！轰她出去，我求求你了！
希　临	（走向塔杰雅娜）滚出去！
石坡钦	不是她，是这一个……这个可怕的女人……（指）那一个！
希　临	（不明白，向塔杰雅娜）滚出去！（跺脚）出去！
塔杰雅娜	什么？你干什么？你是疯了怎么的？
石坡钦	真可怕！我也真可怜！轰她走！赶她出去！
希　临	（向塔杰雅娜）滚出去！我要打瘸你的腿！我要把你捣成肉酱！我要犯法！
塔杰雅娜	（跑开；他追她）你怎么敢！你不要脸！（嘶喊）安德莱！救

	命！安德莱！
石坡钦	（追他们）停住！我求你们了！别吵闹成不成？可怜可怜我！
希　临	（追麦耳丘特金娜）滚出去！捉住她！砸她！一块一块把她剁下来！
石坡钦	（呼喊）停住！我请你们！我求你们！
麦耳丘特金娜	小父亲们……小父亲们！……（乱喊乱叫）小父亲们！……
塔杰雅娜	（嘶叫）救命！救命呀！……噢，噢……我病了，我病了！

〔跳到一张椅子上，然后跌进沙发，晕了过去似的哼唧。

希　临	（追麦耳丘特金娜）砸她！打她！一块一块把她剁下来！
麦耳丘特金娜	噢，噢……小父亲们，我前头是一片黑！啊！

〔失去知觉，倒进石坡钦的胳膊。

〔叩门；一个声音通知室内，代表来了："代表……名誉……有事……"

希　临	（跺脚）滚出去，鬼抓了我去！（卷起袖筒）把她交给我：我要犯法了……

〔五位代表上；他们穿着燕尾服。一位捧着绒面演说词，另一位捧着大银杯。行员们由外厅在门口向内张望。塔杰雅娜跪在沙发上。麦耳丘特金娜在石坡钦的胳膊内，全在哼唧。

一位代表	（高声诵读）"深为吾人敬爱之安德莱·安德莱耶维奇乎！吾人回瞻过去财务之管理，检视其逐渐发展之情况，印象极为良好。其初也，资本浩大，业务殊少成就，银行亦无一定目标，是以汉穆莱提之问题：'存乎否耶'，诚令吾人

感有极端之重要，而动议清理者正亦不乏人在。于此时也，先生出而总绾行务，学识能力，与夫先生之天赋才具，卒抵事业于异常之成就，广大之发展。而银行之名誉……（咳嗽）银行之名誉……"①

麦耳丘特金娜 （哼唧）噢！噢！

塔杰雅娜 （哼唧）水！水！

代　表 （继续诵读）"名誉（咳嗽）……银行之名誉蒸蒸日上，今已堪与外国最优之商业机构媲美，先生所致也。"

石坡钦 代表……名誉……有事……两位朋友在夜晚散步……在苍白的月光下面谈话……噢，不要对我讲，青春没有用，妒忌搅昏我的头脑。

代　表 （继续，慌乱）"更就目前情况加以客观之探讨，深为吾人敬爱之安德莱·安德莱耶维奇乎，吾人……"（放低声音）既然这样，我们回头再来……是的，回头再……

〔代表于惶乱之中下。

（幕）

---

① 汉穆莱提是莎士比亚的戏剧人物。

契诃夫自传(附录)

我,安东·契诃夫,一八六〇年一月十七日生在塔岗洛格(Taganrog)。我先生康斯旦丁皇帝教会的希腊学校读书,后来转到塔岗洛格的初级学校。我在一八七九年考进莫斯科大学的医科。当时我对于一般院系只有一个模糊的观念,我现在不记得我根据什么理由选择医科;不过后来我对于我的选择并不懊悔。正当我的第一学年,我开始在周刊日报上发表文章,写作早在八十年代,努力不息,养成一种永久的职业性质。我在一八八八年得到普希金奖金。一八九〇年,我到萨哈连(Saghalien),为了写一本关于我们那边的罪犯居留地的书。不算法律报告,评论,副刊小文,短论,如今搜集的话,相当困难,——二十年的文学工作,我写了也发表了三百以上的对开本,短篇、长篇小说统统包含在内。我为剧院也写了一些戏。

我相信医学的研究对于我的文学工作具有一种重要的影响:医学扩大不少我的观察的界限,充实我的知识,对于我的真正的价值,作为一位作家来看,只有一个人本身又是医生的才能够了解。医学还有一种指导作用,我设法避免许多过失,或许就仰仗我有医学知识。因为对于自然科学和科学方法娴熟的缘故,我总加意小心,如若可能,试着对科学的事实加以考虑;如若不可能,我就索兴一字不写了。我愿意顺便指出,艺术创作的条件并不常常就和科学的事实完全一致:例如现实里的服毒自尽,就不可能在舞台上表现出来。不过,甚至于就是在传统习惯之中,也应当感到和科学的事实一致,这就是说,对于读者或者观众,这只是一种传统习惯必须交代清楚,因为他必须明白作者的报告依然正确。我不属于那些对科学采取一种否定态度的小说作家；我也不愿意属于那类靠聪明成家的文人。

——一八九九年十月十一日致罗骚里冒Rossolimo医生书。